ein Ullstein Buch

ÜBER DAS BUCH:

»»Nur wer die Sehnsucht kennt, weiß, was ich leide‹ – die Goethe-Zeilen treffen den Grund, der den erfolgreichen Reiseschriftsteller A. E. Johann bewegte, diesen Roman zu schreiben. ›Sehnsucht nach der Dobrinka‹ hat er, jener Flußlandschaft im äußersten Pommern, seiner westpreußischen Heimat. In seinem neuen Buch läßt er alles wieder aufleben, Menschen und Schicksale, die längst begraben sind und vergessen. Sechshundert Jahre durchziehen dieses Epos, so wie die Dobrinka die Heimat des Autors. Dort, am Fluß der Erinnerung, siedelt er die Familiensaga eines Bauern- und Bürgergeschlechts an. Mit dem Ich-Erzähler des Romans will der Autor nicht gleichgesetzt werden, doch persönlich Erfahrenes läßt er einfließen... Weitgereist und weltgewandt, ist Johann seiner Heimat treu geblieben. Ein Buch, das nachdenklich macht. Denn es wird Verständnis geweckt und nicht verurteilt.« *(Augsburger Allgemeine)*

DER AUTOR:

A. E. Johann, am 3. September 1901 geboren, studierte in Berlin Theologie, Soziologie und Geographie und wurde Korrespondent der *Vossischen Zeitung*. Vor und nach dem Krieg führten ihn Reportage- und Informationsreisen in alle Teile der Welt. Seine Bücher, auch die Romane und Erzählungen, basieren auf Erfahrungen, die der Autor auf den ungezählten Reisen quer durch die Kontinente sammelte. Seit dem Erscheinen seines ersten Reisebuchs *Rund um Asien* vor mehr als fünfzig Jahren ist A. E. Johann einer der bekanntesten Reiseschriftsteller im deutschsprachigen Raum.

A. E. Johann
Sehnsucht nach der Dobrinka

Familiensaga aus Westpreußen

ein Ullstein Buch

ein Ullstein Buch
Nr. 22610
im Verlag Ullstein GmbH,
Frankfurt/M – Berlin

Ungekürzte Ausgabe

Umschlagentwurf:
Elżbieta Woźniewska
Foto: MAURITIUS – SDP
Alle Rechte vorbehalten
Taschenbuchausgabe mit Genehmigung
von Langen Müller in der F. A. Herbig
Verlagsbuchhandlung GmbH
© 1988 by Langen Müller in der
F. A. Herbig Verlagsbuchhandlung
GmbH, München
Printed in Germany 1991
Druck und Verarbeitung:
Clausen & Bosse, Leck
ISBN 3 548 22610 8

Oktober 1991

Vom selben Autor
in der Reihe
der Ullstein Bücher:

Die Wildnis aber schweigt (22143)
Die Wildnis (22279)
Am Rande der Winde (22378)
Gewinn und Verlust (22469)
Amerika ist eine Reise wert (22512)

Die Deutsche Bibliothek –
CIP-Einheitsaufnahme

Johann, A. E.:
Sehnsucht nach der Dobrinka:
Familiensaga aus Westpreußen /
A. E. Johann. – Ungekürzte Ausg. –
Frankfurt/M; Berlin: Ullstein, 1991
  (Ullstein-Buch; Nr. 22610)
  ISBN 3-548-22610-8
NE: GT

INHALT

ERSTER TEIL

Der Großvater

9

ZWEITER TEIL

Vom Deutschen Orden bis zum
Ende des polnischen
»Preußen Königlichen Anteils«

71

DRITTER TEIL

Westpreußen,
Preußisch-Friedland,
Zeit des Friedens

289

VIERTER TEIL

Von der Landkarte getilgt

363

Die Krähen schrei'n
und ziehen schwirren Flugs zur Stadt:
– bald wird es schnei'n.
Weh dem, der keine Heimat hat!
(Fr. Nietzsche, Herbst 1884)

Vergesse ich dich, Jerusalem,
so verdorre meine Rechte!
Meine Zunge soll an meinem Gaumen kleben,
wenn ich deiner nicht gedenke!
(Psalm 137, 5,6)

Erster Teil

Der Großvater

1. Kapitel

Wahrscheinlich hat meine Sehnsucht nach dem weiten Land im Osten sie in der Erinnerung über Gebühr verklärt, sie, die kleine Stadt im Süden der mit altem Namen Pommerellen genannten Landschaft, die Heimat meiner seit mehr als sechs Jahrhunderten dort ansässigen Familie. Aber seit der alte, starke Stamm am Ende des zweiten Weltkriegs zerhackt und mit den Wurzeln ausgerissen wurde, bin ich nirgendwo mehr wahrhaft »zu Hause« gewesen, war auf der ganzen Erde unterwegs, fand dort vieles sehr aufregend und auch sehr verlockend, fühlte mich aber nie ernsthaft versucht, mich anderswo niederzulassen. Und auch im deutschen Nordwesten, wo ich vermutlich meine Tage beschließen werde, fühle ich mich, wenn ich auf die leisen Stimmen in meinem Hintergrunde horche, immer in der Fremde. Es ist gewiß still und schön hier in meinem abgelegenen Dörfchen in der Lüneburger Heide; aber die Schönheit meiner angestammten Heimat ist es nicht. Ich lebe hier als ein Verbannter, der nicht mehr dorthin zurückkehren darf, wo er hingehört – so sehr ich mich auch, äußerlich betrachtet, ganz angenehm hier eingerichtet habe.
Wenn der Großvater, diese unvergeßliche Gestalt aus meiner frühesten Jugend, mich acht- oder neunjähriges Bürschlein bei der Hand nahm und mit seiner tiefen Stimme aufforderte:
»Komm, min Jung, wir geh'n mal ein bißchen ›vorlangs‹ hinunter, und ich erzähle dir was!«
dann sind diese kleinen Wanderungen mir so deutlich und

spannungsvoll im Gedächtnis haften geblieben, als hätten sie sich erst gestern ereignet.

Der hagere Mann neben mir mit schlohweißem, dünnem Haar, das ewig vom Wind verweht wurde, hatte seine weiten meinen kurzen Schritten anzupassen, damit ich nicht ins Laufen zu kommen brauchte. Ich spürte das bei jedem unserer kleinen Spaziergänge – zu längeren fehlte ihm sicherlich die Zeit, denn im Hof oder der Werkstatt war ständig etwas zu tun – und war ihm, den ich mit einer merkwürdigen Mischung von Furcht und schwärmerischer Liebe vorbehaltlos verehrte, dankbar dafür. Denn wenn ich neben ihm laufen mußte, was manchmal unvermeidlich war, wenn er es eilig hatte, so konnte ich dem, was er mir erzählte, nicht richtig folgen. Und er hatte mir immer etwas zu erzählen, wenn wir allein waren.

Von heute her gesehen, an die achtzig Jahre später, wird mir deutlich, daß der Alte gewiß gemerkt hatte, mit welchem Durst, ja, welcher Gier ich alle seine Geschichten aufnahm. Und er war voll von Geschichten, neuen und alten und uralten, wobei sich Dichtung und Wahrheit um so untrennbarer vermischten, je älter sie waren.

Wenn man viele erzählenswerte Geschichten weiß, dazu noch solche, die die eigene Familie betreffen, dann braucht man vor allem jemand, der willig zuhört. In dieser Hinsicht hatte mein Großvater in der eigenen Familie nicht viel Glück; seine vier Söhne waren alle nach der Mutter geschlagen, einer auf das Praktische und die Forderungen des Tags ausgerichteten Frau, die Zeit ihres Lebens angestrengt darauf zu achten hatte, daß der Fleiß und die Tüchtigkeit ihres Mannes nicht nur Ansehen einbrachten, sondern auch Geld. Sicherlich hat sie ihren Mann, meinen Großvater, sehr geliebt; und er war ja auch sehr liebenswert, wie ich, sein ältester Enkel, jederzeit zu bezeugen bereit bin.

Ich habe überhaupt den Eindruck, daß die Männer meiner Familie oder Sippe dazu neigen, Frauen zu heiraten oder auch, sich an sie zu verlieren, die offenbar gar nicht zu ihnen passen und aus ganz anderen Bereichen stammen. Das geht dann manchmal ungeheuer schief und endet in meist qualvoll langgedehnten Katastrophen. Häufiger aber, Gott sei Dank, entstehen prachtvoll warmherzige Ehebündnisse, die sich auch in schlimmen Widerwärtigkeiten und bösen Schicksalsschlägen wunderbar bewähren. Davon werde ich wohl noch einiges zu berichten haben. Als erstes Beispiel mag an dieser Stelle nur mein Vater erwähnt sein, der älteste von des Großvaters Söhnen, der eigentlich als solcher den Hof in der alten Vogtei-Stadt des Deutschen Ordens, Friedland, hätte übernehmen sollen. Dies war jedoch unmöglich, denn er war mit einer ewig kranken und empfindlichen linken Hand geboren, konnte also keine schwere körperliche Arbeit auf dem Felde oder in der Werkstatt verrichten, war deshalb auf die Lateinschule geschickt worden und war in den preußischen Staatsdienst eingetreten, denn schreiben konnte er gut und dies gestochen klar, fließend und sonderbar gefällig. Für den Hof war er natürlich verloren, was aber bedeutete, daß er in seinem Beruf sein Leben lang nicht glücklich wurde. Fünf Jahre lang – wenn meine Mutter sich nicht verzählt hat –, doch unabweisbar und geduldig hat er meine Mutter umworben, um sie gedient, sozusagen, eine früh zur Witwe gewordene junge Frau mit fünf unmündigen, dicht hintereinander geborenen Kindern, von denen das jüngste noch nicht zur Welt gekommen war, als ihr erster Mann durch einen unerklärt gebliebenen Unfall ums Leben kam. Schließlich hat mein Vater meine Mutter, die drei Jahre älter war als er, zu sich überzeugt; sie war eine zierliche, aber überaus zähe und stolze Person, die ihre

Kinder, mit denen sie sitzen geblieben war, ohne fremde Hilfe großbringen wollte. Sie verdiente sich den Lebensunterhalt als eine geschickte und wohl auch gesuchte Damenschneiderin. Erst als der Beweis geliefert war, daß sie auch aus eigenem Vermögen existieren und ihre fünf Kinder ernähren konnte, wenn auch sicherlich nur auf sehr karge Manier, gab sie der Werbung meines Vaters nach und übertrug ihm die Sorge für ihre fünf Kinder und die zwei, die dann noch nachkamen, für mich und meine jüngere Schwester. Natürlich durfte sie dann höchstens noch ganz heimlich für andere Leute schneidern; ein handwerklicher Dienst für Fremde gegen Lohn wäre damals – vor dem ersten Weltkrieg – für die Frau eines gehobenen königlichen Beamten unmöglich gewesen.

Ob meine Mutter meinen Vater später wirklich lieben gelernt hat, nachdem sie seiner geduldigen Werbung schließlich nachgegeben hatte, oder ob es auf die Dauer eben doch über ihre Kraft gegangen ist, fünf recht ungebärdige Sprößlinge aufzuziehen (drei davon sind später elend gescheitert) und gleichzeitig mit harter Arbeit bis spät in die Nächte hinein das Brot für so viele hungrige Mäuler zu verdienen (das »soziale Netz« war damals noch nicht erfunden), wer wollte das als Kind je zuverlässig beurteilen. Ich wage es nicht, etwas darüber auszusagen. Preußische Beamte wurden nur sehr dürftig bezahlt; sie bekamen als Ausgleich die Ehre hinzugeliefert, im Dienste des Königs zu stehen, des Königs von Preußen (der nebenbei auch deutscher Kaiser war seit dem 18. Januar 1871; aber das blieb für einen Stockpreußen wie meinen Vater ohne Belang). Schmalhans war immer bei uns Küchenmeister. Meine Mutter schlich sich im Winter bei erster Dunkelheit aus dem Hause und nähte heimlich für die Damen der Offiziere der Garnison, die auch längst nicht alle auf Rosen –

auch sie nur auf Ehre! – gebettet waren und sich die teuren Toiletten der Modehäuser nicht leisten konnten.

»Komm um zehn, Junge, und hol mich ab; du weißt schon wo; komm hinten herum durch die Küche, damit dich keiner sieht. Ich mag nicht gern allein nach Hause gehen in der Dunkelheit. Aber eine Frau mit einem kleinen Jungen an der Hand nachts auf der Straße, das ist respektabel und fällt nicht groß auf.«

So habe ich denn meine Mutter oft genug abends abgeholt aus irgendeiner Offizierswohnung »hintenherum« – und manchmal bekam ich sogar ein Stück Schokolade geschenkt von einer feinen Dame und wurde gelobt, weil ich als »junger Kavalier« meine Mutter nicht allein durch die Finsternis heimwandern lassen wollte. Ich bedankte mich dann artig, wie es mir beigebracht worden war; aber im geheimen haßte ich die Offiziersdamen samt und sonders, die meine Mutter sicherlich kärglich entlohnten; und die Schokolade schmeckte mir nicht.

Ich möchte meinen, daß die ewigen wirtschaftlichen Schwierigkeiten der allzu großen Familie, mit denen meine Eltern unablässig zu kämpfen hatten, und später die Sorgen, daß insbesondere der jüngste und der älteste meiner Stiefgeschwister wieder etwas »ausgefressen« hatten, was mein Vater dann mit Ach und Krach und Geld auszubügeln hatte – der Ehe meiner Eltern früh den Glanz genommen haben. Ich könnte dafür sehr überzeugende Beweise anführen, Szenen, die mir bis zum heutigen Tage unvergeßlich geblieben sind. In ihrer wahren, ans Tragische grenzenden Bedeutung habe ich sie damals kaum begriffen; das gelang mir erst viel später, als ich längst erwachsen war. Aber immerhin: Wer würde heute noch um eine Witwe mit fünf kleinen Kindern und mittellos dazu lange werben und sie dann wirklich heiraten –!

Meinen Großvater habe ich als einen hochgewachsenen, hageren Mann in Erinnerung. Er ging leicht geneigt, aber das tat er wohl nur in seiner wortkargen Güte, damit ich Knirps mir neben ihm nicht allzu winzig vorkam. Gewöhnlich trug er eine hochgeschlossene dunkle Joppe, aus der am Hals der lockere Rand des weißen Hemdes hervorsah und sich ein wenig über den Joppenkragen legte. Die farblosen Hosen steckten in halbhohen Stiefeln, die bis zur Wade reichten; sie wurden, die Stiefel, jeden Sonntag frühmorgens gründlich eingefettet, damit sie wasserdicht blieben und man mit ihnen auch tiefe Pfützen oder flache Bäche durchwaten konnte.

Aber das waren nur Äußerlichkeiten. Unauslöschlich eingeprägt hat sich mir der Kopf, das Antlitz des geliebten und zugleich scheu verehrten Mannes. Das weiße, dünne Haar bedeckte nur noch seinen Hinterkopf von einem flach am Schädel liegenden Ohr zum anderen. So erschien mir seine geräumige Stirn über den buschigen, kräftig geschwungenen Augenbrauen beinahe übernatürlich hoch. Die Augenlider hingen tief und mit deutlicher Falte über den dunklen Augen von unbestimmter Farbe; sie waren nicht blau aber auch nicht braun, auf alle Fälle aber dunkel; sie blickten nur selten groß geöffnet, eher vorsichtig, mißtrauisch – besser skeptisch in die Welt hinein. Der Großvater hatte, soweit ich das im nachhinein beurteilen kann, nach einem langen, arbeits- aber nicht besonders erfolgreichen Leben wenig Anlaß, das menschliche Dasein im allgemeinen und die Menschen im besonderen anders als mit skeptischer Zurückhaltung anzusehen.

Das beinahe doppelt so hohe wie breite Gesicht zeigte eine kräftige, breitgeflügelte Nase, um deren Nüstern am Vorderrand der flachen Wangen sich zwei tief gekerbte Falten um die Ecken des Mundes zum einigermaßen massiv geformten Kinn hinunterschwangen. Der vollippig großzügige Mund mit leicht herabgezogenen Winkeln verriet dem Kundigen, daß, der ihn besaß, durchaus kein Verächter der natürlichen Freuden des Daseins sein wollte, aber sich auch ihrer Vergänglichkeit oder gar Zweifelhaftigkeit längst bewußt geworden war. Mich aber – und das wärmt mich noch heute, achtzig Jahre danach – hat der große, alte Mann, der auf seine bescheidene Art das Dasein in seiner bescheidenen Welt gemeistert hatte, stets nur sehr freundlich angeblickt, mich, den ältesten und einzigen Sohn seines Ältesten, der aber der Heimat und dem Hof untreu geworden war, hatte untreu werden müssen. Dieser Großvater konnte – so meine ich heute – mit seinem Leben und seiner Leistung trotz aller Rückschläge und Sorgen zufrieden sein: seine Kinder waren wohlgeraten – bis auf einen Sohn, der die falsche Frau geheiratet und sich mit einer offenbar nie abreißenden Pechsträhne abzufinden hatte. Aber auch dieser war trotz allen Mißgeschicks ehrlich arm geblieben und plagte sich ab, so gut es ging – nicht eben gut!

Ich bilde mir ein, daß der Großvater in mir, dem Enkel, verwandte Eigenschaften und Eigentümlichkeiten zu spüren meinte, so, wie ich kleiner Erstling der übernächsten Generation ihm vielleicht schwärmerischer, zärtlicher und bedingungsloser anhing, als die eigenen Kinder und späteren Enkel das getan haben. Diese letzteren waren ja auch alle noch im Säuglingsalter oder noch gar nicht auf der Welt, als daß er mit ihnen »vernünftig« hätte reden können. Mit mir konnte er das!

Wenn ich auch ein für mein Alter ziemlich klein geratenes Bürschchen war, so war ich doch wie meine Mutter sehr zähe, wendig und helle, hatte ein Vorschul-Jahr übersprungen, war ein guter Turner und kam im Gymnasium gut voran. Weder meine Eltern und Verwandten, noch die, wie mir schien, höchst gebildeten und klugen Freunde meines Vaters, waren vor meiner nie freiwillig ein Ende findenden Fragerei sicher. Keiner aber ging bereitwilliger auf meinen oft genug sicher sehr lästigen Wissensdurst ein als mein unvergleichlicher Großvater.

Es muß in den Pfingstferien gewesen sein an einem strahlenden Junimorgen, vielleicht war es der Pfingstmontag, an dem der Alte wieder einmal mit mir »vorlangs« hinauswanderte. Dazu mußte man aus dem Städtchen Friedland an dem klobigen Klotz des Wehrturms vorbei, der in vergangenen Zeiten den Eingang zur Stadt hoch über dem Abfluß der Dobrinka aus dem Stadtsee bewachte, steil ins Tal des bescheidenen Gewässers hinabsteigen. Dann bog man kurz vor der Brücke über das Fliess auf den grün überwachsenen Feldweg nach Westen, der dem Wasserlauf oberhalb der feuchten Wiesen an seinem Nord-Ufer, sanft sich windend, folgte, um etwa sechstausend Schritte weiter den märchenstillen, zwischen Wälderhängen tief versenkten Niedersee zu erreichen. Dort schob sich die Wagenspur durch ein von der Hochfläche herniedergleitendes Seitental zum »Dienertsplan« hinauf. Dieser war mir wohlvertraut, denn dort hatte ich oft die Pferde führen müssen, wenn der Onkel Matthes, der jüngere Bruder meines Vaters, der den Hof bewirtschaftete, darauf zu ackern hatte.

So strahlende, duftende Frühsommermorgen wie jene damals, wenn ich mit dem Großvater »vorlangs« entlangmarschierte, gibt es heute überhaupt nicht mehr, will mir scheinen. Das Städtchen auf dem einigermaßen kühn aufgerichteten Vorgebirge im Winkel des Zusammenflusses der Dobrinka und der von Norden herzustrebenden kleineren Bisse war dann nach einer guten Viertelstunde schon ganz und gar hinter uns verschwunden. Das tief eingesenkte Tal der Dobrinka umfing uns zur Rechten und zur Linken und weit voraus in smaragden grünem Glanz, duftend nach feuchtem Erdreich und abertausend Gräsern, Kräutern und Blumen, über denen Schmetterlinge taumelten. Keine Menschenseele weit und breit; aber manchmal überraschten wir ein paar Rehe, die aus den Waldkulissen an den Talhängen ausgetreten waren, um auf den üppigen Wiesen längs des Flüßchens zu äsen. Die zierlichen Tiere warfen die Köpfe auf, wenn uns der Weg hinter hohem Haselnußgesträuch hervorgeführt hatte und sie uns plötzlich wahrnahmen; sie verschwanden dann hangauf im dichten Wald, durchaus nicht panisch erschreckt, sondern nur wie leicht verstimmt, daß wir sie in ihrem Revier belästigten.

Hoch über uns und das vor lauter Reinheit schimmernde Tal hinweg spannte der Himmel wolkenlos seine blaue Kuppel, zuweilen von einem Krähenflug schnurstracks gekreuzt oder von einem Busard in makellosen Kurven weit durchkreist.

Wir waren ganz allein auf der Welt, der alte Mann und ich, sein Enkel, der ihm noch kaum über den zweituntersten Knopf seiner Joppe hinausreichte. Nach einer halben Stunde kehrten wir um. Großvater schlug einen ungewöhnlichen Weg ein: in Richtung auf den Stadtsee, dort wo in der Tiefe die Dobrinka ausfließt. »Heute will ich dir etwas zeigen, min Jung, was du dir für alle Jahre einprägen sollst«, sagte er zu mir. Er führte mich auf den alten Friedhof des Städtchens, wir traten durch das schmiedeeiserne Tor und Großvater schritt zielstrebig auf eine lange Reihe Gräber zu. »Siehst du, min Jung, das sind die Gräber deiner und meiner Vorfahren. Du bist alt genug, min Jung, daß du siehst, du bist nicht vom Himmel gefallen, sondern da sind und waren viele vor dir da – und sind alle in dir, wie sie auch in mir und deinem Vater sind, viele, viele gleichen Namens, haben gelebt, wie du jetzt lebst, und ich noch lebe – und sind gestorben, wie wir auch sterben werden; es wird Zeit, daß du das begreifst.«

Es erregte mich trotz all meiner kindlichen Unerfahrenheit tief, gegen Ende der langen Gräberreihe, die Leuten unseres Namens vorbehalten war, steinerne, halb versunkene Platten über den Grabstellen zu entdecken, die von den Wurzeln der riesigen Linden hinter ihnen schenkeldick umarmt wurden, aus ihrer ursprünglichen Lage gedrängt und längst mit den gewaltigen Bäumen und ihrem Wurzelwerk zu einer unlösbaren Einheit verwachsen. Die Schriftzeichen auf den mit braungrünem Moos bedeckten Steinen waren nur noch auf den jüngeren Gräbern zu entziffern bis hin zu dem Grab meines Urgroßvaters, dessen Vornamen Johann-Michael noch deutlich lesbar waren. Auf dem Grabstein meines Ur-Urgroßvaters, der nach Großvaters Angaben Johann-Gottlieb geheißen hatte, konnte ich nach einigem Kratzen nur noch eine Siebzehn ausmachen. Großvater störte meine unvollkommene Untersuchung nicht. Ich sagte: »Mehr als eine Siebzehn ist nicht zu erkennen!«

Er darauf: »Nein, aber ich kann dir sagen, wie es weiter gegangen ist, als in meiner Kindheit der Stein noch nicht so dicht bewachsen war. Mein Großvater ist 1773 geboren. Das ist ein Jahr nach 1772. Min Jung, 1772, ein wichtiges Jahr, das du dir gar nicht früh genug merken kannst. In diesem Jahr ist Friedland, sind wir und der ganze heutige Kreis Schlochau und alles Land, das später Westpreußen genannt wurde, wieder preußisch und deutsch geworden, und die Dobrinka wurde bis 1793 wieder Landesgrenze.«

Eine kleine Ahnung hatte ich von diesen Zusammenhän-

gen schon, denn mein Vater gab sich schon seit ein, zwei Jahren Mühe, sie mir einzuprägen. Jetzt hatte ich den Großvater für mich allein im stillen Dobrinka-Tal, und er war offenbar willens, mir Bescheid zu geben. Ich fragte also munter weiter:
»Landesgrenze? Was für ein Land lag denn auf der anderen Seite, da drüben auf dem linken Ufer vom Fluß?«
Und ich zeigte auf die steilen Hänge jenseits des durch die Wiesen sich schlängelnden Wasserlaufs. Ich erhielt einen Verweis:
»Diese Frage solltest du dir längst allein beantworten können, Junge: Drüben lag Polen. Du weißt doch: schon in Dobrin, dem Ritterguts-Dorf gegenüber von Friedland auf der Südseite vom Stadtsee, wird heute noch vorwiegend polnisch gesprochen, auf unserer Seite deutsch. Drüben lag Polen.«
»Aber jetzt ist da doch alles deutsch, Großvater!«
»Stimmt schon, aber damals, als ein Jahr später dein Ur-Urgroßvater geboren wurde, ein Jahr nach der ersten Teilung Polens, war das Land drüben noch ein Teil vom Königreich Polen; es ist erst bei der zweiten Teilung Polens 1793 mit Danzig und Thorn und nach Süden bis weit über Posen hinaus preußisch geworden. 1795 wurde dann Polen, was noch von ihm übrig war, ganz und gar aufgeteilt. Rußland, Österreich und Preußen hatten es gestückelt und sich angeeignet, wobei Preußen übrigens den weitaus kleinsten Teil zugebilligt bekam.« –
So wurde ich angesichts der Gräberreihe auf dem alten Friedländer Friedhof belehrt, und mein geschichtlicher und Familien-Horizont erweiterte sich um ein Beträchtliches.
Sonst schlief ich des Abends meistens ein auf meinem Strohsack in dem groben Schragen, übergangslos wie ein

Stein ins Wasser sinkt, oben in der Bodenkammer des Hauses, durch deren enges Fenster ich weit über unseren Hof, den Garten, die Bleiche zum Stadtsee hinunter blicken konnte mit unserem Boot am langen Brettersteg, dem ewig raschelnden, raunenden Schilfstreifen am Ufer, über dem die Libellen wie funkelnde Pfeile hin und her schossen – und hinüber über die zumeist sanft gekräuselte Wasserfläche zu den bewaldeten Höhen am fernen Südufer, wo die Giebel von Schloß Dobrin gerade noch über den Baumwipfeln zu erkennen waren. Aber an diesem Abend nach dem Besuch des alten Friedhofs mit der mir eine dunkle Furcht einflößenden langen Reihe der Gräber meiner Vorfahren schloß mich nicht der Schlaf wie sonst sofort in seine warmen Arme. Ich war zu aufgeregt, um gleich einschlafen zu können. Was war die tiefere Bedeutung der Kunde, die der Großvater mir vermittelt hatte? Ich war also nur ein Glied in einer langen, in graue Vergangenheit zurückreichenden Geschlechterkette, und immer waren wir hier in Friedland, dem preußischen, verwurzelt gewesen – verwurzelt buchstäblich, mit mächtigen um die Grabsteine geschlungenen Wurzeln im Friedländer Boden verankert. Urgroßvater – wie sich das anhörte – und dann Ur-Urgroßvater! Und wie viele weitere Ur waren vor ihnen anzunehmen, unzählige? Ja, unzählige bis in den fernsten Abgrund der Zeit, sonst würde ich, der ja auch den Vornamen Johann trug, überhaupt nicht existieren.

In jener Nacht, in der ich erst gegen Mitternacht in den Schlaf hineinfand – das bleiche Viereck, das der Vollmond durchs Fenster auf dem Fußboden meiner Schlafkammer zeichnete, war neben meinem Schragen weit vom Kopfende zum Fußende geschlichen – mochte der Wunsch in mir aufgekeimt sein, einzusammeln, was nur immer zu erfragen und zu erforschen war, über die Vorfahren, über

Friedland und die Vorgeschichte meiner Heimat. Mein Leben lang bin ich nicht davon abgekommen, so weit ich auch umhergetrieben wurde.
Gleich am nächsten Tag suchte ich Großvater wiederzutreffen. Ich fand ihn, wie er sich die Sonntagsstiefel putzte, baute mich vor ihm auf und fragte: »Großvater, mein Ur-Ur, von dem du mir gestern erzählt hast, das war also dein Großvater, und er ist geboren worden, sagtest du, ein Jahr, nachdem Friedland und Schlochau und überhaupt all das Land, das später Westpreußen genannt wurde, wieder unter preußische Regierung kam? Hat dein Großvater dir auch immer so viel erzählt von Friedland und dem Deutschen Orden, wie du mir erzählst –?«
»Da rührst du an einen sehr wunden Punkt, mein lieber Jung, und ich kann dir einiges über das Unglück berichten, das zu meines Großvaters Zeiten über die Familie gekommen ist – und wovon wir uns bis zum heutigen Tag noch nicht erholt haben. Nein, als ich auf die Welt kam, 1831, war mein Großvater schon zweiunddreißig Jahre lang tot; er ist nur 40 Jahre alt geworden, und auch mein Vater war erst zehn Jahre alt, als die ganze Familie beinahe zum Teufel gegangen wäre. Mein Vater wußte darüber Bescheid. Vor dem schlimmen Unglück 1813 besaßen wir viel mehr Land als heute. Auch die Mühle unten im Tal, wo die Bisse vor dem Einfluß in die Dobrinka aufgestaut war – man kann das ja heute noch erkennen – gehörte uns in Erbpacht aus der königlich-polnischen Zeit her, die für unser Land dreihundertundsechs Jahre lang gedauert hat. Vielleicht stammt das Mühlenrecht sogar aus noch früherer Zeit, als unser Land unter dem Deutschen Orden allmählich zu sich kam und zu blühen anfing.«
»So weit zurück kann ich gar nicht denken, Großvater. Da wird mir ganz schwindlig dabei. Aber was war denn das

für ein großes Unglück, von dem unsere Familie damals getroffen wurde? Weißt du was darüber?«
»Nur das, was mir mein Vater erzählt hat. Der hat es als kleiner Junge miterlebt, als er etwa ebenso alt war, wie du jetzt bist, und natürlich hat er später, als er größer wurde, mehr darüber erfahren. Das kann ich dir ziemlich genau erzählen. Aber du mußt wissen, min Jung, wenn die Berichte so von einem zum anderen durch die Jahre wandern, dann arten sie leicht aus, wuchern ein bißchen hier und da, so daß man später nicht mehr mit Sicherheit auseinanderhalten kann, wo die Wahrheit aufhört und von wo ab anderes hinzuerfunden wurde. So ist das mit allen Geschichten von unserer Familie und von unserem Lande, dem Kreis Schlochau, der aus der alten Ordenskomturei Schlochau hervorgegangen ist.«
»Ach, Großvater, du kommst immer ab. Erzähl doch! Warum ist dein Großvater so früh gestorben? Das war doch der, der Johann-Gottlieb hieß.«
»Das hast du gut behalten. Es ist gar nicht so leicht, lang vergangene Geschehnisse wieder auferstehen zu lassen. Die Fäden laufen einem allzufix auseinander oder verknoten sich; aber ich will es versuchen.«

2. Kapitel

Das neue Jahrhundert hatte sich böse angelassen, nicht nur für das Königreich Preußen, sondern auch für die meisten anderen Staaten Europas. Auch das entlegene Städtchen Preußisch-Friedland auf dem nördlichen Hochufer über dem Dobrinka-Tal hatte den fürchterlichen

Wandel der bestehenden, der vertrauten Verhältnisse bitter zu spüren bekommen, ebenso wie das gesamte zwischen dem alten Ostpreußen und Pommern liegende Gebiet, das noch in der Regierungszeit Friedrichs II., des »Großen«, unter dem Namen Westpreußen (westlich der unteren Weichsel gelegen) zusammengefaßt worden war.
Unvermeidlich hatte auch der »erbgesessene Bürger« von Friedland, Johann-Gottlieb Walkner, Handwerksmeister und zugleich ein für die Verhältnisse an der Wende vom achtzehnten zum neunzehnten Jahrhundert recht begüterter Landwirt, die Ungunst der Zeitumstände zu spüren bekommen. Aber dieser Johann-Gottlieb Walkner war ein sowohl umsichtiger wie kühner Wirtschafter, der die dreieinhalb Jahrzehnte unter preußischer, das heißt deutschsprachiger, deutscher Verwaltung nach über dreihundert Jahren wüster Kriegs- und politischer Wirren, nach Glaubensstreitigkeiten, Seuchen und Hungersnöten unter polnischer Herrschaft klug genutzt hatte. Johann-Gottlieb hatte nicht zu jenen »erbgesessenen« Bürgern in der kleinen, einst vom Deutschen Orden in der zweiten Hälfte des vierzehnten Jahrhunderts gegründeten Stadt gehört, die noch viele Jahre nach dem Anbruch der preußischen Zeit*, der »fritzischen«, wie man auch sagte – Friedrich II. war der »Alte Fritz« geworden – im geheimen das Ende der polnischen Verhältnisse bedauerten; man hatte unter der polnischen Devise »leben und leben lassen« eigentlich ganz angenehm dahin geschludert, so gut oder schlecht es eben ging, hatte bei behördlichen Schwierigkeiten dem Starosten in Schlochau ein Handgeld zugesteckt oder auch nur eine Fuhre Roggen auf seinem Kornboden abgeladen –

---

* 1772: erste Teilung Polens

und viele Mißhelligkeiten hatten sich ausbügeln lassen; die Gesetze und Verordnungen aus dem fernen Warschau waren schließlich um der Menschen willen da, und die Menschen waren nicht allein zu dem Zweck geboren, den Gesetzen Genüge zu tun. Das war, wenn man ein wenig Einfluß und Geld besaß, ein Zustand gewesen, mit dem sich ganz gut auskommen ließ; der Schlendrian hatte auch seine guten Seiten gehabt; man mußte auf dem freundlichen alten Instrument nur richig zu spielen verstehen. Notfalls konnte man ins Polnische, das heißt ins Katholische, aus dem deutsch-lutherischen hinüberheiraten. Die Polen hatten nichts dagegen, ganz im Gegenteil; und die Deutschsprachigen zuckten die Achseln und hatten im Grunde auch nichts dagegen.

Johann-Gottlieb war zugleich mit der »fritzischen« Zeit auf die Welt gekommen. Sein Vater Johann-Christian und seine Mutter Christina, geb. Fedtker, hatten beide mit dem polnischen Wesen nichts im Sinn; sie waren nach 1772 mit großem Eifer ins Preußisch-Deutsche hinübergeglitten und hatten ihren Sohn Johann-Gottlieb mit all der Strenge und Gewissenhaftigkeit erzogen, die der neuen, der fritzisch-preußischen Lebensart entsprach. Fleißig hatte man zu sein, ehrlich, aber zugleich darauf aus, das Eigene nach besten Kräften zu mehren. Der Sohn hatte die Eltern nicht enttäuscht, hatte früh begriffen, welche Möglichkeiten sich unter den neuen preußischen Verhältnissen boten, das heißt, er war zu günstigen Bedingungen in Besitz und Eigentum anderer Leute eingestiegen; er hatte die Zeichen der Zeit verstanden und sich von den bequemen Gewohnheiten der vergangenen polnischen drei Jahrhunderte getrennt, ohne ihnen hinterherzutrauern.

Damals spielte die Tuchmacherei im Süden der früheren

Ordenskomturei Schlochau eine große Rolle. Gegen Ende des achtzehnten Jahrhunderts gab es mehr als ein halbes Hundert Tuchmachermeister in Friedland bis nach Grunau hinüber. Tuch wurde damals nur aus Wolle gefertigt. Aber die Schafe, die im Schlochauer Land bis hinüber in die Tucheler Heide weideten, lieferten eine grobe, harte Wolle, die für das Spinnen und Weben erst weich und glatt gemacht werden mußte; sie wurde in der Friedländer Mühle »gewalkt«.

Um die Tuchmacherei in seiner neuen Provinz Westpreußen, speziell in der Friedländer Gegend zu fördern, hatte der Alte Fritz am Austritt der Dobrinka aus dem Suckau-See eine zweite Walkmühle bauen lassen. Allerdings stellte sich bald heraus, daß die Dobrinka in trockenen Jahren nicht genügend Wasser führte, um die Walkmühle in Gang zu halten. Die Mühle mußte nach Grunau verlegt werden. Das lohnte sich durchaus, denn die Friedländer Tuche wurden weit nach Polen und Rußland hinein verkauft.

Johann-Gottlieb hatte die Tuchmacherei erlernt und hatte es bis zum Meister gebracht, hatte sich aber, unruhiger Geist, der er war, nicht damit zufrieden gegeben. Die verkrusteten gesellschaftlichen Verhältnisse in ganz Europa waren längst von innen her morsch und in der zweiten Hälfte des achtzehnten Jahrhunderts unerträglich geworden, hier mehr, dort weniger. In der großen französischen Revolution hatte sich die schon lange glimmende Lunte bis zum Pulverfaß, dem gemeinen französischen Volk, hindurchgefressen – und das Pulverfaß war unerhört gewaltsam explodiert. Die Gedanken der Großen Revolution breiteten sich über die Grenzen Frankreichs hinweg nach allen Seiten aus wie die Wellen in einem Teich, wenn ein Stein in seine Mitte geworfen wird. In Preußen zehrte man immer noch von dem Ruhm und der Leistung des Großen Friedrich, und die Regierenden glaubten, nichts ändern zu dürfen. Aber auch hier wandelte sich unter der Decke des Gewohnten, des »Bewährten«, langsam das Bewußtsein. Selbst im entlegenen Westpreußen, besonders im schon einigermaßen entwickelten Schlochauer Kreis bis zur Dobrinka hinunter, merkten die empfindlicheren Geister, daß sich allgemein ein Umschwung der Verhältnisse und nicht nur in Politik und Verwaltung ankündigte. Auch der im dritten Jahrzehnt seines Lebens stehende Johann-Gottlieb spürte dies bis in die Fingerspitzen, spürte es stärker als seine Nachbarn und die anderen »erbgesessenen« Bürger der kleinen Stadt. Ihm behagte es, daß sich Friedland mit kluger, zuweilen strenger Nachhilfe der preußischen Verwaltung von dem Elend und der Vernachlässigung in den letzten Jahrzehnten des zerfallenden polnischen Staates erholte.

Johann-Gottlieb für sich allein wäre vielleicht zu unbeständig, zu »einfallsreich« gewesen, seinen Besitz und Einfluß mit bleibendem Erfolg zu vergrößern und zu stärken, wenn er nicht durchaus gegen den Willen seiner Eltern 1801 die um dreizehn Jahre ältere Eva Rosina Scharmer geheiratet hätte. Die Mutter dieser Eva war nämlich ebenfalls eine Walkner gewesen; sie war also mit Johann-Gottlieb ziemlich nahe verwandt. Aber Johann-Gottlieb hätte eher ein dauerndes Zerwürfnis mit seinen Eltern riskiert, als von der Frau zu lassen, die er liebte – wobei er, ohne es zu wissen, ganz der Art der Männer seines Geschlechts entsprach, die stets darauf bestanden haben, nach Instinkt und nicht nach Vernunft zu heiraten – und meistens damit recht behielten und das Glück ihres Lebens und das der Frau begründeten. Eva Rosina besaß bereits weit mehr an Lebenserfahrung als der um dreizehn Jahre jüngere Mann, von dem sie sich im Sturm hatte erobern lassen. Johann-Gottlieb muß empfunden haben, daß ihm mit dieser schon gereiften Frau die Klugheit und Beständigkeit zuwuchs, deren er aus eigener Kraft nicht immer sicher sein konnte.

Eva Rosina hatte mit Liebe und Festigkeit dafür gesorgt, daß bei den vielfachen Unternehmungen ihres Mannes mit Vorsicht und Umsicht verfahren wurde. Sie hatte begriffen, daß sich gewaltsam eine neue Zeit ankündigte, die immer stärker und unausweichlicher von dem Namen Napoleon Bonaparte geprägt wurde. Eva Rosina hatte auch erfaßt, daß neuerdings auch auf andere Weise Geld zu verdienen war als mit harter Arbeit auf dem Acker oder in der Werkstatt. Die Tuchweberei machte sich nicht mehr recht bezahlt. Viele Handwerksmeister gingen bankrott und mußten ihre Äcker verkaufen, um ihre Schulden zu decken. Sie waren ja alle auch »Ackerbürger« gewesen, Bauern, die in der Stadt wohnten, einer Stadt, die noch aus der Ordenszeit her mit festen, hohen Mauern und starken Türmen über den wenigen Toren umschlossen war.

Eva Rosina hatte indessen nach dem frühen Tode ihrer Eltern den ihr als einziger Erbin zugefallenen elterlichen Besitz noch vor ihrer Heirat günstig verkauft und brachte ein Kapital mit in die Ehe, mit dem sich das reichlich angebotene Land der versagenden Tuchmacher, Brauer und Mälzer in und um Friedland billig ankaufen ließ. Der Walknersche Hof wurde um gute Wiesen, Felder und auch Baumbestand im Gneven, dem großen Wald über dem Nordufer der Dobrinka, eine knappe preußische Meile westlich von Friedland, erweitert. Vor allem aber entwickelte Johann-Gottlieb, auch wieder von Eva Rosina angeregt, stets weiter ausgreifend, einen Handel ins Polnische und sogar bis ins Russische hinüber. Es brachte viel mehr ein,

die Tuche der übersetzten Tuchmacherzunft und der erst recht allzu reichlich in Friedland angesiedelten Schuh- und Stiefelmacher in den warenhungrigen Osten zu verkaufen, als selbst Tuche herzustellen. Die Gewinne aber wurden, darauf bestand Eva Rosina, in Land angelegt.
Johann-Gottlieb wurde ein wohlhabender Mann; es ging steil aufwärts. Und als ihm 1803 auch noch ein Sohn geboren wurde, der auf den Namen Johann-Michael getauft wurde, kannte das Glück des umtriebigen und um neue Einfälle nie verlegenen Mannes keine Grenzen. Aber er wußte, daß er ohne seine um so viel ältere Frau, deren gesunder Menschenverstand die schnell sich wandelnden Umstände klarer durchschaute, als er selber es vermochte, niemals so schnell und geradlinig zu Erfolg gekommen wäre, wie es geschehen war. Er liebte seine Frau mit schwärmerischer Treue; es kümmerte ihn nicht, daß manche unter seinen vielen Neidern ihn heimlich verspotteten. Eva Rosina mag gegenüber dem Geliebten, dessen überschäumende Unternehmensfreude lediglich von ihr kanalisiert zu werden brauchte, zur Hälfte von mütterlichen Gefühlen geleitet worden sein, keine schlechte Grundlage für eine gute Ehe.
Das Unglück kam von außen; es ließ sich nicht abfangen oder vermeiden; man kann auch Gewitter und Hagelschlag nicht vermeiden und muß es hinnehmen, daß in einer halben Stunde eine ganze Ernte zerschlagen wird.
Preußen war unter dem vorsichtigen oder sogar furchtsamen Friedrich Wilhelm III. bemüht gewesen, sich aus den kriegerischen und politischen Umgestaltungen herauszuhalten, die im Kielwasser der Großen Französischen Revolution der Korse Napoleon mit unbändigem Machtwillen der buntscheckigen Vielfalt der europäischen Groß- und Kleinstaaten aufgezwungen hatte. Napoleon, der sich

zum »Kaiser der Franzosen« hatte krönen lassen – die Große Revolution hatte längst »ihre Kinder gefressen« – machte einen Strich durch die vorsichtige preußische Rechnung und bewies der Mitwelt am 14. Oktober 1806 bei Jena und Auerstedt, daß mit der verehrungswürdigen friederizianischen Tradition keine Schlachten mehr zu gewinnen waren. Der König mit der vielgeliebten Königin Luise mußte aus Berlin nach Ostpreußen flüchten, ganz Preußen wurde von französischen Truppen überflutet. Zwar konnte Napoleon in der Schlacht bei Preußisch-Eylau am 7. und 8. Februar 1807 gegen die russich-preußischen Truppen keine klare Entscheidung erzwingen, siegte dann aber doch am 14. Juni 1807 bei – einem anderen – Friedland (südöstlich von Königsberg) und besetzte Königsberg in Ostpreußen, die Stadt, in der bis dahin die preußischen Könige gekrönt worden waren. Im Frieden von Tilsit (am Unterlauf des Memel-Flusses in Ostpreußen) im Juli 1807 verlor Preußen den größten Teil der Gebiete, die ihm die polnischen Teilungen 1793 und 1795 eingebracht hatten, an das von Napoleon neugeschaffene Herzogtum Warschau unter dem König von Sachsen. Die Provinz Westpreußen allerdings verblieb bei Preußen.
Damit war die Dobrinka abermals Landesgrenze zwischen preußischen und polnischen Gebieten geworden, wie sie es schon zu Zeiten des Deutschen Ordens gewesen war. Preußisch-Friedland, das sich auf seiner stolzen Höhe über der Dobrinka hinter seinen Türmen und Mauern als in der Mitte der seit 1772, 92 und 93 gewonnenen Gebiete liegend hatte sehen und fühlen dürfen, war wieder ganz an den Rand gerückt. Die einbringlichen Verbindungen, die Johann-Gottlieb und seine Frau Eva Rosina weit nach Osten und Süden geknüpft hatten, waren zerschnitten. Und nicht nur das!

Französische Truppen hatten lange auch im Schlochauer Land gelegen und sich durch viele Übergriffe und eine aufreizende Selbstherrlichkeit unbeliebt gemacht. Auch die im französischen Verband miteingedrungenen Truppen aus süddeutschen Staaten, die Napoleon im »Rheinbund« auf seine Seite gezwungen hatte (vielfach war auch gar kein »Zwang« nötig gewesen), wußten sich nicht beliebt zu machen; ihre Dialekte wurden von den vorwiegend westpreußisches Platt – oder kaschubisch – sprechenden Leuten im Schlochauer Land genau so wenig verstanden wie Französisch.

Johann-Gottlieb hatte nicht Soldat zu werden brauchen. Die Soldaten wurden in Preußen wie anderswo auch unter den vielen überschüssigen und unterbeschäftigten Söhnen der Bauern und erbuntertänigen Leute (die es, wenigstens auf dem Papier, in Preußen gar nicht mehr gab) rekrutiert (in Preußen für zwanzig Jahre, in Österreich noch lebenslänglich, später auch für zwanzig Jahre). Johann-Gottlieb hatte seine Unabhängigkeit, seinen heißen Willen, sich und die Familie stark und reich zu machen, nie zu zügeln brauchen. Jetzt hatte er sein Haus für die Offiziere der Besatzungstruppen aufgeben, hatte seine Scheunen und Ställe für die Fremden freimachen, seine besten Pferde ausliefern, viel fremdes, anmaßend auftretendes Soldatenvolk beköstigen und unterbringen müssen, ohne je mit mehr als einem Hohngelächter bezahlt zu werden. Er kam nie – und erst recht nicht Eva Rosina – auch nur von fern in die Versuchung, sich den Franzosen oder den von Süden über die Dobrinka vorfühlenden Polen als Helfershelfer womöglich gegen die eigenen Friedländer, Landecker oder Schlochauer Landsleute zur Verfügung zu stellen, wie es, wenn auch nur vereinzelt, andere »erbgesessene« Ackerbürger oder auch Beamte wie der Stadtrichter Vogel für ratsam und vorteilhaft hielten. Seine über Jahre hinweg sorgsam aufgebauten Handelsgeschäfte lösten sich in blauen Dunst auf. Aber damit waren ihm nur Gewinne entgangen; einen wirtschaftlichen Zusammenbruch brauchte er nicht zu fürchten. Der ansehnliche Besitz an schuldenfreiem Land, für den weit mehr als ihr Mann die beinahe bis zum Geiz sparsame Eva Rosina gesorgt hatte, hielt die kleine Familie und das dazugehörige Gesinde sicher über Wasser. Die Äcker trugen weiter Frucht, und der geschädigte Bestand an Pferden, Rindvieh, Schweinen und Federvieh würde sich in wenigen Jahren von selber wieder auffüllen.

Als dann von 1808 ab die preußische Verwaltung wieder wirksam wurde, brauchten die Walkners zwar keine unberechenbaren Übergriffe von Fremden mehr zu fürchten, dafür aber mußte nun der preußische Staat die Steuern für alle auch nur zur Not zahlungsfähig gebliebenen Bürger – zu denen in Preußisch-Friedland Johann-Gottlieb Walkner mit in vorderster Reihe gehörte – fast unerträglich erhöhen; und ihnen konnte sich unter der ebenso unbestechlichen wie unnachsichtigen preußischen Finanzverwaltung niemand entziehen.

Doch in den deutschen Mittel- und Kleinstaaten – als echte Großmacht war nur noch Österreich anzusehen – hatte die ganz Europa (ohne England und Rußland) einbeziehende französische Vor- oder Gewaltherrschaft ein bis dahin kaum vorhanden gewesenes Gefühl der Verbundenheit und der Hinwendung zum eigenen Volk und Land und König erweckt, am stärksten wohl in Preußen, denn hier hatte ein vergleichsweise bescheiden und sparsam auftretender König und eine anmutige, leicht die Herzen gewinnende Königin, die Luise, Mitgefühl und Opferbereitschaft zu heller Flamme entfacht – und dies nirgendwo in preußischen Landen stärker und entschlossener als in »Altpreußen«, das heißt den beiden preußischen Ostprovinzen, Ost- und Westpreußen. Johann-Gottlieb und Eva Rosina machten nach all den bedrückenden Erfahrungen und Rückschlägen, mit denen sie hatten fertig werden müssen, durchaus keine Ausnahme von der für die überwiegende Mehrheit des Volkes geltenden Regel.

Der ertragreiche Großhandel nach Süden und Osten, den Johann-Gottlieb bis etwa 1806 aufgebaut hatte, ließ sich nach dem verlorenen Krieg, der Preußen auf Ost- und Westpreußen (ohne Danzig!), auf Brandenburg (aber nur den östlich der Elbe gelegenen Teil), Pommern und Schlesien beschränkt hatte, nicht wieder in Gang setzen.

Nein, den beiden Eheleuten, er nun 37, sie 50 Jahre alt, denen die Umstände verwehrten, diese erstaunliche, in kurzer Zeit vollbrachte Leistung auch nur zu erhalten, blieb nichts weiter übrig, als den Haß zu nähren, den Haß gegen den Usurpator, den Unterdrücker, den Kaiser der Franzosen, »die Franzosen« überhaupt, die nur Unglück und Not über das Land gebracht hatten.

Aber es sollte für die Walkners noch viel schlimmer kommen: sie waren geschädigt worden, hatten bluten müssen und mußten nun weiter bluten, um dem preußischen Staatswesen mit den wenigen Millionen anderer, eben noch zahlungsfähiger Untertanen wieder auf die Beine zu helfen.

Die Versuche des Kaisers Napoleon, über die Vorherrschaft im ganzen mittleren und westlichen kontinentalen Europa hinaus mit dem Zarenreich zu einer Art Aufteilung der Macht und des Einflusses in Europa zu gelangen, waren im Sande verlaufen. Der Zar in seinem riesigen Reich, das keine Reformation, keine Aufklärung, keine Große Revolution, seit den Mongolen keine Fremdherr-

schaft mehr erlebt hatte, mochte mit dem Emporkömmling aus Korsika, der sich den Kaisertitel angemaßt und die Heirat mit einer echten Kaisertochter erzwungen hatte, nichts zu tun haben. Der Zar verweigerte sich jeder ernsthaften Absprache mit dem »Korsischen Banditen«. Napoleon hatte sich darüber klar zu werden, daß die von ihm gewaltsam geschaffene Neuordnung in West- und Mitteleuropa, daß die Vorherrschaft Frankreichs auf die Dauer nur zu sichern waren, wenn er schließlich auch Rußland mit der Macht der Waffen »zur Raison« brachte. Auch der Zar mußte besiegt werden. Dieser Schluß hatte sich für den Korsen so gut wie zwangsläufig ergeben; im Grunde blieb Napoleon keine andere Wahl. Zwar hatte er das längst morsch gewordene »Heilige Römische Reich Deutscher Nation« endgültig zum Einsturz gebracht, war wie ein Wirbelsturm in die deutsche und sonstige Kleinstaaterei, in die Vorrechte der Kirche und des Adels gefahren, hatte als Erbe und wahrer Vollstrecker der Großen Französischen Revolution dem gemeinen Mann, dem Bürger und Bauern einen neuen geistigen, politischen und wirtschaftlichen Horizont aufgerissen, war aber schließlich, wie der Wille zur Macht es so gut wie stets bewirkt, zum Diktator geworden, der keine Grenzen mehr anerkennt und vergißt, daß auf die Dauer im Völkerleben die absolute Macht nicht durchzusetzen ist, daß nur der Kompromiß Bestand haben kann.
Sein Leben lang hatte Napoleon gegen England gestanden, schon lange, bevor er sich gegen Rußland wandte, und hatte es nicht in die Knie zwingen können. Er hatte die »Kontinentalsperre« verhängt, durch die das Inselreich vollkommen vom Handel und Austausch mit dem gesamten übrigen Europa ausgeschlossen werden sollte. Rußland hatte sich nach der katastrophalen Niederlage des ver-

bündeten Preußen und nach dem Tilsiter Frieden, der Preußen entmachtete, der Kontinentalsperre gegen England angeschlossen und dafür einen Teil des seit dem Ende Polens preußischen Neu-Ostpreußens zurückerhalten. Napoleon plante sogar eine Zusammenarbeit mit Zar Alexander I., um sich den Rücken für den Kampf gegen England freizuhalten, England, das Napoleon die Kaiserherrschaft über Gesamt-Europa mit unbeugsamer Entschlossenheit verwehrte.

Doch das ungeheure Rußland, dessen Einfluß und Grenzen über den ganzen europäischen Osten hinweg durch die fernen Tiefen Nord-Asiens schon bis an die Wasser des Pazifischen Ozeans vorgeschoben waren, brauchte der Gewalt, von der West- und Mittel-Europa gedemütigt worden war, nicht zu gehorchen. Der glanzvolle Aufstieg Napoleons hatte seinen Höhepunkt überschritten. Rußland bewegte sich langsam, war aber schließlich nicht mehr bereit, sich mit dem französischen Diktat, der napoleonischen Politik abzufinden: Rußland gab aus wirtschaftlichen Gründen die Sperre gegen englische Einfuhren und russische Ausfuhren nach England auf, womit Napoleons Plan, England wirtschaftlich abzuschnüren und auszuhungern, unwirksam gemacht wurde.

Als das geschah, hätte Napoleon innehalten und sich sagen müssen, daß selbst seine große Macht nicht ausreiche, Rußland und England zugleich in die Knie zu zwingen. Doch hatte der große Korse das Gesetz, nach dem er angetreten war, auch jetzt noch zu erfüllen; er hatte bisher stets gesiegt, er würde auch weiter siegen, obgleich seine früheren Feldzüge Frankreich – und auch das übrige Kontinental-Europa – fürchterlich ausgeblutet hatten. Rußland mußte, wenn es aus der Reihe scherte, militärisch zum Einschwenken gezwungen werden. 1812 sammelte Napoleon an der Westgrenze des Zarenreichs nochmals eine riesige, die »Große Armee«, zu der die von Frankreich abhängigen Staaten, vor allem auch Preußen, ihnen schonungslos auferlegte Truppen-Kontingente zu stellen hatten, denn Frankreich allein brachte nicht mehr genug Soldatenleiber zusammen, um das riesige Rußland zu besiegen.

Wie ein gefräßiger Heuschreckenschwarm sammelte sich die Große Armee im äußersten Osten des französischen Einflußgebiets, also auch in Westpreußen und Ostpreußen. Die Heere lebten nicht mehr wie in friderizianischer Zeit aus ihren »Magazinen«, sondern nach napoleonischer Art von »Requisitionen«. In und um Preußisch-Friedland bis hinauf nach Schlochau und Konitz lagen französische Linienregimenter im Quartier. Die Soldaten benahmen sich, fern ihrer Heimat, die sie nur widerwillig verlassen hatten, aber nun ledig aller Bande heimischer Sitte und Beschränkung, wie Herren in einem unterjochten Lande, gegen deren Übergriffe es keine Berufung gab.

Johann-Gottlieb Walkner, der als wohlhabend galt und es auch immer noch war, wurde auf seinem großen Hof, den er sich vor den Toren der Stadt erbaut hatte, besonders beansprucht und besonders schonungslos von den fremden Truppen, die sich wahrlich nicht wie »Verbündete« aufführten, zu Dienst- und Lieferleistungen herangezogen. Eva Rosina, die unter der seit Preußens Niederlage 1807 stets wachsenden Sorgenlast früh gealtert war, vermochte dem Druck und der seelischen Mißhandlung, welchen der Hof, ihr Mann, sie selbst und jeder einzige des Gesindes ausgesetzt waren, auf die Dauer nicht standzuhalten. Sie brach zusammen, wurde von einem unerklärlichen, qualvollen Fieber erfaßt und mußte das Bett hüten. Sie war kaum noch bei klarem Bewußtsein, murmelte mit trocke-

nen, aufgesprungenen Lippen unverständliche Worte vor sich hin und schien ihren Mann und den kleinen, noch nicht neunjährigen Sohn Johann-Michael kaum noch zu erkennen.
Johann-Gottlieb, Eva Rosinas Mann, war schier außer sich vor Hilflosigkeit und Sorge um die geliebte Frau. Sie hatte seinem unruhigen, allzu einfallsreichen Wesen Richtung und Standhaftigkeit verliehen, war, wenn auch nicht der Kapitän, schon gar nicht nach außen erkennbar, so doch aus dem Hintergrund der Pilot, der Lotse der gemeinsamen Existenz gewesen. Er war zu klug, um das nicht längst eingesehen zu haben, und er erkannte es an, da sie seinen Stolz stets geschont hatte. Sie durfte ihm nicht sterben, nicht in dieser notvollen, wirren Zeit, in welcher er die Gefährtin weniger entbehren konnte als je zuvor.

Es ereignete sich im späten Hochsommer 1812 an einem glutheißen Tage, daß eine Schwadron französischer Dragoner nach langem Marsch von Ratzebuhr in Pommern her in Friedland einfiel, dort versorgt und untergebracht werden mußte. Die Infanterie, die in der Friedländer Gegend einige Wochen im Quartier gelegen hatte, war bereits gegen Rußland in Marsch gesetzt worden. Johann-Gottlieb hatte wie die meisten Friedländer Hofbesitzer aufgeatmet und gemeint, das Schlimmste wäre erst einmal vorüber. Auch der Eva Rosina schien es ein wenig besser gehen zu wollen.
Nun plötzlich diese wilden Dragoner, verstaubt, verschwitzt, auf abgehetzten schweren Dragoner-Rossen! Johann-Gottlieb werkte mit seinen Leuten draußen auf dem ziemlich weit entlegenen Felde bei der »Krausen Lene«, der »krausen Linde«, die keine Linde war, sondern ein wilder Birnbaum, aber der uralte, verknorrte Baum trug nun

einmal diesen Namen. Der Roggen mußte gemäht, gebunden und in »Hocken« aufgestellt werden. Johann-Gottlieb hatte aus der Ferne nicht mit Sicherheit erkennen können, was sich in und um die Stadt abspielte. Aber er hatte Staub aufwölken sehen und glaubte auch, daß mehr Menschen als gewöhnlich um diese späte Nachtmittagsstunde am Stadtrand unterwegs waren und in sonderbarer Hast umhereilten. Die böse Zeit, die er und die ganze Gegend hinter sich hatten, zerrte ihm noch an den Nerven. War nicht die bettlägerige, geschwächte Eva Rosina allein im Hause zurückgeblieben – mit nur einer jungen Magd, die auf dem Hof geboren war und die der Frau in beinahe zärtlicher Treue anhing, als Schutz und Hilfe?

Es hielt den seit langem schon nur an schlechte Nachrichten und Erfahrungen gewöhnten Mann nicht bei seinen Leuten. Mochte der Altknecht mit den anderen die Mahd und Arbeit des Roggenschnitts bei der »Krausen Lene« auf eigene Faust zu Ende bringen; er selber, der Bauer und »erbgesessene Ackerbürger« machte sich in plötzlicher Eile auf, zu Hause nach dem Rechten zu sehen.

Er kam zu spät.

Auf dem Hof, bevor er noch das Wohnhaus betreten hatte, stürzte ihm aus einem Winkel am Kuhstall die Albertine entgegen, die junge, blonde Magd, die er bei der kranken Frau des Hauses zurückgelassen hatte, völlig zerrupft und aufgelöst mit wirrem Haar und einer blutigen Schramme auf der Stirn. Sie keuchte mit gepreßter Stimme, als ob es niemand hören dürfte:

»Oh, Bauer, oh, Bauer, es sind Dragoner eingerückt, an die zehn Mann, und einer, der den Befehl hat. Die Pferde ganz abgehetzt und schwitzig, und die Soldaten schmutzig, ganz wild vor Müdigkeit und Wut. Haben mich gleich hergenommen; dazu waren sie noch nicht zu müde;

ich habe mich gewehrt und bin ihnen entwischt; sie machten sich gleich über Essen und Trinken her; und dann wollten sie schlafen, nachdem sie ihre Pferde abgesattelt und eingestellt, die Futterkiste leer gemacht hatten. Und dann haben sie sich hingehauen, wo sie was zum schlafen fanden, zwei ins Schlafzimmer vom Bauern und der Frau. Die kranke Frau haben sie aus dem Bett gezerrt und haben sie in der Diele auf dem Fußboden liegen lassen. Und dann packten sie sich ins Ehebett mit allem Dreck und Speck – der Unteroffizier und der Trompeter. Und wenn ich mich noch einmal im Hause sehen ließe, dann wollten sie mir zeigen, was sie für Kerle wären, wenn sie erst ausgeschlafen hätten; dazu würde schon noch Zeit sein, auch wenn sie morgen in der Frühe schon weiter müßten. Und ich sollte ja dafür sorgen, daß sie ungestört blieben, für morgen früh reichlich Essen und Trinken bereithalten und Futter für die Pferde, sollte aber, wenn mir mein Leben lieb wäre, beim Hofe bleiben und aufpassen, ob sich ein Reiter von der Stadt her näherte; dann sollte ich den Unteroffizier sofort wecken. Oh, Bauer, oh, Bauer, und die Frau liegt immer noch in der Diele. Ich konnte ja nichts tun. Sie trieben mich hinaus!«

Die Stimme der Magd war in ein klägliches Wimmern übergegangen; zuviel war dem jungen Ding zugemutet, zu Übles angetan worden.

Johann-Gottlieb hatte den kläglichen Bericht über sich ergehen lassen, zunächst wie erstarrt. Er hatte eigentlich nur eins vernommen: Eva Rosina war aus dem Bett gezerrt, auf die Diele hinausgestoßen worden. Die Kerle hatten sich selbst ins Bett gelegt. Was war der Frau geschehen? Hatte sie sich aus eigener Kraft vom Fußboden erheben können? Hatte man ihr womöglich etwas angetan?

Den nach dem heißen Arbeitstag und dem, was er in den

Wochen zuvor hatte ertragen müssen, völlig überanstrengten Mann faßte plötzliche eine namenlose Wut. Wollten sie ihm alles zu Grunde richten, die schon so vieles zerstört hatten: Das Land und den König, das Geschäft und die jungen Männer vom Hof, sie, die ihm die Vorräte aufgefressen hatten und nun weiter auffraßen? Und nun vergingen sie sich auch noch am Kostbarsten, was er besaß, an seiner Eva Rosina?
Er stürmte ins Haus. Auf der Diele lag die Frau in einem Lehnstuhl, noch im Nachtgewand. Sie war ohnmächtig – oder war sie tot? Sie hatte die Augen geschlossen, öffnete sie auch nicht, zuckte nicht, als er wie ein Besessener in den Raum schrie:
»Eva, Eva, Eva Rosina!«
Sie rührte sich nicht. Was konnte er tun? Nichts!
Doch! Sich rächen an einem der Kerle, die sie aus dem Bett geworfen hatten!
Er stürzte ins Schlafzimmer. Da schnarchten sie in dem Doppelbett, hatten nur ihre Waffenröcke über einen Stuhl geworfen, nicht einmal die schmutzigen Reiterstiefel mit den Sporen ausgezogen, mußten wahrscheinlich jederzeit alarmbereit sein. Schäumend vor Erbitterung faßte Johann-Gottlieb nach einem der Reiterstiefel, verletzte dabei seine Hand an den scharfen Sporen, beachtete es nicht, riß den schweren schlafenden Mann mit einem Ruck aus dem Bett; dumpf prallte der Leib auf den Fußboden.
»Raus, ihr Schweine, raus!« brüllte Johann-Gottlieb.
Der andere Dragoner war im Nu hoch, und auch der aus dem Bett gezerrte Trompeter raffte sich gleich wieder auf; ihm war nichts Ernsthaftes passiert. –
Johann-Gottlieb hatte gar keine Chance. Ein halbes Dutzend wütender, aus dem Schlaf gestörter Männer schlugen ihn zusammen, bis er blutüberströmt und besinnungslos

niederging. Die Peiniger schleppten ihn hinaus und warfen ihn vor die Tür.
Das Gesinde war von der Magd Albertine gewarnt worden, traute sich nicht auf den Hof zurück. Erst bei voller Dunkelheit kamen die Leute auf den Hof geschlichen, suchten Schutz vor dem Tau und den Mücken in der hintersten Scheune; auch ihre Quartiere waren von den Reitern belegt.
Früh am nächsten Morgen war der Spuk ebenso schnell vorüber, wie er gekommen war. Niemand vermochte später zu erklären, warum die Dragoner-Schwadron erst Tage nach den gegen Rußland schon abgezogenen Truppen in solcher Eile aufgetaucht und nach acht oder zehn Nachtstunden wieder abgezogen war. Erst als der Staub der abtrabenden Reiter über dem Wege nach Grunau verweht war, wagten es der Altknecht und Albertine, sich nach dem Bauern und der Frau umzusehen. Sie brauchten nicht lange zu suchen. Johann-Gottlieb lag immer noch ohne Besinnung neben der Tür seines Hauses. Aus einer Wunde am Hinterkopf sickerte langsam ein wenig Blut. Der Altknecht und zwei Mägde trugen den Bauern ins Haus, um ihn zu waschen; er lebte; das wenigstens war deutlich.
Auch die Frau lebte, schien sogar nach der Nacht im Lehnstuhl auf der Diele merkwürdig erholt. Es war, als weckte der Anblick ihres zerschlagenen Mannes und die schluchzende Umarmung ihres Söhnchens, das mit dem Vater auf dem Felde gewesen war und die Nacht in der Obhut des Altknechts in der Scheune verbracht hatte, in der Frau neue Kräfte.
Eva Rosina, so läßt es sich allein erklären, mochte sich ihrer Schwäche und Krankheit anheim gegeben haben, solange sie ihren starken, nie um Einfälle und Auswege ver-

legenen Mann am Steuer ihrer kleinen Welt wußte; er hatte sie nie enttäuscht; er hatte nie versagt; man brauchte ihn nur richtig zu führen. Jetzt aber war die Frau als einzige übriggeblieben, die den Hof mit allem was dazu gehörte, weiter zu regieren, vor allem das Gesinde richtig anzuweisen vermochte; außer dem nicht besonders umsichtigen Altknecht waren nur noch Frauen und Mädchen auf dem Hof zurückgeblieben; die jungen und mittelalterlichen Männer waren zum Heer eingezogen worden und marschierten irgendwo im großen Heer Napoleons gegen den Zaren.
Und ein weiterer schrecklicher Umstand wurde, nach allem was geschehen war, in den darauffolgenden Wochen und Monaten schließlich unbezweifelbar deutlich: Johann-Gottlieb, der Bauer, Unternehmer und Ackerbürger, erbgesessen in Preußisch Friedland wahrscheinlich schon seit den Tagen des Deutschen Ordens, in denen die Vogtei-Feste Friedland zum Schutze des einzigen brauchbaren Übergangs über das lang gestreckte Dobrinkatal errichtet worden war, dieser Johann-Gottlieb Walkner, dessen Namen darauf hinwies, daß die Familie sicherlich schon seit Generationen mit Schafen, ihrer Wolle und der Aufbereitung von Wolle zum Spinnen und Weben befaßt gewesen war, dieser zuvor einen gewissen genialischen Zug verratende, vielleicht unstete, aber von seiner Frau klug gelenkte Johann-Gottlieb war nach der schweren Mißhandlung durch die französischen Dragoner und der Kopfverletzung, die er dabei erlitten hatte, wirr im Hirn geworden, war zu zielbewußter Tätigkeit, vernünftigen Entschlüssen nicht mehr fähig. Seine Wunden und Beulen heilten ab; körperlich gesehen wurde er wieder einigermaßen der alte. Aber sein Geist blieb verdüstert.
Eva Rosina umhegte den geliebten Mann mit all der mütterlichen Fürsorge, zu der sie fähig war. Er schien sich die-

ses ihn Tag und Nacht nicht aus den Augen lassenden Schutzes zuweilen trotz seiner Verstörtheit bewußt zu werden und dankte es ihr dann mit einem scheuen, beinahe kindlichen Lächeln. Im übrigen aber bewegte den geschundenen Mann, nachdem man seine Ehre und seinen Anstand mit Füßen getreten hatte, nur noch ein einziger Gedanke, und er faßte ihn manchmal, wenn er lange vor sich hin gebrütet hatte, sogar in Worte, stöhnte sie vor sich hin – und Eva Rosina konnte sie zu ihrem Schrecken mehr als einmal deutlich verstehen:
»Sie werden wiederkommen, die Schufte! Sie werden wiederkommen! An den Russen werden sie sich die Zähne ausbeißen! Und dann werde ich die Hunde auf sie hetzen, alle Hunde auf sie hetzen!«
Er konnte für Stunden auf einem Feldrain hocken, seine zwei mächtigen Hofhunde neben sich, die ihn nun ständig und mit seltsamer Ergebenheit begleiteten, und nach Osten blicken – von wo sie wiederkommen mußten irgendwann, die Soldaten der »Großen Armee« – wenn, ja wenn sie überhaupt noch wiederkommen konnten!
Eva Rosina fürchtete sich. Auch sie konnte eine nach ihrer langen Krankheit zurückgebliebene Schwäche nicht völlig überwinden. Des Altknechts Erfahrung und Kenntnisse reichten nicht annähernd aus, den Herrn des Hofes zu ersetzen. Den Mägden wurde der finstere, ewig halb geistesabwesende Herr bald unheimlich; nur zwei ältere blieben schließlich beim Hof; drei jüngere hatten sich anderswo Arbeit gesucht; sie waren ja nach den neumodischen, auch in Preußen eingeführten Gesetzen nicht mehr an den Hof gebunden. Zu allem übrigen hatte Eva Rosina sich um den kleinen Sohn, ihren Johann-Michael zu kümmern, der zu seinem nur auf Rache und Vergeltung sinnenden Vater keinen Zugang mehr fand.

Im Herbst des Jahres 1812 sickerte die Kunde ins Friedländer Land, daß Napoleon die Russen bei Borodino, einem Dorf westlich von Moskau geschlagen und dann in Moskau als Sieger eingezogen wäre. Er schien sich also mit seiner kühnsten und ausgreifendsten Unternehmung durchgesetzt zu haben. Nach menschlichem Ermessen war Preußen endgültig von Frankreich abhängig geworden. Denn wenn selbst Rußland sich nicht hatte behaupten können, wem sonst noch im kontinentalen Europa sollte es gelingen, sagte sich Eva Rosina – und fürchtete mehr noch als zuvor für ihren Mann, dessen maßloser Haß auf die Franzosen sich allmählich in der ganzen Gegend herumgesprochen hatte. Wann und wer würde ihn bei den Franzosen verpetzen, um sich ihnen wohlgefällig zu machen?

Johann-Gottlieb nahm die Nachricht vom Einzug Napoleons in Moskau überhaupt nicht zur Kenntnis; er wußte es besser: sie würden wiederkommen und dann würde er die Hunde auf das verfluchte Lumpenpack hetzen; er hockte Tag für Tag am Rande seiner Felder, starrte nach Osten und murmelte vor sich hin:

»Sie werden kommen, und dann werde ich ihnen Beine machen! Und laufen werden sie, wie sie noch nie gelaufen sind – wenn sie überhaupt noch laufen können? Ist es nicht so, Karo, Wolf?«

Und er kraulte den beiden großen Hunden, seinen ständigen Begleitern, die Köpfe. Die Tiere ließen ein dunkles Knurren hören, tief aus der Kehle; ihre Nackenhaare sträubten sich...

Sie kamen wieder, die kläglichen Reste der Großen Armee. Die Russen hatten dem Eroberer die große Stadt Moskau von allen Ecken her unter seinem Hintern angezündet, hatten ihn damit der Winterquartiere und der Versorgung beraubt. Aus, Napoleon, aus! Sein Stern, der noch über Borodino geleuchtet hatte, stürzte jäh ab. Er wußte, daß er die Schlußpartie verloren hatte. Wenn etwas zu retten war, so war es jetzt nur noch von Frankreich aus zu retten. Der russische Winter stand vor der Tür; er sollte besonders kalt und schneereich werden. Napoleon ließ Moskau und seine Armee im Stich und machte sich heimlich auf den Rückzug nach Frankreich, so schnell die Pferde vor dem Schlitten laufen wollten.

Die »Große Armee« war durch die Feuersbrunst, die Moskau in rauchende Ruinen verwandelt hatte, mattgesetzt, ohne eine Schlacht verloren zu haben. Es blieb ihr nichts weiter übrig, als sich durch die bald in tiefem Frost erstarrenden Weiten auf den Rückmarsch zu machen. Dieser Rückmarsch wurde unter den ewig angreifenden schnellen Kosaken der Russen zu einer Katastrophe. Der Übergang über die vereiste Beresina Ende November 1813 besiegelte die Auflösung der napoleonischen Armee. Danach gab es keine geordneten Kolonnen mehr. Verelendete, halb verhungerte und erfrorene Männer, nur noch in Lumpen gehüllt, schleppten sich, soweit sie nicht bei dem Übergang über die Beresina in den eisigen Wasern des Stroms ertrunken waren, bei grimmiger Kälte durch den tiefen Schnee westwärts.

Johann-Gottlieb, besessen von nur noch einem Gedanken, wartete auf die Geschlagenen, nicht mehr draußen am Ostrand seines entlegensten Ackers, sondern in der Nische eines Futterschuppens bei der äußeren Pferdekoppel – in einen Schafspelz gehüllt, die Hunde neben sich im Halbdunkel des Verstecks, das ihn vor dem beißenden, in den leeren Zweigen der Weidenbüsche weinenden Wind aus Osten schützte. Eva Rosina hatte es längst aufgegeben, ihren Mann von seinem Wahn, sich rächen zu müssen, durch flehentliche Bitten, durch strenge Ermahnungen abzulenken. Er hörte gar nicht hin, schenkte ihr ein paar leere, verständnislose Blicke, rief seine beiden Hunde und begab sich abermals auf seinen Warteposten.

Es erfüllt sich Johann-Gottliebs Schicksal: Er kann die Rache nehmen, die sein verwirrter, beschädigter Verstand von ihm verlangt. Im Februar 1813 stolpern die ersten Rückkehrer, die längst keine Waffen mehr tragen, deren Uniformen, soweit noch vorhanden, unter den Lumpen, mit denen sie sich vor der Kälte zu schützen suchen, nicht mehr zu erkennen sind. Der große Hof am Rande der kleinen Stadt scheint den Elenden ein Obdach und vielleicht ein Stück Brot zu versprechen. Statt dessen schreit einer mit heiserer Stimme aus dem Hinterhalt:
»Faß, Karo, faß an, Wolf! Endlich sind sie da! Reißt sie in Stücke!«
Sie fassen an, die mächtigen Hunde, Johann-Gottliebs einzige und letzte Freunde. Die Elendsgestalten stieben auseinander. Einer bleibt liegen.
Johann-Gottlieb kümmert sich nicht um den Verletzten. Er hat vollbracht, was gefordert war. Er ruft die Hunde zurück. Er wankt auf den Hof zurück, schlägt sich, so wie er geht und steht, in der Scheune ins Stroh und schläft, an beiden Seiten gewärmt von den Leibern der Hunde.
Eva Rosina findet ihn erst am nächsten Morgen, nachdem der Altknecht halb durch Zufall den von den Hunden niedergerissenen und schwer zugerichteten Soldaten entdeckt hat, weit vor dem Hof; er ist tot, verblutet oder erfroren, oder beides zu gleicher Zeit. Man wird ihm ein Grab in die steinharte Erde hacken müssen, heimlich, um alle Nachforschungen zu vermeiden. Wer fragt schon

nach einem namenlosen Toten mehr oder weniger in dieser schrecklichen Zeit! Eva Rosina weiß vor drängenderen Sorgen ohnehin nicht ein noch aus: das Schlimmste ist, daß Johann-Gottlieb nicht wieder zu sich zurückfindet; sein Sinn bleibt verstört, nein, sein Sinn ist leer, vollkommen leer, seit er vollbracht hat, was ihm das Schicksal vorbestimmt hat, nämlich Rache zu nehmen für den Tort, der seiner Frau angetan worden ist – und dafür, daß man ihn, den Bauern, auf seinem eigenen Hof zusammengeschlagen und ihn bewußtlos vor die Tür seines eigenen Hauses geworfen hat. Er ist leer. Es ist nichts weiter mehr zu tun für ihn. Auch die geliebte Frau ist ihm wie eine Fremde geworden; das Söhnchen nimmt er gar nicht mehr wahr.
Er schwindet dahin und dämmert bewußtlos, ohne seine Umgebung noch zu erkennen, entsetzlich abgemagert und kraftlos am 30. Mai 1813 in den Tod hinüber. Es ist die Erlösung nicht nur für ihn, sondern auch für die Frau und den Sohn, die zwei, drei Leute des Gesindes, die dem Hof noch verblieben sind.
Eva Rosina merkt kaum etwas von den Kräften, die sich nicht nur in Preußen, sondern auch überall sonst regen, wo deutsch in seinen vielen Spielarten gesprochen wird. Frankreichs Stern ist im Sinken, seit Napoleon an und in den Weiten Rußlands gescheitert ist und der Zar sich als der Bezwinger des Korsen erwiesen hat. In Deutschland ist es zum ersten Mal nicht die Oberschicht, der Adel, die Fürsten, die den Widerstand gegen die Fremdherrschaft tragen, sondern »das Volk«. Ja, der König von Preußen muß halb und halb geschoben, gezwungen werden, den Kampf und die Befreiung vom napoleonischen Joch gutzuheißen.
Eva Rosina droht, in einem Meer von Widrigkeiten zu versinken; es ist kein Bauer mehr auf dem großen Anwe-

sen; die jüngeren Mädchen sind fortgelaufen. Vergebens hofft sie, nachdem – sehr verzögert – die Nachricht vom Brande Moskaus auch in die preußischen Bezirke eingesickert ist, auf die Heimkehr der beiden tatkräftigen Jungknechte. Doch diese beiden kehren weder jetzt noch irgendwann heim; erst sehr viel später – mehr als ein Jahr ist vergangen – trifft von Amts wegen die Nachricht ein, daß der eine beim Vormarsch nach Kurland umgekommen, der andere in der Völkerschlacht am 18. September 1813 bei Leipzig gefallen ist.

Eva Rosina ist geschwächt, ist einsam und bleibt kränklich, vermag ihre frühere Frische und Entschiedenheit nicht wieder zu gewinnen. Der jetzt zehn Jahre alte Sohn Johann-Michael, dem das Vorbild und die strenge Hand des Vaters fehlen, gerät in ein Stadium des Eigensinns, der Abwendung von der Mutter, der die Arbeitskräfte fehlen, die allzu weit gedehnten Ländereien zu bewirtschaften. Der Altknecht, der noch einen Schein von Ordnung auf dem Hofe aufrechterhalten hat, läßt sich von der revolutionär neuartigen Begeisterung für Freiheit, Volk und Vaterland, die vor allem vom nahen Ostpreußen nach Westpreußen hinübersickert, anstecken – auch er hat die armseligen Reste der geschlagenen Großen Armee des Korsen westwärts wanken sehen; er stellt sich in Ostpreußen bald nach dem Tode des Bauern freiwillig zur ostpreußischen Landwehr. Erst gegen Ende des Jahres 1813 erfährt Eva Rosina, daß der sehnlichst zurückgewünschte Altknecht am 10. Oktober des Jahres bei der Erstürmung des Grimmaischen Tores in Leipzig durch das Königsberger Landwehr-Bataillon gefallen ist, also nie wiederkehren wird.

Eva Rosina kämpft verzweifelt um den Bestand des Hofes, der ja für den Sohn die Lebensgrundlage bilden soll. Es stellt sich heraus, daß Johann-Gottlieb in den verhältnismäßig ruhigen Jahren vor dem Beginn des Zuges Napoleons gegen Rußland Schulden gemacht hat, um auf der polnischen Seite der Dobrinka im wieder polnisch gewordenen Gebiet der Netze in dem alten Städtchen Nakel ein größeres Warenlager anzulegen; er hat offenbar mit einiger Dauerhaftigkeit der durch Napoleon neugeschaffenen Verhältnisse gerechnet. Auch hat er offensichtlich mehr Land zusammengekauft, als von seinem Hof aus zu bewirtschaften ist.

Eva Rosina ist ganz auf sich allein angewiesen. Ihr allzu tüchtiger und aufstrebiger Mann und auch sie selber haben sich unter den anderen »erbgesessenen« Familien in Friedland, im Süden des Schlochauer Bezirks, keine verläßlichen Freunde gemacht. Nun steht kein Mann, kein »Bauer«, mehr hinter ihr; die Erträge des Walknerschen Anwesens sind verhängnisvoll und weithin erkennbar gesunken – und Johann-Gottliebs Sohn Michael ist noch ein unmündiger, störrischer Knabe. Die Gelegenheit ist also günstig, sich auf Kosten der kränkelnden, mit der Arbeit und den Sorgen nicht mehr fertig werdenden Frau für vermeintlich oder tatsächlich vom verstorbenen Johann-Gottlieb erlittene Unbill schadlos zu halten.

Die Frau erlebt den Rausch des Freiheitskrieges, den Einzug der gegen Frankreich Verbündeten in Paris, die Abdankung Napoleons, der nach Elba ins Exil geschickt wird, nur wie ein schwaches Geräusch jenseits ihres Horizonts. Was sie mit ihrem Mann in den vergangenen Jahren mit Fleiß und Geschick aufgebaut hat, schwindet ihr unter den schwächer werdenden Händen dahin. Es gelingt ihr gerade noch, den alten Kern des Familienbesitzes zu erhalten mit dem alten Häuschen der Familie in der Stadt und den Äckern, die Johann-Gottliebs Vater, Johann-Christian, als »Erbgesessener« von den Vorfahren übernommen hat.

Sie stirbt, ausgelaugt von Arbeit und Sorgen, nur noch ein Schatten ihres früheren Selbst, im Februar des Jahres 1817, beklagt nur von der ja auch verwaisten Instleute-Familie des Altknechts und einer zweiten, deren Söhne ebenfalls nicht heimgekehrt sind. Der Erbe des restlichen Walknerschen Besitzes, Johann-Michael, ist noch nicht vierzehn Jahre alt.

Die längst wieder nüchtern und genau funktionierende preußische Behörde weist den Unmündigen seinen einzigen nahen – den mütterlichen – Verwandten zu, die ihn nicht ungern übernehmen, da ihnen die Erträge des Hofes, der Johann-Michael nicht vorenthalten werden kann, für die Dauer seiner Unmündigkeit zugesprochen werden.

—

Eva Rosinas Mutterbruder ist Schneidermeister und Ackerbürger in Preußisch-Friedland, auch er »erbgesessen«, aber ohne ein erwähnenswertes Vermögen. Die Schule hat der verwaiste Johann-Michael gerade hinter sich. Es ist das einfachste, wenn er nun bei seinem Onkel Karl, der ebenfalls Walkner heißt, ebenfalls das Schneider-Handwerk erlernt. Der Knabe wird nicht gefragt; er hat sich zu fügen.

3. Kapitel

Wenn ich so mit Großvater an einem taufrischen Morgen »vorlangs« spazieren wanderte, hörte ich dem verehrten Manne atemlos zu, um ja keins seiner langsam und mit dunkler Stimme gesprochenen Worte zu versäumen. Gewiß nahm ich in solcher Stunde das in zaubervoller Stille und unbeührter Anmut prangende Dobrinkatal gar nicht wahr, aber ins Unbewußte und damit ins Bleibende ist mir der Anblick damals doch eingegangen und wurde von der Erinnerung so getreu aufbewahrt, daß ich noch heute die vielen alten Geschichten des Großvaters von der schimmernden Muschel des Dobrinkatals unter der abgrundhoch blauenden Kuppel des Sommerhimmels in der Erinnerung überhaupt nicht zu trennen vermag. Und dann überfällt mich, obgleich inzwischen mehr als sieben Jahrzehnte voller einiger freundlicher und allzu vieler unerfreulicher und schrecklicher Erlebnisse vergangen sind, zuweilen ein so bitteres Heimweh nach dem Ort, wo ich verwurzelt war – und nicht mehr sein kann –, daß es mir manchmal die Tränen in die Augen treibt. Und meinem Vetter Erwin, der heute unseren Hof längst wieder auf Hochglanz gebracht und erweitert hätte – dessen bin ich vollständig sicher! – geht es ganz genau so; er wohnt am Nieder-Rhein, hat es »zu etwas gebracht«, pflegt seinen Garten, die Blumen, die Wachsbohnen und den Kohl, klagt über sein schreckliches Rheuma – und denkt jeden Tag und jede Nacht, die Gott werden läßt, mit nie zur Ruhe kommender Sehnsucht an Preußisch Friedland, unsern Hof am Stadtsee – ach, wie über der Bleichwiese hinter dem Schilfufer die Libellen durch den Glanz schossen, blaublitzende Pfeile! –, denkt an den guten Acker »am Keil« und den noch besseren »hinter dem Seminar« und fragt sich, wann er sich wohl den ersten Mähdrescher hätte anschaffen müssen, um der rasend schnell voranschreitenden Maschinisierung der Landwirtschaft gerecht zu werden, dem Leutemangel, den Lohnsteigerungen und der Kunstdünger-Wissenschaft. Denn das weiß der Erwin, mein guter Vetter aus Inrath, genau so gut wie ich: dem »Bauern« alten Stils ist längst das Lebenslicht ausgeblasen worden. Wenn er sich nicht in einen scharf rechnenden Unternehmer verwandelt, sich auf ausreichend großer, die teuren Maschinen bezahlt machender Ackerfläche auf bestimmte Produkte spezialisiert hat, dann geht er zu Bruch und muß sein – zweifelhaftes – Heil in der Fabrik versuchen oder wo er sonst am Ende jeder Woche oder jeden Monats Lohn kassieren kann. Mit anderen Worten: den »ewigen Bauern« gibt es nicht mehr; es gibt nur noch den zumeist unterkapitalisierten Farmer oder Landwirt, verbreitet auch den Nebenerwerbs-Gärtner.

Manchmal frage ich mich, ob sich mir der Hof am Stadtsee in Preußisch-Friedland im längst kaum noch dem Namen nach bekannten Westpreußen, das die meisten Leute in der Bundesrepublik nicht mehr richtig zu lokalisieren wissen, nur deshalb so warm und dauerhaft im Herzen spiegelt, weil dort das fälschlich für unvergänglich gehaltene bäuerliche Wesen und Denken noch lebte und meine Verwandten wie meine Vorfahren trug von Geschlecht zu Geschlecht, unvergänglich – scheinbar unvergänglich!

Wie sehr auch mein Vater, der doch wegen seines Körperschadens die schwere Landarbeit nicht leisten konnte, deshalb auf die Lateinschule geschickt und Beamter geworden war, im tiefsten Grunde dem Hof verhaftet geblieben ist – er hat ja auch, als Beamter vielfach hin- und herversetzt, nirgendwo Wurzel schlagen können –, das wird mir rückblickend aus einem Erlebnis deutlich, das sich nachdrücklich in meiner Erinnerung erhalten hat. Es war im Jahr vor dem ersten Weltkrieg, als in der auf beinahe unbescheidene Weise blühenden ostdeutschen Heimat niemand an Krieg dachte oder sich gar vor ihm fürchtete (ganz anders als im waffenstarrenden und nukleare Sprengköpfe zählenden Heute).

Mein zumeist ernst und nüchtern gestimmter Vater war

vom Dienst nach Hause gekommen in ungewöhnlich heiterer und gehobener Stimmung, hatte gleich meiner Mutter einen Brief zum Lesen gegeben. Er war in der Frühe auf dem Wege ins Amt dem Briefträger begegnet und hatte sich unsere geringe Post aushändigen lassen. Ich kam aus der Schule fast um die gleiche Zeit wie mein Vater – hatte einen etwas weiteren Weg vom Realgymnasium (in Bromberg). Auch mir tat mein Vater sofort kund, was ihm sein Bruder Matthes aus der Heimatstadt geschrieben hatte:
Die schöne, üppige Wiese am Suckau-See, das letzte Stück unserer alten Besitzung, das in der Katastrophe nach den Freiheitskriegen 1813/14 der Familie verlorengegangen war, nun hatte es der Bruder nach langer Ansparzeit wieder zurückkaufen können, genau hundert Jahre, nachdem es hatte losgeschlagen werden müssen, um die Schulden des Johann-Gottlieb abzudecken. Und meine Mutter sagte zu mir:
»Gottlob, Junge, nun braucht der Vater nicht mehr jeden Monat von seinem knappen Gehalt was auf Onkel Matthes' Sparkonto zu schicken, damit die Wiese zurückgekauft werden kann. Endlich kann ich ein bißchen mehr Wirtschaftsgeld bekommen, und wir brauchen nicht immer Schmalz zu essen; ich kann ein bißchen mehr Butter kaufen, und Vater kann am Sonntag vormittag sein kleines Schweinskotelett extra gebraten kriegen, was er so gern mag und von dem die Gören das meiste abbekommen. Die Wiese ist wieder unsere Wiese. Ich mußte sie uns am Munde absparen, ganz buchstäblich.«
Als Zwölfjähriger feierte ich das Fest zum Rückerwerb der Suckauer Wiese mit Vergnügen mit, auch übertrug sich der Stolz meines sonst so bescheidenen Vaters durchaus auch auf meine Wenigkeit. Den Stoßseufzer meiner Mut-

ter verstand ich indessen nur unvollkommen. Ich aß Schmalzbrot mit Salz sehr gern, Butter war mir zu lasch; es gab sie ja auch nur selten – und zweifellos ließen sich lateinische Vokabeln oder der pythagoreische Lehrsatz mit Schmalzbrot im Magen genau so gut erlernen wie mit Butterbrot! Auf alle Fälle wurde ich mir der Tatsache bewußt, daß wir nun wieder voll im Besitz der Ländereien waren, die vor meinem wahrscheinlich allzu unternehmungslustigen und einfallsreichen Ur-Ur-Großvater Johann-Gottlieb zu unserer »Erbgesessenheit« gehört hatten – und auch ich empfand genau wie mein Vater, daß das ein Zustand war, der so war, wie er sein sollte. Irgendeinen materiellen Vorteil hat mein Vater nie davon erwartet oder gehabt, daß er jahrelang einen Abschlag seines Einkommens in den Hof einbrachte. Auch er also, trotz Lateinschule, Titel und – recht kümmerlicher – Pensionsberechtigung fühlte sich Zeit seines Lebens als einen Teil des Hofes, von dem er stammte, und darüber hinaus als einen Teil der kleinen, mauerumwehrten Stadt über dem tief eingesenkten Dobrinkatal. Auch meine Mutter, die aus einer Schafmeister-Familie in Strasburg, Westpreußen, herkam, hatte sich der Notwendigkeit, den Hof in Friedland in seinem früheren Umfang wiederherzustellen, vielleicht mit Seufzen, aber ohne Protest gefügt.
Wie fiel uns allen ein Stein vom Herzen, als nach dem Ersten Weltkrieg der Schlochauer Kreis gerade eben noch nicht in den neugebildeten Polnischen Korridor zu liegen kam, sondern auf der deutschen Seite der neuen Grenze verbleiben durfte. Erst nach dem Zweiten Weltkrieg ging das Schlochauer Land endgültig wieder verloren. Radikaler als früher wurde dabei vorgegangen. Hinaus mit euch, ihr Deutschen, deren Regierung so fürchterlich unter uns Polen gehaust hat! (Es gab ja nicht nur einen jüdischen,

sondern auch, etwas weniger spektakulär, einen polnischen Holocaust, dessen Schrecken allerdings von den Russen und den Deutschen gemeinsam verantwortet werden müssen.)
Aber war das Land, das unter Friedrich II., dem Großen, den Namen Westpreußen erhielt, wirklich »urpolnisch«, wie es offiziell von Warschau behauptet wird? Davon kann in Wahrheit keine Rede sein! In sehr früher Zeit war das später Pommerellen genannte Land von germanischen Stämmen, sicherlich sehr weitmaschig und locker, bewohnt gewesen. In der Zeit der Völkerwanderung wurden auch sie von der seltsamen Unruhe erfaßt, die damals die Germanen westwärts in Marsch setzte. Immerhin werden Reste zurückgeblieben sein. Westslawische Völkerschaften sickerten von Osten her in die weithin entleerten Gebiete nach; ihre Namen schwanken und geben kein eindeutiges Bild: Prussen, Pomoranen, Kaschuben, Wenden. Die Polen weiter im Süden lagen in ständigem Streit mit diesen Stämmen. Der Deutsche Orden brauchte Pommerellen, um sich eine Landbrücke von Ostpreußen zu den deutschen Gebieten in Mitteleuropa zu schaffen. Der Markgraf von Brandenburg war im Verlauf der äußerst undurchsichtigen dynastischen Wirren zwischen Ostsee und Ungarn zum Lehnsherrn von Pommerellen geworden, gegen die Konkurrenz polnischer Fürsten, hatte sich auch in Danzig festgesetzt. Der kühne und geschickte Pole Wladislaw Lokietek rief den Deutschen Orden zu Hilfe. Dieser griff tatkräftig ein, vertrieb die Brandenburger aus Danzig und anderen Städten, aber schließlich nicht nur sie, sondern auch die Polen, die in Pommerellen genau so wenig Besitz- oder Heimatrechte geltend machen konnten wie der Orden oder die Brandenburgischen Markgrafen. Der Orden bot Lokietek eine Geldentschädigung für seine

– aufzugebenden – Ansprüche auf Pommerellen an. Als Lokietek darauf nicht eingehen wollte, einigte sich der Orden mit den Brandenburgern, die sicherlich die besseren Ansprüche auf Pommerellen nachweisen konnten: Gegen eine Zahlung von zehntausend Mark Silbers – eine gewaltige Summe für die damalige Zeit – ließ sich der Orden den Besitz (etwa des späteren Westpreußen) abtreten. Der König, spätere deutsche Kaiser Heinrich VII., bestätigte diesen Vertrag von Soldin vom 13. September 1309 ausdrücklich, woraus abgeleitet werden kann, daß damals Pommerellen als ein Teil des »Heiligen Römischen Reiches Deutscher Nation« angesehen wurde. Darüber hinaus haben auch 1329, 1330, 1337 die luxemburgischen Herrscher in Böhmen als Rechtsnachfolger des in Polen seit 1306 ausgestorbenen Herrschergeschlechts der Przemysliden ausdrücklich auf Pommerellen verzichtet.

Der Orden aber wollte ganz sicher gehen: die südlichen Gebiete Pommerellens bis zur Dobrinka hinunter gehörten dem Grafen Nikolaus von Ponitz. Das Land war sehr leer und völlig unentwickelt; einzige städtische Siedlung war der Ort Konitz im Osten des Gebiets. Der Orden wollte über Grund und Boden nach eigenem Ermessen verfügen, wollte sich die Landbrücke in die – deutsche – Markgrafschaft Brandenburg, wollte auch die Dobrinka-Linie im Süden gegen Polen sichern. Noch einmal griff der Orden tief in die Tasche und kaufte das Gebiet, auf dem danach die Komtureien Schlochau und Tuchel entstanden, dem Grafen gegen bares Geld ab. Gewalt brauchte nicht angewendet zu werden; niemand wurde enteignet oder vertrieben. Jeder einzelne der in primitiven Verhältnissen lebenden spärlichen Bewohner des Landes – prussischen oder pomoranischen Stammes – war dem Orden wichtig und wertvoll; vor allem aber gab es viel zu wenige Menschen im Lande. Das Gebiet konnte seiner Bestimmung, als südwestliches Bollwerk des Ordens nur gerecht werden, wenn es mit Menschen erfüllt wurde, die bereit waren, es mit den wilden, weglosen Wäldern, den wilden Tieren wie Bären und Wölfen und mit den riesigen Mooren und Sümpfen aufzunehmen: Es kamen die Deutschen, Bauernsöhne und Handwerker, auch ritterbürtige junge Männer, die keineswegs alle dem Orden beitreten und ein mönchisches, dem Kreuz und dem Schwert geweihtes Leben führen wollten, sondern nach freiem Land Ausschau hielten. Der Norden des bald zur Komturei erhobenen Landes, etwa nördlich und nordwestlich des Ziethener Sees, verlockte nur wenige der Landsucher. Dort dehnten sich undurchdringliche Wälder und magere Heiden bis zur langgestreckten Kette des Tessenthin-, Labes- und Bölzig-Sees hinüber. Bis in die Gegenwart hinein decken dort die Forsten Hammerstein, Zanderbrück, Pflastermühl und Forst Bäreneiche ihre dichte Decke von grünen Wipfeln über das Land. Im Süden wird die Landschaft bewegter, hügeliger: mit tiefen Tälern, in denen klare Bäche und Flüßchen sich schlängeln, kleinen und größeren Seen hier und da im Wälderschatten; auch ist der Boden hier viel fruchtbarer.

Bis das Schlochauer Land nach dem Zweiten Weltkrieg polnisch wurde, haben sich hier – auch selbstverständlich über die schon einmal für Westpreußen polnische Zeit von 1466 bis 1772 hinweg, also 306 Jahre lang – die alten deutschen Ortsnamen dicht an dicht erhalten: Friedland, Peterswalde, Landeck, Hammerstein, Heinrichswalde, Christfelde, Steinborn bis hinauf nach Flötenstein, Eickfier und Baldenburg – und viele andere. Erst nach dem Zweiten Weltkrieg wurden diese Jahrhunderte alten Namen durch polnische ersetzt.

Ursprünglich polnisch ist das Schlochauer Land nie gewesen; es war pomoranisch und hatte dem pommerschen Herzogshaus der Samboriden gehört. Der letzte Herzog aus diesem Hause Mestwin hatte schon 1269 den brandenburgischen Markgrafen die Lehenshoheit zugestanden, von denen dann, wie schon erwähnt, 1309 der Orden die Herrschaft käuflich erwarb. Es folgten jene hundert Jahre, in denen Westpreußen, das etwa dem alten Pommerellen entsprach, zu dem überwiegend deutsch geprägten Land geworden ist, das diesen Charakter bis zum Ende des Zweiten Weltkrieges unverwischbar bewahrt hat.

Die deutschen Siedler in der Ordenszeit brachten nicht alle ihre Frauen oder Bräute aus dem Reich mit; sie werden sich vielfach mit einheimisch pomeranisch/wendisch/kaschubischen Mädchen zusammengetan haben, wenn sie nur schon christlich getauft waren. Das Heidentum der Prussen und Pomoranen, kriegerischer, selbstbewußter Völker, lebte noch lange fort; es hatte den polnisch/christlichen Einflüssen von Süden her ebenso widerstanden, wie es der Bekehrung zum Christentum durch den Orden der Deutschen Ritter von Osten her Widerstand leistete.

Die Polen haben sich ursprünglich, bevor der Orden auf dem Plan erschien, gegenüber den anderen slawischen Völkerschaften im Norden nicht durchgesetzt. Es herrschte Feindschaft und ewiger Streit. An der Dobrinka endete von Süden her das polnische Wesen. Der Landstreifen zwischen der Netze und Dobrinka trug bis in die Gegenwart hinein – und trägt vielleicht noch heute – im Polnischen den Namen Kraina, was etwa Grenze oder Grenzmark bedeutet.

Als dritte Stadt (nach Schlochau und Konitz) erhielt Friedland 1354 das Kulmer Stadtrecht verliehen, das, vom Orden entworfen und begründet, für den ganzen Osten von außerordentlicher Bedeutung gewesen und lange geblieben ist.

Was Friedland dann durch die Jahrhunderte bis zu seinem Untergang am Ende des Zweiten Weltkrieges dargestellt hat, geht auf die hundert Jahre von 1309 bis 1410 (bzw. 1466) zurück, in denen das Schlochauer Land ein Teil des dem Deutschen Orden unterstehenden Gebiets gewesen ist.

1410 verlor der Orden die entscheidende Schlacht von Tannenberg gegen die Polen. Sein Stern begann zu sinken; er hatte seine Aufgabe erfüllt; er konnte abtreten: das Land war bis weit über die Ordensgrenzen hinaus christianisiert. Das Ordensland war in nicht ganz zweihundert Jahren ein Staat geworden wie andere Staaten des Mittelalters auch. Der Hochmeister des Ordens regierte das große Land zwischen Pommern und Litauen mehr oder weniger ebenso wie anderswo im Heiligen Römischen Reich Deutscher Nation die Herzöge, Grafen und Erzbischöfe in ihren kleinen und großen, geistlichen und weltlichen Fürstentümern regierten.

Damals, das heißt vom zweiten Thorner Frieden (1466) bis zur ersten Teilung Polens 1772, hat es in nicht geringer Zahl mancherlei Verflechtungen zwischen Deutschtum und Polentum im polnischen »Preußen Königlichen Anteils« gegeben. Die schweren kriegerischen Verwicklungen, in die sich der polnische Staat in den drei Jahrhunderten seit dem Abstieg des Ordens verwickelt sah, mußten von Deutschen wie Polen in Westpreußen gleichermaßen bitter ausgekostet werden – wobei es wenig Unterschied machte, ob die Starosten, die an die Stelle der Komture und Vögte der Ordenszeit getreten waren, deutsche oder polnische Namen trugen, die deutschstämmigen Weihers etwa oder die polnischen Radziwill. Tüchtige Weihers üb-

rigens hat es bis zum Ende des Zweiten Weltkriegs auch noch in Preußisch-Friedland gegeben; sie mußten ebenso mit Sack und Pack nach dem deutschen Zusammenbruch nach Westdeutschland flüchten wie unzählige längst sich auch als Deutsche fühlende Grabowski etwa oder Leschinsky.
Die deutsche Sprache blieb, auch als Amts- und Rechtssprache, in den dreihundert Jahren Westpreußens unter polnischer Herrschaft voll erhalten. Die Polen fuhren sogar fort damit, deutsche Bauernsiedler und Handwerker zu Vorzugsbedingungen ins Land zu rufen. Natürlich behinderten sie nicht polnische Zuwanderung.
Als Westpreußen (wie es erst von dieser Zeit ab hieß) 1772 ein Teil des friderizianischen Preußen wurde, rechnete sich mindesten noch die Hälfte seiner Bewohner zum Deutschtum, sprach ausschließlich deutsch und lebte nach deutscher Sitte und Denkweise. Friedrich der Große fragte wenig danach, ob in seinem Staate sich jemand für deutsch, polnisch, holländisch oder schwedisch hielt, solange er seine vom König auferlegten Pflichten und Erwartungen einigermaßen erfüllte. In Westpreußen war der Raum Tuchel, Schlochau, Friedland, Landeck ganz besonders geschlossen deutsch geblieben. Als das Land bei der ersten Aufteilung Polens an Brandenburg-Preußen fiel, konnte man sich hier »heimgekehrt« fühlen. Die dreihundert Jahre als »Preußen (polnisch-) Königlichen Anteils« hatten Land und Menschen in geringerem Maße geprägt, als sie in den hundert Jahren davor als ein Teil des Ordensstaates vorgeprägt worden waren.
Nach dem Ersten Weltkrieg blieb nur noch der Westen Westpreußens, eben der Kreis Schlochau mit Friedland, auf der deutschen Seite der Grenze, der größere Teil wurde zum »Polnischen Korridor« bis zur Ostsee (ohne

Danzig und das Weichsel-Delta) geschlagen. Ostpreußen blieb deutsch wie es seit der Ordenszeit gewesen war. Vom übrigen Deutschland aus durfte man in verschlossenen Zügen durch den »Korridor« nach Ostpreußen fahren, durfte nicht aussteigen, um die polnische Luft nicht zu verunreinigen.
Solchen oder ähnlichen Irrsinn hatte es unter dem Alten Fritz nicht gegeben. Erst im neunzehnten und verstärkt in unserem zwanzigsten Jahrhundert hatte man sich darin geübt (was in der napoleonischen Zeit heraufbeschworen worden war), »national« zu denken, die eigene Nationalität und Sprache, die eigene Kultur und Begabung für überlegen zu halten und den Anspruch zu erheben, sie durchzusetzen. Das Bewußtsein davon, daß wir alle, von Polen bis nach Irland, von Finnland/Schweden/Island bis nach Gibraltar/Malta/Kreta Kinder der alten Mutter Europa sind, war in den Zeiten des »Nationalstolzes« und »Nationalbewußtseins« verlorengegangen – und alle Europäer haben dafür büßen müssen, am bittersten die Deutschen, von denen etwa ein Viertel, ebenso wie die Bewohner der baltischen Staaten, dazu die Polen, Tschechen, Ungarn in den sowjetischen Machtbereich gezwungen wurden, wo sie durchaus nicht hingehören; sie gehören in den Westen!

Ich muß innehalten und die Frage stellen: Wo will ich mit diesem Buch eigentlich hinaus? Um es ganz offen zu bekennen: Ich will mit diesen vielen Seiten nirgendwo hinaus: ich will meinem Heimweh nach der Dobrinka Ausdruck verleihen, nicht mehr und nicht weniger! –
Ich mochte nach dem Zweiten Weltkrieg die Heimat nicht wiedersehen. Ich besaß genügend Phantasie, mir vorzu-

stellen, was daraus geworden war. Ich wollte das Bild, das ich im Herzen trug, bis an mein Lebensende nicht trüben, nicht kränken lassen: das Bild von der kleinen alten Stadt und der langen Reihe der Gräber der Vorfahren auf dem alten Friedhof, dem bei Licht besehen recht bescheidenen Bauern- oder genauer Ackerbürger-Hof am Stadtsee mit dem flüsternden Schilf um den Bootssteg und den blaublitzenden Libellen darüber, dem Kuh-, Schweine- und Pferdestall, dem simplen Wohnhaus – vorn einstöckig, zum Hof hin zweistöckig, denn das Gelände fiel zum See hin ab; das Bild von all dem friedlichen Wesen und Treiben ringsum, den freundlichen, nie aufdringlichen Nachbarn, mit denen man vielleicht »um drei Ecken herum« verwandt war. Dies ist, wie es mit wenigen Änderungen seit einem halben Dutzend von Jahrhunderten gewesen ist und soll und wird so bleiben, wie es gewachsen ist – und hier gehöre ich her, in meine Heimat!

Aber sie ist nicht mehr vorhanden! Das Heimweh nach Osten, nach Westpreußen, an die Dobrinka, es geht ins Leere!

Mein Vetter Erwin, der den Hof als letzter von uns bewirtschaftete, hat dem Verlangen, die Heimat noch einmal anzuschauen, nicht widerstehen können und hat sie, als dies endlich ohne allzu große Schwierigkeiten wieder möglich geworden war, noch einmal besucht. Er hat es bereut, denn jämmerlich hat sich ihm die nun völlig polonisierte Stadt und im besonderen der Hof, in dem wir so lange gewurzelt haben, präsentiert. Die Stallungen und Schuppen waren verfallen und wurden nicht mehr genutzt, die Dächer eingestürzt. Die Scheunen waren überhaupt verschwunden und im Wohnhaus wohnten mehr schlecht als rechte mehrere Familien, Arbeiter zumeist, neben und übereinander.

Auch die Stadt, soweit noch vorhanden, hatte sich bis zur Unkenntlichkeit verwandelt. Mancherlei Neues war probiert worden, aber funktionierte nur unvollkommen oder gar nicht. Die polnischen Leute, die in die von den Deutschen entleerte Stadt eingewiesen worden waren, hatten selbst ihre frühere Heimat verloren, waren »Flüchtlinge« – wie die Friedländer in Westdeutschland –, stammten aus den früheren polnischen Ostgebieten, wo an ihrer Stelle Groß- und Kleinrussen eingezogen waren, »Flüchtlinge« die einen wie die anderen!

»Menschenskind«, sagte mein Vetter zu mir, »Flüchtlinge durch Flüchtlinge zu ersetzen! Sind die alle verrückt geworden? Die Weisheit der sogenannten Staatsmänner, ob sie nun Stalin heißen oder Roosevelt, Churchill oder sonstwie – zum Totlachen oder besser zum Kotzen! Die Russen sitzen in Königsberg/Kaliningrad und die Polen in Danzig/Gdansk, wo weder die einen noch die anderen hingehören. Wir Friedländer haben sechshundert Jahre lang nicht daran gedacht, die Dobrinka anders zu nennen als bei ihrem polnischen Namen Dobrinka. Aber Friedland, das als Friedland oder Fredeland mit einem schwarzen wilden Eber im Wappen vor mehr als sechshundert Jahren unter diesem Namen durch die ganze königlich-polnische Zeit hindurch bestanden hat, heißt heute nicht mehr Friedland, sondern trägt einen polnischen Namen, den ich immer wieder vergesse, und wenn er mir schließlich einfällt, kann ich ihn nicht richtig buchstabieren. Alles verrückt, mein lieber Vetter, alles verrückt! Ich hätte nie noch einmal nach Friedland reisen sollen! Jetzt steht mir immer unser alter, ordentlicher Hof als eine verkommene Ruine vor Augen. Es ist zum Heulen!«

Allerdings, das ist es! Ich mußte meinem ebenfalls »lieben Vetter« beipflichten. –

Manchmal komme ich auf seltsam beunruhigende Gedanken: Mein Vater war der älteste Sohn meines Großvaters Johann-Wilhelm; mein Vater hätte eigentlich, wie es alter ererbter Gewohnheit entsprach, den Hof erben müssen. Das war nicht geschehen, weil er wegen einer angeborenen leichten körperlichen Behinderung zu schwerer Feldarbeit nicht fähig war; außerdem war er ein Bücherwurm und wurde schließlich Beamter, so sehr er auch innerlich Zeit seines Lebens sich allein in Preußisch-Friedland beheimatet fühlte.

Ich bin der einzige Sohn meines Vaters. Wenn mein Vater also Hoferbe gewesen wäre, wäre höchstwahrscheinlich ich nach ihm ebenfalls der Hoferbe gewesen, was mir in meinen Jugendjahren, als mein Leben noch keine klare Richtung angenommen hatte, als ein wunderbares Wunschziel vorschwebte – dies um so mehr, als der Bruder meines Vaters, Matthes, der den Hof bewirtschaftete, lange Jahre seiner Ehe hindurch keine Kinder hatte, ich also doch in die Erbfolge und den Hofbesitz aufzurücken schien. Aber dann brachte meine Tante, als sie schon das vierzigste Lebensjahr überschritten hatte, ihr erstes und einziges Kind zur Welt, einen Sohn, eben jenen Vetter Erwin, von dem ich erzählt habe, daß er der Sehnsucht, den Stadtsee und die Dobrinka noch einmal wiederzusehen, nicht hat Widerstand leisten können, was ihm eine ätzende Enttäuschung einbrachte.

Ich entsinne mich genau noch der Nacht nach dem Tage, an dem uns von meinem Onkel die freudige Nachricht übermittelt worden war, daß ihm und der Tante Auguste so spät noch ein Sohn und Hoferbe geschenkt worden wäre – »nach Gottes gnädigem Ratschluß«. Auch mein Vater und meine Mutter freuten sich, wußten sie doch, wie sehr die Friedländer sich Nachwuchs ersehnt hatten.

Ich war schon alt genug und auch nachdenklich genug, um die Zusammenhänge und zwangsläufige Folge des »freudigen Ereignisses« zu durchschauen. Ich lag in der verwinkelten Kammer, die ich als mein eigenes Reich innehatte, ausgestreckt auf meiner schmalen Bettpritsche und starrte mit offenen Augen ins Dunkel: Es konnte also nicht mehr wahr werden, daß ich einmal am verträumten Suckau-See über »meine«/unsere Wiese schreiten, oder am »Keil« oder auf dem »Dienertsplan« meine/unsere Äcker pflügen oder eggen würde. Gottes »gnädiger Ratschluß« kam mir alles andere als »gnädig« vor. Ich war, so wollte es mir erscheinen, kurzerhand enterbt, enteignet worden – wo ich doch den Hof, den Onkel, den Stadtsee mit dem Blick nach Schloß Dobrin hinüber und die Arbeit auf unseren Feldern über alles liebte. Ich war »abgehalftert« und erfuhr, wie ein Brandmal mit heißem Eisen in die Haut gesengt, die Wahrheit des alten Friedländer Spruches »Wat din inen sin Uhl ist, is den andern sin Nachtigall« (das Friedländer Platt ist schwer zu umschreiben) »Was dem einen seine Eule ist (sein Unglück), ist dem andern seine Nachtigall (sein Glück)!«

Wenn mich die Heimat damals festgehalten hätte, wäre ich wohl kaum in jenes uferlose und auch wurzellose Schweifen geraten, das dann mein ganzes Leben erfüllt hat. Ich bin weit herumgekommen, das weiß der liebe Himmel! Und ich weiß eines nach den vielen Jahrzehnten der Wanderung durch alle Kontinente:

Heimisch bin ich nirgendwo geworden, weder im westlichen Irland noch im östlichen Kanada, schon gar nicht in Montana oder Wisconsin, von Australien, Neu-Seeland oder irgendeinem Ort in Südamerika gar nicht zu reden. Südwest-Afrika allerdings umfing mich verführerisch; aber seine Zukunft erschien mir allzu unsicher –

und sollte ich riskieren, abermals hinausgeworfen zu werden?
Ich habe schließlich begreifen müssen, daß eine Heimat, wie ich sie im Verbund meiner Familie im Land an der mittleren Dobrinka, in dem alten Städtchen Preußisch-Friedland besessen habe, nicht zu ersetzen ist – genau so, wie man nicht beschließen kann, seine Mutter durch eine andere zu ersetzen oder sein braunes Haar durch blondes; man kann es künstlich umfärben, aber das ist Betrug oder Selbstbetrug.
Auch wenn ich nun auf meine alten Tage in der Lüneburger Heide vor Anker gegangen bin, von meinem abgewetzten Schreibtisch und anderen Fenstern in den Wald hinausblicke, der drei Schritte davor beginnt, hohe und mittlere Kiefern, Birken hier und da und Eichen, Wacholder und Ebereschen – so kann ich doch, wenn ich mir die Zeit nehme, in mich hineinzuhorchen, die als ärgerlich empfundene Einsicht nicht unterdrücken: du bist hier in der Fremde; gerade jetzt »auf deine alten Tage«; was hast du eigentlich hier zu suchen? Warum bist du nicht dort wohnhaft, wo du hingehörst? Zu Hause nämlich, in Preußisch-Friedland, im Schlochauer Land, in Westpreußen, dort wo deine Vorfahren vor sechs Jahrhunderten und einigen Jahrzehnten den Fuß auf eine Erde gesetzt haben, die niemand gehörte, die urwild war und die erst durch die lange Reihe der Vorfahren zur Heimat gemacht wurde, den Schweiß nämlich, der von den Stirnen der Urahnen in ihre Furchen tropfte, und mehr als einmal auch durch ihr Blut, das vergossen wurde, um diese Erde zu verteidigen, bis sie schließlich ganz zu uns gehörte (und auch noch zu mir und meinen Vettern Erwin und Gottfried gehört), wie das Fleisch und die Knochen in unseren Armen und Beinen!

Vergangen und vorbei! Wir sind ausgerissen mit den Wurzeln aus der Erde, in die wir hineingehörten, und auf den Abfallhaufen der Geschichte geworfen, wo wir notgedrungen, irgendwie wieder Fuß fassen mußten, was bei weitem nicht allen gelang.

Und wenn ich heute hier, wo ich jetzt wohne, »auf dem Lande« wahrlich, fern jeder größeren Stadt, nicht einmal ein »Bus« fährt wenigstens ein- oder zweimal am Tag hierher, ja, wenn ich hier im weiteren Umkreis die niedersächsischen Bauern auf ihren großen Höfen sitzen sehe, und manche sind kerngesund und kommen voran auch noch in dieser Zeit der »Agrarordnung« (die alles andere sein mag, bloß eine »Ordnung« ist sie nicht) und andere Bauern fallen vom Roß, weil sie mit der Zeit, die wie immer für die Bauern schwierig ist, nicht zurande kommen – ja, wenn ich sie so sehe, engere und weitere Nachbarn, und höre sie stöhnen wie es sich für einen Landwirt von jeher gehört, und keiner denkt auch nur im Traum daran, daß sein alter Hof ihm vielleicht nicht für alle Ewigkeit verbrieft und versiegelt ist,

ja, dann packt mich gelegentlich der gelbe Neid: Warum haben sie hier, die weder schlechter noch besser sind, als wir es waren im Osten, warum haben sie all das Ihre behalten – und wir und ich und meine Leute haben alles verloren und sind zu »Vertriebenen« geworden, endgültig und ohne Gnade der angestammten und nicht und nirgendwo zu ersetzenden Heimat beraubt?

Solche Empfindungen sind natürlich »unvernünftig« oder sogar »bösartig« – zu unterdrücken sind sie nicht. Ich kann mich nicht völlig von ihnen freimachen.

Nun gut: Wenn ich schon nicht mehr dort sein kann, wo meine Heimat ist, so will ich doch wenigstens meinen Ursprüngen nachspüren und alles festhalten, was mir mein

Großvater an Andeutungen und blassen Überlieferungen mitgeteilt, weitergegeben hat, wenn wir »an Vorlangs« hinwanderten zum Niedersee...

ZWEITER TEIL

Vom Deutschen Orden bis zum Ende des polnischen »Preußen Königlichen Anteils«

4. Kapitel

Die beiden jungen Männer hatten sich am hochbordigen Ufer des klar und eifrig hinrieselnden Flüßchens ein kühles Plätzchen gesucht, wo sie zwischen flüsternden Haselbüschen und tiefhängenden, weit über das schnelle Wasser hinausreichenden Weiden ungesehen und ungestört miteinander reden konnten. Es war der Tag des Heiligen Pfingstfests und beide hatten in der Dorfkirche von Stuppach die Festmesse gehört. Etwas anderes wäre auch gar nicht denkbar gewesen, denn in Mergentheim, wo der Wachbach – er war es, der zu Füßen der beiden jungen Männer vorüber rauschte oder nur raunte – in die schöne Tauber mündet, in Mergentheim und in den zinspflichtigen Dörfern ringsum hatte sich die Oberhoheit des Deutschen Ordens nach und nach unbezweifelbar durchgesetzt. Die »Fratres Hospitalis Sanctae Mariae Theutonicorum Jerosolimitanorum« sorgten dafür, daß jedermann, ob hoch oder niedrig, die Kirchenpflichten ernst nahm – die »Brüder vom Hospital der Heiligen Maria der Deutschen in Jerusalem«, die später, als Jerusalem wieder verloren gegangen und noch später, als auch ihre Rückzugsstellung in der Burg zu Akkon an der Küste des Mittelmeeres nicht mehr zu halten gewesen war – vereinfacht von ihrer Bruderschaft als dem »Ordo Theutonicorum« sprachen, dem »Deutschen Orden«.

Getreu der aus dem Heiligen Lande mitgebrachten Aufgabe hatte der Deutschmeister des Ordens, Wolfram von Nellenburg, 1340 in dem schnell aufstrebenden Marktflecken Mergentheim ein Spital für die Armen und Elenden eingerichtet und den Kaiser, Ludwig den Bayern, gebeten, dem Ort Stadtrechte zuzusprechen. Der Nellenburger war ein Freund des Kaisers, dem er mehr als einmal wertvolle Ratschläge gegeben hatte. Der Kaiser hatte am 2. Juli 1340 den Wunsch des Deutschmeisters erfüllt: Mergentheim war mit Stadtrechten ausgestattet worden. Der Orden, dem Mergentheim und Umgegend durch Schenkung, Kauf und Erbschaft zugefallen war, durfte nun die Stadt mit Mauern, festen Steinhäusern, Türmen, Gräben und Schanzen schützen.

Für die beiden jungen Männer am Ufer des eiligen Wachbachs war all dies, was noch ihre Väter erregt hatte, längst zur Selbstverständlichkeit geworden. Nichts von irgendwelcher Bedeutung in der Stadt und im Land konnte geschehen, ohne daß der Orden es nicht bewirkt oder wenigstens erlaubt hätte. Der Orden, das hieß in der Wirklichkeit die mönchischer Regel verpflichteten Ordensbrüder, sie bestimmten bis ins Private hinein das Dasein des niederen Adels, der freien Bauern und Bürger und aller halbfreien und »unehrlichen« Leute im Mergentheimer Bereich. Bevor der Orden sich durchsetzte, hatte das Land dem Hohen Adel gehorchen müssen, vor allem den Herren und späteren Grafen von Hohenlohe. Im zweiten Jahrzehnt des dreizehnten Jahrhunderts war der große Hohenlohische Besitz an die drei Brüder Heinrich, Andreas und Friedrich von Hohenlohe gefallen; diese drei aber waren um das Jahr 1220 in den Deutschen Orden eingetreten und hatten ihm ihr reiches Erbe zugeführt, das der Orden geschickt zu mehren wußte und das durch weitere Schenkungen ergänzt wurde.

Es war alles sehr feierlich und ordentlich zugegangen, war verbrieft und versiegelt worden.

Aber das bedeutete nicht, daß nun jedermann im Mer-

gentheimer Zehntland mit dem Gang der Dinge einverstanden war, daß sich nicht heimlich Widerstand und Unzufriedenheit regte. Die Ordensbrüder, die nun regierten, hatten Steuern ausgeschrieben und eingetrieben, um die Befestigung der Stadt, die Mauern und Türme bezahlen zu können. Bewaffnete waren auf Kosten der Bürger und der Landbesitzer von der Stadt zu stellen, das Ordensschloß und die Schloßkirche waren zu bauen – lauter Lasten, die den Eingesessenen durchaus nicht in allen Fällen einleuchteten. Vergällend kam hinzu, daß die Ritter des Ordens, die in Mergentheim und dem Land ringsum allein das Sagen hatten und die maßgebenden Ämter einnahmen, nicht aus dem Taubergrund stammten oder auch nur von der Jagst her, sondern bis auf einen Hohenlohe überhaupt nicht aus Franken, sondern aus Bayern, aus Hessen und sogar aus Luxemburg.
Auch die beiden jungen Leute, die da am Rande des Wachbachs im Gras hockten und mit verhaltenen Stimmen ihre Gedanken austauschten, waren sich völlig darüber einig, daß sie keinen Grund hatten, mit ihrem Los zufrieden zu sein und von der Zukunft Angenehmes zu erwarten.
»Ich kann dir nur eins sagen, Johann«, beendete der Große, Blonde mit den breiten Schultern seinen mißmutigen Bericht, »lange halte ich das nicht mehr aus! Ich lasse mich nicht von meinem älteren Bruder kujonieren, kann das nicht mehr anhören, daß mir jeden Tag auf der Burg« – er wies mit dem Daumen über die Schulter, wo jenseits der Ufergebüsche und des zerfurchten Weges die bewaldete Kuppe aufstieg, auf deren Höhe über dem Tal, vom versteckten Rastplatz der zwei jungen Kerle am Wachbach nicht sichtbar, die väterliche Burg des zornigen Sprechers ihre grauen, groben Quadern aufreckte – »daß mir jeden Tag, sag' ich dir, Johann, vorgehalten wird: Was sitzt du

hier herum und bist zu nichts Vernünftigem zu gebrauchen? Warum nimmst du nicht Waffen- und Knappendienst bei irgendeinem großen Herrn oder beim Kaiser selbst, hast ja einen guten alten Namen, Caspar von Rettersklingen? Kannst ja reiten und fechten wie kaum einer, klebst aber an der Burg! Solltest dir wenigstens ein begütertes Fräulein suchen und einheiraten; es gibt ja genug landsässige Herrschaften, in denen kein männlicher Erbe vorhanden ist. Wenn man wenigstens in den Orden eintreten könnte! Daß man dann nicht heiraten kann, machte mir nichts aus, habe sowieso kein Glück bei den Mädchen! Aber die vom Orden, die sehen darauf, ob man etwas mitbringt und das Ordensgut vermehrt, aber ich habe nichts mitzubringen. Am besten wär's, man ginge unter die Räuber! Ich hab' schon im Ernst daran gedacht, Johann, weiß aber nicht, wie ich es anfangen soll. Weißt du es, Johann? Du bist doch schlauer als ich.«

Der mit »Johann« Angeredete war von kleinerem Wuchs als der breitschultrige Blondkopf, der seinem Herzen Luft gemacht hatte. Johann war zierlicher gebaut und von seinem schmalen Schädel wellte braunes Haar; auch seine Augen waren von dunkelbrauner Farbe. Er hockte im Gras mit angezogenen Knien, um die er die Arme geschlungen hatte; er blickte den Gefährten nicht an, während er seinen zornigen Worten lauschte, blickte vielmehr den Bach hinab, über dem in der warmen Sonne die Libellen zuckten wie bläulich-grünliche Blitze und ein paar Schwalben segelten – Schwalben aus Wachbach, dem Dorf, das sich tausend Schritt weiter hinter dem Ufergebüsch des Flüßchens, nach dem es seinen Namen trug, verbarg.

Johann hatte eine Weile an einem Grashalm gekaut, antwortete schließlich, hatte sich aber nicht vom Zorn des

Gefährten anstecken lassen, war offenbar sehr nachdenklich geworden:
»Wir reden und reden, Caspar! Dabei wissen wir ja alles, haben es hundertmal besprochen. Mein Vater ist Schwert- und Harnischfeger in Mergentheim und sogar der Zunftmeister, das weißt du ja, Caspar. Und ich bin mit der elenden Lehrzeit fertig und müßte auf Wanderschaft gehen als fahrender Geselle. Dazu habe ich keine Lust. Alles, wie es vorgeschrieben ist! Man muß sich danach richten, was die Zunft verlangt. Ich möchte etwas ganz anderes machen, was nicht schon vorher festgesetzt ist, möchte weg von hier in ganz andere als die Umstände, in die man hineingeboren ist, ob man es wollte oder nicht. Hier ist alles vorgeschrieben, ständig muß man um Erlaubnis fragen, beim Lehrherrn, beim Zunftmeister, beim Rat, beim Pfarrer oder beim Vogt. Kann man denn nie sein eigener Herr sein? Wie wir das letzte Mal zusammen waren, am zweiten Ostertag, beim Mülber Tor – du weißt es noch, Caspar – hast du mir etwas erzählt, was mich seither nicht in Ruhe gelassen hat...«
Johann schwieg, als hätte er den Gefährten vergessen und würde wieder von seinen Träumen entführt. Caspar wurde ungeduldig:
»Woran denkst du, Johann? Warum sagst du es nicht? Vielleicht denken wir beide an dasselbe!«
Johann wandte ihm nun den Kopf zu, lächelte:
»Meinst du? Könnte schon sein! Wir haben schon manchmal zur gleichen Zeit das gleiche gedacht. Du erzähltest, was dein Vater abends am Kamin berichtet hätte. Ihr saßet noch vor dem Feuer; bei euch oben auf der Burg zwischen den Mauern aus großen Felsbrocken ist es immer viel kälter als bei uns im Tal in den engen Häusern aus Fachwerk und Lehm. Dein Vater war beim Deutschmeister gewe-

sen, der ihn gerufen hatte, um mit ihm die neue Ordnung für den Johannismarkt zu besprechen, bei dem ihr Rettersklinger von Burg Wachbach von jeher die Aufsicht gehabt habt. Aber das geht uns nicht viel an, obgleich du ja manchmal beim Markt zu Roß für deinen dafür zu stolzen Bruder die Aufsicht gehabt hast. Ich hab' dich dann beobachtet aus der Ferne und gewußt: der Caspar da drüben auf dem Grauschimmel, das ist dein Freund – und mag er auch von Adel sein und ich nicht, mag sein Vater es nicht wollen und meiner erst recht nicht, daß wir die alte Freundschaft aus den Kindertagen fortsetzen! Wir treffen uns ja doch! Sie können uns nicht Tag und Nacht und allerwege hinterherlauern und aufpassen, wo wir hingehen, auch heute nicht, am Pfingsttag!«

Mit einer Weidengerte, die er aus dem nächsten Gebüsch gebrochen hatte, schlug er vor sich auf die Erde, als müßte er sich gegen Unsichtbares verteidigen. Caspar wollte sich nicht zufrieden geben; er drängte:

»Weiche doch nicht aus, Johann, sage es doch! Ich weiß schon, wo du hinauswillst!«

»Ach, lieber Caspar, es ist ja alles bloß Luft, was man so denkt. Wie soll es uns gelingen, aus dieser unserer Enge herauszukommen! Da hat der Komtur deinem Vater im Schloß erzählt, daß der Deutsche Orden im fernen Preußenland sein Gebiet weit über die Weichsel nach Westen hinweg ausgedehnt hat, nicht mit dem Schwert, sondern gekauft hätte er das Land, in dem nur wenige Pomoranen wohnten oder wie dort die Einheimischen sich nennen. Ach, ich habe das genau behalten! Und dann hat der Komtur deinem Vater gesagt, der Hochmeister im Ordensland in seiner Marienburg bräuchte allerhand Leute für das neu erworbene Land. Ich seh' dich da noch sitzen auf dem schweren Schimmel, Caspar, und dein blanker Brustharnisch blinkte nur so in der Sonne, und ich konnte mir sagen: der Harnisch, den er trägt, der Caspar, das ist mein Gesellenstück – und kann gar nicht besser sitzen, als er sitzt auf deiner breiten Brust, und du hast ihn gern von mir genommen, und er hat dich nichts gekostet. Und mein Vater war wütend, daß ich ihn ohne Bezahlung weggegeben habe; aber er durfte nichts verbieten. Das Gesellenstück, wenn die Zunft es anerkannt hat als solches, gehört dem Gesellen. Und jetzt gehört es dir, Caspar und wird dich gut bewahren, wenn's einmal schlimm kommt. Du könntest hingehen und sagen: mein Vater und mein Bruder, der schon Burgherr ist, die brauchen mich nicht mehr. Ich bin hier überflüssig; aber im Osten bei den Prussen, den Litauern und jetzt den Pomoranen, dort werden junge ritterbürtige Leute gesucht, die das Kreuz nehmen und gegen die heidnischen Litauer kämpfen. Und gewiß ist da viel freies oder wüstes Land, das auf den Pflug wartet, und die Grenze muß gesichert werden gegen die Polen. Der Komtur im Mergentheimer Schloß, der Deutschmeister, hat das alles deinem Vater auseinandergesetzt, und der hat es bei euch am Kamin weitererzählt, und du hast es mir berichtet. Und seitdem frage ich mich, Caspar, warum gehen wir da nicht hin, viele, viele Tagesreisen von hier im Osten. Du nimmst den Mantel mit dem schwarzen Kreuz und wirst ein Novize bei den Brüdern des Deutschen Hauses zur Heiligen Maria, die nun nicht mehr im Heiligen Land, sondern am andern Ende der Welt den christlichen Glauben ausbreiten – und mich nimmst du mit, Caspar, als deinen Knappen und Schildträger, der dir den Harnisch putzt und der dir und anderen Beinschienen und Helme machen kann, dem Roß einen Stirn- und Flankenpanzer und der dir ein Schwert hämmert, wenn es sein muß, und es scharf erhält!«

Johann hielt inne, hatte sich dem Gefährten zugewandt und blickte ihn aus großen Augen an, sehr ernst, so daß gar keine Jugend mehr in seinem Gesicht zu entdecken gewesen wäre. Er fuhr nach einer unwägbaren Pause fort: »Was haben wir hier noch verloren, wir beiden, die wir am gleichen Tag geboren, am gleichen Tag in der gleichen Kirche, Sankt Marien, getauft sind, vielleicht mit dem gleichen Wasser sogar, die dann zusammen mit wenigen anderen bei den Johannitern im Johanniterhof Lesen und Schreiben gelernt haben und dann zusammen gefirmt worden sind, auch wieder in Sankt Marien? Wir werden hier nicht glücklich in der Enge, Caspar, du nicht auf der Burg und ich nicht in der Werkstatt bei meinem Vater. Dir kann man es nicht verweigern, wenn du in Preußen in den Orden eintreten willst, und mich müssen sie mit dir ziehen lassen, wenn wir beide darauf bestehen. Warum warten wir noch?«
Johanns Stimme war laut geworden, beinahe beschwörend. Caspar starrte vor sich hin, rührte kein Glied. Man sah ihm schier an, wie hart in seinem Hirn das Für und Wider abgewogen wurde. Schließlich schlug er neben sich mit der Faust ins Gras, war schon längst ein großes Stück weiter:
»Ich habe Anspruch auf ein zweites Pferd, wenn ich fortgehe und die Burg entlaste auf Nimmerwiedersehen. Ich nehme für dich den schweren Schwarzen, der paßt gut zu meinem Grauschimmel, ist ein ruhiges Pferd und ermüdet überhaupt nicht. Das ist es, Johann, das ist es: Ich muß das Kreuz nehmen in Preußen und du bist der Knappe dazu. Du kannst ja reiten. Der Deutschmeister hier muß dafür sorgen, daß der Orden in Preußen Nachschub an deutschen Leuten bekommt, nachdem nun ganz Pommerellen zum Ordensland gehört. Keiner wird sich einfallen lassen

dürfen zu widersprechen, wenn wir nach Osten ziehen wollen, dein Vater nicht und meiner auch nicht – und mein älterer Bruder wird froh sein, daß ich verschwinde. Aber bei allem: Du hast gut reden, Johann,, du kannst dann immer noch heiraten. In Preußen wird es auch Mädchen geben, und es fährt dir keine Zunft und kein Meister dazwischen. Aber ich, wenn ich in den Deutschen Orden eintrete, dann darf ich keine Frau mehr ansehen, bin dann ein Mönch mit Panzer und Schwert. Ob mir das gelingen wird, Johann? Manchmal träume ich davon, daß ich auch eine Frau haben könnte. Warum nicht? Auch jüngere Söhne, die nicht erben, haben manchmal Glück.«
Johann erwiderte sehr sanft, doch ohne zu zögern:
»Ich weiß, Caspar, ich weiß! Aber du verzichtest um der Heiligen Gottesmutter willen und im Himmel wird es dir angerechnet werden. Und du bist ja immer unter Ritterbrüdern und wirst vor lauter Arbeit und Krieg kaum Zeit haben, viel darüber nachzudenken, wirst vielleicht ein mächtiger Mann, gebietest über Land und Leute – und außerdem, denke ich mir, wie ist es denn im Kriege, hier bei uns und hundertmal mehr so im Kampf gegen die Heiden. Wenn sie nicht nachgeben, dann sind sie Beute, Mann und Vieh, Land und Frau. Und Frau, Caspar! Man hat so viel gehört, Caspar, was alles angerichtet wird, wenn Krieg ist. Und der Deutsche Orden ist dazu da, um die Heiden zu bekehren, mit Gewalt, wenn es nicht anders zu machen ist. Im Kriege wird gebrannt und gemordet und Gewalt angetan. Das ist nie anders gewesen, und das wird auch in Preußen nicht anders sein, auch wenn du das Kreuz auf dem Mantel hast.«
»Du sagst es, Johann, und es wird stimmen, und wenn ich erst das Gelübde abgelegt habe, dann habe ich den Ablaß schon vorweg. Auf alle Fälle will ich hier heraus und erle-

ben, wie es anderswo zugeht. Das ist die Hauptsache. Und dir geht es genau so. Wir bleiben zusammen, Johann? Morgen rede ich mit meinem Vater und wenn der wieder Bedenken hat, dann gehe ich gleich zum Deutschmeister im Schloß und erkläre ihm, daß ich nach Preußen zum Orden gehen will und daß ich auch einen Knappen habe und mitnehme, der ein feiner Schwertfeger ist und im Orden in Preußen zu gebrauchen sein wird.«
Johann wußte die richtige Antwort:
»Gehe lieber gleich zum Deutschmeister ins Schloß. Wenn der erst zugestimmt hat, daß wir reiten, dann kann uns keiner mehr Knüppel zwischen die Beine werfen!«
»Du hast recht, Johann. Ich frage noch heute im Schloß nach, wann der Deutschmeister Zeit hat, mit mir zu reden. Erst wenn das geschehen ist, sagen wir den Unseren, was wir beschlossen haben. Dann ist es für allen Widerspruch zu spät!«

Sie gelangten zwar über die thüringischen und sächsischen Gebiete, schließlich Brandenburg und Pommern, ohne also deutsche Reichsgebiete verlassen zu müssen (indem sie das große Königreich Polen im Norden umgingen) ins Land des Deutschen Ordens, folgten dem wohl uralten »Markgrafenweg« über Schlochau, wo sie die erste große Ordensburg über den Seen aufragen sahen, und erreichten schließlich jenseits der breiten, still vorüberwallenden Nogat, des östlichen Mündungsarms der Weichsel, den Sitz des Ordens-Hochmeisters, die Marienburg. Auf dem ganzen langen Ritt – zwei Monate lang hatten sie jeden Tag im Sattel gesessen, sich und den Pferden nur wenige Rasttage gestattend – hatten ihnen die Begleitbriefe, die ihnen der Komtur von Mergentheim mitgegeben hatte, gute Dienste geleistet. Denn es waren unterwegs die

Grenzen vieler Herrschaften zu überschreiten gewesen. Aber es waltete allgemein Frieden im Heiligen Römischen Reich Deutscher Nation, und niemand dachte daran, zwei jungen ehrbaren Männern aus der Deutschordens-Komturei den Weg zu verlegen, wenn sie nach Osten ziehen wollten, um sich dem Hochmeister im fernen Prussenland für den Kampf gegen die hartnäckig heidnischen Litauer zur Verfügung zu stellen.

Sie wunderten sich nicht, die beiden jungen Recken aus dem Taubergrund, daß sie so viele genau oder auch weniger genau genommene Grenzen zu überschreiten hatten, ehe die Weiten des Ordenslandes Preußen jenseits der Leba sie aufnahmen; sie kamen ja selbst aus einer der vielen deutschen Zwerg-Herrschaften, dem Zehntland des Ordens der »Brüder vom St. Marien Hospital der Deutschen zu Jerusalem« in und um Mergentheim. Und dieser Orden hatte, nachdem sich seine Leistungen und Erfolge im Land an der Weichsel und weit ost- und westwärts darüber hinaus nicht nur in den Ländern deutscher Zunge, sondern in ganz Westeuropa herumgesprochen hatten, überall ständig an Ansehen und Anziehungskraft zugenommen.

In der Marienburg aber, als ihnen ihre Beglaubigungsschreiben aus Mergentheim die Tür zum Hochmeister selbst, dem schon beinahe fürstlichen Winrich von Kniprode, geöffnet hatten, wurden die Erwartungen der beiden, die endlich am Ziel zu sein glaubten, ohne viel Federlesens vom Tisch gewischt. Der Hochmeister Winrich, einer der bedeutendsten, die je dem Orden und dem Preußenlande vorgestanden haben, hatte sich die zwei Bewerber, den ritterbürtigen Caspar und den stadtfreien Johann, genau angesehen. Seine Menschenkenntnis hatte ihm schnell verraten, daß sich ihm da zwei brauchbare Anwärter für die Arbeit im Ordensland vorstellten. Sie hatten ihr

Sprüchlein aufsagen dürfen, der Caspar und der Johann, und waren sogar gefragt worden, was sie von ihrer Zukunft im Ordensland erwarteten. Aber dann erging es ihnen, wie es vielen jungen Leuten zu allen Zeiten ergeht: was ihnen zugewiesen wurde, sah anders aus, als es ihren Wünschen entsprach. Der Hochmeister wandte sich zuerst an Caspar von Rettersklingen:
»Du, Caspar, bist gut ausgebildet mit Schwert und Lanze und ein Kämpfer im Streit, der nicht aufgibt. Du willst das Kreuz nehmen. Dein Name und dein Geschlecht sind ohne Makel, wie mir der Komtur aus Mergentheim schreibt. Ich sehe keinen Grund, warum du nicht in den Orden aufgenommen werden solltest. Aber darüber muß das Kapitel entscheiden, wenn es im Spätherbst wieder zusammentritt. Jetzt sind die meisten meiner Brüder und manche Gäste aus Frankreich und England auf der jährlichen ›Reise‹ gegen Litauen, kämpfen in der ›Wildnis‹ von Schamaiten, haben den Heiden Abbruch getan, aber auch schwer zu verwindende Ausfälle erlitten. Ich höre von meinem Marschall, daß ihm die Verluste große Sorgen bereiten. Ich soll ihm jeden waffenkundigen Mann schicken, dessen ich habhaft werden kann. Das ist, Caspar, eine großartige Gelegenheit, dich unter den Augen der übrigen Ritter und Kriegsleute zu bewähren. Ich vertraue darauf, daß du es vollbringen wirst. Um so weniger wird später das Generalkapitel zögern, deiner Aufnahme in den Orden zuzustimmen. Es ist keine Zeit zu verlieren. Du wirst dich gleich beim Bruder Trapier melden und dich für die ›Reise‹ nach Schamaiten ausstatten lassen. Übermorgen geht ein Nachschub ab; dem wirst du dich anschließen. Einen Knappen brauchst du nicht. Der Marschall wird dir im Felde einen dienenden Bruder zuweisen, falls das nötig werden sollte; ich glaube das indessen nicht. Ich gemahne

dich daran, Caspar, daß du als Anwärter auf das schwarze Kreuz auf weißem Grund von heute ab bereits unter unserem Gesetz der devota subjectio, des ›unbedingten Gehorsams‹, stehst. Die notwendigen Anweisungen für deine vorläufige Annahme und Aussendung werde ich sofort erteilen. Für den Anfang reiche ich dir nur die Hand; später wirst du geweiht! Der Segen des dreieinigen Gottes und der allerheiligsten Jungfrau sei mit dir!«

Der Hochmeister reichte Caspar die Hand, der sie voller Scheu und im Innersten erschüttert ergriff. Caspar wagte kein weiteres Wort. Daß er so schnell und so vollkommen in Besitz genommen wurde, daß er ohne Aufenthalt gegen die Litauer würde reiten müssen, hatte er nicht vorausgesehen. Der Komtur in Mergentheim hatte ihm zwar von der »devota subjectio« gesprochen. Daß sie ihm nun sofort auferlegt wurde, und nach seiner Zustimmung oder Ablehnung überhaupt nicht gefragt wurde, verschlug ihm die Sprache. Aber die Würfel waren gefallen. Er unterwarf sich und trat auf einen Wink des Hochmeisters in den Hintergrund.

Dem Johann zitterte das Herz im Leibe: Über seinen Freund und Jugendgefährten wurde kurzerhand verfügt. Daß er für den Dienst als Knappe des »Edlen« von Rettersklingen eingestellt würde, davon war keine Rede. Was also wartete auf ihn?

»Ja, Johann, du bist, wie mir der Komtur schreibt, ein gut ausgebildeter Harnischfeger und Schwertschmied. Dein Vater ist ein angesehener Bürger und Zunftmeister in Mergentheim. Solche Leute wie dich können wir gut gebrauchen, wobei ich darauf vertraue, daß du deinem Vater Ehre machen wirst. Wir haben am Übergang zur Kraina, dem nördlichen Grenzgebiet des Königreichs Polen, zur Sicherung des einzigen ständig passierbaren Weges eine

neue Vogtei gründen müssen, sind dabei, sie zu befestigen und dahinter die kleine, schon bestehende pomoranische Ansiedlung zu einer deutschen Stadt zu erweitern. Vor zwei Jahren, 1354, habe ich auf Burg Schlochau mein Siegel an die ›Handfeste‹, das Stadtrecht, von Friedland gehängt. Das Ganze ist gut im Werden. Die Polen wagen es nicht mehr, sich dieser einzigen Brücke über die Dobrinka – ihr Tal ist weit nach Osten und Westen versumpft – zu bedienen und unsere jungen Dörfer in der Komturei Schlochau zu brandschatzen. Aber wir haben noch nicht genug verläßliche deutsche Leute in der werdenden Stadt. Auch mit den Handwerken ist es längst noch nicht zum besten bestellt. Du wirst also, Johann, auf den Markgrafenweg, über den ihr ja gekommen seid, nach Schlochau zurückreiten, dich mit einem Handschreiben meines Treßlers, der die Kasse führt, beim Komtur melden. Der wird dich dann an den Ordensvogt in Friedland weiterleiten. Du wirst vom ersten Tage an genug zu tun haben. Sobald du heiratest, wird dir auch reichlich Land vor den Toren der Stadt zugeschrieben werden. Du wirst Meister werden, da ja noch kein anderer Harnischfeger da ist. Der Zunftmeister in Schlochau wird dir die Meisterprobe abnehmen. Ich wünsche dir Glück, Johann, und den Segen des Himmels. Ich erwarte von dir, daß du dem Orden getreulich dienen und ihm gehorsam sein wirst. Geht jetzt! Der Ritter im Vorraum wird euch weiterweisen!«
Sie waren entlassen. Ihr Geschick hatte sich in weniger als einer halben Stunde entschieden. ––
Johann gelangte nach Friedland über Schlochau ohne Zwischenfall. Das schwarze Pferd, das ihm sein Freund und Herzensbruder für den Zug ins Preußenland geschenkt hatte, trug ihn noch immer, gut gepflegt und gefüttert, wie es war.

Im Winter darauf erreichte den noch immer nicht verheirateten, aber mit Arbeit überhäuften Harnischfeger Johann auf Umwegen die Nachricht, daß sein Jugendgefährte Caspar in seinem ersten wilden Gefecht mit den grimmigen Schamaiten den kürzeren gezogen hatte und erschlagen worden war.

5. Kapitel

Jener Johann aus Mergentheim, der mit dem Edlen Rettersklingen von Wachbach nach Norden und Osten geritten war, hatte also entgegen seiner und seines Freundes Hoffnung und Erwartung, kaum seiner Abenteuerlust Genüge tun können. Johann hatte seinen Freund Caspar zunächst bitter beneidet, als der ohne irgendeinen Aufenthalt sofort in den jedes Jahr sich erneuernden »Krieg« gegen die Litauer geschickt wurde, auf die »Reise« ins wilde Schamaitien. Diese »Reisen« waren im ganzen Abendland bekannt geworden, lockten Ritter und Fürsten selbst noch von England her an, die Kreuzzugs-Ruhm erwerben wollten. Die wilden Leute jenseits der Memel nordwärts bis ins Land an der unteren Düna, das Erzbistum Riga und die Gebiete des früheren Schwertbrüderordens (der im Deutschen Orden aufgegangen war), die grimmig fechtenden und jederzeit ihrerseits zu mörderischen Einfällen ins Ordensland bereiten Schamaiten – sie weigerten sich mit grimmiger Hartnäckigkeit, ihren heidnischen Göttern abzuschwören und sich auf die Heilige Dreifaltigkeit taufen zu lassen. Also mußten sie mit der Gewalt des Schwertes unter das Kreuz gebeugt werden – womit der Deutsche

Orden vom Papst und vom Kaiser betraut worden war, was ihm auch bei den Prussen, Kaschuben, Pomeranen verhältnismäßig leicht und sogar pfleglich gelungen war.
Johann hatte erleben müssen, daß der anfangs beneidete Jugendgefährte Caspar zwar gleich als Novize in den Orden aufgenommen worden war, dann aber diese Ehre schon wenige Monate später mit dem Leben bezahlt hatte. Die Nachricht erschütterte ihn aufs tiefste. Der einzige Mensch, der ihm hier in der Fremde, die so ganz anders sich anließ als das liebliche Taubertal, aus dem er kam, der einzige Freund, unter dessen stolzem Namen auch er Schutz und Anerkennung hatte finden wollen, war auf immer dahin; es war nicht einmal zu erkunden, wo und wie er umgekommen war. Hatte er, der Johann, nicht doch das bessere Teil erwählt, als der Orden ihn in die junge Komturei Schlochau und dort in die werdende Grenzfeste, die Vogtei Fredeland, schickte? In die Ferne schweifen, nach Osten reiten, Abenteuer erleben, ja, das hatte kühn und verlockend geklungen – aber so von heut auf morgen totgeschlagen oder -gestochen zu werden – nein, das hatte wahrlich nichts Großartiges an sich, das begeisterte ganz und gar nicht! Das war vielleicht etwas für Ritter, die auf Schwert und Lanze eingeübt waren, aber nichts für Leute seines Schlages, die aus Geschlechtern von Bauern und Handwerkern herstammten.
Johann hatte mit seinem Geschick gehadert, als er kurzerhand an die äußerste Südwestgrenze des Ordens nach Fredeland/Friedland, befohlen worden war. Aber seit dem schrecklich schnellen und gnadenlosen Tod des Jugendgefährten dämmerte dem Johann eine ganz andere Einsicht: Gott und der Orden hatten es gut mit ihm gemeint, als sie ihn nicht in die »Wildnis« von Schamaitien, sondern ins üppig grüne Tal der Dobrinka schickten mit dem Auftrag,

seine Kraft und seine Kenntnisse dafür einzusetzen, die schon mit Stadtrecht ausgestattete Siedlung Friedland am einzigen Übergang, der das versumpfte Tal der Dobrinka querte, zu einem starken, blühenden Bollwerk gegen die »Krajna«, den Grenzstreifen gegen die ständig von Süden andrängenden Polen auszubauen.

Hier war er nun, der Harnischfeger Johann aus Mergentheim! Doch nach Mergentheim führte kein Weg zurück. Als Johann den schweren Schlag überwunden hatte, den der Tod des Jugendgefährten ihm versetzt hatte – er war nun erst vollends erwachsen und zum Mann geworden – dachte er nicht mehr an Abenteuer und an freies Schweifen. Friedland war ihm zugewiesen, und in Friedland hatte er sich zu bewähren – und dazu wurde ihm, wie beinahe jeder Tag von neuem bewies, überreichlich Gelegenheit geboten. Bald durfte er sich Meister nennen, anerkannt von der in Schlochau, dem Sitz des Ordens-Komturs, schon gebildeten Zunft seines Handwerks. Noch gab es in Friedland keinen zweiten Schwert- und Harnischfeger, und es gab also genug zu tun. Der Orden hatte sich in der zweiten Hälfte des vierzehnten Jahrhunderts zu voller Macht entfaltet; die Polen im Süden konnten noch nicht daran denken, ihm diese Macht, die von Pommern bis an den Finnischen Meerbusen reichte, streitig zu machen.

Für Johann gab es kein Zurück. Die alte Heimat Franken wurde ihm bald zu einem Traum, von dem man des Nachts vielleicht auf leisen Sohlen umschlichen wurde, den man aber am Tage ganz und gar zu vergessen hatte. Vierzig oder fünfzig Tagesreisen – Johann wußte bald nicht mehr genau, wie viele es gewesen waren – hätte er hinter sich bringen müssen, wenn er das Taubertal und die Eltern wiedersehen wollte. Er war nun allein; kein Caspar mit stolzem Empfehlungsbrief in der Satteltasche würde je

wieder an seiner Seite reiten. Caspar hatte eine klare Vorstellung davon besessen, wie ihr Weg nach Norden und Osten verlaufen müßte; Johann hatte nur zu folgen brauchen. Gewiß, auch Johann wußte mit dem Schwert umzugehen, das er zu schmieden und auf Hochglanz zu fegen verstand. Aber seines Amtes war das nicht; dafür war Caspar da, der Freund von der Burg, der sich von klein auf im Gebrauch der ritterlichen Waffen hatte üben müssen.
Aber der Freund und Bruder Caspar kam nie wieder, die Wildnis im Nordosten, von Friedland wiederum viele Tagesritte entfernt, hatte ihn für immer verschlungen. Johann hatte sich, wenn auch er nicht untergehen wollte, dort festzukrallen, wohin der einzig Mächtige in diesem ernsten, dunklen Lande ihn geworfen hatte: in der Vogtei des Deutschen Ordens Friedland. Dort war nun rechtens sein Platz, wo er einzuwachsen hatte, wenn ihm sein Leben lieb war – und das war es, wurde ihm auch manchmal das Herz sehr schwer dabei!
Es blieb ihm keine Zeit zum Nachdenken und Atemholen. Der Vogt des Ordens saß den Leuten im Nacken und duldete keinen Müßiggang. Es wußte ja auch jeder, was auf dem Spiele stand. Zwar bildeten für den Vogt die deutschstämmigen Siedler, die ihm der Komtur in Schlochau oder – wie den Johann aus Mergentheim – der Hochmeister in der Marienburg zugewiesen hatte, die Kernmannschaft der kleinen Stadt. Aber es hatte an diesem einzigen brauchbaren Übergang durch das Tal der Dobrinka schon in der Vorordenszeit eine Siedlung bestanden – von pomoranischen und kaschubischen Leuten, weit vor ihnen von germanischen, von denen einige stets zurückgeblieben waren, wenn sich die Mehrheiten auf Wanderschaft begeben hatten.
Die Einheimischen hatten stets unter polnischen Über-

griffen von Süden aus der Kraina her gelitten, hatten sich nicht recht verteidigen können, gering an Zahl und weit verstreut, wie sie waren. Als der Orden 1309 die Herrschaft im Lande antrat, waren die meisten Ansässigen, ohne zu widerstehen, ja sogar gern unter das Kreuz getreten, das der Orden unter ihnen aufrichtete, schien sich doch nun eine gerechtere Ordnung durchzusetzen. Die Straßen wurden ausgebessert; vor allem wurden sie sicherer. Neue Dörfer entstanden im leeren Land mit neuen deutschen Bauern, von denen man wie von den Ordensleuten einiges lernen konnte. In den Dörfern, alten wie neuen, wurden die Äcker neu verteilt, weitere gerodet. Jeder Bauer wußte fortab, was ihm zustand und was von ihm verlangt wurde an Dienstbarkeiten und Abgaben. Die Willkür wurde eingeschränkt. Der Orden bestimmte, was jedermann zu leisten hatte, verfügte es nach Recht und Billigkeit. Johann erinnerte sich einer Redensart, die sein Vater zuweilen im Munde geführt hatte: Unter dem Krummstab ist gut wohnen – unter geistlicher Herrschaft, war damit gemeint. Und die Pomoranen und Kaschuben in Pommern gelangten zu der gleichen Überzeugung, nachdem sich die Herrschaft der »Deutschen Brüder vom Hospital der Heiligen Jungfrau zu Jerusalem«, kurz des »Deutschen Ordens«, in ihrem Lande durchgesetzt hatte. Mit den Deutschen, die aus dem Westen in das weite Land zwischen der Dobrinka und Küddow im Süden und der Danziger Bucht im Norden einsickerten, jungen, unternehmungslustigen Männern zumeist – Johann und Caspar waren wahrlich nicht die einzigen, die nach Osten gezogen waren – mit diesen land- und arbeitshungrigen Leuten ließ sich gute Nachbarschaft halten. Sie nahmen nach den strengen Weisungen des Ordens den Eingesessenen nichts fort; im Gegenteil: Was sie besser zu verrichten wußten als

die Leute in dem neuen Land, in dem sie sich ansässig machten, das teilten sie den Kaschuben gerne mit. Auch das entsprach einer Anordnung der Ordensmänner.
Hinzu kam etwas ganz anderes, was der Orden, eine Vereinigung mönchisch lebender Ritter, überhaupt nicht in seine Planungen einbezogen hatte: Nicht allzu viele der Siedler aus Westfalen, Thüringen oder Franken waren verheiratet und brachten Frau und auch Kinder mit. Die meisten, die sich aufgemacht hatten, im fernen Osten des Reiches ihr Glück zu versuchen, waren junge Männer – genau so wie ja auch der Orden selbst in den Kreis seiner Ritterbrüder nur Männer aufnehmen durfte, die nicht verheiratet waren oder auf ihre Ehe verzichtet hatten.
Sehr zahlreich ist sie übrigens nie gewesen, die Ritterschaft des Deutschen Ordens. In seiner besten Zeit – genaue Zahlen liegen nicht vor – mag die Ordensritterschaft an die siebenhundert, wohl kaum jemals über eintausend Brüder umfaßt haben. Das reichte vielleicht aus, die höheren Kommandostellen im weitgedehnten Ordensgebiet zu besetzen und den Kern des Ordensheeres zu bilden. Die mittleren und unteren Ränge im Heer und vor allem in der Verwaltung mußten mit Leuten besetzt werden, möglichst deutschstämmigen, aber auch prussischen oder pomoranischen, die durchaus nicht daran dachten, ein Mönchsgelübde abzulegen, mit Leuten von Adel oder auch nicht von Adel – die Übergänge waren fließend. Bei ziviler oder militärischer Tüchtigkeit und Leistung stellte sich der »Adel« – soweit sich das damals genau umschreiben ließ – beinahe von selbst ein, sobald größerer Landbesitz zu der Leistung hinzutrat.
Vor allem aber wollten die Männer, die sich in den jungen Dörfern, in Steinborn oder Barkenfelde, abrackerten, die den wilden Wald rodeten oder anderswo die »wüsten

Höfe«, von denen es viele gab, wieder unter Pflug und Sense nahmen, hier und da auch Sümpfe trocken legten und damit üppige Grasfluren entstehen ließen, auf denen das Vieh weiden konnte, all diese jungen Kerle und natürlich auch die, die in den wachsenden Städten, den Komtureien, Vogteien und in und um die »Festen Häuser« entlang der Grenze Häuser, Mauern und Türme bauten, Handwerke betrieben, ohne die man nicht auskam, auch schon den Handel entwickelten, auch Dienst mit der Waffe taten – sie alle wollten nicht allein bleiben, sie fanden keinen Spaß daran, mönchisch zu leben; sie wollten ein Mädchen freien, wollten Kinder in die Welt setzen, damit das Leben Sinn bekam.

Doch Mädchen deutscher Herkunft waren rar im Lande. Auch gab es gar kein Vorurteil gegenüber wendischen oder kaschubischen Wesen weiblichen Geschlechts; die waren sanft und weißhäutig, dankbar für Zärtlichkeit, lernten schnell ein lustiges Deutsch – und wenn man ihnen mit gutem Beispiel voranging, dann waren sie auch fleißig und geschickt. --

Der Friedländische Ordensvogt, Karl von Dronten, erkannte bald, daß ihm der vom Hochmeister zugewiesene Johann aus Mergentheim nicht nur als tüchtiger Handwerker, sondern auch in manch anderer Hinsicht sehr von Nutzen sein konnte. Johann war schnell von Entschluß und um brauchbare Einfälle nie verlegen. Er wußte, wie man Ziegel bäckt; er war es auch, der anregte, die vielen Steine, die auf den neu gerodeten Feldern vor der Stadt herausgepflügt wurden, darunter auch gewaltige Felsen, »Findlinge«, zu sammeln und für den Bau der Stadtmauer zu verwenden. Er war es, der an seine alte Heimat Mergentheim zurückdachte und sich erinnerte, wie übersichtlich sie angelegt war mit der großen Nord-Süd-Achse vom Hadertor bis zum Mülbertor über den Gänse-, den Unteren- und den Oberen Markt, von denen dann in etwa gleichen Abständen die Gassen nach Ost und West abzweigten. So übersichtlich sollte Friedlands Stadtplan auch entworfen werden, und so geschah es auch mit der Hohe-Tor-Straße als Achse von Süd nach Nord, von der die weiteren Straßen im rechten Winkel ostwärts und westwärts abzweigten oder der Hohe-Tor-Straße parallel verliefen.

Und als drei Jahre nach seiner Ankunft an der Dobrinka der inzwischen größer, breiter – und viel ernster! – gewordene Johann vor den Vogt trat und ihn fragte, ob er die Tochter des seit alters vor der Stadt seinen recht ansehnlichen Hof bewirtschaftenden Kaschuben Thomas Woysk heiraten dürfte und wenn ja, ob ihm dann ein guter Wohnplatz in der Stadt, etwa in der Brunnenstraße, und ein paar Hufen gutes Land vor dem Hohen Tor zugewiesen würde, brauchte der Vogt nicht lange zu überlegen und stimmte freundlich zu. Denn was konnte es aus der Sicht des Ordens Besseres geben, als daß brauchbare Neusiedler aus dem Reich sich mit den Töchtern des Landes verbanden und einheimische Geschlechter gründeten. Johann wurde als »erbgesessener« Bürger eingetragen. Wo der Orden regierte, herrschte Ordnung; die Kirchen- und Stadtbücher mußten übersichtlich und für kommende Geschlechter eindeutig geführt werden. Johanns Familie und Nachkommenschaft gehört seit der alten Zeit, in der Friedland hinter hohen Mauern und Türmen den Dobrinka-Übergang bewachte, zu den »Erbgesessenen« und blieb es bis in die Gegenwart.

In der zweiten Hälfte des vierzehnten Jahrhunderts füllten sich die innerhalb der Mauern anfangs längst nicht vollständig besetzten Grundstücke mit weiteren Siedlern aus den so bunten und vielgestaltigen Ländern und Landschaften des »Heiligen Römischen Reiches Deutscher Nation«. Der Johann aus Mergentheim, der Schwertfeger und Ackerbürger, gehörte schon zu den »Alten« in der Stadt, den Eingewurzelten, nach den zwei, drei Jahrzehnten, in denen er von den manchmal allzu schnell wechselnden Vögten des Ordens zu schwierigen, oft auch heiklen Aufgaben herangezogen worden war. Sein Handwerk betrieb er sozusagen nur noch mit der linken Hand, ließ die anfallenden Arbeiten von zwei Gesellen verrichten – beide aus dem Fränkischen wie er selbst, aus Rothenburg der eine, der andere aus Nürnberg – und zwei Lehrlingen – beide aus der Gegend, ein junger Deutscher und ein deutsch/kaschubischer Bursch. Er selbst, der Johann, kümmerte sich in eigener Person nur noch um die Harnische oder Sturmhauben, die für den Vogt, die wenigen Ordensleute oder gar die Ritter der Komturei in Schlochau bestimmt waren. Denn die Eisenkleider, die aus Johanns Werkstatt in der Brunnenstraße zu Friedland kamen, erfreuten sich eines guten Rufs.

Zu einem feststehenden oder gar verbrieften Familiennamen war Johann noch nicht vorgedrungen wie die meisten seiner nichtadligen Zeitgenossen; die meisten Adligen trugen allerdings außer ihrem Rufnamen auch nur den Namen ihres Herkunftsortes, ihrer Burg oder des Amtes, das ihnen vom Fürsten und Landesherrn übertragen war. Johann war eben nur »der Schwertfeger«, »der aus Mergentheim« oder ganz einfach »der Harnisch« – und damit eindeutig gekennzeichnet.

Johann fragte danach nicht; er wußte, wer er war; er hatte eine gute Frau, deren weiches, unvollkommenes Deutsch, gemischt mit manchem kaschubischen Wort, sein eigenes Deutsch mit der Zeit beeinflußte, ohne daß er es merkte.

Seine Svetlana schenkte ihm an die zehn Kinder, von denen allerdings, wie es damals beinahe die Regel war, die meisten schon bald nach der Geburt oder im ersten Jahr danach starben; die schließlich übrig gebliebenen Sprößlinge waren zäh und lebenskräftig und für Krankheiten nicht anfällig.

Je älter er wurde, der Johann »der Harnisch« – gegen Ende des Jahrhunderts mischte sich längst Grau in seinen Bart und sein immer noch dichtes Haupthaar –, desto stärker wurde er von seinem Handwerk, das für seine kleine Mitwelt ihn immer noch auswies, abgelenkt durch zwei andere Arbeitsfelder, die ihn im Laufe der Jahre stets ausschließlicher beanspruchten: die Arbeit auf dem Acker vor dem Hohen Tor der Stadt und die Beschäftigung mit den öffentlichen Angelegenheiten der kräftig die Arme regenden, sich ihr Eigenleben schaffenden kleinen Stadt (die für damalige Verhältnisse gar nicht so klein war, sondern mit ihren Mauern, Toren und Türmen, ihren Märkten, Handwerkern und bescheidenen Handelshäusern, mit ihrer Aufgabe, einen wichtigen Grenzübergang zu beaufsichtigen und zu schützen, eine gar nicht unwichtige Rolle für den Westen des Ordenslandes zu spielen hatte).

Der Acker: Johann vernahm in sich, je älter er wurde, desto unüberhörbarer eine Stimme, die ihn aufforderte, Land zu erwerben und es fruchtbar zu machen, Land für den Sohn, den einzigen, der ihm außer drei Töchtern verblieben war. Der Sohn Johann-Caspar, wie er ihn nach dem in Litauen begrabenen Freund genannt hatte, sollte Äcker und Wiesen sein eigen nennen, die auf seinen Namen geschrieben waren, Land, in dem er einwurzeln konnte mit seinen Nachkommen – Land, das er nicht zu verlassen brauchte wie sein Vater, der als armer, landloser Schlucker in den fernen Osten, ins Ordensland, ausgeritten war.

Solches Land war aber nur gesichert, wenn im fruchtbaren Süden der Komturei Schlochau, insbesondere in ihrem Mittelpunkt Friedland, geordnete Verhältnisse herrschten. Um sie hatte sich also zu kümmern, wem das Wohlergehen des eigenen Fleisches und Blutes am Herzen lag. Diese Aufgabe aber wurde dem Johann aus Mergentheim mit der Zeit beinahe zu einem harten Zwang. Ihm waren alle Verbindungen zu seiner Familie, der Verwandtschaft in Franken, der Geburtsstadt, vollkommen abgerissen; sie waren hinter einen fernen Horizont gesunken und untergegangen, waren nie wiederholbare Vergangenheit geworden. Um so mehr war Johanns ganzes Sinnen und Trachten auf die Zukunft gerichtet; und die Zukunft, sie stellte sich dar in seinem einzig verbliebenen Sohn Johann-Caspar: Land sollte er haben, Grund und Boden unter den Füßen, der ihm nicht mehr genommen werden konnte! Und deshalb hatte Johann, der Vater, auch das öffentliche Geschehen in Friedland zu beeinflussen, denn hier saß der Vertreter des Ordens, des Landesherrn, saß der Ordensvogt.

Je stärker die kleine Stadt, die ihre Existenz und Bedeutung dem Orden verdankte, sich zu einem eigenständigen Gemeinwesen entwickelte, desto eher konnte es zu Gegensätzen zwischen der Stadt und den Ordens-Anliegen kommen. Die Stadt wollte handeln und wandeln, gerade weil sie an der einzigen passierbaren Grenzstelle zur polnischen Kraina südlich der Dobrinka lag, weil sie die Erzeugnisse anzubieten hatte, die es in der lustlos vor sich hindämmernden, vernachlässigten Kraina nicht gab, gerade weil sie die südlich der Dobrinka anfallenden Landesprodukte billig einkaufen und nach Schlochau, Konitz und Stargard hinauf günstig weiterverkaufen konnte. Die räuberischen Einfälle von Süden her lagen schon viele Jahrzehnte zurück. Die Mauern und Türme der neuen Stadt mit ihrer wehrhaften Besatzung hatten die Polen in ihre Schranken, eben in die »Krajna«, ihr »Grenzland«, zurück verwiesen.

Für die Lebenden in Friedland lagen um das Jahr 1400 solche Einsichten schon so weit zurück, daß sie keine Wirklichkeit mehr bedeuteten. Mit den Kaschuben-Pomoranen war gut auszukommen gewesen; sie waren von der ständig steigenden deutschen Flut, die aus Brandenburg, Westfalen und vom Niederrhein her nicht versiegen wollte, überschwemmt und eingeschmolzen worden, hatten sich sogar gern einschmelzen lassen – warum sollte das früher oder später mit den Polen nicht ebenso möglich sein?

Im herrschaftlichen Mittelpunkt des Ordens, in der Marienburg an der Nogat, der untersten Weichsel, wußte man nur allzu genau, daß dergleichen niemals zu erreichen sein würde. Seit Polen sich mit Litauen vereinigt hatte (1386), war das Ordensland in weitem Bogen von der polnisch-litauischen Großmacht umzingelt. Diese – trotz aller Herrschaftswirren, in die sie sich beinahe ständig verstrickte – drängte die Weichsel, die Memel, die Düna hinunter zum Meer, zur Ostsee. Das Ordensland lag quer dazu; der Orden war der naturgegebene Feind – und die Hochmeister in der Marienburg gaben sich, was dies anbetraf, keinen Illusionen hin.

Jedoch war nicht zu leugnen, daß der Deutsche Orden, dies großartige mönchisch-ritterliche Gebilde, ein echtes Kind des Mittelalters, um die Wende vom vierzehnten zum fünfzehnten Jahrhundert sich eigentlich bereits selbst überlebt hatte. Die Ritter waren im dreizehnten bis weit ins vierzehnte Jahrhundert hinein nach Nordosten gezogen, um die immer noch heidnischen Prussen, Kaschu-

ben, Schamaiten und wer sonst noch da oben hausen mochte, zum Christentum zu bekehren. Das war geschehen, und der fromme Kampfeseifer hatte sich über die schamaitische Wildnis hinweg gegen Litauen gerichtet, war dabei zu einer Übung kriegerischen Sportes entartet, die sich Jahr für Jahr wiederholte und nicht nur auf der Seite der zu Bekehrenden, sondern auch unter den Bekehrern blutige Opfer forderte.
Aber dann war Litauen und schließlich auch Schamaitien christlich eingefärbt worden, aber nicht von Westen, vom Orden her, sondern von Süden, vom ewig unruhigen, aber höchst lebenskräftigen Polen.
Es gab also nichts mehr zu missionieren für die Ritter-»Brüder vom Hospital der Heiligen Maria zu Jerusalem«. Das Werk, das auszuführen sie abgesandt worden waren, hatten sie vollendet. Der Orden als Missionsorden konnte abtreten.
Indessen hatte die von der Marienburg aus gelenkte große Organisation alle wichtigen Stellen in der Verwaltung, im Heer und in der Politik mit Ordensrittern besetzt, von denen kaum einer im Lande geboren war. Sie alle stammten statt dessen aus den Ländern des »Heiligen Römischen Reiches Deutscher Nation« (zu denen das Ordensland, wenn überhaupt, nur ganz am Rande gehörte). Der Orden hatte ein eigenes politisches Gewicht gewonnen, sein Missionsgebiet war ein Staat geworden, hatte neue, fest umrissene Konturen erworben. Und kluge Leute im Lande, besonders in den aufstrebenden Städten, merkten es; der Johann in Friedland, der sich so gut es eben ging, über alle Entwicklungen auf dem laufenden hielt, merkte es auch.
Er hatte nun die Sechzig überschritten, war einigermaßen wohlhabend geworden, war sich einig mit seiner Frau und seinen Kindern, die von der Mutter ein ruhiges, bedacht-

sames Wesen mitbekommen hatten, was sie von ihrem ewig geschäftigen, dazu ewig besorgten und deshalb auch angriffslustigen Vater unterschied. Johann hatte sich sowohl bei den Mitbürgern wie auf der Vogtei und sogar beim Schlochauer Komtur wohl begründetes Ansehen erwirkt und erarbeitet.

Sorge – ja, Johann sorgte sich. Sein Leben lang, wenn er es bedachte, war er die Sorge nicht los geworden. Und nun drangen über die durchlässige Grenze – es herrschte ja Frieden – Versuchungen heran, die geeignet waren, die bestehenden Verhältnisse zu untergraben. Auch er selbst fühlte sich versucht: Lagen nicht der Orden und die fremdbürtigen Ritter, von denen keiner durch Frau und Kind, Haus und Hof im Lande verankert war, allmählich wie eine Last auf dem Lande?

Wer verordnete, was im Lande und in den Städten zu geschehen hatte, wer forderte die Abgaben ein an Geld und Naturalien, wer beschloß über Krieg und Frieden, wer befahl die Gestellung von Fußvolk und gewappneten Reitern mitsamt ihren Pferden, wer verlangte die Fronarbeit an den Straßen, den Befestigungen? Immer die Ritter vom Orden, der Hochmeister im Schloß Marienburg und nach ihm der Komtur aus Schlochau und an Ort und Stelle der Vogt von Friedland oder Hammerstein oder Landeck.

Wer aber verdiente das Geld, das zu allem nötig war, oder erwirtschaftete die Fuhren Roggen oder Gerste oder Hafer, die an den Orden abzuführen waren, wer stellte die Bewaffneten oder die Arbeiter, den Burggraben zu vertiefen oder die Steine für eine neue Brustwehr über der Mauer heranzuschaffen?

Das waren immer die Leute aus und in der Stadt, die dort werkten und wohnten, die kleinen und großen Bauern vor den Städten in den neuen Dörfern, auf den Rodungen, die mit dem, was sie im Schweiße ihres Angesichts erschaffen und erschuftet hatten, mit Handel und Wandel verdient hatten, ja, sie waren es, die mit ihren Armen und Beinen und Muskeln, ihren Pferden, Ochsen und Kühen, ihren Schweinen und Hühnern und ihrem Korn den Orden in Gang hielten – obgleich man die Absichten und Maßnahmen der Ordensleute, ihre Befehle und Auflagen keineswegs immer verstand und in ihrer Notwendigkeit begriff!

Nun, die kleinen Leute auf dem Lande und die armen Leute in den kleinen Städten, die wagten es kaum, solche Fragen zu stellen, nicht einmal, sie zu denken. So war es eben von Gott eingerichtet: Arm und reich, mächtig und ohnmächtig, befehlen und gehorchen – das war der Lauf der Welt. Die Ritter trugen das schwarze Kreuz auf den Mänteln; es gab sie als Schwertbrüder und als geistliche Brüder, auch als dienende Brüder – jeder von ihnen stand weit über dem gewöhnlichen Volk, deutschem, kaschubischem, masurischem, dem erlaubt war, Frau und Kinder zu haben und an seinem Handwerk, Gewerbe oder Ackerland zu haften. Den Ordensleuten war zu gehorchen – und wer es nicht tat, hatte mehr oder weniger schwere Strafen zu gewärtigen.

Aber die selbständigen Kaufleute oder Handwerksmeister in den Städten, die größeren Landbesitzer, waren sie nun Ackerbürger oder gehörten sie zum niederen Adel aus der Vorordenszeit oder der Ordenszeit, sie wurden sich mit der Zeit der Tatsache bewußt, daß zwar der Orden in den neuen Dörfern und den aufstrebenden Städten und Städtchen überall der Anreger und Beweger gewesen war, was aber nun schon für Jahrzehnte, ja, mehr als ein Jahrhundert in der Vergangenheit lag. In der Gegenwart und erst recht in der Zukunft würden es die Gewerbe- und Handeltreibenden in den Städten und die Wohlhabenderen unter den Besitzern und Bearbeitern von Grund und Boden sein, die allein oder in erster Linie die Lasten zu tragen haben würden, die der stets fester und starrer das Land durchwaltende und als Landesherr sich gebende Orden auferlegen mußte, um die eigene Organisation und den Bestand des Ganzen zu sichern – was ihm, wenn man es genau nahm, bestenfalls als Nebenaufgabe zugefallen war, war er doch ursprünglich ausgezogen, Heiden zu Christen zu machen. Das aber war erreicht und bedurfte nur noch einiger Pflege.

Johann, der Mergentheimer in Friedland, Zunftmeister längst und begüterter Ackerbürger, hatte sich diese Entwicklungen und Zusammenhänge in langen Jahren klar gemacht. Er war ja auch, seit er erst das fünfte und sechste Jahrzehnt seines Lebens erreicht hatte, im Ordensland weit umhergekommen, hatte mit offenen Augen und Ohren in sich aufgenommen, was unter den Handel- und Gewerbetreibenden in Elbing oder Kulm, in Thorn oder Danzig geredet oder nur geflüstert wurde, was auf den Zusammenkünften der ländlichen »freien« Grundbesitzer, des kleinen Adels erörtert und auch zornig beklagt wurde: daß nämlich die eigentlich die Arbeit leistenden und das Ordensregiment tragenden ländlichen und städtischen Untertanen selbst am Regiment nicht teilhatten und den höheren Zwecken des Ordens lediglich dienstbar sein mußten, obgleich sich diese, wenn überhaupt, nur unvollkommen mit dem eigenen Nutzen deckten.

Eines Tages in den ersten Jahren des fünfzehnten Jahrhunderts – es wird das Jahr 1406 gewesen sein – erschien bei Johann ein unerwarteter Besucher. Johann war gerade sechzig Jahre alt geworden, fühlte sich müde und geneigt, den

Sohn an seine Stelle aufrücken zu lassen. Der Herbst zog schon ins Land, der goldene Herbst der Wälder und Fluren nördlich der Dobrinka; die Ernte war vorüber, war reichlich ausgefallen; aus der großen Scheune hörte man schon seit drei Tagen die hölzernen Flegel der Drescher, die das auf der Scheunentenne in fußhoher Lage ausgebreitete Getreide, Roggen als erstes, in gleichmäßigem Takt bearbeiteten, um das Korn aus den Ähren zu klopfen. Es hatte schon einmal gefroren des Nachts, obgleich an den seidenblauen Mittagen dieser schönsten Jahreszeit die Sonne immer noch herrlich wärmte; aber die Blätter der Birken am Waldrand jenseits der Rodung hatten sich schon in lauter Goldplättchen verwandelt, das Laub der Ahorne und Linden an den Wegrändern spielte ins Rötliche und Gelbfahle.

Am späten Nachmittag dieses vollkommen sich rundenden Tages saß Johann, der erbgesessene Bürger der Vogteistadt Fredeland, in dem kleinen Kontor, das er sich in seinem Hause – etwa eine Viertelstunde vor dem Hohen Tor der Stadt – gebaut hatte, um seinem Ackerland näher zu sein. Das Haus innerhalb der Mauern in der Brunnenstraße beherbergte nur noch die Harnisch-Werkstatt, die Quartiere der Gesellen und Lehrlinge und die kaschubische Witwe, die die Männer bekochte und versorgte –.

Johann war am Tag zuvor aus Kulm an der Weichsel zurückgekehrt, wo er Eisen und Leder für seine Werkstatt eingekauft hatte. Er war sehr froh gewesen, sich wieder in die vertraute Obhut seiner Svetlana begeben zu können, seiner guten Frau, die ihm viele Kinder geschenkt und viele wieder verloren, die aber niemals aufgehört hatte, seine Frau zu sein, warm, geduldig, auf seiner Seite immer, die treueste und beste Gefährtin seines beinahe allzu geschäftigen Daseins.

Nun war das Laufende erledigt. Er hatte die Tür seines kleinen Kontors hinter sich geschlossen, wollte allein sein, wollte nachdenken. Der dumpfe, ferne Takt der Dreschflegel in der Scheune, den er ständig mit halbem Ohr wahrnahm, verriet ihm, daß weiter gearbeitet wurde, wie es angeordnet war. Das Abendbrot war noch um fast eine Stunde entfernt, wenn sich auch die Sonne im Westen schon dem Horizont zuneigte.

Johann hatte deutlicher und entschiedener als schon in Monaten und Jahren zuvor an anderer Stelle bei Zunftgenossen und Kaufleuten hinter vorgehaltener Hand gesagt bekommen, daß man sich die starre Herrschaft des Ordens und seiner ritterlichen Beauftragten nicht länger gefallen lassen dürfte. Der niedere Adel, die kleineren Grundbesitzer und Lehensleute, vor allem aber die Bürgerschaften in den Städten drüben im Reich erkämpften sich Rechte und Privilegien von ihren Landesherren, denn sie waren es schließlich, die den hohen Adel und die Landesherrschaften ernährten und trugen. Warum könnte nicht auch der Orden, der ja geistlich nichts mehr zu verrichten und sich zu einem weltlichen Oberherrn gewandelt hätte, seinen Ständen in Stadt und Land, ohne die er gar nicht zu existieren vermöchte, ebensolche Freiheiten und Sonderrechte gewähren?

Johann hatte Überlegungen dieser Art nachdrücklich zugestimmt, beklagte er sich doch in Fredeland (wie Friedland damals noch immer hieß) mit seinen Nachbarn und anderen Zunftmeistern genau in der gleichen Tonart.

Aber dann war ihm in Kulm unter dem Siegel strengster Vertraulichkeit noch etwas weiteres mitgeteilt worden, was ihn sehr bedenklich gestimmt und ihm gar nicht gefallen hatte: von Süden her, von Polen, wären Beauftragte des polnischen Königs Jagiello ins Land gesickert und hätten den Ständen im Ordensland, das heißt den Städten und dem weltlichen Adel, großzügige Privilegien und Erfüllung aller ihrer, vom Orden stets abgelehnten Wünsche versprochen, wenn sie nur dem Orden den Gehorsam aufkündigten und bereit wären, polnische statt der Ordens-Oberhoheit anzuerkennen.

Johann aus Friedland hatte sich das angehört und nichts weiter dazu gesagt, hatte aber immerhin versprochen, sich die Sache durch den Kopf gehen zu lassen und sie unter strenger Geheimhaltung auch mit den anderen Zunftmeistern in Friedland und den Landbesitzern im Süden der Schlochauer Komturei zu erörtern – gehörte er doch beiden Ständen an, über seinen Handwerksbetrieb ins Städtische, über seinen ackerbürgerlichen Landbesitz vor den Toren zum niederen Adel, obwohl er noch immer keinen festen Familiennamen führte, immer noch nur als »der Mergentheimer« oder »der Harnisch« oder »der Schwertfeger« bekannt war.

Auf dem Heimritt von Kulm nach Friedland hatte Johann sich viel Zeit gelassen, war unterwegs in Konitz und auch in Schlochau bei Geschäftsfreunden eingekehrt, hatte vorsichtig umhergefragt und zu seinem Erstaunen, eher zu seiner Bestürzung festgestellt, daß auch dort in den einflußreichen Kreisen die Unzufriedenheit mit den Auflagen des Ordens und in gleichem Maße die Bereitschaft, den Versprechungen der polnischen Agenten Gehör zu schenken, gewachsen war.

Da saß er also, der alternde Mann, in seiner Kammer in dem bescheidenen, aber wohnlichen Anwesen vor den Toren, horchte auf den Takt der Dreschflegel in der Scheune, hörte, wie die Frau im Hof mit piepsenden Lauten die Hühner lockte, um ihnen ihren Abendhafer auszustreuen und fragte sich, was nun seine Aufgabe wäre. Die andern alle, die saßen ja nicht wie die Friedländer Leute unmittelbar an der Grenze, hatten nicht wie sie den Ausblick auf die andere Seite und wußten nicht viel darüber, wie es im Polnischen zuging. Die Friedländer wußten es; es herrschte ja Frieden, und die Leute von drüben kamen herüber und erzählten dies und das, und man konnte auch selber die Dobrinka queren und wahrnehmen, wie das Leben unter den Polen in Wirklichkeit ablief. Viel tiefer als auf der Ordensseite waren dort die Unterschiede zwischen Arm und Reich, zwischen Befehlenden und Gehorchenden. Wer nicht von Adel war, der war so gut wie ein Nichts, hatte sich zu unterwerfen, und wenn ihm die Herren Unrecht antaten, so gab es keinen Richter und keine Berufung. Nördlich der Dobrinka konnte sich auch ein Bauer an den Vogt oder den Komtur des Ordens wenden und bekam Recht nach den vom Orden festgelegten Statuten. Im Polnischen hatte nur recht, wer adlig war. Johann hatte noch nicht vergessen, daß auch in Mergentheim Ordens-Ordnung geherrscht hatte, mochte sie ihm auch damals, fast vierzig Jahre zuvor, beengend vorgekommen sein.

Er rückte sich in seinem harten Lehnstuhl zurecht und sprach es laut vor sich hin:

»Nein, ich bleibe beim Orden. Ich lasse mich nicht verlokken, so vorteilhaft es vielleicht auch ist. Und mein Sohn Johann-Caspar wird auch beim Orden bleiben, und ich werde dafür sorgen, daß Friedland beim Orden bleibt, mögen die Polen versprechen, was sie wollen!«

Er schob den Stuhl zurück und erhob sich. Er war entschlossen, in den nächsten Tagen schon die maßgebenden Leute in der Stadt und im Land ringsum einen nach dem anderen aufzusuchen, ganz unauffällig, und sie darüber aufzuklären, was sich, vorläufig noch ungeformt, an-

derswo zusammenbraute, im Kulmer Land wohl vor allem, das als erstes und am frühesten unter Ordens-Obrigkeit geglitten war. Er, Johann aus Mergentheim, würde die Friedländer darauf festlegen, dem Orden die Treue zu halten. Der Orden und die Marienburg mochten Fehler machen, aber sie waren letztlich auf das Kreuz verpflichtet und nicht auf die Anliegen und Machtgelüste einer Fürstenfamilie wie in Polen oder Böhmen oder Litauen. Auch schien der Orden unerschütterlich geworden zu sein, hatte Schamaitien endlich unter Kontrolle gebracht und damit an Litauen vorbei sich eine Landbrücke zu seinen Gebieten an der unteren Düna, dem früheren Land der »Schwertbrüder«, geschaffen, ebenso wie er durch den friedlichen Erwerb der Neumark von den Brandenburgern sich den Zugang zum Reich geöffnet hatte. –
Der Zufall wollte es also, daß just an diesem Abend ein Reiter auf Johanns Hof ritt, den der Hofherr gut kannte und – mit einigen Vorbehalten – auch schätzte. Der Mann stand – soweit Johann dahintergekommen war – dem mächtigen Starosten von Gnieczno nahe (das die Deutschen Gnesen nannten), war ständig mit allerlei, für den Fremden undurchsichtigen Staatsaufgaben unterwegs, rühmte sich gelegentlich seines beträchtlichen Grundbesitzes in der Nähe von Nakel, gehörte also zum polnischen Adel, der Szlachta (oder Schlachta); sein Name lautete Matys Modrczewsky. Er gebot, wie Johann bei seinem ersten und einzigen Besuch auf dem Besitztum des Mannes festgestellt zu haben glaubte, über viele erbuntertänige Bauern.
Johann verdankte dem stolzen Schlachtitzen einen größeren Auftrag auf einige Dutzend einfacher Sturmhauben, Bein- und Schulterschienen, der seiner Werkstatt Arbeit gegeben hatte und sehr willkommen gewesen, auch

pünktlich bezahlt worden war. Dann aber hatte der Ordensvogt von Friedland dem Johann einen unmißverständlichen Wink gegeben: solche Lieferungen militärischer Ausrüstungen über die Dobrinka nach Süden wären »ordensseitig« unerwünscht und sollten nicht fortgesetzt werden. Johann hatte natürlich, wenn auch etwas widerwillig, der höflich, zugleich mißmutig erteilten Anweisung gehorcht; es empfahl sich nicht, den Vertreter des Ordens zu verärgern; aber es hatte ihm nicht gefallen, daß der Vogt sich in seine Geschäfte einmischte; übel genommen hatte er es ihm nicht, denn der Vogt war im übrigen ein verständiger und umgänglicher Mann, der sicherlich nur ausführte, was ihm »von oben her«, von Schlochau oder aus der Marienburg, anbefohlen war.

Svetlana huschte zu ihrem Ehemann in das kleine Kontor.

»Du, Johann, da ist ein polnischer Herr mit einem Knecht im Gefolge auf unseren Hof geritten und will dich sprechen. Er tut sehr bestimmt. Ich bringe ihn dir herein!«

Johann erhob sich, war etwas verwirrt; er bekam sonst keinen Besuch aus der Kraina; und wenn es doch geschah, so kamen die Fremden zur Werkstatt innerhalb der Stadtmauern.

Der Besucher trat ein, hatte Svetlanas Aufforderung nicht erst abgewartet, schwenkte seine samtene Kappe. Johann erkannte den Mann sofort:

»Pan Matys, welche Überraschung, welche Ehre! Was führt Sie zu mir? Wenn Sie sich vorangemeldet hätten, hätte ich Sie lieber in der Werkstatt in der Stadt empfangen. Sie hätten sich dann nicht zu mir herauszubemühen brauchen!«

Der Besucher lächelte, legte seine Kappe auf einem Ständer ab, in dem Johann seine wenig umfangreichen geschäftlichen Aufzeichnungen und Verwaltungs-Pergamente bewahrte:

»Ach, Meister Johann, ich wollte Sie diesmal nicht in Geschäften sprechen, sondern persönlich, privatim sozusagen. Und ich denke mir, hier sind wir ungestörter als in der Stadt; hier beobachtet uns keiner.«

Das war in einem Ton gesagt, welchem die Bemühung, sich gefällig zu machen, deutlich anzumerken war. Dem Johann war nicht sehr wohl dabei zumute. Aber er hatte zu erwidern:

»Gewiß, Pan Matys, hier bei mir gibt es keine überflüssigen Aufpasser. Aber zunächst, was kann ich Ihnen anbieten? Und für Ihren Reitknecht muß ich erst einmal sorgen. Sie bleiben bei mir über Nacht?«

»Wenn ich das darf, wäre ich dankbar, Meister Johann. Jetzt vor dem Abendbrot hätte ich gern einen Krug Ihres guten Friedländer Bieres getrunken. Dabei läßt sich gut reden.«

»Mit Vergnügen trinke ich einen Krug mit. Wir haben das Bier auf Eis vom letzten Winter in unserem Erdkeller. Dort hält es sich wunderbar frisch. Bitte, nehmen Sie Platz, Pan Matys, und machen Sie sich's bequem. Ich muß nur kurz meiner Frau Bescheid sagen.«

»Vielen Dank für die Gastfreundschaft! Sie wissen ja, daß Sie bei mir auch stets willkommen sind. Aber ich betone, Meister Johann, daß ich bei unserem Gespräch keine Zeugen gebrauchen kann.«

»Das habe ich verstanden, Pan Matys. Es wird keine Zeugen geben.« –

Während Johann ganz ohne Hast im Hause seine Anordnungen traf – Svetlana hatte ohnehin schon die Hälfte davon erteilt –, fuhr es ihm durch den Kopf: Was mir in

Kulm und Konitz zugeflüstert worden ist, jetzt kommt es auch zu mir. Ich muß vorsichtig sein! –
Beim Bier dann und nach einigen harmlosen Vorreden über das Wetter und den Zustand der Straßen machte der Besucher das Anliegen, das ihn hergeführt hatte, nach und nach deutlich:
»Gerne würde ich bei Ihnen weiter bestellen, würde sogar größere Aufträge geben können, die Ihre Werkstatt für lange Zeit beschäftigen könnten, aber das geht nun leider nicht, wie Sie mir nach der Abwicklung des ersten Auftrags, den Sie sehr zu unserer Zufriedenheit ausgeführt haben, angedeutet haben. Wieviel einfacher und auch lohnender wäre es für die Handwerker, Kaufleute und den weltlichen Adel auf dieser Seite, wenn auch hier der König von Polen das Sagen hätte und nicht der Deutsche Orden, der ja eigentlich gar nicht hierher gehört, wo es gar nichts mehr zu missionieren gibt. Aber natürlich, solange die Stände hier die auferlegten Abgaben zahlen und ihm auch Bewaffnete stellen, wird er mit seinen kriegseifrigen Rittern und den auf Waffentaten begierigen ritterlichen Gästen aus dem Reich kaum aus seiner Herrenrolle zu verdrängen sein. Dabei würde es uns allen und gerade hier den vielen tüchtigen Deutschen insgesamt besser gehen, wenn Polen, das große Polen, bis an die Ostsee reichte und nicht der Orden sich quer davor legen würde. Wir haben ja nichts gegen die Deutschen, ganz im Gegenteil! Wir laden sie ja auch nach Polen ein – und sie würden viel größere Vorrechte gewinnen, als ihnen der Orden einräumt. Und die Landbesitzer, der kleine Adel, der hier allein vorherrscht, hätte wie bei uns in Polen viel mehr zu sagen, könnte die Politik des Landesherrn mitbestimmen, erhielte Verfügungsgewalt über die Bauern in seinem Bereich – und brauchte nur einen Bruchteil der Steuern auf-

zubringen, mit denen er hier belastet ist. Ich wollte diese Zustände einmal mit Ihnen, Meister Johann, in aller Offenheit besprechen und hören, was Sie dazu meinen. Ich weiß genau genug, daß Sie hier in Friedland unter den Deutschen, einmal von den Ordensleuten abgesehen, eine wichtige Stellung einnehmen, daß man auf Ihr Wort hört. Zudem besitzen Sie viel und gutes Land, haben nicht wenige kaschubische Arbeiter auf Ihrem Besitz und ein paar deutsche Handwerker in der Stadt, die, wie mir gesagt worden ist, allesamt gut behandelt werden und auf ihren Meister schwören. Nach unseren Begriffen, Meister Johann, würden Sie also zur Schlachta gehören und damit an allen jetzigen und sicherlich noch steigenden Vorrechten der Schlachta teilnehmen. Es gibt schon eine ganze Reihe von angesehenen, selbständig denkenden Deutschen, die sich überlegen, ob sie nicht unter polnischer, eben weltlicher Oberherrschaft besser fahren würden als unter der des Ordens, die sich eigentlich schon überlebt hat. Ich bin nur gekommen, um Ihnen nahezulegen, dies einmal zu bedenken. Bei rechter Betrachtung müssen Sie einsehen, daß meine Anregungen Hand und Fuß haben, daß Sie mit Ihren Freunden in der Stadt darüber sprechen sollten.«
Johann hatte während der langen und einigermaßen hastig vorgetragenen Rede des Pan Matys Modrczewsky Zeit gehabt, sich zu fassen und auf eine Antwort vorzubereiten. Er griff nach seinem Bierkrug und nahm ein paar kräftige Schlucke des braunen Gerstensaftes zu sich, stellte den Krug bedächtig ab, wischte sich mit dem Handrücken den feucht gewordenen Bart, räusperte sich ausführlich und begann zögernd, ohne seinen Besucher dabei anzublicken:
»Ja, Pan Matys, alles schön und gut! Ich habe übrigens schon mitbekommen, daß es hier bei uns bei den Ständen

Überlegungen gibt, sich dem in der Tat nicht geringen Druck des Ordens zu entziehen. Aber man muß auch bedenken, daß der Orden vielerorten zwar kostspielige Vorhaben eingeleitet hat, die aber auf die Dauer dem ganzen Land zugute kommen werden. Wer bezahlt schon gern Steuern und Abgaben, welche Stadt möchte nicht gern Münz-, Markt- und Gerichtsrechte haben! Drüben im Kulmer Land, die Weichsel hinunter und bis zur Memel hinauf mag der Orden Gewalt angewendet haben. Dort hatte er ja auch anfangs mit viel Widerborstigkeit zu kämpfen. Aber hier in Pommerellen ist die Ordensherrschaft auf friedlichem Wege angegangen, und – aufs Ganze gesehen – können wir uns eigentlich nicht beklagen. Sehen Sie, Pan Matys, ich bin vor vierzig Jahren hierher gekommen, besaß nichts weiter als ein geschenktes Pferd, hatte mein Gesellenstück gemacht, einen Brustharnisch, hatte es meinem Gefährten aus Mergentheim, Caspar von Burg Wachbach, zugeeignet; er ist darin gefallen in der Wildnis von Schamaiten. Ich hatte nur noch ein paar allerletzte Heller in der Tasche. Und jetzt, was bin ich jetzt? Sie sagten es selbst, Pan Matys: Ich habe gut zwei Dutzend Leute unter mir, alles brave Helfer, bin ein angesehener Mann und werde meinem Sohn an die sechs Hufen gutes Land hinterlassen, wovon er allein schon mit allem Gesinde auskömmlich wird leben können. Gewiß, wir haben schwer arbeiten und immer wieder rechnen müssen. Aber wir hatten auch Glück; der Krieg und die Unruhe im Osten haben uns verschont; wir konnten einen Stein auf den anderen setzen. Aber daß mir das so gelungen ist, das muß ich doch dem Orden danken, der für unsere Sicherheit gesorgt hat. In die Wüstungen im Lande sind deutsche Siedler eingezogen, Friedland ist gewachsen, wie man's bei den paar strohgedeckten Hütten vor 1300 kaum je hätte vermuten können; heute hat es Mauern und Gräben und Türme, die Passage durchs Dobrinka-Tal wird in Ordnung und jederzeit befahrbar gehalten, andererseits aber geschützt. Gewiß, der Vogt sitzt uns manchmal recht unerträglich im Nacken mit den Anforderungen des Ordens; aber es fließt ja auch wieder so manches in die Stadt zurück – und daß die Ritter in der Marienburg oder in Schlochau auf der Komturei auf Kosten des Landes allzu aufwendig leben und sich's auf der Bürger Kosten wohl sein lassen, das kann auch ein Neider nicht behaupten. Wir hier im Süden der Schlochauer Komturei haben bei Licht besehen nur wenig Grund, uns zu beklagen. In Polen, das mag schon sein, hätte man als Zunftmeister oder Grundbesitzer andere, vielleicht gewichtigere Vorteile zu genießen. Aber sehen Sie, Pan Matys, was ich hier aufzuweisen, wonach ich mich hier zu richten habe, das weiß ich und kann mich danach verhalten. Was mir unter dem König von Polen, dem großen Jagiello, blühen würde, das weiß ich nicht – und mag es noch so vielversprechend sein. Wäre es nicht zu empfehlen, über die Grenze hinweg gute Freundschaft zu halten, sich auszutauschen, ohne sich zu beneiden und zu beargwöhnen? Wir zwei haben uns doch bisher ausgezeichnet verstanden. Ich halte es für genauso falsch wie Sie, daß Ihnen meine Werkstatt nichts mehr liefern soll. Aber wenn wir vermeiden, uns in des anderen Sachen einzumischen, dann sehe ich nicht ein, warum wir nicht gut miteinander auskommen sollten.«

Während er noch sprach, hatte Johann am Gesicht seines Besuchers ablesen können, daß seine verbindlichen Worte wenig Anklang fanden. Pan Matys erwiderte zunächst gar nichts, blickte mißmutig in eine Zimmerecke. Seine Augenbrauen hatten sich zusammengezogen, und auf seiner Stirn hatte sich zwischen den Brauen eine senkrechte Falte

aufgerichtet. Es war zu merken, daß er sich Mühe geben mußte, seinem Zorn nicht die Zügel schießen zu lassen. Mit gepreßter Stimme brachte er schließlich hervor:
»Ich habe gefürchtet, Meister Johann, daß Sie so oder ähnlich auf meine gütlichen Vorschläge eingehen würden. Ich bin gekommen, weil ich glaubte, mit einem klugen Menschen reden zu können, der seinen Vorteil rechtzeitig erkennt. Wir in Polen wissen, daß früher oder später die Tage des Ordens gezählt sein werden; aber wir wissen auch, daß die Deutschen hier gute Arbeit geleistet haben, und daß es sich für beide Seiten empfehlen würde, wenn die Deutschen in einem großen Reich wie Polen unter einem mächtigen und klugen König mit uns zusammenwirken könnten. Ihr Schaden sollte es nicht sein, Meister Johann! Wenn Sie sich des Friedländer Bezirks annehmen würden und auch anderen Leuten klarmachten, wo ihr zukünftiger Vorteil liegt, würden Sie sicherlich von vornherein eine besondere Stellung einnehmen und die Schlachta wäre Ihnen bestimmt nicht verschlossen. Obendrein, alles in allem, Meister Johann, sollten Sie zugeben, daß die Zeiten sich wandeln, daß man seinen Vorteil rechtzeitig erkennen und für ihn wirken muß; andernfalls würden Sie später vielleicht manches zu bereuen haben.«
Das hatte zuletzt wie eine Drohung geklungen. Von sanfter Gemütsart war dieser Pan Matys Modrczewsky nicht. Aber Johann war nicht jemand, der vor einer Drohung zurückschreckte. Er fühlte sich sogar plötzlich sonderbar erheitert: da kommt dieser Kerl daher, macht windige Versprechungen und meint, ich würde mich mir nichts, dir nichts gegen die Obrigkeit wenden, der ich mich damals mit Caspar freiwillig unterstellt habe; und unter der ich dann zu Ansehen, Besitz und Gewinn gekommen bin. Sein ernstes Gesicht erhellte sich; er lachte seinen Besucher

an, als hätte der einen besonders guten Scherz gemacht: »Pan Matys, ich muß Ihnen natürlich sehr dankbar sein, daß Sie sich um meiner und der Meinen Zukunft willen so weitreichende Gedanken machen und sogar extra deshalb zu einem vertraulichen Besuch bei mir vorbeigekommen sind. Ich halte Sie, Pan Matys, für viel zu klug, als daß Sie glauben könnten, ich ließe mich durch ein einziges Gespräch dazu bestimmen, die vergangenen vierzig Jahre meines Lebens plötzlich zu bestreiten. Was Sie da angeregt haben und wovon ich an anderen Orten schon habe munkeln hören, das muß gründlich überlegt werden. Zu vorschnellen Entschlüssen neige ich nicht; dazu bin ich schon zu alt und hätte auch, wenn die Würfel anders fallen sollten, als Sie, Pan Matys, und die Leute, die hinter Ihnen stehen, erwarten, zu viel zu verlieren. Lassen wir also diese heiklen Fragen vorläufig unbeantwortet auf sich beruhen, bis man eine klarere Übersicht gewonnen hat. Ich sage nicht ja, aber ich sage auch nicht nein. Alles andere wäre unüberlegt. Ich danke Ihnen dafür, daß Sie mir reinen Wein eingeschenkt haben und ich nun weiß, was jenseits der Dobrinka und der Netze gedacht wird, und daß Sie mich mit ihrem Besuch geehrt haben! Genießen wir diesen Abend! Ihr Reitknecht und Ihre Pferde sind bereits untergebracht. Meine Frau wird sicherlich etwas Besonderes für den Gast zubereitet haben. Wir essen natürlich heute für uns allein und nicht zusammen mit dem Gesinde, wie es sonst bei uns üblich ist. Und Sie werden mir gewiß nicht abschlagen, noch einige gute Krüge Friedländer Bier mit mir zu trinken, schön kalt und schäumend. Man schläft danach ausgezeichnet!«
Pan Matys hielt es für ratsam, auf diesen Ton in gleicher Weise einzugehen; er hatte ja kaum eine andere Wahl.
Es wurde ein angenehmer Abend für alle drei, die daran teilnahmen. Svetlana strahlte ob des Lobes, das ihr für die

kräftige Mahlzeit reichlich gespendet wurde, und das gute, beinahe ölig dunkle obergärige Bier der Friedländer Brauerzunft tat das übrige.

Trotzdem blieb im Hintergrund eine unbestimmte Spannung erhalten; sie sorgte dafür, daß Pan Matys mehr trank, als ihm gut tat, und schließlich von Johann in die Gastkammer verbracht werden mußte. Johann selber hatte sich zurückgehalten. Eine Stimme in seinem Innern sagte ihm: der gute Pan Matys bemüht sich vergeblich – aber es ist auf alle Fälle besser, ihn nicht vor den Kopf zu stoßen, sondern dem Anschein nach die Dinge in der Schwebe zu lassen.

Der Besuch des polnischen Adligen hatte Johann viel heftiger beunruhigt, als er sich anfangs hatte eingestehen wollen. Bisher war er, ohne viel darüber nachzudenken, von dem Gefühl geleitet gewesen, daß sein Schicksal wie das der von ihm mitgeschaffenen Stadt Friedland auf festem Boden gegründet war. Gewiß, in Kulm und auch in Konitz war unter den Deutschen aufsässig umhergeflüstert worden, aber er, Johann, hatte gemeint, daß es nur darum ginge, den Ordensherren einige Erleichterungen und Privilegien abzuringen; dazu brauchte man sich nicht mit den ewig unberechenbaren und unter sich heillos zerstrittenen Polen zu verbünden!

Nun aber war es also schon so weit, daß Beauftragte der polnischen königlichen Obrigkeit von Polen, von Nakel oder Gnesen her ins Ordensland vordrangen, um unter den vielleicht unzufriedenen Deutschen Bundesgenossen anzuwerben. Wofür? Dem Orden ungehorsam zu werden und die polnische Sache zu ihrer eigenen zu machen? Sollte er, Johann, auf dessen Meinung man im Friedländer Land hörte, nicht zum Ordensvogt gehen und ihm berichten, wer ihn besucht hatte und zu welchem Zweck?

Aber mit dem gegenwärtigen Friedländer Vogt stand sich Johann nicht besonders gut. Der Orden wechselte seine Beamten allzu häufig. Ehe man recht mit dem einen oder anderen warm werden konnte, wurden sie schon versetzt – und dieser jetzt, ein noch sehr jugendlicher Ludwig von Nottuln, der zugleich hochfahrend und unsicher auftrat, der mochte den Zunftmeister und Ackerbürger Johann fragen, wie es denn käme, daß der Pan Matys gerade ihn besucht hätte – ob da nicht ein früheres Einverständnis vorläge?

Nein, Johann hielt es für angebracht, sich zuerst mit seinem Sohn Johann-Caspar zu besprechen. Der Vater hatte bereits gelernt, auf das Urteil des Sohnes Wert zu legen, wenn auch anfangs nur zögernd und auch widerwillig. Caspar, der sein dreißigstes Jahr bereits überschritten hatte, ähnelte dem Vater zwar äußerlich, war wie der eher feingliedrig als stämmig gebaut, war dunkelhaarig und braunäugig wie der Vater; aber in seinem Wesen war er der Sohn der Mutter viel deutlicher als der des Vaters. Ihm fehlte die manchmal allzu unruhige, zu allzu schnellen Entschlüssen neigende Art des Vaters; er pflegte sich Zeit zu lassen und sorgfältig, manchmal auch allzu bedachtsam zu erwägen, was am besten zu tun sei, dann aber zähe auszuführen, was er sich vorgenommen hatte, Widerstände ruhig zu überwinden und Rückschläge nicht zur Kenntnis zu nehmen.

Es hatte sich von selbst verstanden, daß Caspar das Handwerk des Vaters erlernte. Er hatte es darin, gerade weil er nicht wie der Vater zur Ungeduld neigte, schon früh zu größerer Fertigkeit gebracht als der Vater, und dieser war ehrlich genug, es schließlich zuzugeben, ja, es erfüllte ihn sogar heimlich mit Stolz. Als Caspar im Jahre 1400 geheiratet hatte, nach ruhiger, vom ersten Tage an – »die, und keine andere!« – fest entschlossener Werbung ein Mäd-

chen rein deutscher, niedersächsischer Herkunft namens Hildegard Foede, als ihm nach einer Tochter auch ein Sohn geboren war, der auf den Namen Johann-Dietrich getauft wurde, als er schließlich zum Meister aufgestiegen war, hatte ihm der Vater alles, was mit seinem Handwerk zusammenhing, übertragen, um sich um so ausschließlicher seinen Äckern und Wiesen, dem Vieh und den Pferden vor der Stadt zu widmen.
Es gab also in Friedland nach der Wende zum fünfzehnten Jahrhundert zwei Männer namens Johann, die sich, jeder auf seine Art, besonderer Achtung erfreuten und deren Wort bei der Obrigkeit, in der Ordensvogtei und bei den Mitbürgern in der stetig wachsenden Stadt etwas galt, wenn auch auf verschiedene Weise.

»Ich würde gern etwas mit dir besprechen, Caspar, was mir Sorgen macht. Hast du ein wenig Zeit? Wo finden wir ein ruhiges Plätzchen, an dem uns keiner stört oder belauscht?«
Johann hatte laut sprechen müssen, denn in der Werkstatt klangen hölzerne und eiserne Hämmer auf Eisen, schurrten und quiekten auch Feilen über Metall. Caspar hatte die lederne Schürze, die er umgebunden hatte, abgelegt, als er seinen Vater in die Werkstatt treten sah. Der Vater erschien bei ihm nur dann, wenn etwas Wichtiges zu besprechen war; das aber war in der lärmvollen Harnischfeger-Werkstatt so gut wie unmöglich.
Die beiden Männer schritten durch den zu ebener Erde gelegenen Arbeitsraum und das dahinter anschließende Lager hindurch und traten in den langgestreckten Hausgarten hinaus, der an seinem fernen Ende mit den Gärten zusammenstieß, die von der Häuserzeile in der Bergstraße heraufreichten.

Den Gartenweg entlang kam die kleine Gundula den beiden Männern entgegengerannt, Caspars Älteste, drei Jahre alt, juchzend und hell begeistert beim Anblick des Vaters und des beinahe noch begeisterter geliebten Großvaters, der diese Liebe, ein ebenso köstliches wie unverdientes Geschenk, stets von neuem davon gerührt, überaus zu schätzen wußte. In der Ferne richtete sich die Gestalt der Schwiegertochter von einem Beet hoch, wo sie die letzten Bohnenschoten gepflückt hatte. Ihr Knäblein, ein Säugling noch, schlief nahebei in einem hölzernen Kärrchen. Auch die junge Frau wanderte dem Schwiegervater entgegen, um ihn zu begrüßen.
Ehe sie noch heran war, bedeutete Johann dem Sohn verhalten – und auch leise erheitert und beglückt:
»Du, Caspar, hier wird das nichts! Ich habe vertraulich und ernsthaft mit dir zu reden. Komm heute abend hinaus zu mir und Mutter vor die Stadt!«
Und dann hatte er auch der Schwiegertochter Hildegard die Hand zu reichen und sich anzuhören, wie es den Kindern ginge und daß – der Jungfrau Maria sei Dank! – der kleine Johann-Dietrich ganz gesund und munter wäre – und es wäre ein wahrer Segen, wieviel Milch sie, die Mutter, hätte, denn der kleine Dietrich hätte ewig Hunger, sei aber stets bester Laune, wenn er ihn gestillt hätte, könnte dann sogar schon lächeln und schliefe auch schon beinahe jede Nacht durch. – –
Es war sonnenklar: Unter diesen erfreulichen Umständen ließ sich eine dringliche, gefährliche Angelegenheit nicht besprechen. Johann hatte sich dem häuslichen Glück des Sohnes zu ergeben und seine großväterlichen Pflichten zu erfüllen. –
Aber am Abend saßen die beiden Männer dann in Johanns kleinem Kontor, in dem erst einen Tag zuvor der Pan Ma-

tys gesessen hatte, und tauschten ihre Sorgen aus. Denn auch Caspar bekannte, nachdem der Vater ihn darauf angesprochen hatte:
»In der Stadt wird schon seit einiger Zeit davon geredet, daß die erbgesessenen Bürger, die Stadt überhaupt – und erst recht die Landbesitzer wie wir – im königlichen Polen besser fahren würden als unter dem Orden. Der junge Vogt, den wir haben – er ist ja nicht älter als ich! – mache zu viel davon her, daß er vom Reich herübergekommen ist als Sproß eines alten Geschlechts und das schwarze Kreuz auf dem Mantel trüge und deshalb von Gott zum Befehlen ausersehen wäre. Es ist ja wahr, Vater, der Orden sollte den Städten mehr Freiheiten zugestehen. Wenn er uns braucht und wir ihm Fußvolk und Reiter stellen müssen und Abgaben zahlen, dann sollten wir auch etwas mit zu sagen haben. Aber wenn abends andere junge Meister und auch Kaufleute und Fuhrmeister zu mir kommen, um zu hören, wie ich über die Beschwerden denke, dann sage ich doch immer: wir dürfen das nur unter uns bereden; wir dürfen die Leute von jenseits der Dobrinka nicht glauben machen, daß sie uns Besseres anzubieten haben, als uns hier geboten wird. Du weißt selber, Vater, wie es drüben aussieht, und ich weiß es auch. Es mag sein, daß es dort der Schlachta besser geht als unseren Leuten, die Land besitzen oder zugewiesen bekommen haben; für die Zünfte und die Kaufmannschaft in den Städten gilt das schon nicht mehr in gleichem Maße – und der gemeine Mann, dem geht es unter dem Orden wesentlich besser. Das ist nicht zu bezweifeln. Wir hier in Friedland, wir kommen ja alle von werweißwoher. Keiner hat viel mitgebracht; aber hier unter dem Orden haben wir einigen Erfolg gehabt, der eine mehr, der andere weniger. Hier gibt's Vögte und Komture und einen Hochmeister, drüben Starosten und Ma-

gnaten und einen König, der seiner Krone nicht sehr sicher ist. Das Himmelreich gibt's erst im Himmel. Ich denke, wir sollten zufrieden sein mit dem, was wir haben.«
Johann, der Vater, tat einen tiefen Atemzug: Das war sein Sohn, wie er leibte und lebte; er hatte es im Grunde schon vorher gewußt, hatte es nur noch einmal bestätigt hören wollen. Und er dachte plötzlich an seine Svetlana, die nun auch schon grau wurde und ein bißchen schwer – und war dankbar. Manchmal war sie ihm zu langsam vorgekommen, zu bedachtsam; dann war er zuweilen zornig geworden, hatte es aber meistens bereuen müssen, denn der Frau Vorsicht hatte ihn vor verschiedenen Fehlern bewahrt. Und ihr Sohn war ihr nachgeartet, war dauerhaft und verläßlich. Er schlug leicht mit der flachen Hand auf den Tisch:
»Gut, Caspar, du hast genau das ausgesprochen, was auch mir durch den Kopf gegangen ist. Und es ist gut zu wissen, daß die Jungen genau so denken wie man selber. Jetzt müssen wir überlegen, was du wahrscheinlich noch nicht getan hast, was wir zu unternehmen haben, um die Leute von unserem Standpunkt zu überzeugen, ich meine die Leute, die in und um Friedland und vielleicht bis nach Schlochau hinauf etwas bedeuten. Wir müssen dafür sorgen, daß die Leute bei Vernunft bleiben und dem Alltagsärger über den Orden nicht nachgeben. Hier im Süden der Schlochauer Komturei sind wir mit den vielen neuen Siedeldörfern, der Vogtei Friedland und dem »Festen Haus« Landeck ganz überwiegend deutsch, und die Kaschuben und Pomoranen von früher haben sich längst ins deutsche Ordenswesen eingewöhnt, sind darin aufgegangen und haben mit den Polen jenseits der Dobrinka nicht viel im Sinn; auch sie wollen, meine ich, soweit sie sich überhaupt darüber Gedanken machen, beim Orden bleiben.«

Johann schwieg und versank in Nachdenken. Der Sohn Caspar ließ sich nach einer Weile leise vernehmen:
»Ich für meine Person, Vater, wie könnte ich anders denken. Ich habe eine kaschubische Mutter und einen deutschen Vater und bin selbst ein Beweis dafür, daß es geht – und meine Kinder werden es auch sein. Wir dürfen nicht zulassen, daß in Friedland gegen den Orden gewühlt wird, übrigens, wenn ich mich nicht täusche, stärker von Leuten aus dem Kulmer Land als von Polen aus der Kraina. Weiter im Osten, im Kulmer Land, sind es die Prussen gewesen, und die mußten mehr oder weniger mit Gewalt bekehrt werden; der Gegensatz zum Orden blieb erhalten und bringt schlimme Früchte. Bei uns lagen die Verhältnisse von Anfang an anders. Übrigens, Vater, hat man dich noch nicht vertraulich angesprochen wegen des Beitritts zu einem Bund gegen den Orden?«
»Nein, Sohn, du scheinst mehr zu wissen als ich...«
»Genaueres habe ich vorläufig nicht in Erfahrung bringen können, aber ich werde schon noch dahinter kommen; ich bin jetzt nach dir der einzige Harnischmeister bis nach Hammerstein und Landeck hinüber. Auf mich können sie nicht verzichten. Die städtischen Stände besonders in den größeren Städten wie Kulm, Thorn, Elbing, Danzig haben sich zusammengeschlossen oder sind drauf und dran, es zu tun, um gegen den Orden an Gewicht zu gewinnen. Und die Adelsleute, obgleich sie ja alle erst vom Orden belehnt worden sind, haben auch eine Organisation gegründet, heimlich, mit der Front gegen den Orden. Für den Bund der Städte wird hinter vorgehaltener Hand auch bei uns in Friedland geworben. Ich sage den Nachbarn, die dafür anfällig sind: Ihr seid verrückt, wenn ihr darauf horcht. Wir sind von und mit dem Orden hier eingepflanzt worden, und dabei muß es bleiben. Aber dein

Wort, Vater, hätte viel mehr Gewicht als meines. Ich stecke auch bis über beide Ohren in der Arbeit. Du mußt dafür sorgen, daß die Unzufriedenen und die Ruhestörer gar nicht erst Fuß fassen unter uns!«

Wieder einmal hatte Johann, der Vater, Grund, sich über den Sohn zu wundern und wieviel der doch in seinem Wesen von der Mutter Svetlana mitbekommen hatte: Caspar hatte schon früher und genauer als der Vater erfahren, was sich im Hintergrund abspielte, aber nicht darüber gesprochen. Die verstohlenen Machenschaften der Mißmutigen mochten ihm noch zu unbestimmt oder gar albern erscheinen. Da die Umtriebe nun aber vom Vater bestätigt wurden, zögerte er nicht länger, dagegen anzugehen.

Nein, den Vogt oder gar den Komtur in Schlochau würde man nicht ins Vertrauen ziehen. Der würde womöglich mit der Strenge der Ordensgesetze dazwischenfahren und die Sache nur noch schlimmer machen, würde den hier und da vielleicht begründeten Unmut in gefährlichen Haß und Zorn verwandeln. Dann würde mit den Leuten kein vernünftiges Reden mehr sein.

»Ich kümmere mich um die anderen Handwerksmeister in der Stadt und die Kaufleute, und du, Vater, hast mehr Zeit und hältst die Landbesitzer und Lehnsbauern bei der Stange. Wir finden bestimmt genug Bundesgenossen. Friedland und das ganze Schlochauer Gebiet gehören zum Orden – und dabei hat es zu bleiben!«

Vater und Sohn waren sich einig wie noch nie – und Svetlana, die Frau und Mutter, gab ihren Segen dazu, denn natürlich wurde sie bei so wichtigem Beschluß von ihrem Mann und Sohn ins Bild gesetzt. Ihrem gesunden Menschenverstand und stillen Mut zollten ihre Männer volles Vertrauen.

Vater Johann und Sohn Caspar fanden es in den folgenden Monaten und Jahren gar nicht allzu schwierig, ihre Mitbürger und ländlichen Nachbarn davon zu überzeugen, daß der Orden Herr im Lande zu bleiben hatte wie bisher. Sie waren durchaus nicht die einzigen, für die es längst feststand, daß man in der Schlochauer Gegend, wo sich Deutsche aus vielen deutschen Gauen zusammengefunden und, gelenkt durch den Orden, ein ganz neues Gebilde aus der Taufe gehoben hatten, eine Landschaft, wo in Dutzenden von neuen Weilern und Dörfern deutsch gesprochen wurde – ganz gewiß, wenn man alles zusammenrechnete, was in den vergangenen zehn Jahrzehnten weit umher in Pommerellen geschehen war, dann verstand es sich beinahe von selbst, daß man zum Orden zu stehen hatte – und nirgendwohin sonst! – –
In der zweiten Hälfte des ersten Jahrzehnts des fünfzehnten Jahrhunderts wird es allen unterrichteten, nicht besonders zahlreichen Männern im Südwesten des Ordenslandes deutlich, daß es früher oder später, wahrscheinlich früher, zu einer gewaltsamen Auseinandersetzung mit dem König von Polen kommen muß. Der Orden sieht sich zwei stets mächtiger werdenden Widersachern gegenüber, den Litauern und den Polen. Die beiden sind sich untereinander keineswegs immer einig und werden nicht müde zu versuchen, sich gegenseitig zu überspielen. Völlig eines Sinnes sind sie jedoch, wenn es darum geht, dem verhaßten Orden Schaden zu tun.
Der alternde Johann und der jüngere, zu voller Mannesreife heranwachsende Johann-Caspar gehören zu den wenigen im Lande, die sich der drohenden Gefahren längst bewußt sind, und sie tun alles in ihrem Umkreis, das heißt nördlich der Dobrinka, die Leute auf die Treue zum Orden festzulegen.

Der Erfolg bleibt ihren rastlosen Bemühungen nicht versagt. Je beunruhigender die Nachrichten werden, die von der Marienburg, von Kulm, von Elbing herüberdringen, zuweilen über die Beamten des Ordens, häufiger von Kaufmann zu Kaufmann oder über die Innungen und Zünfte, desto klarer wird es den Leuten, Deutschen sowohl wie Kaschuben, daß man trotz aller Beschwerden in den Ordensstaat gehört, daß das polnische Wesen jenseits des Dobrinkatals etwas Fremdes ist und anderen Gesetzen gehorcht als jenen, die vom Deutschen Orden ausgehen.
Johann zögert daher nicht, die geforderten zwei gewappneten Reiter und zwei Mann Fußvolk zu stellen, als der Ordensvogt von Friedland bekanntgibt, daß der Krieg gegen Polen nicht mehr abwendbar und das Ordensheer aufzufüllen ist. Johann zählt längst zu den »Kölmern«, den nichtadligen Gutsbesitzern, die mit dem Adel das Heer der Ordensritter im Kriegsfall auf etwa zwölf- bis fünfzehntausend Mann aufzufüllen haben, während die Städte (an die neunzig große und vor allem kleine hat der Orden in seinen Gebieten gegründet und mit überwiegend deutschen Bürgern besiedelt) vor allem die finanziellen Lasten der nie ganz versiegenden Feldzüge des Ordens mitzutragen haben.
In der Friedländer Vogtei ist nur ein Rest der Ordensbesatzung zurückgeblieben. Die Grenze, der Übergang nach Süden durchs Dobrinkatal, ist geschlossen. Die Bewaffneten in der bewehrten Stadt hinter ihren Mauern und die Bewaffneten auf der anderen, der Dobriner Seite, die sich ebenfalls verschanzt haben, belauern sich Tag und Nacht. Aber es geschieht nichts. Es kommt weder hüben noch drüben ein Befehl »von oben«, den Sturm auf die andere Seite zu versuchen. Die Streitkräfte wären auch zu schwach dazu. Abgesehen von der Spannung und Angst,

von der die Leute auf beiden Flanken des Tals erfüllt sind, geht das Leben seinen gewohnten Gang; der Alltag fordert wie stets sein Recht. Und als erst der Winter ins Land zieht, der Schnee die Fluren deckt und der Stadtsee, der Niedersee und der Suckau unter einer Decke harten Eises verschwinden (der Frost hat das ganze lange Dobrinkatal überschreitbar gemacht), fällt den Bauern und den Kölmern vor der Stadt erst recht ein Stein vom Herzen; denn von der Vogtei her sickert die Nachricht ins Land hinaus, daß der Krieg, den der Orden dem König von Polen Wladyslaw II/Jagiello erklärt hat, zunächst einmal vertagt ist: Bis zum 24. Juni des nächsten Jahres, 1410, soll Waffenstillstand herrschen.

Das klingt nicht schlecht, doch Johann und Johann-Caspar, die beide dem »gemeinen« (das heißt, dem nichtgeschäftsführenden) Rat angehören – Caspar ist das jüngste Ratsmitglied – sagen sich wie andere, besser als die Bürgerschaft unterrichtete Männer, daß der Waffenstillstand nur dazu dienen soll, die vom Orden in Mitteldeutschland und Schlesien angeworbenen Fürsten und Edlen mit ihren Kriegsknechten heranzuführen, während Jagiello die Streitkräfte aus Litauen und Polen miteinander vereint, verstärkt und, vom Orden unbemerkt oder nicht geglaubt, zu einem starken Stoß auf den Süden des Ordenslandes bereitstellt. Der Orden rechnet statt dessen mit einem Angriff von Osten her über Schamaiten oder auch von Westen her gegen Pomerellen.

Als dann nach dem Ablauf des Waffenstillstands der Hauptangriff überraschend von Süden her, über Lautenburg erfolgt, nach Osten und dann nach Norden schwenkt, als die Polen am 13. Juli Gilgenburg erstürmen und fürchterlich verwüsten und ausmorden, muß der Ordens-Hochmeister Ulrich von Jungingen sein Heer erst in hetzenden, die Pferde und die Fußtruppen ermüdenden Gewaltmärschen von Löbau her gegen den Feind führen; Jagiello hat also dem Orden das Gesetz des Handelns vorgeschrieben, hat genügend Zeit gefunden, seine einigermaßen ausgeruhten Truppen auf einem ihm günstig erscheinenden Schlachtfeld zur Aufstellung zu bringen. – – Das Ordensheer trifft nach einem die Kräfte verzehrenden Nachtmarsch am Morgen des 15. Juli auf den wohlgeordneten Feind – in der Nähe der Orte Grünfelde und Tannenberg (die Polen sprechen seitdem von der Schlacht bei »Grunwald«, während in der deutschen Geschichtsschreibung Tannenberg seinen Namen für diese Schicksalsschlacht hergegeben hat). Man kann von dieser Schlacht als einer der größten und blutigsten Feldschlachten des Mittelalters sprechen. Der Orden verfügt sogar über Artillerie, doch weiß man mit ihr noch nicht umzugehen; im wesentlichen bleibt es bei Kämpfen Mann gegen Mann zu Pferde und auch zu Fuß!

Schon neigt sich der Sieg auf die Seite des an Zahl unterlegenen Ordensheeres, das sich ausschließlich aus Kämpfern deutscher Zunge zusammensetzt. Schon sind die Litauer und Polen, die über eine Bodensenke hinweg zum frontalen Angriff auf das Ordensheer vorgestoßen sind, in der Mitte ihrer Schlachtordnung auseinandergesprengt; ihr rechter Flügel, auf dem vor allem Litauer, Russen und Tartaren fechten, wird überrannt und zum Weichen gezwungen. Die Ordenstruppen setzen hitzig nach, so daß auch ihre Linien nicht mehr geschlossen bleiben.

Schon stimmt der Orden das Siegeslied an: »Christ ist erstanden«. Das königliche Banner Jagiellos in der Mitte des Schlachtfeldes, wo der Kampf chaotisch wühlt, wird von den Ordensrittern wütend angegriffen. Gleichzeitig aber drängen polnische Streiter in die in der Mitte auseinander

klaffende deutsche Kampfordnung ein; hier und da beginnen die am Rande ihrer Kräfte angelangten Ordenstruppen zu wanken. Trotzdem hätte wahrscheinlich der Orden das Feld behauptet, wenn nicht im entscheidenden Augenblick, als Sieg oder Niederlage auf des Messers Schneide standen, der Bannerträger des weltlichen kulmischen Adels, ein Nickel von Renys, die Standarte seiner Abteilung hätte sinken lassen, was nach damaliger Sitte bedeutete, daß er die Schlacht für verloren hielt. Rette sich, wer kann, hieß plötzlich die Parole. Die Panik unter den Hilfstruppen des Ordens war nicht mehr aufzuhalten. Die Schlacht ist für den Orden bereits verloren. – –
Doch die Ordensritter selbst und die ihnen unmittelbar unterstehenden zumeist aus den Bauerndörfern und von den kleinen Gütern der Kölmer stammenden Streiter fochten weiter. Die ohnehin von Anfang an bestehende Übermacht des polnischen Heeres an Zahl und besonders an Ausgeruhtheit kam nun voll zum Tragen, nachdem ein bedeutender Teil des Ordensheeres sich für die Flucht entschieden hatte. Der Hochmeister des Ordens, die meisten Komture, Vögte und an die zweihundert Ordensritter starben den Tod auf dem Schlachtfeld. Das Ordensheer hatte aufgehört zu existieren. Einundfünfzig Banner, Fahnen, Standarten der verschiedenen Abteilungen des Ordensheeres fielen dem polnischen König in die Hände; er ließ sie später in der Stanislaus-Kapelle des Domes der Königsstadt Krakau aufhängen.
Was vom Ordensheer noch übrig war, zog sich in versprengten Trupps in die Marienburg zurück. Die Zitadelle des Ordens würde Jagiellos nächstes Ziel sein; sie vor allem mußte gehalten werden.
Das polnisch/litauische Heer aber wollte sich erst einmal an dem nun schutzlos gewordenen Ordensland gütlich

tun, obgleich Jagiello sich bemühte, so schnell wie möglich auch die Marienburg in seine Hand zu bekommen. Er war nicht schnell genug; auch Schwetz, Konitz, Schlochau, Danzig, Rheden fielen nicht in seine Hände.

Es erwies sich für den Orden als ein großes Glück in seinem Unglück, daß der Hochmeister, als er den Krieg vorbereitete, seinen besten Komtur, den von Schwetz, mit der Verteidigung von Pommerellen beauftragt hatte, das man – fälschlich! – als Ziel des polnischen Angriffs vermutet hatte. Dieser, Heinrich von Plauen, erwies sich als Retter in höchster Not. Kaum hatte er die Nachricht von der furchtbaren Niederlage des Ordensheeres bei Tannenberg, vom Untergang aller hohen und der meisten mittleren und unteren Ränge der »Gebietiger« des Ordens erhalten, so raffte er die ihm verbliebenen Streitkräfte zusammen und warf sich in die Marienburg. Die Stadt Marienburg brannte er nieder, um dem Feind kein Quartier zu gewähren. Die Bewohner der Stadt fanden in der riesigen Burg eine Zuflucht. In größter Eile wurden Mauern, Wälle und Gräben zur Verteidigung bereit gemacht, wurde an Proviant herbeigeschafft, was nur zu haben war.

Als das polnisch/litauische Heer erst zwei Wochen nach der gewonnenen Schlacht vor der Marienburg anlangte, sah es sich einer waffenstarrenden Festung gegenüber, deren Besatzung nicht daran dachte, sich zu ergeben. Jagiello hatte sich zu einer regelrechten Belagerung zu entschließen, was gar nicht in seiner Absicht gelegen hatte. Immer wieder unternahmen die Ordensleute überraschend wütende Ausfälle und brachten den Belagerern, die für einen zähen, lang sich hinziehenden Kampf nicht recht geeignet waren, schwere Verluste bei. Auch die Kanonen, die das Ordensheer auf dem Schlachtfeld von Tannenberg hatte zurücklassen müssen und die die Polen nun gegen den Orden einsetzten, brachten keine Entscheidung. Die Polen wußten ebenso wenig damit umzugehen, wie das Ordensheer sich der plumpen Geschütze bei Tannenberg zu bedienen verstanden hatte.

Auch hatte der Deutschmeister des Ordens, dem die im deutschen Reich gelegenen Besitzungen des Ordens unterstanden (wie zum Beispiel Mergentheim) ein Söldnerheer zusammengebracht und nach Osten in Marsch gesetzt. Auch aus dem livländischen Ordensland jenseits von Schamaiten an und jenseits der unteren Düna rückte ein Hilfsheer heran. Der Führer der Litauer, Witowd, fühlte sich bedroht und rückte ab, auch deshalb, weil im buntgemischten und einigermaßen zügellos gewordenen Heer der Belagerer Seuchen ausbrachen. Als zu all diesen Schwierigkeiten Jagiello auch noch von der Kunde ereilt wurde, daß Sigismund, der König von Ungarn (der spätere Kaiser Sigismund), zum Einfall nach Südpolen rüstete, hatte Jagiello klein beizugeben.

So groß und überzeugend der Sieg Jagiellos über das Ordensheer bei Tannenberg auch gewesen sein mochte – mit der Eroberung der Marienburg vermochte er den Feldzug nicht zu krönen. Nach zwei Monaten mußte er die Belagerung der Marienburg abbrechen, wenn er sein Reich im Süden nicht schwerster Gefahr aussetzen wollte.

Heinrich von Plauen hatte den Orden gerettet. Es dauerte nur wenige Wochen, dann hatten die Reste des Ordensheeres das Land von den noch zurückgebliebenen polnischen Truppen befreit. Heinrich von Plauen, nur Komtur bis dahin, wurde vom Ordenskapitel zum neuen Hochmeister gewählt, so gut wie ohne Widerspruch; von den früheren höchsten »Gebietigern« des Ordens war ohnehin nur der schon uralte Ordensspittler in Elbing übriggeblieben, dem die Leitung der Kranken- und Armenhäuser des Ordens unterstand.

Der neue Hochmeister, ein unerhört tatkräftiger, aber auch sehr strenger, unnachsichtiger Mann, dachte bereits daran, den Spieß umzudrehen und den Krieg über die Weichsel und Netze hinweg nach Süden in königlich-polnisches Gebiet vorzutragen. Aber auch ihm wuchsen ebenso wie dem König Jagiello die Bäume nicht in den Himmel. Zwar war im Ordensland selbst auch den aufsässigsten Leuten der Unmut gegen den Orden zunächst gründlich vergangen. Die Polen, Litauer, Russen, Samogiter und Tartaren, die Jagiello für seinen Feldzug gegen den Orden zusammengetrommelt hatte, waren, wohin sie auch ausschwärmten, mit Mord und Brand über die Dörfer und Städte hergefallen, hatten eine breite Spur der Verwüstung und des Elends hinterlassen. Selbst der mit dem Ordensregiment besonders unzufriedene Kleinadel und die Kölmer, die nichtadligen Grundbesitzer, schwenkten schleunigst wieder auf den Ordenskurs ein. Mit dem neuen Hochmeister war nicht zu spaßen!

Die Herren aus dem Reich indessen, die dem Orden gegen hohen Sold ihre Truppen zugeführt, aber auch bei Tannenberg schwere Verluste erlitten hatten, wenn sie auch selbst mit dem Leben davongekommen waren (nur die Ordensritter selbst hatten sich beinahe bis zum letzten Mann für das schwarze Kreuz auf weißem Grund geopfert), die Herren aus dem Reich strichen ihr Geld ein und zogen ab.

Heinrich von Plauen mußte sich also notgedrungen am 9. Dezember 1410 mit einem Waffenstillstand abfinden, der am 1. Februar 1411 in den »Frieden von Thorn« (den ersten dieses Namens) ausmündete. Der Orden hatte sich dank des neuen Hochmeisters nicht geschlagen gegeben.

Trotz der furchtbaren Niederlage bei Tannenberg ging der Orden aus dem Krieg, der von ihm erklärt worden war, so gut wie ungeschoren hervor. Selbst die Neumark im Westen, die Brücke des Ordens zum Reichsgebiet, blieb ihm erhalten. Allerdings hatte er das lang umkämpfte, schließlich errungene Schamaiten (das Land nördlich der mittleren Memel, die »Wildnis«) an Litauen abzutreten, womit sein Zugang zum Ordensgebiet in Livland (dem früheren Gebiet des Schwertbrüder-Ordens) bis auf einen schmalen Streifen entlang der Ostseeküste verhängnisvoll verengt war. Auch das lange strittige, nordöstlich von Thorn an der Drewenz gelegene Ländchen Dobrzyn ging dem Orden verloren. Das ließ sich verschmerzen.

Eine der Folgen der verlorenen Schlacht von Tannenberg erwies sich für die weitere Zukunft des Ordens als besonders verhängnisvoll: Nicht alle Ritter des Ordensheeres und erst recht nicht alle Edlen der Hilfstruppen aus dem Reich waren in der großen Schlacht umgekommen; viele waren verwundet oder auch heil in polnische Gefangenschaft geraten, und der polnische König dachte nicht daran, sie ohne ein Lösegeld wieder in die Freiheit und die Heimat zu entlassen. Der Orden hatte sich zur Zahlung von hunderttausend Schock böhmischer Groschen zu verpflichten, wenn er die Kriegsgefangenen loskaufen wollte.

Es ist schwer, sich heute vorzustellen, welches Gewicht diese Summe damals hatte; daß sie ungeheuerlich hoch war, kann nicht bezweifelt werden. Der Orden hatte zum ersten Mal seit seinem Bestehen dem Land und seinen Städten schwere Steuerlasten aufzubürden. Dazu erforderte der Wiederaufbau der im Kriege verwüsteten Gebiete hohe Beträge. Bis dahin waren die Bewohner des Ordenslandes übermäßige Abgaben an den Staat nicht gewohnt gewesen. Die »Treßler«, die Schatzmeister des Ordens in der Marienburg, hatten bis dahin so vorzüglich gewirtschaftet, daß die allgemeine Steuerlast im Lande nicht als drückend empfunden wurde. Das wurde nach der verheerenden Niederlage nun anders: der im Untergrund bohrende Unwille gegenüber der halb geistlichen, halb ritterlichen, sich nicht aus dem Ordensland selbst ergänzenden, jedoch allein regierenden Ordensritter-Schicht erhielt in den wenigen Jahren eines unsicheren Friedens ständig neue Nahrung. Das riesige Loch, das der Krieg, die Niederlage und ihre Folgen in die Ordenskasse gerissen hatte, ließ sich nur stopfen, wenn den Städten und dem flachen Land bittere Verpflichtungen auferlegt wurden. Auf die Dauer sollte sich herausstellen, daß die Widerstände aus dem Inneren für das Ordensregiment viel gefährlicher waren als die von Süden und Osten, von außen also andrängende Bedrohung durch das königliche Polen.

Das Städtchen Friedland und in ihm Johann, der Ältere, und Johann-Caspar, der Jüngere, war von der Kriegsfurie nur gestreift worden. Man hatte Zeit gehabt, die feste Stadt auf ihrem schwer ersteigbaren »Vorgebirge« über dem Dobrinkatal für einen Überfall oder eine Belagerung zu rüsten.
Die Nachricht von der verlorenen Schlacht bei Tannenberg schlug ein wie ein Blitz. Gleich einem Lauffeuer hatte sie sich von Dorf zu Dorf, von Stadt zu Stadt ausgebreitet: Der Hochmeister Ulrich von Jungingen tot und fast alle Ordensritter, die an der Schlacht teilgenommen hatten – und in Gilgenburg, das zu Beginn des Krieges von dem bunt zusammengewürfelten königlich-polnischen Heer überrannt worden war, wären an der Einwohnerschaft unbeschreiblich grausige Gewalttaten verübt worden.

Ende August des Jahres 1410 tauchte ein wüst marodierender Haufen von Tataren vor der Stadt auf, von dem die Friedländer schon gehört hatten. Vor Konitz hatte er sich die Stirn eingerannt und war abgeschlagen worden. Nun versuchte er sich an dem wesentlich kleineren und schwächeren Friedland. Die Leute aus der ferneren Umgegend hatten sich bereits in den Wäldern versteckt; der wehrhafte Kleinadel aber, die Kölmer und die Bauern aus dem näheren Umkreis hatten sich hinter den Mauern Friedlands geborgen, mit Proviant versehen und bewaffnet, wenn auch vielfach nur mit Messern, Beilen, Flegeln und senkrecht an den Stielen zu gefährlichen Spießen verwandelten Sensen.

Da der Vogt und die übrigen Ordensleute zum Heer gestoßen waren, der Vogtei nur noch ein betagter und obendrein kranker Priesterbruder vorstand, dem niemand gehorchen wollte, die Friedländer aber gar nicht daran dachten, dem polnischen König Gehorsam anzubieten (was im verängstigten Kulmer Land und im Ermland manche getan hatten), wurde das Mitglied des »gemeinen Rats« Johann-Caspar, der Schwertfeger, zum Anführer bestimmt.

Johann-Caspar sorgte vor allem dafür, daß weit um die Stadt her, soweit die Rodungen reichten, bis hinüber zum Düsterbruch, zum Rehwinkel und bis zum Orthbusch kein Mensch mehr im Vorland anzutreffen blieb, sondern Mann, Weib und Kind sich hinter die Mauern Friedlands in Sicherheit brachten.

Als die Tataren vor der Stadt anlangten, fanden sie das Hohe Tor auf der Nordseite, der einzigen, an der man sich der Stadt, ohne eine tiefe Schlucht queren zu müssen, nähern konnte, verschlossen. Und als sie wütend Einlaß verlangten, gab Johann-Caspar vom Torturm her das verabredete Zeichen, und den fremden Reitern prasselte ein Hagel von groben Steinen und Pfeilen entgegen, so daß sich die Angreifer eiligst aus der Schußweite zurückziehen mußten.

Vom Torturm aus hatte Johann, der Vater, ins Vorland hinausblicken können bis zu dem Haus, das er für Svetlana, sich selbst und das zumeist kaschubische Gesinde auf seinen Äckern und Weiden vor der Stadt abseits vom Wege zum Düsterbruch und nach Steinborn gebaut hatte.

Rauch stieg auf hier und dort. Die Fremden hatten die leeren Höfe um die Stadt angezündet. Johanns Hof blieb ausgenommen von der Vernichtung. Die Angreifer mochten das ziemlich weitläufige Anwesen zu ihrem Hauptquartier erkoren haben. Sie blieben einen Tag, eine Nacht und nochmals einen Tag und eine Nacht vor der Stadt liegen, sandten nur berittene Späher aus, wie man von den hohen Mauern her beobachtete, fanden aber die Stadt auf ihrem steilen Hügel unangreifbar, wenn man nicht über mauerbrechende Waffen und hohe Sturmleitern verfügte.

»Wir müssen sie vertreiben. Wir müssen ihnen Beine machen. Wir können es mit den vielen Frauen und Kindern hinter unseren Mauern nicht lange aushalten. Der Orden wird sich wieder fangen! Ich sage es euch, Leute, trotz der verlorenen Schlacht! Auch die Polen werden schwer angeschlagen sein. Wie wir hier in Friedland werden auch andere Städte sich wehren. Wenn wir morgen vor Tau und Tag über die Bande herfallen, werden wir sie das Fürchten lehren. Wer dann von ihnen lebendig davonkommt, der wird keine Lust mehr verspüren, sich abermals hier den Schädel einzurennen!«

So redete Johann-Caspar auf die Männer ein und hatte bald eine Schar von entschlossenen Burschen beisammen, die es mit den Tataren aufnehmen wollten.

Der Handstreich gegen das Hauptquartier der Belagerer auf Johanns Hof gelang überraschend gut. Mit einem Gegenangriff von der Stadt her hatten die Tataren offenbar überhaupt nicht gerechnet. Der Schrecken, der ihnen wahrscheinlich bei ihrem bisherigen Raubzug vom Kulmer Land herüber überall vorausgegangen war, verfehlte vor Friedland zum ersten Mal seine lähmende Wirkung. Sie hatten nur wenige Wachen ausgestellt; die schliefen obendrein und wurden noch bei Dunkelheit beinahe lautlos von ein paar beherzten Friedländern überwältigt.

Entgegen dem dringenden, ja flehentlichen Rat seines Sohnes hatte der ältere Johann, den angesichts der vielen Brände im Vorfeld der Stadt ein ungeheurer Zorn beinahe würgte, ach, Johann war nicht zu bewegen gewesen, zu Hause zu bleiben und den Kampf gegen die räuberischen Tataren samt Mord und Totschlag allein den jüngeren Jahrgängen zu überlassen. Es würde, auch wenn die Überraschung wirklich glücken sollte, einen Kampf Mann gegen Mann mit der blanken Waffe geben – und darin hatte sich Johann, vom »Gliederreißen« geplagt, schon seit Jahren nicht mehr geübt.

Die Tataren, die am Abend zuvor über des Johann selbstgebrannten Kornschnaps hergefallen waren – er war abseits in einem tiefen Erdkeller gelagert gewesen; die krummbeinigen Reiter aus der Steppe fern im Osten hatten ihn erst am Tag zuvor entdeckt –, lagen im ersten Morgengrauen des Spätsommer-Tages noch halb betäubt irgendwo im Hause und in den Ställen umher. Viele von ihnen wurden im Schlaf erschlagen oder erstochen, ehe sie noch richtig wach waren. Zwei oder drei der übrigen, die noch einigermaßen rechtzeitig munter geworden waren, weckten die wenigen, die im Gesindehaus oder auch bei den Pferden in der Koppel geschlafen hatten. Zum Widerstand war es für sie bereits zu spät; auch waren die Anführer der Schar, die im Haupthaus des Johann gesoffen hatten, bereits in den Reiterhimmel der schlitzäugigen Steppenvölker eingegangen. Nur wenige entgingen dem Gemetzel, das die jungen Friedländer im wilden Überschwang der Vergeltung unter den Fremden anrichteten; diese wenigen hatten sich auf ihre Pferde geworfen und waren planlos davongesprengt, mit der Todesfurcht im Nacken.

Johann hatte sich an dem eigentlichen Überfall nicht beteiligt. Johann-Caspar, der Sohn, würde die Friedländer klug zu führen wissen, sie anfangs katzenleise vortasten, dann in einem dichten Schwall von allen Seiten auf das väterliche Anwesen vorstürmen lassen – möglichst lautlos, so hatte es Caspar seiner Mannschaft eingeschärft, damit, wer noch schlief, zunächst weiterschlief – denn Schlafende wehren sich nicht! Der Plan entsprach ganz dem Wesen des Sohnes, war besonnen und erbarmungslos zugleich, wie es die wilden, wüsten Umstände erforderten.

Johann indessen war nicht darauf aus, zu stechen und zu töten in dieser sich dem Morgen zuneigenden Nacht. Ihm lag allein daran, so früh wie möglich zu erfahren, was die Räuberbande auf den niedrigen und rundbäuchigen, aber ungemein zähen Pferden auf seinem Anwesen angerichtet hatte und, wenn irgend möglich, zu verhindern, daß der mit soviel Mühe und Sorgfalt aufgebaute Besitz nicht noch im letzten Augenblick in Brand gesteckt würde.

Daß ihm die fremden Reiter den Branntwein ausgetrunken oder auch vergossen hatten, das ließ sich verschmerzen. In seinem kleinen Kontor jedoch, in dem er sich mit jenem Pan Matys Modrczewsky unterhalten hatte – die Szene stand plötzlich leibhaftig vor ihm und war doch schon zwei oder drei Jahre her; er wußte es nicht mehr genau –, hob er in einem in der Wand verborgenen kleinen Kasten die wenigen Urkunden auf, in denen ihm der Komtur von Schlochau und der Vogt von Friedland den Besitz des Hauses und der Werkstatt in der Brunnenstraße und vor allem das Anrecht auf die Äcker außerhalb der Stadt, den kleinen Landsitz draußen, auf ein wenig Fischerei zum eigenen Verzehr im Stadtsee und Suckausee, Anrecht auf Brennholz aus dem Stadtwald und sogar auf den Honig der Wildbienen im gleichen Waldabschnitt bestätigte.

Alles andere mochte untergehen – aber diese, den Erfolg seiner Lebensarbeit unbestreitbar sichernden Dokumente, die durften nicht beschmutzt, zerstört, verbrannt werden.

Johann hatte nur einen Langdolch in einer Lederscheide mitgenommen, den er am Gürtel trug.

»Du bleibst hier draußen hinter dem Busch, Vater! Ich bin der Anführer. Wenn wir wirklich lautlos eindringen, werden wir sie erschlagen, ehe sie richtig wach sind. Du wartest hier, bis ich dir von der Haustür her ein Zeichen gebe.«

Der Vater hatte gehorcht. Es stimmte ja, der Sohn hatte zu befehlen in dieser Nacht.

Die Angreifer vermieden in der Tat jeden Lärm, wie es ihnen eingeschärft worden war. Der Tod kam leise zu den Schlafenden.

Es war noch keine Viertelstunde vergangen, als Johann im blassen Frühlicht sein Haus betrat – durch die Hintertür, denn der Eingang zu seiner Kammer öffnete sich im Hause gleich rechts von der hinteren Tür.

Im Hause war es inzwischen laut geworden. Man hörte unterdrückte Schreie, das Gepolter von stürzenden Schemeln und Tischen.

Johann hatte nur einen Gedanken im Sinn: Ich muß in meine Kammer und nach meinem Kasten in der Wand schauen, ob der noch vorhanden und heil ist.

Der Außenriegel an der Tür war nicht vorgeschoben. Also war jemand in die Kammer eingedrungen. Johann drückte gegen das Holz; es gab nicht nach. Von innen war abgeriegelt!

Von da, wo er vor seiner verschlossenen Tür stand, konnte er in den einzigen großen Hauptraum des Hauses blicken. Dort liefen gerade einige seiner Leute zusammen, auch sein Sohn Johann-Caspar – nach verrichtetem blutigem Werk; man konnte es von ihren Gesichtern ablesen!

Das in meinem Haus, in meinem Haus!

In plötzlich maßloser Wut warf sich Johann gegen die verschlossene Tür seiner Kammer. Auf grobe Gewalt war die nicht eingerichtet. Der hölzerne Riegel innen barst und brach aus seiner Halterung. Johann stürzte, die rechte Schulter voran, in die Kammer hinein, taumelnd. Er bezahlte seinen Zorn mit dem Leben. Denn der Anführer der Tataren, der sich in der Kammer getrennt von seinen trunkenen Leuten auf den Boden gebettet hatte, war von dem zunehmenden Lärm im Haus wach geworden, hatte begriffen, was sich ereignet hatte, saß in der Falle und hoffte auf eine Gelegenheit, ihr doch noch zu entgehen, vielleicht durch den Hinterausgang zu den Pferden in der nahen Koppel zu entweichen.

Statt dessen stürzte ihm ein älterer Mann durch die splitternde Tür entgegen. Der Krieger dahinter war bereit: Ehe Johann sich von dem Sturz in die Kammer noch aufraffen konnte, fuhr ihm der Stahl des Tataren-Säbels tief in den Hals bis aufs Rückgrat. Ein Schwall von Blut quoll hervor. Aus! Johann sank seitwärts neben der Lehmwand mit dem Holzkasten zu Boden.

Der Tataren-Hetmann kam nicht weit. Aber da war es schon zu spät. Der Herr des Hauses, der sich um seine Dokumente nicht hätte zu sorgen brauchen – sie waren gar nicht angerührt, gar nicht entdeckt worden –, der allererste der Friedländer Johanns war nicht mehr zu retten. Johann verblutete in seiner Kammer – ohne seinem Sohn noch ein letztes Wort zusprechen zu können; die Luftröhre war ihm durchschlagen. – –
Friedland wurde in diesem Kriege bis in den Winter hinein, bis zum Abschluß des Waffenstillstands am 9. Dezember nicht wieder angegriffen. Es lag abseits vom Kulmer Land, dem eigentlichen Kriegsschauplatz, und stand bei den allmählich auseinander laufenden Verbänden des polnisch/litauisch/russisch/tatarischen Heers in gefährlichem Ruf.

Der Ausbruch der Friedländer Bürger aus der Belagerung, der Angriff auf die marodierenden asiatischen Hilfstruppen des polnischen Königs trug der Stadt einen guten Lohn ein: Heinrich von Plauen, der neue Hochmeister, der die Marienburg und trotz der Niederlage bei Tannenberg fast das gesamte bisherige Ordensland im Frieden von Thorn (1.II.1411) dem Orden gerettet hatte, wußte bei aller harten Strenge, mit der er regierte, regieren mußte, jene zu belohnen, die sich in der Not bewährt hatten:
Im Jahre 1413 schenkte der Hochmeister (wie es eine alte Urkunde belegt) der Stadt Friedland in Anerkennung ihrer »großen Ehrbarkeit und Treue, die die treuen, geliebten Bürger der Stadt Friedland in der höchsten Not unseres Ordens uns und unserem Orden bewiesen haben«, den Wald Babusch, der bis in die Gegenwart des zwanzigsten Jahrhunderts hinein diesen Namen behielt und im Besitz der Stadt verblieb.

6. Kapitel

Babusch – wie vertraut mir der Name noch heute im Ohr klingt, heute, viele Jahre nach dem Untergang meiner Jugendzeit vor und im Ersten Weltkrieg. Der Name ist sicherlich aus einer uralten kaschubischen Bezeichnung hervorgegangen. Der Babusch stieß als eine breite Zunge etwa fünf Kilometer südöstlich der Stadt weit ins Gebiet des Kreises Flatow vor. Seine äußere Grenze wird der alten Grenze gegen die polnischen Gebiete der Kraina entsprochen haben. Der Babusch gehörte gerade noch zum Friedländer Gebiet, und die Bürger der Stadt ersteigerten sich dort, als die Gegend noch zum deutschen Reich gehörte, von der Forstverwaltung ihr Brennholz für den Winter.

Im Sommer des Jahres, in dem wenig später der Erste Weltkrieg hereinbrach, fuhr ich an einem leuchtenden Tage kurz nach Sonnenaufgang – der Tau funkelte noch überall im Gras am Wegrand – mit meinem sehr geliebten und verehrten Onkel Matthes, dem jüngeren Bruder meines Vaters, der den Walknerschen Hof innehatte, zum Babusch hinaus, um einige Klafter Holz einzufahren, die er im Winter zuvor eingekauft hatte. Mein Großvater, der mir die Liebe zum Wurzelplatz meiner Familie eingepflanzt hatte, war damals schon tot. Aber mein Onkel Matthes wußte einiges zu erzählen, was über die vielen Hinweise, die der Großvater mir gegeben hatte, hinausging.

An jenem Morgen hatten wir Zeit. Die Pferde gingen in ruhigem Schritt, ruhige, kräftige Tiere, die auf leise Zeichen mit der Leine oder auch auf einen halblauten Anruf gehorsam reagierten. Auch sie genossen solchen Morgen, die Kühle und Frische und die gleichmäßige Bewegung.

Fliegen und Bremsen quälten noch nicht; die schwirrten erst aus ihren nächtlichen Unterschlüpfen, wenn die Sonne in den halben Himmel gestiegen war. Der Ackerwagen, auf dessen Bodenbrettern wir seitlings zwischen dem linken Vorder- und dem linken Hinterrad mit baumelnden Beinen auf zwei platten Strohsäcken saßen, machte auf dem weichen Landweg von der Grunauer Chaussee her zum Babusch kaum ein Geräusch, rollte sachte dahin wie auf Samt. Der Roggen auf den Feldern längs des Weges reifte bereits; die Ähren wurden schon schwer und neigten die schlanken Köpfe. Im Korn abseits, nicht weiter als einen guten Steinwurf weit entfernt, stand ein Reh, reckte den zierlichen Kopf über das Ährenmeer und schaute bewegungslos herüber, während wir beinahe lautlos vorüber rollten.
»Sieh die Ricke da drüben. Sie springt nicht weg. Sicherlich hat sie irgendwo im Roggen ein Kitz liegen, kaum erst geboren. Aber wenn in vierzehn Tagen das Korn gemäht wird, ist sie längst mit dem Nachwuchs im Babusch untergetaucht – und da findet die beiden dann keiner mehr, höchstens der Fuchs oder ein wildernder Hund. Aber die hält der Förster schon unter Kontrolle.«
Jetzt brauchte ich nur noch den Mund aufzumachen und weiter zu fragen. Der Onkel hatte wirklich nichts anderes zu tun, als gelegentlich die Pferde leicht zu ermuntern oder sich die Pfeife neu zu stopfen. Jetzt war der meist wortkarge, wenn auch immer freundliche Mann bereit zu reden. Auf dieser Fahrt erfuhr ich, daß der Babusch schon »seit ewigen Zeiten« als Stadtwald außer dem Gneven zu Friedland gehörte und schon in der Ordenszeit der Stadt geschenkt worden war, weil sich die Stadt nach der verlorenen Schlacht bei Tannenberg auf eigene Faust gegen die Eindringlinge verteidigt hatte.

Und ich hatte wieder ein kleines Steinchen mehr in die Hand bekommen, das ich dem Mosaik der Vergangenheit meiner Familie und meiner Heimatstadt weiter hinzufügen könnte.

Für meinen Großvater stand es eisern fest, daß wir aus Franken herstammen, daß unsere Familie zu den ersten »erbgesessenen« Ackerbürgern in Friedland gehörte, eingewiesen durch den Orden. Es steht fest, daß alle ersten Söhne von Geschlecht zu Geschlecht als ersten Vornamen den Namen Johann erhielten. Auch hielt es mein Großvater für gesicherte Überlieferung, daß der allererste Johann eine einheimische Kaschubin geheiratet hat, wir uns also sozusagen von Anbeginn mit dem schönen Land verschwisterten und verschwägerten. Später allerdings tauchen nur deutsche Namen unter den angeheirateten Frauen auf. Aber das besagt nicht viel. Denn die weit überwiegend jungen Männer, die der Orden an seiner Südwestgrenze in festen »Waldhäusern« und Vogteien ansetzte, werden genauso wie mein eigener Urvorfahr kaschubische Mädchen geheiratet haben. Diesen Ehen entsprossen bald Söhne, aber auch Töchter, die deutsche Namen trugen und sich mit anderen jungen Leuten, die ebenfalls deutsch/kaschubisch gemischt waren, ehelich verbanden. Da die Deutschen aber mit der Zeit im Süden der Komturei Schlochau an Zahl die Einheimischen weit übertrafen, wird das deutsche Erbgut das kaschubische allmählich in sich aufgesogen haben. Aber es hat mich stets mit einer sonderbaren Genugtuung erfüllt und meine Liebe zu Westpreußen nur bekräftigt und bestätigt, daß in meinen Adern auch Blut fließt der ursprünglichen Bewohner des zauberhaften Landes, das man auch »Westpreußische Seenplatte« genannt hat, wenn wohl auch nur wenige Tropfen.

Gewiß also, wenn mein verehrter Großvater zu lesen bekäme, was ich, der nun schon zehn Jahre älter ist, als ihm zu leben vergönnt war, auf diesen Seiten geschrieben habe, dann würde er wohl den Kopf schütteln und vielleicht auf die zärtlich grobe Manier, die ihm – zumindest mir gegenüber, dem Ältesten seines Ältesten – eigen war, mit leichtem Lächeln um Nase und Mund feststellen:
»Der Bengel hat doch mehr Flausen im Kopf, als nötig ist! Was dem so alles einfällt, lauter ›dumm Tüch'!‹ – lauter dummes Zeug!«
Wahrscheinlich hätte er recht, der Hochehrenwerte! Dabei konnte er selber, wenn er dazu – leider selten! – in Stimmung war, erzählen, daß man als Zuhörer nicht genug bekam; und mein Vetter Erwin, sein Enkel wie ich, kann auch erzählen, was das Zeug hält, von Preußisch Friedland natürlich, vom Friedländer Karneval (den gab es wirklich, denn gegen Ausgang des achtzehnten Jahrhunderts waren katholische Leute nach Friedland eingewandert, Tuchweber und Färber, die aus dem Rheinland stammten; die hatten den Karneval mitgebracht), vom Suckau-See, wie in ihm in den zwanziger Jahren ein anderer Vetter, Karl geheißen, mitsamt zwei Pferden vor dem Wagen versunken und ertrunken ist.
Ich müßte dem Großvater auf solche Kritik mit allem schuldigen Respekt antworten:
»Ach, Großvater, alles, was ich da erzähle, stammt in seinem Kern von dir. Für ein ganzes Buch wäre es zu mager und zu wenig. So habe ich die Kostüme und die Jahreszahlen und einige Requisiten für die jeweilige Bühne des Geschehens nachtragen müssen, damit die Leser sich nicht im Nebel der Vergangenheit verbiestern. Man muß eben erzählen, sonst langweilt man die Leute. Also, Großvater, nimm's nicht allzu genau!«

Er würde brummen:
»Na gut! Kann ja nicht jeder in Friedland geboren sein! Das ist nun einmal unser Vorrecht. Es ist schon richtig, daß sich einer von uns damit abgibt, die Erinnerung an Westpreußen nicht verloren gehen zu lassen. Wenn wir es nicht tun, wir von den Friedländer »Erbgesessenen« – wer denn sonst!«

Für die schlimme Zeit nach dem ersten Thorner Frieden (1.II.1411) und dem zweiten Thorner Frieden (19.X.1466) gibt es für Friedland und die Familie des ersten Johann wenig zuverlässige Nachrichten. Eines steht jedoch fest: Friedland, Schlochau, Konitz, Hammerstein werden nicht wankend, dem um seinen Fortbestand ringenden Orden die Treue zu halten. Das ist auch diesen Städten sicherlich nicht leicht gefallen. Denn der Orden, der bis zu dem offenen Zusammenstoß mit dem verbündeten Polen/Litauen vergleichsweise ein milder, sparsamer Landesherr gewesen ist, der seine Untertanen nicht zu bedrücken, nicht auszupressen brauchte, geriet schon vor, aber erst recht nach der Niederlage – wie bereits erwähnt – in ernste finanzielle und auch innenpolitische Schwierigkeiten, mußte, um seine Kriegsschulden zu begleichen, dem Land hohe Steuern auferlegen. Die Unzufriedenheit im Lande wuchs.
Der Hochmeister, der den Orden in der Stunde der fürchterlichen Niederlage bei Tannenberg gerettet hatte, indem er sich mit den Resten der Ordens-Streitmacht in die Marienburg warf und sie erfolgreich verteidigte, der bewundernswerte Heinrich von Plauen, wurde nach einer Art von Rebellion unter den Ordensrittern im Oktober 1412 gestürzt und als Hochmeister abgesetzt; er hatte den Krieg gegen Polen erneuern wollen, doch war das Heer des Or-

dens vor der Grenze Masowiens unverrichteter Sache wieder umgekehrt.
Der neue Hochmeister, Michael Küchmeister, versuchte mit den sich fester und fester zusammenschließenden polnischen und litauischen Fürsten Jagiello und Witowt, zu verhandeln und so zu einer Einigung zu gelangen. Doch gelang eine verläßliche Klärung der politischen Verhältnisse nicht – dies um so weniger, als sich der König von Böhmen, Sigismund, auch die schlesischen Herzöge einmischten, und schließlich die Auseinandersetzung zwischen dem Orden und seinen südlichen und östlichen Nachbarn vor das Konzil von Konstanz (1414–1418) gezerrt wurde, wo sich die Parteien in endlosen Schriftsätzen und mit vielen undurchsichtigen Winkelzügen gegenseitig beschuldigten. Auch der Papst in Rom, Johannes XXII., ließ sich die Gelegenheit nicht entgehen, sich zur Geltung zu bringen: Er widerrief alle von Päpsten und Kaisern in der Vergangenheit dem Orden erteilten Vorrechte und Ansprüche auf litauische und russische Gebiete (die der Orden ohnehin kaum zu verwirklichen fähig gewesen war), und übertrug sie auf Jagiello und Witowt.
Es wurde ein wenig Krieg geführt in den zwanziger und dreißiger Jahren des Jahrhunderts, es wurde ewig verhandelt, vor und hinter den Kulissen, es wurden Waffenstillstände geschlossen und wieder gebrochen – zu einem beständigen Frieden kam es nicht.
Im August 1422 fielen die vereinigten Heere Jagiellos und Witowts wiederum ins Kulmer Land ein und verwüsteten es so gründlich wie möglich, aber einen entscheidenden Sieg über den Orden zu erringen, gelang ihnen nicht. Wenn das besetzte Land nichts mehr hergab, weil es ausgeraubt und ausgeblutet war, dann versickerten die Kriege (damals) aus Mangel an Nahrung und Nachschub. – Es

kam zum Friedensschluß am Melno-See (im Kulmer Land). Jetzt endlich, im September 1422, wurde die Grenze zwischen dem Ordensland Preußen und Litauen quer durch die »Große Wildnis« zwischen beiden Ländern, durch Schamaiten also, eindeutig festgelegt (und hat erstaunlicherweise bis zum Jahre 1920, also bis über den Ersten Weltkrieg hinaus, fünfhundert Jahre lang, unverändert Bestand gehabt). Pommerellen aber und das Kulmer Land blieben dem Orden ungeschmälert erhalten. Polen/Litauen war mit seinen Ansprüchen noch immer nicht viel weitergekommen.

Die Union zwischen Litauen und Polen blieb trotz ständiger Verhandlungen und vielfacher Hin- und Herheiraterei zwischen den Fürstengeschlechtern fragwürdig. Die Einflüsse vom Reich her, von Böhmen und Brandenburg lassen das Bild dieser Jahrzehnte in der ersten Hälfte des fünfzehnten Jahrhunderts noch unübersichtlicher erscheinen, als sie es allein schon sind, wenn man nur Polen auf der einen Seite, den Ordensstaat auf der anderen Seite betrachtet. –

Es läßt sich mit guten Gründen behaupten, daß der Deutsche Orden schließlich nicht an dem äußeren Gegner, daß er vielmehr an dem Aufstand von innen her gescheitert ist. Die ganze alte Welt des Abendlands geriet unversehens in einen Umbruch, der sie bis in die Gegenwart hinein tief zerklüften sollte. Der Orden hatte sich überlebt; die wenigen hundert Ordensritter – fast ohne Ausnahme landfremde Männer – hielten die Fiktion eines von kämpferischen Mönchen selbstherrlich gelenkten Staatswesens noch eine Weile aufrecht, versagten aber schließlich an den sich unaufhaltsam entwickelnden neuen Verhältnissen.

Die Städte sahen ihren Handel und Wandel beeinträchtigt durch den Orden, der die Getreide-, Bernstein- und anderen Geschäfte des Landes wie in den Anfangs-Jahrzehnten lieber über die Ordenskassen abzuwickeln bestrebt war. Die Stände in den Städten, unternehmerisch geschickter als die Beamten des Ordens, wurden reich und verlangten Einfluß auch auf die politischen und wirtschaftlichen Entscheidungen im Staat.

Bedrückender noch als die Städte empfanden es die Besitzer von Grund und Boden im Ordensland, die reich mit Äckern ausgestatteten deutschen Zinsbauern, erst recht die Bewirtschafter der Ordens-Dienstgüter, die nun im Ordensland sich mehr und mehr als Adel fühlten und auch dem Namen nach wurden, daß sie sich zwar für die gar nicht abreißenden kriegerischen Verwicklungen des Ordens als berittene und geharnischte Streiter bereit zu halten, daß sie aber im Ordensregiment neben den so gut wie ausschließlich landfremden Ordensrittern in der Marienburg und in den Komtureien kein Wort mitzureden hatten – wenn nicht die Beamten, Ritter und Beauftragten des Ordens von sich aus die Eingesessenen auf dem Lande, die Erbgesessenen in den Städten um Rat fragten.

Auch blieb es dem eingesessenen Kleinadel nicht verborgen (Großadel, Großgrundbesitz gab es im Ordensland noch nicht, es sei denn, ein vom Hochmeister auf den großen Ordensdomänen eingesetzter landfremder Ordensritter benahm sich wie ein Magnat, ein erblicher Großgrundbesitzer, was ringsum dann böses Blut machte; dafür wurde schon von Polen her gesorgt!), wie in Polen und Litauen dem Adel ein Vorrecht nach dem andern zugestanden wurde, wie mit der Zeit der polnische König wichtige Beschlüsse ohne Zustimmung der Adels-Versammlung überhaupt nicht mehr fassen konnte, wie schließlich als logische Folge der sich immer weiter ausbreitenden Privilegien des Adels diesem das Recht zugestanden wurde, den

König zu wählen – auch einen solchen aus den eigenen Reihen!
Über auch nur einen Bruchteil solcher Vorrechte ließ der Orden, das heißt ließen die nur noch drei bis vierhundert Ritter, die von dem Hochschloß an der Nogat, der Marienburg aus, jeweils eingesetzt und gelenkt wurden, überhaupt nicht mit sich reden. Das Gesetz, nach dem sie angetreten waren, konnte nicht abgeschüttelt werden. In der Zentrale des Ordens spürte man natürlich, daß man sich auf den eigentlich zum Kriegsdienst verpflichteten Kleinadel und die Großbauern ebenso wenig noch verlassen konnte wie auf die Unterstützung der an Vermögen und Menschen zunehmenden Städte.
Schon in der Schicksalsschlacht bei Tannenberg war es das Versagen (oder der bewußte Verrat) des Nickel von Renys, des Bannerführers des Kulmischen Adels, gewesen, der den Orden um den Sieg betrogen hatte. In den Jahrzehnten danach verlor der Orden das Vertrauen in die Kämpfer aus den Reihen der Eingesessenen. Es empfahl sich, statt dessen außerhalb des Ordenslandes Rittersleute und Landsknechte anzuwerben, die an den innerpolitischen Zwistigkeiten nicht beteiligt waren, auf die man sich daher einigermaßen verlassen konnte – solange sie vereinbarungsgemäß vom Orden bezahlt wurden!
Der Orden brauchte also Geld und immer mehr Geld über die an Polen zu begleichenden Kriegsschulden hinaus. Dies Geld ließ sich nur durch neue Steuern und Abgaben aufbringen, die den Städten und den Zinsbauern und Gutsbesitzern abgezwungen wurden. Es gab gar kein besseres Mittel, als den Widerstand gegen das Ordensregiment bis zu entschlossener Feindschaft zu verstärken.
Der Landesadel und die Städte fanden sich im Jahre 1440 zu einer Art Liga zusammen, die bald unter dem Namen

»Preußischer Bund« selbstbewußt auftrat. Die Gegensätze zwischen dem Orden und dem Preußischen Bund waren durch direkte Verhandlungen zwischen den Parteien nicht auszugleichen. Der Orden rief den Kaiser im Heiligen Römischen Reich Deutscher Nation und den Papst als Schiedsrichter auf den Plan. Der Orden hatte die besseren kirchen- und staatsrechtlichen Argumente auf seiner Seite. Der Kaiser als von beiden Seiten anerkannter Schiedsrichter entschied, daß ein »Preußischer Bund« gegen die Gesetze verstieße und deshalb aufzulösen sei.

Der »Bund« jedoch fühlte sich stark genug, den Schiedsspruch des Kaisers kurzerhand für unmaßgeblich zu erklären. Am 4. Februar 1454 sagte der »Preußische Bund« dem Orden in aller Form den Gehorsam auf – und bot gleichzeitig dem König von Polen seine Gefolgschaft an. Dem König von Polen fiel so in den Schoß, was er mit den Waffen bis dahin nicht hatte erzwingen können. Am 6. März 1454 unterstellte Kasimir IV. von Polen das Ordensland Preußen dem Polnischen Staat; er erhob Hans von Baysen, der die Revolution der Preußischen Stände gegen den Orden angeführt hatte, zum »Gubernator« in Preußen, also zum »Regierer« an des Königs Statt; der preußische Adel wurde dem polnischen mit seinen vielen Vorrechten gleichgestellt, und auch den preußischen Städten wurde alles und noch mehr als das, was sie bisher an Rechten genossen haben, so etwa das Münzrecht und die Handelsfreiheit, nach innen und außen ausdrücklich bestätigt. Und schließlich, als Krönung des Abfalls der Preußischen Stände, nahm König Kasimir IV. am 23. Mai die Huldigung der Stände des Kulmer Landes entgegen – nicht aber die des übrigen Ordenslandes. Denn noch fühlte sich das Regiment in der Marienburg stark genug, gegen den aufsässigen und landesverräterischen Preußischen Bund und seinen polnischen Schutzherren vorzugehen. Und in der Tat erlitt das polnische Heer mit seinen vom Preußischen Bund gestellten Hilfstruppen schon am 18. September 1454 bei Konitz, nur gut dreißig Kilometer nordöstlich von Friedland, eine bittere Niederlage. Das vom Orden angeworbene und von den Rittern angeführte Söldnerheer hatte sich vorzüglich bewährt.

Aber damit waren die inneren Gegensätzlichkeiten im Ordensland keineswegs beseitigt. Die landfremden Ordensritter hatten mit landfremden Söldnern den polnischen Kasimir IV. besiegt, dem aber bereits die Landstände den Lehenseid geschworen hatten. Das war nicht rückgängig zu machen; der Krieg mußte zwangsläufig trotz der anfänglichen Niederlage Polens weitergehen; er sollte dreizehn Jahre dauern und das Land fürchterlich verwüsten.

Schon 1455 flammte neuer Aufstand gegen den Orden auf – in Danzig und Thorn – und riß andere Städte mit in den Strudel. Der Orden konnte längst nicht mehr die Steuern eintreiben wie in den Jahren des Friedens. Aber seine Soldaten waren nicht mehr dem Orden oder dem Ordensland als ihrer Heimat verpflichtet; sie dienten für Geld. Und als der Orden nicht zahlen konnte, bestanden sie auf ihrem Anrecht und nahmen schließlich, da sie anders nicht abgegolten werden konnten, verschiedene Ordensburgen und schließlich auch die Marienburg für den ausstehenden Sold zum Pfand. Das brachte ihnen zunächst kein Geld. Aber sie konnten die Pfänder dem König von Polen anbieten und sich vielleicht so bezahlt machen. Es ging ohnehin alles drunter und drüber. Der Orden wehrte sich, so gut er konnte – nicht sehr gut. In den beiden größten Städten des Landes, Thorn und Danzig, brachen Aufstände aus, deren der Orden nicht Herr wurde.

Im August 1456 geschieht das schier Unglaubliche: Die Söldner haben sich als die eigentlichen Machthaber im Lande eingerichtet und verkaufen dem König von Polen, Kasimir IV., das stolze Wahrzeichen des Ordens, die Marienburg – und andere Ordensburgen dazu.

Immerhin kann Kasimir nicht sofort von der hohen Burg an der Nogat Besitz ergreifen; der Rest der Ordensritter würde sie erbittert verteidigen. Aber im Mai 1457 zieht Kasimir in Danzig ein, findet keinen Widerstand. Es scheint, als warte der Orden nur noch auf den Todesstoß. Der Hochmeister, Ludwig von Erlichshausen, verzagt; die Söldner kann er nicht bezahlen; sie weigern sich zu kämpfen; die Truppen aus dem Ordensland selbst haben sich verlaufen; die wenigen hundert Ritter allein können es mit dem Polenheer nicht aufnehmen. Am 6. Juli 1457 verläßt der Hochmeister mit dem Rest seiner Heerschar fluchtartig die Marienburg, rettet sich nach Königsberg, das fortan den Hauptsitz des Ordens bilden soll.

Schon zwei Tage später, am 8. Juli 1457, reitet Kasimir in der Marienburg ein; er hat sie gekauft und bezahlt; sein Triumph scheint vollkommen!

Aber das Elend des Landes ist noch nicht am Ende. Es gelingt dem Hochmeister, noch einmal, Kräfte zu sammeln. Der Krieg schleppt sich weiter hin, ohne daß es zu einer echten Entscheidung kommt, doch wird das flache Land, die Dörfer, Güter und Einzelhöfe immer stärker verheert, ebenso die Städte, die sich nicht selbst verteidigen können.

Polen ebenso wie der Orden sind so erschöpft, daß sie sich am 8. Oktober 1458 zu einem Waffenstillstand entschließen müssen. Aber die Zeit des Ruhens der Waffen – nicht aber des schonungslosen Drucks auf Bauern und Bürger des Landes – wird nicht genutzt. Nach dem Ablauf des Waffenstillstands am 13. Juli 1459 geraten sich die Gegner

wieder in die Haare; der Feldzug entartet zu einem Bandenkrieg. Alle Vermittlungsversuche mißlingen. Auch eine Schlacht beim Kloster Zarnowitz in Pommerellen am 17. September 1462 bringt keine Klärung der verworrenen Lage. Beiden Parteien fehlt die Kraft, eindeutig zu siegen; doch wird es immer klarer, daß der Orden sich gegen das zur bedeutenden Macht aufsteigende Polen nicht mehr durchzusetzen vermag, daß er Polen, ein um ein Vielfaches größeres und trotz aller inneren Schwächen überlegenes Königreich als den Stärkeren anzuerkennen hat.
Die Streitigkeiten schleppen sich noch bis zum Jahre 1466 hin. Im Oktober dieses Jahres einigen sich endlich der Hochmeister des Deuschen Ordens, der König von Polen, Kasimir, die Herzöge von Masowien (dem Land um Warschau), der Herzog Erich von Pommern und der Bischof von Ermland (vom Frischen Haff an der Danziger Bucht der Ostsee südostwärts bis in die Gegend um Allenstein) in Thorn auf einen Friedensvertrag. Das Schicksal des Ordens als eines im vollen Sinne selbständigen Staates wird mit diesem »Zweiten Thorner Frieden« besiegelt: Pommerellen mit Danzig, das Kulmer Land, die Marienburg, Gebiete östlich der unteren Weichsel einschließlich der Stadt Elbing werden dem Orden genommen und unterstehen fortab polnischer Oberhoheit. Die gilt auch, wenn auch nicht mit gleicher Strenge, für das dem Orden verbleibende Gebiet bis hinauf zur Memel; der Hochmeister hat dem polnischen König den Lehnseid zu leisten und verpflichtet sich zur Heerfolge im Dienste Polens. Auch wird bestimmt, daß der Orden in Zukunft nicht nur deutsche, sondern auch polnische Adlige aufzunehmen hat. (Dazu kommt es jedoch später so gut wie überhaupt nicht; die Ritterschaft setzt sich auch weiterhin nur aus Deutschen zusammen.)

Immerhin behält der Orden in seinem Restgebiet mit Königsberg als Sitz des Hochmeisters weitgehende Selbständigkeit. Die Tatsache, daß der Hochmeister dem polnischen König als seinem Lehnsherrn zu huldigen hat, ist und bleibt für die anschließenden etwa zwei Jahrhunderte von nur formaler Bedeutung. Dann erlischt auch diese lockere Verpflichtung; so wird also das Rest-Ordensland mit Königsberg als Hauptstadt nicht zu einem echten Bestandteil des polnischen Reiches – wie Pommerellen es wird (mit Schlochau und Friedland) und die übrigen an Polen abgetretenen Gebiete.

Hüten muß man sich, die Ereignisse von damals, vor mehr als fünf Jahrhunderten, im Sinne der nationalen oder gar nationalistischen Vorstellungen unseres zwanzigsten Jahrhunderts zu verstehen. Die Völker und Mächte von damals empfanden sich offenbar noch in erstaunlichem Maße allesamt als Kinder der einen Mutter Europa; dies galt auch für Polen oder Litauen, die in den nach Osten und Westen hin fließenden Bestand des Heiligen Römischen Reiches einzurechnen waren. Polen und Litauen blickten nach Westen, nicht nach Osten, hatten das Christentum in römischer, nicht in byzantinischer (orthodoxer) Form angenommen. Nationalistische Vorurteile konnte es in einem solchem ewig wogenden und sich wandelnden Verband von staatlichen Einheiten und Abhängigkeiten der verschiedensten Art nicht geben. Das große Königreich Polen umfaßte in seinen weitgesteckten Grenzen (von der Ostsee bis zum Dnjestr und Dnjepr) viele verschiedene Völkerschaften und Sprachen. Das Deutsche war dort nirgendwo ganz fremd. Im Gegenteil: vor und nach dem Thorner Frieden waren deutsche Siedler, Handwerker, Künstler, Kaufleute im Königreich Polen willkommen und arbeiteten zum Vorteil beider Seiten zusammen.

Pommerellen, der Westen des früheren Ordensgebiets, war ein Teil des polnischen Königreichs geworden, hieß nun »Preußen königlichen Anteils« – aber auch hier dachten die Polen, wenigstens in den ersten anderthalb Jahrhunderten nach dem Verzicht des Ordens, keineswegs daran, den besonders im Norden (um Danzig) und im Süden (in der Komturei Schlochau) vorwiegend deutschen Charakter des Landes zu ändern. Polnische Einflüsse setzten sich insbesondere im Süden des Schlochauer Gebiets zur Dobrinka hinunter nur ganz langsam und zögernd durch.

In Friedland zum Beispiel tauchen in den Schöffenbüchern der Stadt und in den Kirchenregistern noch zwei Jahrhunderte nach dem Thorner Frieden ausschließlich deutsche Namen auf wie Richter, Zander, Zimmermann, Wollschläger, Arndt, Bürger, Kröning, Krüger, Harbart, Haß, Hecht, Himmelreich und viele ähnliche. Auch die Walkners sind ständig vertreten – und stets lautet der erste Name der Erstgeborenen Johann.

Den Nachkommen des Johann, des Mergentheimers, des Harnischfegers, ist also im Ablauf der Geschlechter außer Johann ein Familienname angeflogen und schließlich haften geblieben, nämlich Walkner. Denn Johann kann schließlich jeder heißen.

7. Kapitel

Mein Vorfahr Johann-Caspar, der erste, der innerhalb der Mauern von Friedland geboren wurde, war ein besonnener Mann, in dessen Natur sich Vorsicht mit notfalls unbedingtem Mut und harter Entschlossenheit vereinigte; die Vorsicht, der Vorbedacht blieben ihm auch dann erhalten, wenn er nach Lage der Dinge schnell und eisern zuzupacken hatte. Ich meine, darin bewies sich das Blut der Svetlana Woysk, seiner kaschubischen Mutter, verriet sich das »Zugewanderte« und das »Bodenständige« – und wenn ich mich nicht irre, ist diese auf den ersten Blick nicht recht zusammenpassende Mischung von Vorsicht und Mut uns durch die lange Kette der Geschlechter bis auf den heutigen Tag – auch in meinem eigenen Wesen – erhalten geblieben.

Später haben meine Vorfahren stets nur Mädchen mit Friedländer, das heißt ausschließlich deutschen Familiennamen geheiratet, die Töchter der »erbgesessenen« Ackerbürger, jener also, deren Vorväter wie mein eigener vom Orden in die neugebaute, bewehrte Stadt gepflanzt wurden, um der wichtigen Vogtei am Dobrinka-Übergang den notwendigen Unter- und Hintergrund von Bauern, Handwerkern, Kaufleuten, wohl auch von Kriegsknechten zu stellen. Auch die anderen »erbgesessenen« Familien werden zumindest anfangs und wohl auch später aus Verbindungen mit einheimischen Mädchen entstanden sein. Vorurteile »rassischer« oder »nationaler« Art gab es damals nicht, wie die uferlose Durcheinander-Heiraterei der damaligen Fürsten- und Adelsgeschlechter mit aller nur wünschenswerten Deutlichkeit klarmacht.

Die deutschen Dialekte des Nieder- und des Hochdeutschen vermischten sich im Ordensland (dem langsam der Name »Preußen« zuwuchs) zu einer neuen Mundart, die dem Nieder-, dem »Platt«-Deutschen sehr viel näherstand als dem Hochdeutschen (etwa dem Fränkischen). Zugleich erhielt sich in diesem sachte entstehenden »preußischen« Deutsch der Tonfall des bodenständigen Kaschubisch und Prussisch ganz unverwechselbar (auch mit vielen Lehnworten aus den einheimischen Sprachen, typisch ost- oder westpreußischen Ausdrücken, die im übrigen Deutsch nicht vorkommen, auch dort gar nicht verstanden werden, zum Beispiel dem Wort »Marjellchen« für ein junges Mädchen). Heute sterben die ost-westpreußischen Mundarten des Niederdeutschen aus oder sind bereits ausgestorben. Wenn kein in West- oder Ostpreußen aufgewachsener Deutscher mehr leben wird, wird auch die Sprache des Landes, das vom Deutschen Orden ins Licht der Geschichte gehoben und geschaffen wurde, ebenso für immer verstummt sein, wie das deutsche West-Ostpreußen für immer untergegangen ist. –

Johann-Caspar hatte den Vater in seinem Hause vor der Stadt sterben sehen; sein Blut war in die hölzernen Dielen seines kleinen Kontors zu einem großen dunklen Fleck hineingetrocknet, der sich nicht fortscheuern ließ. Die Mutter Johann-Caspars hatte wie alle anderen Frauen und Kinder des Friedländer Umlands den Überfall und dann die blutige Abwehr der Tataren hinter den Mauern der Stadt ungekränkt überstanden. Als man ihr den Leib des Gatten mit dem zur Hälfte durchtrennten Hals ins Haus brachte, schrie sie auf und warf sich über die Leiche. Sie sollte nie wieder zu ihrer alten gemächlichen Munterkeit und Tatkraft zurückfinden, war danach nur noch zum Hüten der Enkel im Haus des Sohnes in der Stadt, in der

Brunnenstraße, zu gebrauchen; sie löschte fünf Jahre später sozusagen geräuschlos aus wie ein Licht auslischt, wenn das Wachs der Kerze verzehrt ist. Svetlana, die Stamm-Mutter, die Frau des Johann-Johann, des ersten Friedländers, ist für den Rest ihres Lebens nicht mehr zu bewegen gewesen, das Anwesen vor den Mauern zu betreten, in dem und für das der erste Johann ein so gewaltsames Ende gefunden hatte.

Johann-Caspar hatte nicht versucht, die Mutter umzustimmen. Ihre Weigerung, die Stadt zu verlassen, kam seinen eigenen Absichten entgegen. Daß der Orden die Schlacht bei Tannenberg so ganz und gar verloren hatte, daß auch der Vogt von Friedland so gut wie alle seine Knappen und die von den Lehnsgütern und Zinsbauern einberufenen Bewaffneten nicht nach Friedland wiederkehrten, sondern verschollen blieben, also tot waren, hatte den Johann-Caspar bis in die Grundfesten erschüttert. Sogar der Hochmeister und alle seine Gebietiger waren erschlagen worden. Johann-Caspar wußte plötzlich, als hätte es ihm jemand ins Ohr geflüstert: Es bricht eine neue Zeit an, in der nicht mehr der Hochmeister des Ordens, sondern der König von Polen der Stärkere sein wird.

Der Rat der kleinen Stadt über dem Dobrinkatal, in dem die Stimme Johann-Caspars bereits allgemein Gehör fand, hatte mit Entsetzen vernommen, daß die Schlacht bei Tannenberg wahrscheinlich anders ausgegangen wäre und vielleicht sogar mit einem Sieg des Ordens geendet hätte, wenn nicht in den entscheidenden Augenblicken der kulmische Adel verräterisch vom Felde geritten wäre. Obwohl Johann-Caspar von dem dunklen Gefühl beherrscht wurde – und der jähe Tod des Vaters, gewissermaßen eine Folge der verlorenen Schlacht, hatte dies Gefühl zu einem das Herz eng machenden Druck verstärkt –, daß die Aufopferung des Hochmeisters und aller Gebietiger, dazu der übergroßen Mehrheit der Ordensritter den Anfang vom Ende des Ordens bedeutete, stellte sich Johann-Caspar vor den Rat und sagte mit ruhiger Stimme: »Ehrenwerte Mitglieder des Rats, Freunde und Nachbarn, es ist noch nicht aller Tage Abend. Wenn es schon Leute im Land gegeben hat, die den Eid vergessen, den sie geschworen haben, so wollen wir hier im Schlochauer Land nicht dazugehören. Wenn wir klein beigeben, sind wir schnell verloren. Je länger wir – wenn auch auf die Dauer vielleicht ohne durchschlagenden Erfolg, denn Polen ist ein paarmal so groß wie das Ordensland –, je härter wir Widerstand leisten, desto erträglicher werden die Bedingungen sein, unter denen wir uns schließlich einigen. Wir dürfen nicht wie die großen Städte im Weichselland dem Orden absagen, dürfen nicht dem aufsässigen Dienstadel des Landes folgen, der sich gegenüber den zu allermeist von weither stammenden Rittern mit dem Kreuz benachteiligt fühlt, es vielleicht auch ist, aber ohne den Orden gar nicht vorhanden wäre. Auch wir haben Beschwerden und haben uns energisch genug gewehrt. Aber nun zu vergessen, daß hier unser Friedland, unsere kleine, aber starke Stadt, daß alle die gesunden Dörfer nach Konitz, Schlochau, Hammerstein und Landeck hinüber vom Orden gegründet und zur Blüte gebracht worden sind, das zu vergessen, wäre nicht nur böse, sondern auch dumm. Wir haben hier an einem wichtigen Punkt der langen Grenze mit den Leuten jenseits der Dobrinka einigermaßen in Frieden gelebt, gehandelt und gewandelt, haben die da drüben in ihrer Eigenartigkeit anerkannt und darauf bestanden, daß dies umgekehrt genauso zu gelten hat. Die Zukunft wird nur dann erträglich sein, wenn wir darauf bestehen, daß

unsere Lebensart nicht etwas ist, was in Frage gestellt werden darf. Ich bin dafür, daß wir schleunigst Boten nach Konitz, Schlochau, Hammerstein und Landeck schicken und daran erinnnern, daß unser Platz nur an der Seite des Ordens zu sein hat, wenn wir bleiben wollen, was wir sind! Der ›Preußische Bund‹ hat sich für Polen entschieden. Wir bleiben beim Orden!«
Und der Bürgermeister, Walter Ladenmacher, fügte hinzu:
»Weil wir nämlich wollen, wir, der Rat von Friedland, daß uns die Ehre erhalten bleibt! Ich stimme dafür, was Johann-Caspar vorschlägt.«
Der ganze Rat war einverstanden, wenn auch einige im geheimen ihre Vorbehalte nicht vergaßen. Drüben im polnischen Königreich hatten die städtischen Stände und besonders der Adel dem Regenten viele Vorrechte abgerungen; das klang auch den Deutschen weiter im Norden sehr verführerisch in den Ohren.
Die Städte und Dörfer im südlichen Pommerellen blieben jedoch dem Orden treu bis zum traurigen Ende.

In den Jahren 1410 bis 1466 waren für Friedland und seine Bewohner die Sorge und Angst um die Sicherheit von Haus und Hof, Werkstatt und Geschäft ständige Begleiter. Johann-Caspar und die Seinen lebten nur noch in der Stadt; er hatte sein Anwesen vor den Mauern dem Gesinde überlassen. In der Werkstatt war nicht mehr viel zu verdienen. In der Vogtei saßen nur noch ein oder zwei, dazu häufig wechselnde Ritter; ansonsten nur Söldner, die den Friedländern nicht recht geheuer waren. Trotz des Ersten Thorner Friedens, der den Orden noch einigermaßen ungeschoren gelassen hatte, waren die Spannungen zwischen Polen/Litauen auf der einen, dem Orden auf der anderen

Seite keineswegs aus der Welt geschafft – und noch viel weniger die tiefreichenden Differenzen zwischen den erstarkten städtischen Gewalten im Lande, zwischen den weltlichen Landbesitzern hier und den Rittern des Ordens dort – den landfremden Rittern, die auch unter sich keineswegs einig waren, sondern je nach ihrer Herkunft aus dem Reich in Gruppen zerfielen, von denen jede sich für maßgebender hielt als die anderen.

Die Friedländer hatten sich, ob sie es so wollten oder nicht, aus eigener Kraft in den nicht abreißenden Kriegswirren (die auch in den »Frieden« oder »Waffenstillständen« nicht zur Ruhe kamen) im wesentlichen selbst zu behaupten. Auf den Schutz durch die Ordensmacht war kein Verlaß mehr. Stets lag die Hauptlast in der Stadt auf den »erbgesessenen« Familien – die Handwerksbetriebe mochten mehr und mehr aus Mangel an Aufträgen kränkeln oder mehr noch daran, daß die Bezahlung für die geleistete Arbeit nicht oder nur unvollkommen einzutreiben war. Der Orden hatte kein Geld; das übrige Volk begnügte sich mit den billigsten Rüstungen und mochte auch nicht zahlen – oder konnte nicht zahlen.

Immerhin: In Johann-Caspars Umkreis brauchte niemand zu hungern. Die Äcker vor der Stadt trugen Frucht auch in diesen schlimmen Jahren.

Friedland, Hammerstein, Schlochau gehörten auch weiterhin zu den wenigen Städten im Ordensland, die sich an dem wie eine Seuche um sich greifenden Abfall der Stände und des Kleinadels nicht beteiligten. Der Hochmeister Konrad von Ehrlichhausen hat es in einem noch erhaltenen Schreiben vom 2. Juli 1446 lobend hervorgehoben – wofür die Friedländer sich allerdings nichts kaufen konnten.

Johann-Caspar fing an, darüber nachzudenken, wovon

die Stadt und die Familie leben sollten, wenn der Orden einmal nicht mehr Herr im Lande sein würde. Er war alt geworden, der Johann-Caspar, aber sein Sohn Johann-Dietrich war – dem Herrn sei Dank! – wohlgeraten. Doch wollte er sich dem mühseligen Aufstieg vom Lehrling zum Gesellen, zum Handwerksmeister nicht mehr anvertrauen – die Harnischfegerei ging ohnehin ständig zurück. Dietrich widmete sich mit nicht geringer Klugheit und Tatkraft der Landwirtschaft vor den Toren. Der Vater mochte nicht mit Gewalt dagegen einschreiten; er war müde und hegte kaum noch Hoffnung. Er starb jäh und unerwartet an einem glühend heißen Sommertag im Jahre 1450, betrauert von den Seinen, dem Gesinde und vielen Mit-Ackerbürgern, aber aufs tiefste entbehrt nur von seiner Frau, der Hildegard, geborenen Foede. Der war es nicht gegeben, zu vergessen oder sich in neuartige Umstände zu fügen. Ihr Vater war einer der wenigen Männer in Friedland gewesen, der mit Frau und Kindern – nicht allein wie die meisten – ins ferne Ordensland im Osten gezogen war – aus Ostfriesland, einem Land, wo Leute mit harten Schädeln wachsen. Und diesen Schädel hatte Hildegard Foede ihrem Ältesten, eben dem Johann-Dietrich, vererbt. Für diesen eisenharten Mann, der noch härter wurde, seit der umsichtigere Vater gestorben war – und dann auch bald die Mutter, die ohne ihren Gatten nicht leben wollte –, stand und blieb fest bestehen, was er von Kindheit an gehört hatte: daß Friedland ein Kind des Ordens wäre und daß ein Kind an der Seite von Vater und Mutter auszuharren hätte, auch wenn ihm die Eltern nicht immer paßten.

Johann-Dietrich hatte schon mit vierundzwanzig Jahren ein sanftes Mädchen geheiratet, die ihm nie widersprach, aber ihn trotzdem unmerklich zu lenken wußte, die Anna

Arndt. Ihre Großeltern waren aus Pommern nach Friedland gezogen; wahrscheinlich hatte Anna pomoranisches oder wendisches Blut in den Adern. Aber auch sie war sich mit ihrem Mann ganz und gar darin einig, daß man mit den Leuten von der anderen Seite der Dobrinka nicht paktieren sollte. Pomoranen und Polen – die waren noch niemals besonders gut miteinander ausgekommen. Der Vater Arndt war Zunftmeister bei den Schuhmachern, einer wichtigen und stark besetzten Innung in der Stadt.
»Der Schlochauer ist auch unser Komtur! Wir gehören zum Orden!« Diese Überzeugung war für alle Friedländer so gut wie selbstverständlich. Johann-Dietrich und die Arndts machten sich dafür stark und bekannten es jederzeit laut und deutlich. Keiner mochte widersprechen. Warum sollte man widersprechen? Sieh doch einer an, wie der Johann-Dietrich seine Äcker bewirtschaftet! Und sein Vieh! Eine wahre Pracht! Der weiß, wovon er redet, wenn er sagt, daß Friedland beim Orden zu bleiben hat, weiß es besser als der Ordensvogt, der schon wieder gewechselt hat!
Leichter gesagt als getan! Seit 1454 ist der Krieg wieder im Gange, ein schwer übersehbares Hin und Her von Überfällen, Scharmützeln, die keine Entscheidung bringen, dem Brennen der Dörfer, Belagerungen der Städte, die bald Erfolg haben, bald nicht, überall aber zum Schaden und Elend des ausgeplünderten und genotzüchtigten flachen Landes. Von 1454 bis 1455 gerät Friedland unter polnische Herrschaft, und die Männer in der Stadt, die sich stets für den Orden stark gemacht haben, müssen den Kopf einziehen. Johann-Dietrich verkriecht sich für lange Zeit bei einem seiner Schwäger tief im großen Babuschwald, einem Beutner. Die Beutner waren ein damals wichtiger Beruf; sie waren die Einsammler und Kultivie-

rer des Honigs der Wildbienen in den Wäldern, eine Gerechtsame, die der Landesherr, hier der Orden, zu vergeben hatte. Die Beutner kannten sich besser als jeder andere in den Wäldern aus – und wen sie verstecken wollten, der war nicht zu finden.

Die Anhänger des Ordens – in der Schlochauer Gegend die große Mehrzahl der Leute – nahmen untereinander und dann mit dem ebenfalls irgendwo untergetauchten Ordenshauptmann von Konitz, Kaspar von Nostiz, Verbindung auf, ordneten sich und standen plötzlich mitten im Lande mit bedeutender Macht. Friedland und Hammerstein wurden den Polen wieder abgedrungen, ohne daß es zu blutigen Auseinandersetzungen zu kommen brauchte. Die polnischen Streiter hatten es vorgezogen, sich rechtzeitig aus dem Staube zu machen, und die Friedländer konnten Kaspar von Nostiz und seine Schar aus Ordensleuten und Einheimischen freudig und feierlich willkommen heißen.

Konitz, Friedland und Hammerstein bildeten dann im schrecklich wüsten und verheerenden »Dreizehnjährigen Krieg« (1454 bis 1466) eine Gemeinschaft gleichen Schicksals, blieben trotz aller Rückschläge dank hartköpfiger, starrsinniger Männer wie Johann-Dietrich an der Seite des Ordens, ließen sich nicht vom »Preußischen Bund« der großen und anderer kleiner Städte des Landes, erst recht nicht von der den Polen zuneigenden Landesritterschaft, das heißt dem kleinen Adel, der sich auf den Lehensgütern des Ordens gebildet hatte, verlocken, die vielversprechende Karte des polnischen Königs gegen den Orden auszuspielen.

Dabei hätten Johann-Dietrich und die anderen »Erbgesessenen« sehr bald Grund genug gehabt, auch ihrerseits dem Orden die Treue aufzukündigen. Es sprach sich auch in

Friedland herum, daß die Hauptleute der verschiedenen Söldnertrupps, die für den Orden im Felde standen, sich nicht länger mit Versprechungen abspeisen ließen, sondern die Übergabe der für den ausstehenden Sold begebenen Pfänder verlangten, der Städte und Dörfer im Ordensland, die der Orden den Söldnern als Sicherheiten hatte übereignen müssen. Diese Städte und Dörfer wurden – wie schon erwähnt – von den Söldnern aus vieler Herren Länder dem König von Polen zum Kauf angeboten; der hatte offenbar Geld genug!
Am 15. August 1456 schlossen die Söldnerführer mit dem König von Polen ein Abkommen, nach welchem Friedland, Hammerstein und Konitz gegen ein Kaufgeld dem König gehören sollten. Doch die Friedländer ließen sich nicht einschüchtern. Weder die Hauptleute der Söldner noch der König Kasimir IV. waren die rechtmäßigen Oberherren der drei Städte. Sie schlossen die Tore zu, besetzten die Mauern und das Vorfeld mit Bewaffneten, Johann-Dietrich, der »Wilde«, vorneweg, und verwehrten den Leuten des Königs den Zugang zu ihren Bezirken.
Es kennzeichnet die Verhältnisse in diesem zerstörerischen Krieg, in welchem alle Beteiligten zu schwach oder zu schlecht geführt waren, den oder die Gegner entschieden auszumachen und zu stellen, daß Friedland, das dem Orden eigentlich gar nicht mehr zugehörte, weitere fünf Jahre lang auf seiner Eigenständigkeit beharren und sich dem polnischen König verweigern konnte. Was die kleine Stadt, das heißt jeder ihrer Bewohner dabei an Not, Angst und Entbehrung hat ausstehen müssen, erzählt kein Lied und Heldenbuch.
Erst 1461 fühlte sich der polnische König stark genug, sich der Städte, die ihm ja zugeschrieben waren, mit Gewalt zu versichern. Das größere Konitz mochte er indessen auch

jetzt noch nicht als erstes angreifen. Er rückte gegen Friedland vor mit diesmal weit überlegener Mannschaft. Die Stadt wurde eingeschlossen; freiwillig ergab sie sich nicht. Auch hatte man sofort einen Botschafter nach Konitz durch die Reihen der Belagerer zu schleusen gewußt, der Hilfe und Entsatz herbeirufen sollte. Die wurde auch sofort in Gang gesetzt. Aber die Polen hatten damit gerechnet, legten sich vor Marienfelde in den Hinterhalt, fingen die Konitzer ab und vernichteten sie samt und sonders. Die Verteidiger von Friedland sahen sich nach acht Tagen gezwungen, mit den Belagerern Verhandlungen aufzunehmen, hatten aber immerhin in dieser Zeit den Angreifern solchen Respekt eingeflößt, daß sie Bedingungen stellen konnten: Dem Ordensvogt und seinen Männern wurde freier Abzug gewährt, dazu den Verteidigern aus der Stadt die Sicherheit von Leib und Gut zugesichert. Die Polen, denen das stärkere Konitz – wie Schlochau ebenfalls Sitz eines Komturs – nicht anheimgefallen war, hielten sich an die Abreden. Aber noch vor dem Ende der Belagerung ging das Anwesen des Johann-Dietrich vor dem Hohen Tor in Flammen auf, ein schwerer Verlust für den Mann, der dort seit dem Tode des Vaters dicht bei den Feldern nur noch sein Gesinde untergebracht hatte, aber bei dem Brand auch die schon in die Scheunen eingebrachte Ernte verlor. Niemand kam für den Schaden auf. Jeder hatte mit seinem Unglück allein fertig zu werden. –
Auch jetzt denkt Johann-Dietrich nicht daran, sich zu unterwerfen. Eine sonderbare Verkettung von Umständen kommt ihm und den gleichgesinnten Friedländern zu Hilfe; sie zeigt, wie quer und kreuz damals die Fäden liefen. Ein polnischer Edelmann hat sich halb mit List, halb mit Gewalt, aber ohne ausdrückliche Erlaubnis des polnischen Königs der Ordensburg in Schlochau bemächtigt

und bemüht sich, das Erbe des Komturs in der ganzen Komturei anzutreten. Damit aber erregt er den Unwillen des Königs, der sich ohnehin schon allzuviel, wie er meint, von seinem Adel gefallen lassen muß. Er erkennt die Übernahme von Schlochau durch den allzu selbständig auftretenden Edelmann aus seinem eigenen Lager nicht an und befiehlt ihm, die Herrschaft im Schlochauer Land einem von ihm abgeordneten Beamten zu übergeben, trifft aber auf taube Ohren. Der Edelmann hat inzwischen den Spieß umgedreht und sich mit den Vorstehern des Ordens in Verbindung gesetzt und – als Pole – ihre Unterstützung gegen seinen König erbeten. Sie wird gewährt, denn das südliche Pommerellen mit Friedland, Schlochau, Konitz und Hammerstein ist noch immer der wohl einzige Teil des westlichen Ordenslandes, auf das sich der nun in Königsberg sitzende Hochmeister verlassen kann. Eilig wird eine Streitmacht aufgestellt; sie reitet, so verstohlen wie möglich, dem polnischen Edelmann, der es mit seinem König so gründlich wie möglich verdorben hat, zu Hilfe. Die Überraschung gelingt vollkommen. Schlochau und Friedland werden zurückerobert, ohne daß es zu großen Gefechten kommt. Dem polnischen Edlen bleibt nichts weiter übrig, als nun dem Orden Gehorsam zu schwören.

Abermals und zum letzten Mal wird Friedland ebenso wie Schlochau, Hammerstein und Konitz in die – sehr locker gewordene – Verwaltung des Ordens einbezogen.

Johann-Dietrich wie die meisten Friedländer, die nach wie vor auf den Orden eingeschworen bleiben, macht sich kaum noch Hoffnungen, daß der Orden Bestand haben wird. Doch ihr Heil in der Umkehr und der Hinwendung zum polnischen König zu suchen, ist den Friedländern nicht gegeben. Sie harren aus, von 1461 bis 1466. Dann verbreitet sich die Kunde, daß der Orden bereit ist, ganz Pommerellen, das Kulmer Land und das Land weichselabwärts bis nach Elbing und Danzig an den König von Polen abzutreten, um endlich auf dem Rest seines Gebiets mit Königsberg und zur Memel hinüber Frieden zu haben; den hat das weithin verheerte und geschundene Land bitter nötig.

Jetzt erst sinkt den Leuten in Pommerellen der Mut. Am 31. August 1466 öffnen Hammerstein und Friedland den draußen wartenden Polen die Tore, am 26. September folgt auch Konitz – und am 18. Oktober wird in Thorn der zweite nach der Stadt benannte Frieden geschlossen, der das Schicksal des Ordens besiegelt.

Es beginnen die dreihundertundsechs Jahre, in denen Pommerellen mit Friedland unter polnischer Herrschaft steht.

Johann-Dietrich sieht sich so gut wie ruiniert. Der Handwerksbetrieb ist längst geschlossen. Die Ordensritter in der Vogtei oder Komturei, die noch Harnische gebraucht hätten – es gibt sie nicht mehr. In Schlochau sitzt statt des Komturs ein polnischer Starost. Die polnische Verwaltung verfährt milde mit dem endlich unterworfenen Land. Wenn die verwüsteten Gebiete wieder zu sich kommen, wenn sie, nun für den König von Polen, Abgaben leisten sollen, dann empfiehlt es sich, die Deutschen möglichst ungestört arbeiten zu lassen. Auch im übrigen Polen weiß man ihren Fleiß und ihre Geschicklichkeit zu schätzen.

Jemand wie Johann-Dietrich allerdings, der bis zuletzt auf dem harten Widerstand gegen Polen beharrt hat und der auch nach der Niederlage des Ordens nicht zu Kreuze kriechen will, der findet bei den neuen Herren keinen Beistand. Gewiß, er braucht mit seiner Familie nicht zu hungern. Vom Hause in der Stadt aus bewirtschaftet er ein paar Felder vor den Mauern, soweit er mit Frau und Kindern die Ackerarbeit bewältigen kann. Der größere Teil seines Landbesitzes muß Brache bleiben; es fehlen einfach die Arbeitskräfte, ihn zu bestellen. Die jungen Männer hat der Dreizehnjährige Krieg verschlungen, aber auch viele der jungen Mädchen. Viele haben sich bei dem nicht abreißenden Hin und Her verlaufen – wer weiß, wohin?

Ganz früh am Morgen gegen drei Uhr – es fing gerade an, hell zu werden – sind sie schon zum Fischertor hinausgewandert, um die Seewiese am Suckau zu mähen. Ehe es heiß wird – gegen zehn Uhr – wollen sie schon mehr als die Hälfte der Arbeit geschafft haben, denn danach ist die Hitze in dem Tal, in das der See wie ein Juwel auf grünem Samt gebettet liegt, kaum noch zu ertragen; es weht kein kühlender Wind, schon seit Tagen nicht mehr, und die Fliegen und Bremsen belästigen die Mäher auf qualvoll widerliche Weise; die Männer mit den schweren, weitschwingenden Sensen in den Händen können sich des zudringlichen Geschmeißes nicht erwehren.
Diese harte und in jedem Frühjahr von neuem ungewohnte Hitze gehört zur ersten Heuernte mit ihrem Geschwirr von Stechfliegen, den schweißnassen Hemden, dem Zischen der alle fünf Minuten mit dem Strichholz nachzuschärfenden Sensenblätter im fußhohen Gras und Kraut der feuchten Wiese. Aber die Hitze dieser Tage Anfang Juni sorgt auch dafür, daß das Gras, nachdem die lang hingemähten Schwatts ein- oder zweimal gewendet worden sind, schon zwei Tage später, wenn das Wetter hält, eingefahren werden kann.
Die beiden Männer haben sich auf einem mächtigen, glatten Findlingsblock am Hang über der Wiese niedergelassen und verzehren ihr Mittagsbrot, trinken leicht mit Es-

sig gesäuertes Brunnenwasser dazu, das sie in einem irdenen Krug mit engem Hals vom Brunnen daheim am Morgen mitgebracht haben. Der Krug hat, fest in einen stets naß gehaltenen dicken Lappen gehüllt, die Stunden bis zur Mahlzeit in der prallen Sonne gestanden; das Wasser im Krug ist also eiskalt geblieben. Die Verdunstung des Wassers im Lappen hat es kühl gehalten.
Johann-Dietrich sagt zu seinem Sohn, dem Johann-Ludwig, der in diesem Jahr 1470 auch schon nicht mehr jung ist – er hat sein achtunddreißigstes Jahr gerade vollendet –; sagt oder besser murrt:
»Ich glaube, Ludwig, ich habe genug für heute. Mir sind die Arme wie Blei. Es wird schon wieder so verflucht heiß wie an den letzten Tagen. Im nächsten Jahr werde ich beim ersten Schnitt nicht mehr mithalten können, fürchte ich. Und die Bremsen lassen uns keinen Augenblick in Ruhe. Gib mir noch einen Schluck aus dem Krug!«
Der Jüngere antwortet zunächst gar nichts. Johann-Ludwig gehört ohnehin nicht zu den Leuten, die viel reden. Er reicht den Krug dem Vater hinüber und wartet, bis Johann-Dietrich seinen Durst gelöscht hat, trinkt dann selbst und stellt den Krug wieder unter sich zur Seite in den Schatten des Felsblocks, auf dem sie sitzen. (Hier und da tauchen sie unvermittelt auf, die großen schweren Steine, von denen damals noch keiner wußte, daß sie vom Eis in seinen Zeiten aus den skandinavischen Gebirgen herangeschoben worden sind.) Johann-Ludwig wischt sich den Mund und redet dem Vater gut zu:
»Sieh, Vater, wir haben das Schlimmste schon hinter uns; vielleicht ein knappes Drittel der Wiese, das wir noch zu mähen haben. Ich seh' dir's an, Vater, daß du erst einmal genug geschafft hast. Ich meine, wir sollten uns jetzt am Waldrand oben in den Schatten legen und die heißesten

Stunden verschlafen. Mit ein paar dicht belaubten Zweigen über dem Gesicht haben wir auch vor den Fliegen Ruhe. Am Nachmittag dann und Abend, wenn die Sonne sinkt, packen wir den Rest – und sind immer noch vor Dunkelheit wieder zu Hause.«
Dem Vater ist das eigentlich nicht ganz recht. Schlafen für ein paar Stunden mitten am Arbeitstag – das geht ihm gegen den Strich. Aber die Schmerzen im Kreuz und in den Schultern – er hat schon recht, der Ludwig, ich muß mich ausstrecken und ruhen. Am Nachmittag bin ich dann wieder soweit, und wir werden mit der Wiese fertig. Doch stimmt er nicht sofort zu, nimmt statt dessen einen ganz anderen Faden auf. – Ein Fischreiher stakst keine hundert Schritt abseits und abwärts am Seerand mit steifen Schritten langsam entlang, stößt ab und zu mit spitzem Schnabel ins flache Wasser hinunter. Beide Männer verfolgen das Tier mit den Augen. Der Reiher ist völlig eins mit sich und dem schwarzblanken tiefen See, den grünen Hängen, die steil und anderswo flach zu ihm hinuntergleiten, dem tiefen Blau der alle Welt und Weite wolkenlos überspannenden Glocke des Himmels. Die beiden Männer werden sich dessen nicht bewußt: Von dem arg- und furchtlosen Vogeltier in der Ferne geht eine sonderbare, in sich selber ruhende Gelassenheit aus: Wenn man den Reiher so sachte ein langes, dünnes Bein vors andere setzen sieht, gemach und doch wie abgezirkelt, wird auch den beiden Beobachtern unmerklich Sinn und Herz entlastet. Der Jüngere spürt eine leise Heiterkeit in sich aufsteigen, und der Ältere vergißt beinahe den Schmerz in den überanstrengten Schultern. Ja, Johann-Dietrich fühlt sich plötzlich versucht, einen ganz anderen Faden anzuspinnen:
»Gar kein schlechter Vorschlag, den du da machst, Ludwig. Dann haben wir ja jetzt Zeit, können mal reden. Der

Reiher da drüben läßt sich auch Zeit und weiß doch genau, was er will. Weißt du, Ludwig, ich habe in den vergangenen Nächten nachgedacht, konnte stundenlang nicht schlafen, mochte mich aber nicht viel rühren, um Mutter neben mir nicht zu wecken. Es geht ja so nicht weiter mit Friedland und mit uns. Die Ordensleute sind weg und geben der Stadt nichts mehr zu tun. Und unsere Mauern und Türme sind überflüssig geworden, denn der Übergang durchs Dobrinkatal braucht nicht mehr geschützt zu werden, denn hier ist Polen und drüben ist Polen. Aber der Starost in Schlochau, der jetzt statt des Komturs von früher das Sagen hat, ist uns nicht wohl gesinnt, den Friedländern im allgemeinen nicht und uns nicht im besonderen, weil wir bis zum Schluß zum Orden gehalten haben. Und jetzt sind zwar die Ordensleute verschwunden, aber die erbgesessenen Ackerbürger und Handwerker lassen sich nicht dreinreden – und ohne oder gegen uns ist sowieso nichts zu erreichen. Nur die Kuzajs und die Patzorskis sind neu dazu gekommen, haben wüste Höfe besetzt; aber mit den beiden Familien ist gut auszukommen; die fühlen sich schon mehr deutsch als polnisch; zwei unter zwanzig oder dreißig – kein Wunder, daß sie sich nach Friedländer Sitten richten, deutschen.«
Der Sohn unterbrach den Vater:
»Ob das dabei bleibt, frage ich mich. Was sollen sie vorläufig hier ändern, die Polen? Es ist ja alles deutsch im Schlochauer Land; und die kaschubischen Dörfer, die meinen es eher noch deutscher als die deutschen. Mit den Polen hatten die nie viel im Sinn. Alles schön und gut. Bis jetzt ist es gar nicht so übel ausgegangen mit der neuen polnischen Herrschaft. Der Orden hat es einfach nicht mehr geschafft, sich durchzusetzen. Und die letzten Ordensvögte, die wir in Friedland hatten, sind der Stadt nicht

gut bekommen; sie verlangten viel und bezahlten wenig. Schwamm drüber! Ist vorbei! Aber wir – ohne den Komtur und den Orden –, wir müssen uns etwas Neues einfallen lassen, wenn wir nach den schrecklichen Kriegsjahren wieder auf die Beine kommen wollen.«
Johann-Dietrich hatte sich aufgerichtet, als fühlte er sich gefordert:
»Du sagst es, Ludwig! Und ich habe mir auch etwas ausgedacht und auch schon mit Haß, Scharmer und Bonin vom Rat darüber gesprochen. Der Krieg hat uns weit umher bei der Stadt und bis nach Heinrichswalde und Steinborn hinüber viele wüste Höfe hinterlassen; niemand kümmert sich um die Wüstungen; es gibt nicht mehr genug junge Männer und Mädchen im Land, die verlassene Höfe aufnehmen könnten; und die Polen haben drüben in der Kraina selber freies Land genug zur Verfügung. Soll man all die verwaisten Hofstellen wieder zuwachsen lassen? Schafe wären erst einmal das beste, gegen die Wüstungen anzugehen. Wir haben immer ein paar Schafe gehalten. Aber jetzt braucht man große Herden; die fänden Futter reichlich – und es würde nichts kosten, wenn man nur dem Starosten einen Zins fürs Weiderecht zahlt. Herden könnte man heranzüchten. Aber dann; was, wenn man sie hat, was dann?«
Der Sohn hatte dagesessen, hatte stumm zugehört, sich nicht gerührt; er hatte mitgedacht und dachte weiter:
»Schafe, das heißt Wolle. Große Herden heißt viel Wolle. Fragt sich, ob man die verkaufen könnte. Wir liegen weit von den größeren Städten entfernt. Wir müßten die Wolle hier verarbeiten. Harte Wolle geben die Schafe hier; wir müßten sie walken, um sie verspinnen zu können. Und wenn sie versponnen ist, ließe sich Tuch daraus machen. Tuche kann man verkaufen, auch von hier aus; das große

Polen steht uns ja jetzt offen. Aber wo kriegen wir Tuchmacher her?«
Waren es nicht Luftschlösser, was die beiden da bauten in den blauen Junihimmel hinein? Sie waren überein gekommen, ein paar Stunden zu faulenzen, so lange, bis die Sonne ihre Kraft verlieren würde. In solchen Stunden wachsen die luftigen Schlösser am schnellsten und höchsten in die laue Luft.
Die beiden Männer schwiegen lange, ließen ihre Augen über das prangende Tal auf lässige Wanderschaften gehen. Johann-Dietrich schließlich:
»Ich will das bald im Rat besprechen. Wir dürfen es nicht auf die lange Bank schieben. Vielleicht legen wir zusammen und schicken einen oder zwei vertrauenswürdige Männer nach Flandern, wo die besten Tuche herkommen. Vielleicht können wir einen jungen Tuchmachermeister, der dort überzählig ist, überreden, zu uns in das langsam wieder zu sich kommende Schlochauer Land umzusiedeln. Hier würde er sein Zeug allemal loswerden und könnte mit den teuren flandrischen Tuchen ohne Schwierigkeiten konkurrieren. An Wolle in unserem leer gewordenen Land würde es nicht mangeln. Und spinnen können unsere Frauen und Mädchen ja alle!«
So redeten sie bedachtsam eine Weile hin und her, die beiden Männer, der alte mit weißem Haar und der jüngere mit schon ergrauendem. –
Mit Lufschlössern fangen die Unternehmungen nachdenklicher Männer gewöhnlich an. Aber wenn die Männer von harten Notwendigkeiten zum Nachdenken gezwungen wurden, nehmen die Luftschlösser zuweilen festere Formen an und werden haltbar und standhaft.
So erging es den Friedländern, nachdem der Orden seine Schöpfung, die Vogteifeste Friedland, über der Dobrinka

hatte aufgeben müssen, nachdem er seine »treuen, geliebten« Friedländer im Stich gelassen hatte. Sie waren fortab auf sich allein angewiesen und mußten zusehen, wie sie mit den Unbilden der Zeiten auf eigene Faust fertig wurden. Sie wurden auch damit fertig, nicht immer sehr geschickt, aber durch die Jahrhunderte bis zu ihrer schonungslosen Vertreibung aus dem »gelobten Land« an der Dobrinka mit durchaus zulänglicher Standhaftigkeit. Und sie verwuchsen mit den duftenden Wäldern und Feldern, den Fluren und glasklaren Seen, in denen die Fische sprangen, Schleie und Barsche, Aale, Karpfen und Hechte, verwuchsen mit den blauen Sommerhimmeln, den schneereichen, trockenkalten Wintern, in denen man den Stadtsee zu Fuß nach Dobrin hinüber queren konnte, aber das murmelnde Geplauder der Dobrinka nie völlig verstummte, verwuchsen mit den Schilfgürteln um die blanken, großen Gewässer und den darüber wie bunte Blitze zuckenden Libellen und den Schwalbenschwüngen um die Stallgiebel, wuchsen Geschlecht für Geschlecht sachte mit dem zaubervollen Land zwischen der Zahne, der Küddow und der Dobrinka so eng und unlöslich zusammen, daß sie, als sie nach über sechs Jahrhunderten weichen mußten, wie von den Wurzeln abgeschnitten waren.

Damals – Johann-Dietrich hat es wahrscheinlich noch erlebt; er starb 1476, zehn Jahre, nachdem Friedland ins Königreich Polen eingemeindet worden war und die Dobrinka aufgehört hatte, eine Landesgrenze darzustellen – damals ist es in der Tat gelungen, eine oder ein paar flandrische Tuchmacher-Familien zu bewegen, in die fern im Osten unbestimmt verschwimmenden Grenzgebiete des römisch-katholischen Christentums und des Heiligen Römischen Reiches Deutscher Nation auszuwandern. Die

Männer aus Flandern hatten zwar viele Grenzen zu kreuzen – die zwischen Kur-Brandenburg und dem polnischen »Preußen Königlichen Anteils« war dabei die östlichste gewesen –, ehe sie über den sicherlich uralten Markgrafenweg – hinter Peterswalde von diesem zum dann schon nahen Friedland abbiegend – die kleine Stadt auf ihrem bescheidenen Vorgebirge über Stadtsee und Dobrinka erreichten. Aber vor und hinter all diesen Grenzen, gerade auch, als sie bei Landeck ins »Preußen Königlichen Anteils« (des Polnischen Königs Anteil) eintraten, war deutsch gesprochen worden in dieser oder jener Spielart deutscher Zunge.

Johann-Dietrich und erst recht sein ältester Sohn Johann-Ludwig (1432 geboren, in der Zeit also, in welcher der Orden seinen Glanz und seine Kraft unaufhaltsam einbüßte) hatten richtig überlegt, hatten sich auf die Schafzucht eingerichtet. Die genügsamen Wolltiere konnten überall weiden, gerade auch auf den vielen Wüstungen nach dem dreizehnjährigen Endkampf des Ordens, und gaben dann ihre Wolle her, ohne Widerstand zu leisten.

Es stellte sich aber bald heraus – und die flandrischen Tuchmacher beklagten sich darüber bitterböse –, daß die Wolle dortzulande zu grob und hart war, als daß ein flandrischer Weber daraus ein Tuch herstellen konnte, das den Vergleich mit Erzeugnissen aus dem reichen und fortgeschrittenen Land am Niederrhein auch nur entfernt aushielt. Johann-Ludwig und sein ältester Sohn Johann-Gerhard, der offenbar viele Eigenschaften seines Urgroßvaters aus Mergentheim von neuem verkörperte, wurden sich als erste unter den Friedländer Erbgesessenen, die nach wie vor den festen Kern der Friedländer Bürgerschaft bildeten – Polen hin, Polen her! –, darüber klar, daß man entweder den Flandrischen brauchbare Wolle liefern

mußte – oder man würde sie und das neue Gewerbe wieder verlieren.
Johann-Gerhard hatte sich, wo immer er's auch herbekam, einigermaßen gründliche Kenntnisse über Schafe, Wolle, Weben und Tuche anzueignen gewußt:
»Was wir brauchen, Vater, beinahe dringender noch als das tägliche Brot, wenn wir uns dies für die kommenden Jahre und Jahrzehnte sichern wollen, ist eine Walkmühle, um die Wolle von unseren Schafen zu walken, also weich und glatt zu schlagen. Wenn du und die Verwandten einverstanden sind, reise ich für eine Weile in den Westen, wenn nötig bis nach Brügge oder Gent, und sehe zu, wie eine Walkmühle einzurichten ist. Wir bringen sie dann auch hier zustande!« –
Johann-Gerhard zog etwa Anfang der neunziger Jahre des fünfzehnten Jahrhunderts los und brachte in der Tat die notwendigen Kenntnisse mit, eine einfache Walkmühle zu bauen. Der polnische Stadtvogt hatte nichts dagegen, daß sie gebaut wurde. Der Bisse-Bach ließ sich aufstauen und konnte die Wasserkraft liefern, die Mühle zu betreiben. Der Stadtvogt und der Schlochauer Starost verliehen dem Johann-Gerhard und seinen Nachkommen die Gerechtsame, die Mühle zu betreiben und sicherten ihm zu, daß ihm kein anderer im Friedländer Land mit einer zweiten Mühle in die Quere kommen durfte.
Johann-Gerhard saß also als einziger Walkner weit und breit, bis nach Schlochau hinauf und nach Hammerstein hinüber, fest im Sattel. Noch bei seinen Lebzeiten wurde aus der Berufsbezeichnung der Eigenname der Familie; Johann-Gerhard war nicht mehr »der« Walkner, sondern einfach der Johann-Gerhard Walkner. Und Walkner blieb dann der Name der späteren Abkömmlinge des Johann aus Mergentheim bis auf den heutigen Tag.

Doch dies eigentlich nur nach außen, um sich von anderen erbgesessenen Familien eindeutig zu unterscheiden. Innerhalb der Familie blieb man unverwandt bei der Übung, den jeweils ältesten Sohn an erster Stelle Johann zu nennen.

8. Kapitel

Ich muß abermals auf meinen Großvater zu sprechen kommen.
Der verehrte Mann mit dem hohen, schmalen Gesicht, der mächtigen Stirn und dem weiß umrahmten Schädel machte mich auf eine besondere Enge der Familien-Überlieferung aufmerksam:
»Mein lieber Junge, von wo unser Geschlecht herstammt, aus Franken, und wann und warum der früheste Johann hergekommen ist, überhaupt die ganze Zeit, in der das Schlochauer Land zum Orden gehört hat, darüber gibt es nicht viel zu streiten, da stehen die Tatbestände ziemlich fest. Aber dann die langen polnischen Jahre, von denen weiß ich nicht viel zu berichten, ich meine Zuverlässiges. Da wird das Vergangene sonderbar verschwommen, ausgenommen vielleicht die Zeit der Reformation, in der sich unsere Familie gespalten hat wie andere deutsche Familien hier in Westpreußen auch. Das ist eine ziemlich aufregende Geschichte. Davon reden wir noch ein andermal. Richtig deutlich wird es dann mit uns Walkner-Johanns erst wieder, seit wir nicht mehr königlich polnisch waren, sondern königlich preußisch wurden, 1772 unter dem Alten Fritzen. Die Sache ist nämlich so, Junge: Lasse dir kein

X für ein U vormachen, wenn die Leute von der ›guten, alten Zeit‹ schwärmen. Solche ›guten, alten Zeiten‹ hat es nie gegeben und gerade in den dreihundertundsechs Jahren, in denen Pommerellen, also auch das Schlochauer Land, unter dem Namen »Preußen königlichen Anteils« segelte, hat es in Friedland eine schlimme Abfolge von Kriegen, Belagerungen, Plünderungen, Seuchen, Hungersnöten und großen Bränden gegeben, daß man sich heute wundern muß, wie die Stadt die Hussiten, die Polen, Tataren, Schweden, Franzosen und so weiter überhaupt überstanden hat. Wir wüßten wahrscheinlich viel mehr auch über die polnische Zeit, wenn nicht – 1697 glaube ich, war es – die Stadt abgebrannt wäre und alle Belege oder Dokumente der Vergangenheit vernichtet worden wären. Zehn Jahre später brach dann auch noch die Pest aus, und von den jämmerlichen tausend Einwohnern, die das damalige Friedland nach der längst noch nicht überwundenen Brandkatastrophe noch zählte, starben in wenigen Monaten an die vierhundert Menschen, fast jeder zweite. Gute, alte Zeit – dummes Zeug, mein Junge, alt mag stimmen, aber ›gut‹ sind die Zeiten eigentlich nie gewesen. Die jeweils Regierenden sind allermeist nicht ›gut‹, sondern denken vor allem anderem an sich selbst, die eigene Macht und ihre Erhaltung und Steigerung, unterscheiden sich also nicht vom Durchschnitt der übrigen Leute. Manche sind auch schlicht böse oder, was beinahe noch schlimmer ist, schlicht dumm. Auszubaden hat es in jedem Fall der gemeine Mann, natürlich mit Abstufungen. Wenn du erst älter sein wirst, mein Junge, wirst du das auch schon merken, wie wir es alle haben merken müssen. Was unsere eigene Familie anbetrifft, so haben wir das große Glück gehabt, daß unsere alte Familienbibel erhalten geblieben ist; sie hat die große Feuersbrunst überstanden. Dein Vater hat sie nicht mitgenommen, als er vom Hof ging. Nun hast eigentlich du ein Anrecht darauf, denn Onkel Matthes hat ja keine Kinder. 1568 ist die Bibel, die unser Vorfahr Johann-Friedhelm gekauft haben muß – ich hab' sie dir schon einmal gezeigt – in Nürnberg gedruckt worden; sie wird damals viel Geld gekostet haben und ist sicherlich von da ab ein Gegenstand von höchstem Wert für unsere Vorfahren gewesen, ist es ja auch noch für uns. Damit haben wir uns auf den lutherischen Glauben festgelegt. Von der deutschen Bibel Martin Luthers durften wir nicht abweichen. Und auf dem Dutzend weißer Seiten am Schluß des schweren Buches, in Holz und Leder gebunden, haben wir die Geburten, Eheschließungen und Todesfälle aller Walkners, soweit sie in Friedland saßen, Jahr für Jahr und Jahrhundert für Jahrhundert aufgeschrieben. Du stehst ja auch darin mit deinem Geburtsdatum; ich hab's noch selber eingetragen auf Bitten deines Vaters, der natürlich ebenso verzeichnet ist wie ich selber. Damit haben wir sichere Kunde von den Namen unserer Vorfahren seit dem sechzehnten Jahrhundert. So ist das also! Aber ich glaube, wir müssen uns jetzt auf den Heimweg machen, sonst sind wir zum Abendbrot nicht zu Hause. Die Tante mag das gar nicht, wenn zum Abendbrot nicht alle am Tisch sind und wir womöglich mit der Esserei hinterherhinken.«

Wir drehten also um; der Großvater nahm sehr große Schritte; er hatte wahrscheinlich über seiner langen Rede die Zeit vergessen und hatte es auf einmal so eilig, daß ich mit meinen damals noch wesentlich kürzeren Beinen kaum Schritt halten konnte. Für weitere Belehrungen blieb an diesem goldenen Abend weder genügend Zeit noch Atem übrig. Aber die halbe Nacht danach lag ich wach auf meinem Strohsack in der Bodenkammer, blickte auf den samtschwarzen Spiegel des Stadtsees hinaus, in dem der Widerschein von ein paar Sternen glimmte, und fand nicht in den Schlaf, weil mir wieder einmal durch den Kopf geisterte, was der Großvater alles angedeutet oder aufgestöbert hatte: Ein Glied einer unbestimmt langen Kette von Ahnen zu sein, die alle auf den Namen Johann hörten wie ich selber, bewegte mich sehr, war äußerst beunruhigend, erfüllte mich aber zugleich mit einem sonderbaren und zugleich sinnlosen Stolz – sinnlos, ohne Sinn: Daß ich in eine lange Abfolge von Geschlechtern gehörte, war weder von mir zu verantworten, noch war es ein Verdienst.

Die alte Bibel ist später tatsächlich in meinen Besitz übergegangen. Niemand konnte nach dem Ersten Weltkrieg mit Sicherheit voraussehen, wie weit nach Westen der geplante »Polnische Korridor« seine westliche Abgrenzung vorschieben würde. Die Grenze verlief dann im Osten, noch zwölf Kilometer entfernt, an Preußisch Friedland vorbei. Die Stadt blieb noch einmal deutsch, bis das Ende des Zweiten Weltkrieges auch ihr und allen darin »erbgesessenen« Familien den Garaus machte – und zwar einen endgültigen nach jenen sechshundert Jahren, in denen in Friedland deutsch gesprochen worden war.

Die Bibel war nach dem Ersten Weltkrieg zu mir nach Berlin gelangt. Berlin würde nicht in Frage gestellt werden. Das geschah erst im Zweiten Weltkrieg. In dem riesigen Trümmerhaufen, den Berlin damals darstellte, liegt auch die alte Bibel irgendwo begraben, längst zerfetzt oder, was wahrscheinlicher ist, bis zur Unkenntlichkeit verkohlt.

Zwölf Jahre zuvor waren die Deutschen wieder einmal gezwungen worden, eine der berüchtigten »Zeitwenden« zu überschreiten, die meistens für den gemeinen Mann und die gemeine Frau nichts anderes bedeuten, als daß der ewige Ärger mit denen »da oben« einen anderen Namen bekommt. Wie unzählige weitere meiner Volksgenossen war auch ich damals genötigt, einen »arischen Nachweis« meiner Abstammung zu erbringen. Ich hatte mir die lästige Sache einfach gemacht und einfach aus der alten Familienbibel die Abfolge meiner Vorfahren abgeschrieben. Damit war meine »arische Abstammung« zwar noch nicht hieb- und stichfest erwiesen, denn über die angeheirateten Vormütter konnte sich ja »Nichtarisches« in mein Blut eingeschlichen haben. Aber auch die Vormütter, wie die gute Bibel wenigstens teilweise ebenfalls bewahrt hatte, trugen vertrauenerweckende Namen wie Fischer, Hauff, Schulz, Huse oder Kroehning, Meissner, Birkholz, Scharmer, Hoppen. Die Bibel hatte sie alle auf ihren letzten Seiten getreulich registriert. So sind sie mir in Abschrift erhalten geblieben, schmücken meinen sogenannten Stammbaum. Der aber ist nun mit mir am Ende. Sicherlich gibt es Walkners noch anderswo zur Genüge, denn das Handwerk oder Gewerbe ist auch in anderen Städten und Städtchen zum Familiennamen geworden. Aber die Friedländer Walkners sind in alle Winde zerstreut, soweit noch solche existieren sollten, wissen nichts mehr von Friedland, vom Schlochauer Land, von Westpreußen, von der Dobrinka, dem Suckau, der Weichsel oder gar der Memel, die jetzt nur noch Njemen heißt. Und Königsberg mit seinem »Blutgericht«, wo der gepflegteste Rotwein ganz Deutschlands in labyrinthischen Kellern lagerte, das gibt es auch nicht mehr. Wenn Königsberg wenigstens polnisch geworden wäre! Damit hätte man sich bei einigem Sinn für Geschichte abfinden können; aber es wurde russisch und heißt – ich kann es immer noch nicht recht glauben! – Kaliningrad. Oder wenn Nord-Ostpreußen (heute

Oblast Kaliningrad) etwa ein Teil des benachbarten Litauen geworden wäre, hätte man darin noch einen gewissen historischen Sinn entdecken können, aber es wurde zu einem Bestandteil der RSFSR, der Russisch-Sowjetischen Sozialistischen Bundesrepublik erklärt. Noch nie in der Geschichte sind Länder einfach so mit einem Federstrich umgenannt, sind ihre angestammten Bewohner fortgefegt und durch urfremde ersetzt worden wie im glorreichen, in der Tat zu allem fähigen zwanzigsten Jahrhundert.

Mein guter Großvater hat dergleichen nicht einmal ahnen können. Ihm erschien in der Rückerinnerung die Erschütterung, die Spaltung der Familie, die durch die Lutherische Reformation in ihrem Umkreis heraufbeschworen wurde, als das größte Unglück, von dem unser Friedländer Geschlecht jemals betroffen worden ist. Er hielt sich, genauso wie es auch mein Vater tat und dessen Bruder Matthes, mein Onkel, den ich als Junge mindestens ebenso aufrichtig liebte wie meinen Vater, wenn nicht sogar mehr, für einen guten lutherischen Christen, machte aber davon nicht viel her, ging auch nicht oft zur Kirche, pflichtgemäß an den kirchlichen Festtagen wie Epiphanias oder Trinitatis, Himmelfahrt, Pfingsten, Weihnachten, auch Karfreitag und Ostern natürlich, nahm auch viermal im Jahr das Abendmahl – alles, wie es sich eben gehörte, ohne viel inneren Aufwand. Man war kein Heide, vielmehr weit davon! Aber der Großvater hielt den damaligen Pfarrer an der Stadtkirche auf dem Marktplatz für einen unredlichen Mann, der in seinem Privatleben nur herzlich wenig von dem verkörperte oder verwirklichte, was er mit viel Salbung jeden Sonntag von der Kanzel den Leuten einzureden suchte. Preußisch Friedland war eine kleine, enge Stadt, und innerhalb der Mauern saßen die Leute

dicht beieinander und konnten einander in den Kochtopf und bei genügender Neugier gelegentlich sogar unter die Bettdecke sehen oder horchen – und da schnitt, wie gesagt, der Herr Pastor nicht besonders gut ab. – Und ich, der Enkel, wurde wieder einmal von meinem Großvater belehrt und habe auch diesen wie die allermeisten seiner klugen Sprüche bis zum heutigen Tage nicht vergessen:
»Du mußt dir das merken, Junge, Pastoren sind auch nur Menschen wie alle anderen, und für sie gilt genauso wie für jedermann sonst: Das Dichten und Trachten des menschlichen Herzens ist böse von Jugend auf. Also darf man sich nicht irre machen lassen durch die Unzulänglichkeit der Kirchenbeamten. Das Abendmahl aber bleibt, was es ist, ganz gleich, ob es ein wirklicher Pastor austeilt oder ein seines Talars unwürdiger Saubeutel!«
Das war ein geradezu weise zu nennender Rat, und er gilt nicht nur für die Kirchenleute, sondern – mutatis mutandis – auf diesen Seiten auch für Friedland. Die Friedländer waren allesamt und sicherlich auch zu allen vergangenen Zeiten alles andere als Engel, und in Friedlands Gassen und Winkeln hat es nicht immer und überall nach Zimt und Veilchen gerochen. Aber deshalb bleibt mir Friedland doch die »Stadt auf dem Berge« – und wenn ich die Augen schließe, dann funkelt vor den geschlossenen Lidern der Stadtsee mit abertausend silbernen Blitzen im Widerschein der warmen Sonne unter dem sanften, nach Wiesen und Wäldern duftenden Wind, der das Tal entlangstreicht, und das hohe Röhricht raschelt am Ufer zu beiden Seiten des Bootsstegs, wo das Entenflott im Wasser schwimmt jenseits unserer großen grünen Wäschebleiche und jenseits der alten, tief hängenden Weiden, die alle schon mit einem oder zwei Beinen im Wasser stehen. Und der Großvater sagt:

»Der Onkel meint, ich sollte mal nach den Kartoffeln sehen auf dem ›Keil‹, ob sie noch einmal gejätet werden müssen. Ist ja Feierabend für heute und noch gut anderthalb Stunden hell. Sollst mitkommen, Junge, und ich erzähl' dir was! Wenn Unkraut aus dem Kartoffelacker zu jäten ist, wird dir das wohl morgen oder übermorgen aufgegeben werden. Kannst dir also gleich ansehen, was dir bevorsteht!«
Und an irgendeinem solchen oder ähnlichen Abend habe ich dann einiges über unser Schicksal in der Zeit der Reformation erfahren und kann jetzt die einzelnen Mosaiksteinchen zu einem sicherlich im großen und ganzen zutreffenden Bilde zusammensetzen.

In den ersten hundert Jahren nach dem Zweiten Thorner Frieden (1466) genoß das nun an Polen gefallene, aber mit vielen Sonderrechten ausgestattete Pommerellen einigermaßen Ruhe. Der polnische König Kasimir versprach sogar der Stadt Friedland, ihren »gesamten Besitz nicht zu schmälern, sondern zu schützen« und die vom Orden gewährten Rechte in vollem Umfang aufrechtzuerhalten. Im übrigen Polen wurde Stadtbürgern Landbesitz außerhalb der Städte in ständig fortschreitendem Maß unmöglich gemacht; Landbesitz blieb in immer steigender Ausschließlichkeit dem niederen und hohen Adel vorbehalten. Die vom Orden in Pommerellen angelegten Städte aber sahen von Anfang an ein Ackerbürgertum vor, das heißt Landbesitz außerhalb des Stadtbezirks. Auch dieses Recht blieb unter dem Polenkönig in Kraft, wenn auch der im Lande sich nach und nach ansiedelnde polnische Adel dagegen Widerspruch erhob und sich manchen Übergriff leistete. Doch fanden die Friedländer beim polnischen König Gehör, der sogar der Stadt seinen besonderen Schutz

1530 und wieder 1550 in königlichem Dokument ausdrücklich bestätigte.
Die polnischen Grundbesitzer hatten es besonders auf den Friedländer Wald, den Babusch, abgesehen, der der Stadt vom Orden geschenkt worden war. An die hundert Jahre lang haben die Friedländer um diesen Wald prozessiert, bis er ihnen 1683 von einem obersten polnischen Gericht endgültig zugesprochen wurde.
Schon Johann-Ludwig, der das Geschlecht aus der wüsten Zeit des versinkenden Ordens herausgeführt hatte, und erst recht sein ältester Sohn Johann-Gerhard haben dafür gesorgt, daß die Familie wieder auf die Beine kam. Der nächste in der langen Reihe, der sich selber an dritter Stelle in die Schlußseiten der bleischweren Bibel (sie war fürchterlich schwer, ich weiß es noch; man konnte sie kaum in beiden Händen halten, wenn man aus ihr vorlesen wollte; meine Erinnerung täuscht mich da nicht) eingetragen hat, obgleich er es gewesen sein muß, der die Bibel für die Familie erworben hatte, dieser Johann-Friedhelm, geboren 1502, hat sich selber schon mit dem Familiennamen »Walkner« eingetragen. Aber er setzte den Namen hinter seinem Johann-Friedhelm noch in Klammern, als wäre er nicht restlos davon überzeugt oder wäre nicht voll damit einverstanden. Doch Familiennamen, und das ist das Bezeichnende an solcher Eintragung, waren damals (gemäß unseren heutigen Begriffen war damit das Mittelalter ein für alle Mal abgeschlossen) unvermeidbar geworden. Johann, Johann, Johann – das genügte nicht mehr. Johann-Friedhelm, für den die große, schwere Bibel mit dem horrenden Preis sicherlich nicht nur ein Opfer auf dem Altar seines neu gewonnenen Luthertums gewesen ist, sondern auch der handfeste Beweis dafür, daß sich die Familie einen so dauerhaften Beweis neu erworbenen Wohlstands

leisten konnte, dieser Johann-Friedhelm hat nicht nur sich selbst (wenn auch zunächst nur in Klammern) mit dem Familiennamen eingetragen, sondern auch die Mutter und seine Großmutter bereits mit ihren Familiennamen festgehalten, die sie vor ihrer Heirat mit einem Johann (Walkner) getragen haben: die Mutter als eine geborene Elisabeth Bethke und die Großmutter als Christina Zimmermann, bei deren Familiennamen also auch das Handwerk der Vorfahren den Namen hergegeben hatte.

Die Walknermühle hat sicherlich guten Gewinn abgeworfen – und das Geld blieb in der Stadt. Die Leute mit polnischer Muttersprache, die nach dem Zweiten Thorner Frieden über die Dobrinka nordwärts ins so gut wie ausschließlich deutsch besiedelte Schlochauer Land, ins südliche Pommerellen, nach und nach vorfühlten, werden ausschließlich Angehörige des niedern oder auch höheren polnischen Adels gewesen sein. Denn das einfache Bauern- und Häuslervolk im altpolnischen Bereich hatte die Freizügigkeit längst verloren und war an die Scholle gebunden worden. Der Adel andererseits war stets an kleineren oder größeren Grundbesitz geknüpft, durfte auch städtische Berufe und Erwerbe gar nicht ausüben. Die Friedländer (deutschen) »Erbgesessenen« blieben also auch, vor allem in den ersten und zweiten hundert »polnischen« Jahren unter sich, bestanden auf ihren Grundrechten rings um die Stadt als »erbgesessene Ackerbürger«, und wenn der polnische Adel sie ihnen von draußen, vom flachen Land her, streitig machen wollte, so führten sie Klage beim polnischen König und bekamen, wenn auch manchmal erst nach lang verschleppten Prozessen, Recht.

Als die Stadt durch die vernichtende Feuersbrunst 1554 fast vollständig in einen geschwärzten Trümmerhaufen verwandelt war, stellte es sich zum allgemeinen Entsetzen heraus, daß auch all die feierlichen Dokumente, in denen die alten und neuen Vorrechte der Stadt aufgeschrieben waren, den Flammen zum Opfer gefallen waren. Wie sollte man sie also in Zukunft beweisen? Es lagen genug Leute im Lande draußen auf der Lauer, sie anzufechten, sich insbesondere des Ackerbürgerlandes vor den Toren der Stadt zu bemächtigen. Auch Johann-Friedhelm mußte für den beträchtlichen Grundbesitz der Familie fürchten; die außerhalb der Mauern gelegene Walkmühle allerdings war nicht mit verbrannt. Auch die Schafherden der Ackerbürger, die draußen weit umher auf den Wüstungen und dem Umland weideten, waren unversehrt geblieben.

Johann-Friedhelm (Walkner) führte die kleine städtische Gesandtschaft an, die sich, begleitet von einem Vertreter des Schlochauer Starosten, zum König von Polen aufmachte, ihn um die Bekräftigung der alten Privilegien zu bitten.

Das Verfahren nahm viele Jahre in Anspruch. Erst Stefan Báthory, der neu gewählte König von Polen (nach dem letzten des Fürstengeschlechts der Jagiellonen, Sigismund II. August), der die Schwester des letzten Jagiellonen, Anna, heiratete und 1576 in Krakau gekrönt wurde, bestätigte den Friedländern ihre alten Rechte, bezeichnenderweise durch eine königliche Verordnung in deutscher Sprache. Übrigens sind so gut wie alle Verlautbarungen der königlich polnischen Regierung, die sich auf Friedland oder die Schlochauer Starostei beziehen, in deutscher, gelegentlich in lateinischer Sprache ausgefertigt. Von amtlicher polnischer Seite bestanden – zumindest in den ersten einhundertfünfzig Jahren unter polnischer Herrschaft in Pommerellen – keine »nationalistisch« zu nennenden Vorbehalte gegenüber den Deutschen oder der deutschen

Sprache. Dazu waren die führenden polnischen Kreise seit Jahrhunderten viel zu eng mit den Deutschen im Westen, Norden und Süden des Landes verwoben, bald freundschaftlich, bald feindschaftlich, ebenso wie mit den ebenfalls stark deutsch beeinflußten Böhmen und Ungarn, auch den Schweden und Dänen. Die Polen haben nie daran gedacht, sich etwa ostwärts zu den Moskowitern hingezogen zu fühlen; die waren nicht römisch-katholisch, sondern christlich-orthodox, blickten nach Byzanz/Konstantinopel, nicht nach Rom, hatten für Jahrhunderte unter tatarischer Herrschaft gestanden und waren davon geprägt worden. Die Polen fühlten sich stets als zum Westen gehörig; im Westen saßen vor allem die Deutschen; mit ihnen hatte man auszukommen – und kam auch aus!
Die Stadt, die einstmals die stolze Vogtei des Deutschen Ordens beherbergt und einen wichtigen Grenzübergang geschützt hatte, war auf den Hund gekommen in der ersten Hälfte des sechzehnten Jahrhunderts. Sie vermochte selbst die geringen, noch aus der Zeit unter dem Orden stammenden Abgaben nicht mehr zu leisten. Was sollte man sich noch um Mauern und Tore kümmern! Seit das Land nördlich der Dobrinka ebenso polnisch geworden, wie es die Kraina südlich davon stets gewesen war, hatten die Befestigungen ihren Sinn verloren. Die schief hängenden wuchtigen Stadttore wieder in Ordnung zu bringen, hätte beträchtliche Kosten verursacht – also ließ man sie sacken und hängen, wie sie waren; sie brauchten nicht mehr geschlossen zu werden.
Die Walkners waren verhältnismäßig gut weggekommen trotz des allgemeinen Niedergangs. Die Walkmühle stand noch, die Schafe lieferten weiterhin grobe Wolle, und die Äcker des Johann-Friedhelm vor der Stadt trugen weiter ihre Ernten – nach der Weise der Dreifelder-Wirtschaft,

die schon vom Orden eingeführt worden war und sich langsam auch in Polen und dem schließlich damit vereinten Litauen (nach vielem Hin und Her vereinten, aber nie ganz zufriedenstellend) durchgesetzt hatte. Das Handwerk war verhängnisvoll zurückgegangen; nur noch einen Tuchmacher gab es in der Stadt. Die Ackerbürgerei war auch für die Erbgesessenen mit wenigen Ausnahmen (zu denen Johann-Friedhelm gehörte) zum alleinigen, zumeist recht knappen Broterwerb geworden.

Jedoch war es gerade in diesen schweren Jahrzehnten nicht so sehr die wirtschaftliche Bedrängnis, sondern eine große geistige und seelische Unruhe und Ungewißheit, von der die Menschen nicht nur in Polen und dem Rest-Ordensstaat Preußen (Ostpreußen), sondern mehr noch im ganzen übrigen Mittel- und Westeuropa aufgestört wurden.
Gerade auch in Pommerellen, besonders in den deutschen Gebieten nördlich der Dobrinka zwischen Friedland und Schlochau, breitete sich, sachte, aber unaufhaltsam fortschreitend das lähmende Gefühl aus, von der Kirche verlassen zu sein. Hatte sich Gott von den Friedländern abgekehrt, kümmerte er sich gar nicht mehr um ihr Elend? Früher, als noch der Orden regierte – Johann-Ludwig hat es seinem Sohn Johann-Gerhard oft genug eindringlich geschildert –, waren die der Vogtei beigeordneten zwei geistlichen Brüder ehrliche Beistände der Bürger und Bauern im Friedländer Bezirk gewesen, hatten auf Anstand und Zucht gehalten, hatten in der Beichte gemahnt, gestraft, aber auch getröstet; die Leute konnten sich bei ihnen und in der Kirche überhaupt zu Hause fühlen.
Jetzt gab es keine geistlichen Brüder mehr, die mit den Beichtkindern selbstverständlich in deutscher Sprache verkehren konnten. Statt dessen hatten sich die Gläubigen

in Friedland mit Geistlichen polnischer Zunge abzufinden, denn in kirchlicher Hinsicht war Friedland unter die Aufsicht des Erzbischofs von Gnesen im altpolnischen Land geglitten, und der Erzbischof war der Meinung, daß polnische Priester den Deutschen im Schlochauer Land ebenso gut die Messe lesen konnten wie deutsche; sie wurde ja ohnehin auf lateinisch gelesen.

Aber das war nicht einmal die Hauptsache: Was die Leute, die im Grunde gern in die Kirche gehen und den Priester auch dann noch verehren wollten, wenn er nicht »im Amte«, am Altar, stand, bis hinunter zum ganz einfachen Volk der zinspflichtigen, landgebundenen Bauern auf dem Lande und den recht armseligen Arbeitern in den Städtchen, was jedermann, der nicht völlig abgestumpft war, um die Wende vom fünfzehnten zum sechzehnten Jahrhundert als eine wahre geistige Not spürte, war die Entartung der Kirche. Es sickerte weit nach unten durch, daß der Papst ein großer Landesherr geworden war, der die Belange des mächtigen Kirchenstaates in Italien in geschickter Konkurrenz mit anderen Fürsten zu wahren hatte. Dazu hatte sich längst die Kunde verbreitet, daß es auch mit der Geistlichkeit des Deutschen Ordens im Reststaat Preußen nicht mehr weit her war; er war zum »Spital des deutschen Adels« geworden, in das man die überschüssigen zweiten und dritten Adelssöhne abschob. Zu Hochmeistern wurden nur noch Abkömmlinge von Fürstenhäusern gewählt, für die die Tatsache, daß sie als Ordensritter mönchische Gelübde ablegen mußten, nur noch eine Formalie darstellte. Der Deutsche Orden hatte als mönchische Rittergemeinschaft seinen Sinn verloren. Der Hochmeister Albrecht von Hohenzollern-Ansbach legte folgerichtig 1525 die geistliche Würde ab, ließ sich vom polnischen König als weltlicher Herzog mit dem Rest-Or-

densland Preußen, Hauptstadt Königsberg, belehnen, womit der Deutsche Orden in Preußen auch der Form nach abgedankt hatte.
Die braven Leute in Friedland, die dem Orden als einer geistlichen Macht lange die Treue gehalten hatten und ihm, soweit sie die Ereignisse überhaupt zu durchschauen vermochten, innerlich noch immer anhingen, fühlten sich durch die Verweltlichung der Ordensherrschaft jenseits der Weichsel im Osten sonderbar verwirrt und enttäuscht. –
Zugleich wurde auch den einfachen Leuten deutlich, daß das Papsttum offenbar ungeheuer viel Geld verschlang – und die Gläubigen mußten es aufbringen – über die gewohnten Abgaben an die Pfarreien und Bischöfe hinaus. Ablaßprediger zogen vom Römischen/Deutschen Reich her besonders durch die deutschsprachigen Gebiete im Norden und Nordwesten des polnischen Königreichs und boten auf beinahe marktschreierische Weise den Leuten hoch und niedrig Befreiung und Vergebung ihrer Sünden an, wenn sie nur der Kirche je nach Schwere der »Sündenlast« Geld spendeten – und da sich jedermann, der eine mehr, der andere weniger für einen Sünder zu halten hatte, blühte das Ablaßgeschäft ungemein. Die Ablaßprediger – und gerade die aus deutschen Landen ins vorwiegend deutsche Pommerellen herübergewanderten – machten den Leuten auch in Friedland ganz buchstäblich erst einmal »die Hölle heiß« – und verkauften ihnen dann die Abkühlung der Höllenglut, den Ablaß, für teures Geld.
Johann-Gerhard (Walkner), ein aufrechter und nüchterner Mann, der trotz der schlechten Zeiten die Familie zusammenhielt, geduldig den Besitz vermehrte, an Land vor der Stadt, an Grundstücken in der Stadt, ließ sich von den Ablaß-Predigern nicht beeinflussen und behielt seinen klaren

Kopf. Daß die Kirche und die Priester nicht irren könnten, daß sie stets, sozusagen gottgewollt, auf der Seite des Guten und Rechten zu finden waren, war ihm schon lange zweifelhaft geworden, wenn er auch nicht offen darüber redete. Er hatte sogar seinen eher zur Aufsässigkeit neigenden Sohn, den Johann-Friedhelm, geboren im Jahre des Herrn 1502, zu Geduld und Stillschweigen anzuhalten, denn Friedhelm neigte weniger als der Vater dazu, ein Blatt vor den Mund zu nehmen.

In die aufgewühlte, von vielen weltlichen und geistlichen Ungewißheiten und Zweifeln geplagte Welt des Schlochauer Landes, die, wenn auch abgelegen, doch mit nur geringer Verspätung von der Unruhe im Reich erreicht wurde, fiel gegen Ende des Jahres 1517 eine Nachricht, die zunächst unglaublich erschien, dann aber wie ein ferner Donnerschlag verspürt wurde. Da hatte ein bis dahin unbekannter Augustinermönch namens Martin Luther an die Tür der Schloßkirche von Wittenberg im Kursächsischen fünfundneunzig Thesen angeschlagen, in denen er den Ablaßhandel schonungslos verurteilte, für unkatholisch, ja für unchristlich erklärte.

Manch ein Professor oder Theologe hatte auch in der Vergangenheit seine Meinung zu Thesen verdichtet, zu Pergament, neuerdings zu Papier gebracht und irgendwo an eine vielbenutzte Tür geschlagen, um die Studenten zu erregen und die hochzuverehrenden Herren Kollegen herauszufordern. Aber dabei hatte es sich stets um Fachfragen oder wissenschaftliches Gezänk gehandelt, wovon die Allgemeinheit, das breite Volk, nichts verstand oder was ihm gleichgültig war.

Die fünfundneunzig Thesen aber gegen den Ablaß der Sünden für Geld – das war ein Fanal! Denn der Ablaß für Geld war für alle auch nur ein wenig empfindsameren

Leute längst zu einem Ärgernis geworden, das sie an der Kirche und am Glauben irre machte.

Johann-Gerhard bestürmte im Rat der kleinen Stadt die anderen erbgesessenen Bürger:

»Das müssen wir genau wissen. Da hat einer, der Mönch in Wittenberg, er ist wohl Professor der Gottesgelehrtheit, den Finger in die übelste Wunde der Kirche gelegt. Nichts ist mehr in Ordnung, drüben im deutschen Land und hier bei uns auch nicht. Der Deutsche Orden ist längst kein richtiger Orden mehr. Ihm, wie er jetzt ist, würden wir nicht mehr folgen, wie es unsere Väter und Großväter noch getan haben. Und unsere Pfarrer hier – lauter Polen haben sie uns geschickt aus Gnesen oder Bromberg, und wir sollen ihnen auf polnisch beichten, weil sie, mögen sie auch die Messe auf gut lateinisch lesen, des Deutschen nur wenig oder gar nicht mächtig sind. Und wie der Ablaßhandel den Leuten das Geld aus der Tasche zieht, gerade auch den Ärmsten, das ist eine Schande; vor meinem Gewissen kann ich das nicht mehr vertreten; gerade die Ärmsten, die nicht lesen und schreiben können und auf das Hörensagen angewiesen sind, denen kann man die Höllenstrafen am leichtesten einreden. Und die Wohlhabenderen sagen: wenn die Kirche meint, wird es schon stimmen! Besser, ich lasse es nicht darauf ankommen und kaufe mich los und lasse mir meinen Generalablaß unter das Kopfkissen legen, wenn ich einmal sterbe und im Sarg liege. So geht das nicht weiter, Freunde und Nachbarn! Ich schlage vor, daß wir jemanden bestimmen, der nach Wittenberg reist, um möglichst eine Abschrift der fünfundneunzig Thesen zu beschaffen und hierher nach Friedland zu bringen, damit wir erfahren, wie draußen in Deutschland die Mißstände in der Kirche, die uns ja, weiß Gott, nicht unbekannt sind, beurteilt werden. Wenn ihr meine

Meinung hören wollt, Freunde und Nachbarn, die Kirche muß geändert werden, an Haupt und Gliedern, sonst wird uns beim Jüngsten Gericht auch der teuerste Ablaßbrief nichts nutzen!«

Diese flammende Rede wurde im Rat der Stadt, die nach wie vor Friedland hieß – auf deutsch! – zwischen Weihnachten und Neujahr 1517 gehalten. Gewiß hatte Johann-Gerhard daran gedacht oder sogar erwartet, daß er selber abgeordnet werden würde, sich des näheren in Wittenberg zu erkundigen, ob jener Doctor der Theologie, der Augustinermönch Luther, wirklich ernsthaft den Mut aufgebracht hatte, die von den beweglicheren Geistern auch in Friedland beklagten Schäden am Leib der Kirche öffentlich zur Debatte zu stellen, oder ob es sich wieder nur um ein neues Theologengezänk handelte. Die Kunde von solchen Streitigkeiten drang zuweilen auch, verspätet meistens, bis ins Polnische nach Schlochau und Friedland vor. Die Grenzen innerhalb Europas – und Polen bis hinauf nach Litauen und Livland gehörte ganz und gar dazu – waren sehr durchlässig für Dinge, die über das Politische hinaus alle Menschen des Abendlandes gemeinsam angingen, wozu in erster Linie die Zugehörigkeit zur Römisch-Katholischen Kirche gehörte – denn hier handelte es sich um das Heil der Seele eines jeden einzelnen.

Aber wer darum bangen muß, wo am nächsten Tag das Brot und die Kleidung für Frau und Kind, wo Arbeit für die eigene Werkstatt hergenommen werden soll, der vertagt das Seelenheil auf später. Ja, Johann-Gerhard hatte gut reden; dem ging es leidlich; der kam ganz gut voran trotz der schlechten Zeiten; der verstand sich mit dem polnischen Stadtvogt gerade auch, was den Ärger über die Kirche anbelangte. Wenn ihm die Sache mit den Ablaßthesen so wichtig ist, wie er sagt, dann soll er selber das viele Geld

aufbringen, das auf einer so weiten Reise wie nach Wittenberg ausgegeben werden muß. Wir, der Rat der Stadt, wir haben nicht einmal Geld genug in der Stadtkasse, die spakigen Tore der Stadt in Ordnung bringen zu lassen. Für Reisen nach Wittenberg bewilligen wir kein Geld. Wenn an dem Doctor Martin Luther etwas dran ist, werden wir das schon früh genug erfahren. Denn an ihrem Seelenheil liegt den Polen ebensoviel wie uns Deutschen. Also, Johann-Gerhard, wir hindern dich keineswegs, nach Wittenberg zu reisen, und auch der Stadtvogt wird es nicht tun; wenn aber, dann auf deine Kosten!
Es stimmte schon, Johann-Gerhard hatte in seiner Aufregung damit gerechnet, vom Rat beauftragt zu werden, das heißt auf Kosten der Stadt zu reisen. Damit war es also nichts. Wie sollte er aber als unbekannter Privatmann bis zu dem Manne vordringen, dessen Name inzwischen in aller Munde war! Außerdem: Er konnte vor sich, seiner Frau Elisabeth und vor den heranwachsenden Kindern nicht verantworten, all sein freies Geld in eine kostspielige Reise zu stecken – und den weiten Weg ins Kursächsische nach Wittenberg zu Fuß zurücklegen, dafür fühlte er sich mit seinen zweiundfünfzig Jahren schon zu alt.
Johann-Gerhard blieb also zu Hause. Die Gefährten im Rat hatten ja im Grunde recht: Man mußte zuerst im Alltag weiter über die Runden kommen, ehe man sich um die Auseinandersetzungen in der gelehrten Welt kümmern konnte. Die Zeiten waren wirklich alles andere als rosig –!
Aber er hielt Augen und Ohren offen. Neues war im Gange draußen im Reich, und es würde sich genauso wie dort auch in Polen bemerkbar machen; solche Leute wie der Stadtvogt zum Beispiel, die wußten genau wie er selber, daß in manchen Klöstern ein Lotterleben geführt

wurde, daß die Weltpriester geldgierig und freß- und sauflustig waren und die Bischöfe nicht als Jünger Christi sondern wie große Herren lebten, sich Schlösser bauten, stolze Jagden veranstalteten und einen Hofstaat hielten, als wären sie Grafen oder Herzöge.

Schließlich gelangte auch eine Abschrift der fünfundneunzig Thesen nach Friedland, und Johann-Gerhard konnte sich davon überzeugen, daß da wirklich einer die ungeschminkte Wahrheit zum Ausdruck brachte und schonungslos an den Pranger stellte, was am Ablaßhandel verwerflich zu nennen war. Und es gab im Rat zuerst und dann in der ganzen Stadt überall nur eine Stimme: Der Doctor Luther hat endlich einmal den Mund aufgemacht und klar verkündet, was man im Grunde schon lange gespürt hat: Mit Geld kann man sich nicht von seinen Sünden loskaufen. Dann kämen ja die Reichen alle in den Himmel, und in die Hölle kämen nur die Armen, die keine Ablaßzettel erschwingen können:

»Das sagt einem schon der gesunde Menschenverstand, das muß stimmen! Der Doktor Luther hat recht. Man muß auf ihn hören. Die im Rat sagen es alle, Johann-Gerhard voran (der Walkner), und sogar die Polnischen in der Vogtei, auch der Starost in Schlochau, sie schwören auf den Martin Luther. Warum also nicht auch wir!« –

Es war, als sei in der Zeit ein Damm gebrochen. Luther hatte gemeint, mit seinen fünfundneunzig Thesen lediglich die Auswüchse des üblen Ablaßhandels zu treffen. Aber das war – und Unzählige spürten es – nur am Rande wichtig. Wenn der Luther schon anfing, Fraktur zu reden, dann sollte er nicht am Anfang stehen bleiben, sondern die Courage aufbringen, ins Herz des großen Unbehagens vorzustoßen, das die Menschen beinahe zu ersticken drohte, wenn sie sich bewußt wurden, was aus der »alleinseligmachenden« Kirche geworden war. Es hatte Päpste und Gegenpäpste gegeben, und keiner hatte recht angeben können, welcher von beiden der »echte« war, der in Rom oder der in Avignon. Und wie es jetzt im großen Schloß des Papstes in Rom zuging, schlimmer als an irgendeinem geilen Fürstenhof, der vom Schweiß der Bauern lebte – das pfiffen die Spatzen von den Dächern.

Martin Luther, so erzählte man sich auch bis nach Schlochau, Friedland und Konitz, sei in Rom gewesen, schon fünfzehnhundertzehn und elf, und sei entsetzt zurückgekommen; die Sitten am päpstlichen Hof in Rom hätten ihm die Haare zu Berge stehen lassen.

»Kein Wunder«, stellte Johann-Gerhard laut und deutlich vor den Freunden fest, die sich an jedem zweiten Samstagabend in seinem Hinterzimmer bei der Walkmühle zu einem Umtrunk und Gespräch zusammenfanden, »kein Wunder, daß der Luther in seiner Disputation mit Johannes Eck in Leipzig nicht gezögert hat, seine Meinung auszudrücken; daß der Papst auch nur ein Mensch wäre wie alle anderen und daß selbst die großen Kirchenkonzilien unter Umständen dem Irrtum ausgesetzt sein könnten, denn auch sie setzten sich nur aus Menschen zusammen, und kein Mensch wäre gegen Irrtum gefeit. Wer das behauptet, meine ich, der lästert Gott, denn nur Gott ist unfehlbar.«

Die Freunde antworteten zunächst mit Schweigen. Man kannte das schon: Für Johann-Gerhard (Walkner) hatte der aufrührerische Mönch aus Wittenberg immer recht. Wahrscheinlich hatte er ja in der Tat recht. Aber das brauchte man nicht gleich so laut zu sagen. Man konnte warten, bis man sich in der Mehrheit sicher wußte. Und immer bringt der Johann-Gerhard seinen Sohn Friedhelm zu unseren Abenden mit und läßt ihn zuhören; der ist mit seinen höchstens zwanzig Jahren doch noch viel zu grün, um zu kapieren, was in der Welt vorgeht!

Der Sohn Friedhelm saugte in der Tat mit wahrer Leidenschaft in sich ein, was er von dem immer weiter um sich greifenden geistigen Aufruhr im Reich drüben vernahm; er war mit dem Sohn des polnischen Stadtvogts befreundet, und dessen Vater war mindestens ebenso erregt von dem geistlichen Streit zwischen Luther und der kirchlichen und auch der kaiserlichen Autorität. Luther hatte nicht widerrufen; darauf war der Bann über ihn verhängt worden. Aber Luther hatte vor dem Elstertor in Wittenberg die päpstliche Androhung des Bannes mitsamt den Dekretalen öffentlich verbrannt. Er hatte es also auf den Bann ankommen lassen, der dann auch nicht ausblieb. Er war ein Ausgestoßener.

Was nun? Johann-Gerhard war ebenso ratlos wie der Sohn Friedhelm und all die anderen Freunde und Genossen aus der kleinen Stadt über der Dobrinka. Was bedeutete dies alles? Konnte man es wirklich wagen, sich von der Kirche zu trennen, die seit vielen Jahrhunderten Halt und Heimat jedes Christenmenschen gewesen war? Johann-Gerhard, der im Grunde nicht zu vorschnellen Entschlüssen neigte, vermochte nicht, sich zu einer Trennung vom Althergebrachten durchzuringen. Und wenn der hitzköpfige Friedhelm ihn drängte:

»Vater, man soll nicht immer nachgeben und sich mit dem abfinden, was die sagen, die ein Amt haben, und seien es selbst der Papst und der Kaiser. Luther war auch nichts weiter als ein kleiner Mönch wie abertausend andere, und er hat doch getan, was ihm sein Gewissen vorschrieb. Beim Vogt, Vater, dem Pan Olczenitzki, da wird viel heftiger geredet als bei uns. Die Polen sind nicht so geduldig

wie die Deutschen und widersprechen, wenn sie glauben, daß sie recht haben, koste es, was es wolle. Die Deutschen reden immer vom Gehorchen.«
Aber der Vater war nicht umzustimmen:
»Sachte, mein Sohn, sachte! Die Polen reden sich gern um Kopf und Kragen und fragen nicht danach, wie dann alles drunter und drüber geht. Wir nicht. Du wirst das auch noch lernen müssen, wenn wir hier in Friedland und im Schlochauer Land den Kopf über Wasser behalten wollen. Wir leben nicht im Römischen Reich, und unser König spricht eine fremde Sprache. Wir hier dürfen nicht vorprellen!«
Damit hatte der Sohn sich abzufinden, steckte aber weiter mit dem Sohn des Vogts zusammen und nährte heimlich mit dem jungen Polen – und im Hintergrund auch dessen Vater! – seinen Starrsinn. Und brachte im Sommer des Jahres 1521 drei Flugschriften ins Haus, die dem Vogt Olczenitzki auf verschlungenen Wegen zugespielt worden waren, hatten doch die Lutherschen Proteste und Vorwürfe in Polen nicht minder gezündet als im Reich. Drei Flugschriften, die der Doctor Luther 1520 verfaßt hatte und die dann von seinen niederen und hohen Anhängern als weitere Brandsätze in die ohnehin schon aufgeregte Zeit geschleudert worden waren. Die Olczenitzkis verstanden zwar leidlich deutsch, aber mit den schwierigen Passagen in den deutschen Schriften Luthers, die begierig von ihnen studiert wurden, hatten sie nicht fertig werden können. Friedhelm hatte aushelfen müssen und war über den vor Leidenschaft glühenden, aber zugleich unerbittlich scharf durchdachten Texten des Professors aus Wittenberg wie in einen Rausch versetzt worden. Das mußte auch der Vater zur Kenntnis nehmen. Er bat sich die Texte aus und brachte sie nach Hause mit, wo sich der Vater, die

Mutter, der jüngere, ewig kränkelnde Bruder Marian und mehr noch er selber die Köpfe heiß lasen und redeten. Da ging es, worum es eben wirklich ging in der Zeit, in der Kirche und im Zusammensein der Menschen überall, auch in Friedland, überall, wo man sonntäglich zur Messe ging. Die Titel der Schriften allein schon sagten genug:
»An den christlichen Adel deutscher Nation« – das war im Schlochauer Land nicht so wichtig, denn deutschstämmiger Adel spielte dort keine große Rolle. Für die Polen aber mußte es hochwichtig sein. Denn in Polen gab es die Schlachta, die Gemeinschaft der kleinen und großen Adligen, die sich als die eigentliche polnische Nation ansah und eifersüchtig ihre Rechte wahrnahm und ständig mehrte. Und was dem deutschen Adel gesagt war, das schien erst recht auch für den polnischen zu gelten, daß er sich frei machen müßte von vorgefaßten, fremdbestimmten Anweisungen, daß jeder Mensch unmittelbar zu Gott wäre und ihm keiner die Verantwortung vor dem eigenen Gewissen abnehmen könnte. – Und dann die andere Schrift:
»Vor der babylonischen Gefangenschaft der Kirche.« Ach, daß sie doch loskäme von selbstgefälligen, haarspalterischen Theologen, verderbten, schlechten Priestern, Bischöfen, Päpsten und daß sie wieder würde, als was sie ursprünglich entstanden und gedacht war, als der geistige, geistliche Leib Christi auf Erden!
Und schließlich, in ihrer Überschrift schon wie eine lodernde Fackel, mitten in die dürre, auf das große Feuer wartende Zeit geworfen:
»Von der Freiheit eines Christenmenschen«, einer Freiheit, die in Wahrheit kein Kaiser und Papst, kein Herzog und König einzuschränken vermag, denn »nehmen sie den Leib, Gut, Ehr, Kind und Weib, laß' fahren dahin, sie habens kein Gewinn; das Reich muß uns doch bleiben«, dies

Reich des Geistes und der ewigen Seligkeit, das, wenn wir nur der heiligen Offenbarung in der Heiligen Schrift vorbehaltlos glauben, uns freimacht über alle irdischen Fesseln hinweg. Wir dürfen dann der göttlichen Gerechtigkeit, vor allem – jenseits der Gerechtigkeit – der unerschöpflichen Gnade Gottes vertrauen. –
Alle Bedenken, die der Vater, Johann-Gerhard, gehegt haben mochte, und sie waren ihm nicht zu verargen gewesen, wurden hinweggefegt von der Kraft der Überzeugung und Wahrheit, die aus den Lutherischen Texten hervorleuchtete. Johann-Gerhard mußte sich sagen, und der Sohn Friedhelm bestätigte nur des Vaters Einsicht:
»Wer diesen Gedanken nicht folgen will, Vater, der kann es nicht ehrlich mit Kirche und Glauben meinen. Der Kaiser, das ist wohl kaum noch zu vermeiden, wird über den Doctor Luther und sicherlich auch über seine Anhänger die Große Reichsacht verhängen. Nach diesen Schriften, die überall gelesen werden, bleibt ja dem Kaiser, der ohne den Papst keine volle Würde hätte, nichts weiter übrig, als die Lutherischen zu Verbrechern zu erklären, die vogelfrei sind. Sind wir also auch vogelfrei – und deine Freunde, Vater, denen ›die Freiheit eines Christenmenschen‹ genauso in die Knochen gefahren ist wie uns? Was sollen wir nun tun, Vater? Wo gehören wir hin? Aus der Kirche sind wir eigentlich schon so gut wie hinausgeworfen. Unter den Polen – das höre ich immer wieder im Hause des Vogts – gibt es ebenso viele, die an der Kirche Entscheidendes auszusetzen haben, wie unter uns Deutschen, vielleicht sogar mehr! Wo gehören wir nun hin, wenn wir mit der römischen Papstkirche nichts mehr zu tun haben wollen?«
Ja, wohin? Johann-Gerhard, der Ältere und vom Leben vielfach Gebeutelte, wußte es auch nicht. Aber er ver-

suchte eine Antwort; man darf ja nicht einfach die Hände in den Schoß legen; man muß weitermachen:
»Ja, Sohn, wenn ich das sagen könnte! Kommt Zeit, kommt Rat. Und Luther sagt es ja: das Reich muß uns doch bleiben, das himmlische, nicht das Heilige Römische. Weißt du, Sohn, der Doctor Martin Luther ist ja nicht ohne weltlichen Schutz. Es gibt drüben im Reich, wie man hört, mehr als einen Landesfürsten, der sich Luthers Schutz angelegen sein läßt. Die werden dafür sorgen, daß er nicht in Gefahr für Leib und Leben gerät; die werden ihn gegen den Kaiser und die Bischöfe schützen. Aber damit, das sehe ich ganz deutlich, fängt die Politik an, mitzuspielen. Nicht mehr nur Papst und Kirche sind betroffen, Pfaffen und Theologen, sondern auch Fürsten und Mächte. Ob das der Sache dienen wird? Aber es ist nicht zu vermeiden. Wir müssen abwarten, ob es überhaupt denkbar ist: daß sich neben der alten Kirche eine neue einrichtet, die es vorher nicht gegeben hat. Ich kann es mir kaum vorstellen.«
Aber Friedhelm wollte nicht zweifeln:
»Daß einer 'mal, Vater, bloß weil ihn sein Gewissen trieb, ganz allein gegen Kaiser und Papst aufmucken würde, wie der Luther es getan hat, das haben wir uns noch vor wenigen Jahren auch nicht vorstellen können. Jetzt stellen sich im Reich viele kluge Leute, Fürsten, Städte und Stände an seine Seite. Wenn der Papst uns nicht mehr haben will, dann werden wir eben neben der alten eine neue Kirche aufbauen müssen, ohne Papst und ohne Bischöfe und Konzilien. Der Luther wird schon wissen, was zu tun ist.«
Aber der Vater blieb bei seiner Vorsicht und bei seinen Zweifeln. Doch wo sich ihm auch immer eine Gelegenheit bot – und die Menschen damals waren offen für die neuen,

kühnen Gedanken aus Wittenberg wie nie zuvor –, da warb der Alte ebenso wie der Junge für den Lutherischen Grundgedanken, daß ein jeder Mensch unmittelbar zu Gott ist und daß er keinen noch so hochmögenden oder frommen Vermittler braucht, um sich an seinen Schöpfer zu wenden, ja, daß ihm solche Vermittlung, wenn es sie gäbe, überhaupt nichts nützen würde.

Es war, als rauschte eine hohe, klare Welle neuer Erkenntnisse über die Menschen hin, über Deutsche wie Polen! Und auch im fernen Städtchen Friedland, einem unter hundert anderen und auch viel bedeutenderen, wurde in diesen Jahrzehnten um die Mitte des sechzehnten Jahrhunderts den Leuten das Herz aufgeschlossen, das Gehör für die leisen Stimmen der suchenden Seele geschärft.

Friedhelm sollte gegen seinen allzu zweiflerischen Vater recht behalten. Der große Umschwung in der Stadt wurde von einem Manne eingeleitet und mit einem schnellen Schlag vollendet, von dem man es wohl am wenigsten hätte erwarten können. Die einzige Kirche mitten in der Stadt auf dem Marktplatz hatte den Leuten nach wie vor, an jedem Sonntag früh morgens und dann zum Hochamt, das Meßopfer angeboten. Es verstand sich für die Friedländer auch nach wie vor so gut wie von selbst, daß man, wenigstens einer oder einige aus jeder Familie, am Brot, am Leib des Herrn, teilhatten. Luther allerdings – so hieß es nun, und man mochte es kaum glauben – sollte fordern, daß nicht nur der Priester am Altar, sondern jeder Empfänger des Brotes auch den Wein, das Blut Christi, aus dem Meßkelch zu schmecken bekäme.

Die Gemeinde hatte in den dreißiger Jahren einen neuen Gemeindepfarrer bekommen, einen Deutschen diesmal und keinen Polen wie in den vergangenen Jahrzehnten. Die aus dem Reich herüberdringende geistliche Unruhe

hatte es dem Gnesener Erzbischof ratsam erscheinen lassen, den Wünschen der Deutschen in den pommerellischen Sprengeln entgegenzukommen. Nach Friedland war ein junger Priester namens Severin Zabel gesetzt worden, der zwar aus dem Posenschen, aus Hohensalza/Inowrazlaw stammte, aber rein deutscher Herkunft war. Dieser Pfarrer Zabel brachte die Lutherische Aufsässigkeit in seinem mageren Gepäck nach Friedland mit und weit mehr als das, nämlich eine unvergleichliche Kostbarkeit: die Luthersche Übersetzung des Neuen Testaments ins Deutsche!
Vom ersten Sonntag seiner Predigten in der Friedländer Pfarrkirche an las er den Leuten die Worte der Schrift in deutscher Sprache vor, von der Kanzel herunter – und die Leute in den harten Bänken erfaßten zu ihrem schier maßlosen Erstaunen, daß sie jedes Wort der Schrift ohne Umschweife verstehen konnten, daß es zu jedem einzelnen wie unmittelbar gesagt war – denn nun schob sich das Lateinische nicht mehr trennend zwischen die Bibel und die Gläubigen; kein Priester war mehr nötig, um zu dolmetschen. Der Pfarrer Zabel verkündete es von der Kanzel herunter, es mußte also wahr sein, daß nun jedermann das Recht und die Möglichkeit gewonnen hätte, sich selbst aus der Schrift in klarem Deutsch sagen zu lassen, was einem Christen zukam und angemessen war und was nicht, was von Gott selber verordnet war und was nicht. Und da stand es, unbezweifelbar deutlich: Bei Matthäus im sechsundzwanzigsten Kapitel sagt Jesus zu den Jüngern, wie Luther übersetzt hat im 27. Vers:
»Und er nahm den Kelch und dankte, gab ihnen den und sprach: Trinket alle daraus!«
Und weiter im folgenden Vers:
»Das ist mein Blut des Neuen Testaments, welches vergossen wird für viele zur Vergebung der Sünden!«

Der Pfarrer Zabel verlas es vom Altar her mit lauter Stimme, welche die Friedländer Pfarrkirche bis in den hintersten Winkel durchdröhnte und jedes Ohr erreichte, auch das schläfrigste. Und er fügte hinzu:
»So steht es geschrieben, und ihr habt es alle gehört, und es ist nicht zu bezweifeln. Der Heiland spricht: Trinket alle daraus, alle! Also kommt herzu, und trinket alle aus dem Kelch der Vergebung aller eurer Sünden, denn Gottes Gnade ist unbegreiflich!«
Und sie kamen alle herzu, die Friedländer, Johann-Gerhard und die Seinen unter den ersten, und tranken aus dem Kelch und nahmen das Abendmahl, wie Luther es empfohlen und erlaubt hatte, zum ersten Mal in »beiderlei Gestalt« als Brot und Wein, als Leib und Blut – und der Priester, der junge, Gott mehr als die Menschen fürchtende Pastor Zabel, nahm es ebenso, aber nicht als erster, sondern als letzter der Gemeinde.
Den ganzen Mittag und Nachmittag über an diesem Sonntag im Herbst des Jahres 1540 blieb es sonderbar still in den Straßen und vor den Toren der kleinen Stadt. Wenn es auch nicht allen Friedländern klar bewußt wurde, so spürten doch alle, daß an diesem Tage eine Grenze in eine neue Zeit und Glaubenswelt überschritten worden war. Viele waren stolz und froh darüber, andere fragten sich heimlich besorgt: Werden wir damit durchkommen? Aber der Vogt war ja auch dabei und alle seine Leute und haben wie wir auch aus dem Kelch getrunken. Wir werden uns behaupten. Die Schrift ist auf unserer Seite!
Johann-Gerhard fügte dem Dank nach dem Abendbrot, als die ganze Familie einschließlich der Söhne und ihrer Frauen und der Enkel um den großen Tisch im Wohnhaus bei der Walkmühle versammelt waren:
»Nun sind wir alle lutherisch geworden, und das Katholi-

sche ist vorbei. Möge Gott uns helfen, jetzt und in Zukunft! Amen.«

Gott half. Vom Lande her mochte der polnische Adel Widerspruch erheben, auch in Friedland selbst machte sich ein wenig Widerstand bemerkbar. Manchem war es zu schnell gegangen. Aber der Rat schickte eiligst eine Abordnung an den Polnischen König, und der bewilligte sogar einen Schutzbrief für die junge Friedländer lutherische Gemeinde. Die Friedländer hatten es nun also schwarz auf weiß, daß sie sich nicht zu fürchten brauchten, obgleich, wie es hieß, Sigismund der Erste kein Freund des neuen Glaubens war. Vorläufig war alles gut gegangen.
Johann-Gerhard wurde beherrscht von dem Gefühl einer ungeheuren Erleichterung:
»Es ist also wahr: Die Freiheit eines Christenmenschen ist mir zugesprochen; ich glaube und bin in Gnaden angenommen. Was ich auch immer in meinem Leben falsch oder gar böse gedacht und getan habe – es ist vergessen und vergeben – im Glauben aus Gnaden!«
Sein Herz ertrug es nicht, dies neue Bewußtsein. Wenige Wochen, nachdem die Pfarrkirche evangelisch geworden war, er das Abendmahl in zweierlei Gestalt genommen hatte, legte er sich nieder, ohne vorher krank gewesen zu sein und starb ganz ohne Kampf, kurz vor Weihnachten 1540.

9. Kapitel

Wenn ich heute, gegen Ende des zwanzigsten Jahrhunderts mit seinen zwei Weltkriegen und ganz unerhörten Wandlungen auf schlechthin allen Gebieten der menschlichen Existenz hier in meiner stillen Klause sitze, ein weißes Blatt Papier vor mir, das darauf wartet, beschrieben zu werden – und in den nebelverhangenen Kiefernwald hinausblicke, kein Lüftchen sich regt und kein Laut aus der doch wüst durcheinander lärmenden, geifernden Mitwelt zu mir hereindringt, dann sage ich mir: So wird es immer gewesen sein. Zwischen den Jahren der ewigen, irgendwo ständig tobenden Kriege, der Revolutionen, Reformationen und Reformen, dem Wechsel von Armut zu Reichtum und von Reichtum zu Armut gab es lange Perioden, in denen sich wenig oder nichts ereignete, in denen die für die Geschichtsschreibung wesentlichen Geschehnisse sich anderswo abspielten. Für spätere Geschlechter bleiben dann in der Erinnerung nur die Jahre erhalten, in denen »etwas los« war. Diese allein wecken unsere Anteilnahme, sie allein werden für bewunderns-, beklagens-, überhaupt gedenkenswert gehalten – als bestände das menschliche Leben nur aus mehr oder weniger knalligen Höhe- beziehungsweise Tiefpunkten.
Für die jeweils Lebenden jedoch, für Väter und Mütter, die ihr und ihrer Kinder Brot verdienen, für das Dach überm Kopf, für Schule, Lehre und – wenn möglich – für ein zu vererbendes Gut sorgen müssen, sind die Jahre, die später in den Geschichtsbüchern den meisten Raum einnehmen, gerade diejenigen, die man am liebsten nicht erlebt, auf die man nur allzugern verzichtet hätte.
So geht es auch heute den Menschen, die in diesem unruhi-

gen zwanzigsten Jahrhundert alt geworden sind, und so wird es meinen Vorfahren ergangen sein, die das sechzehnte Jahrhundert in dem langsam, aber unweigerlich an Bedeutung und Wohlhabenheit verlierenden Städtchen Friedland erlebten. Im ganzen waren es ruhige, fast ereignislose Jahre, die meine Vorfahren in Friedland damals hinter sich brachten. Die Stadt war evangelisch-lutherisch geworden, und die Leute hielten das schon wenige Jahre nach der Umwandlung der Stadtkirche aus dem katholischen Ritus in eine solche, in welcher der Pfarrer Zabel jeden Sonntag gewaltig das Evangelium predigte und im Abendmahl Brot und Wein austeilte – ja, so sind die Leute eben, wie und wo auch immer, sie hielten diesen Zustand schon nach wenigen Jahren für selbstverständlich, für ihr gutes Recht. Der ganze Gottesdienst ging nicht mehr in lateinischer, sondern in deutscher Sprache vor sich, und jedes alte Mütterlein und jeder armselige Tagelöhner konnte jedes Wort davon verstehen – welch eine nie zuvor für möglich gehaltene Gnade!

Wenn nicht jene schreckliche Feuersbrunst 1554 fast die ganze Stadt vernichtet hätte – von Feuerversicherung war damals nicht einmal im Traum die Rede –, so wäre Friedland vielleicht zu größerer Bedeutung aufgestiegen. Johann-Friedhelm und sein Sohn Johann-Martin (1530 geboren) hatten alle Hände voll zu tun, den nach der Katastrophe unvermeidlich beschleunigten Niedergang der Stadt, ihrer Geschäfte und ihres Einflusses in der Schlochauer Starostei und darüber hinaus so weit wie möglich hintanzuhalten und die verarmten Überlebenden mit neuem Mut und dem Willen zum Wiederaufbau zu erfüllen.

Die Kirche inmitten der Stadt war zwar vom Rauch der brennenden Häuser am Markt rings um sie her geschwärzt worden, hatte aber nicht Feuer gefangen und war stehen geblieben. Die Leute konnten sich also jeden Sonntag von der Kanzel herab Trost und Ermunterung spenden lassen.

Johann-Martin war es, gerade erst fünfundzwanzig Jahre alt geworden und noch unverheiratet, der nach dem Brand, ohne lange nachzudenken, den Gedanken unter die Leute warf – und die Männer im Rat, deren Haus und Hof zumeist ebenfalls verbrannt war, wußten auch nichts Besseres, trauten sich aber nicht, es ebenso wie Martin in drohendem Ton zu verbreiten:

»Was haben wir denn, nachdem alles abgebrannt ist, anderes, uns aus dem Dreck und Elend herauszuhelfen, als unseren Babusch und den Gneven, zwei Wälder voller gesunder Bäume. Wenn wir warten wollen, bis wir die Stadt aus Stein und Ziegel wieder aufgebaut haben, dann können wir lange warten und werden den Winter nicht überstehen. Wir müssen aus Holz bauen. Das geht vielmal schneller, und jeder kann dabei zugreifen. Nur die Kamine müssen dann aus Ziegel und Stein gebaut werden und erfordern den Maurer und Ofensetzer. Der Rat muß die brauchbaren Hölzer im Babusch und im Gneven freigeben!«

Es gab gar keine andere Wahl: Wer nicht sein mageres Bündel schnüren und sein Glück anderswo versuchen wollte, der mußte sich mit Axt, Beil und Säge in den Stadtwäldern an die Arbeit machen.

Ganz so schnell wie Martin es sich vorgestellt hatte, war der Wiederaufbau der zerstörten Stadt dann doch nicht zu schaffen. Doch erwarb sich Martin (Walkner) reichlich Dankbarkeit, Zuneigung und Achtung, denn der Vater, dessen Besitz nicht viel gelitten hatte und der selbst noch rüstig und auch unternehmungslustig geblieben war (eine

Lust, die er statt im verarmten Friedland im glücklicheren Schlochau gewinnbringend einzusetzen wußte), der Vater war ganz damit einverstanden, daß der Sohn Martin überall in der Stadt um Rat und Hilfe angegangen wurde und beides auch tatkräftig spendete:
»Auf alle Fälle kommt das der Familie zugute! Vielleicht wird Martin noch einmal Ratsherr und Bürgermeister; er versteht sich mit dem polnischen Vogt und spricht ein leidliches Polnisch, was ich von mir nicht sagen kann«, erklärte der Vater Johann-Friedhelm seiner Frau Catharina.
Er sollte recht behalten. Johann-Martin war so stark damit beschäftigt, den Mitbürgern gegen den ewig zögernden Rat, bei dem oftmals recht launischen Vogt und auch dem Schlochauer Starosten beizuspringen, daß er für sich selbst erst fünf Jahre nach dem großen Brand mit einem eigenen Blockhaus, einem besonders großen und sorgfältig gezimmerten, auf dem alten Familiengrundstück in der Brunnenstraße fertig wurde. Und selbst dazu wäre es wohl noch nicht gekommen, wenn Martin nicht hätte heiraten wollen, die Rosina Rosenow, die aus Flatow stammte und eine polnische Mutter hatte. Die Rosina hatte der leidenschaftlichen Werbung des hübschen, kraftvollen und vielversprechenden Burschen aus Friedland nicht widerstehen können, nachdem der bei ihrem Vater zu Gast gewesen war, um über den Ankauf von eisernen Beschlägen für Türen, Tore, Wagen und Herde zu verhandeln, denn der Rosenow in Flatow war Schmied, war wohlhabend, besaß viel Land und handelte mit Eisen.
Aber Rosina hielt sich im Grunde für zu fein und für zu gut für das mühselig sich wieder aufrichtende Friedland; auch nahm man es in Flatow mit dem lutherischen Bekenntnis längst nicht so ernst, wie es in Friedland zum guten Ton gehörte; dazu kam, daß Flatow niemals ordenspreußisch,

sondern immer polnisch gewesen war und sich daher die Deutschen dort längst nicht so bewußt gegen das polnische Wesen hatten absetzen können, wie dies in Friedland geübt wurde, ohne daß darüber gesprochen oder nur nachgedacht zu werden brauchte.

1560 also zog Johann-Martin mit seiner zierlichen, schwarzhaarigen Rosina in das neue große Blockhaus an der Brunnenstraße. Der Vater Friedhelm und die Mutter Catharina, geborene Hecht aus Rosenfelde (auch an der Dobrinka, flußab von Friedland) hatten dem Sohn die Erlaubnis, seine Rosina zu heiraten, schließlich nicht versagen können, wenn sich auch Vater und Mutter untereinander ihre Sorge nicht verschwiegen, ob die Ehe mit der »hochfahrenden« und »eigenwilligen« Person aus dem »Polnischen« und nicht aus dem »Preußen Königlichen Anteils« auf die Dauer gut gehen würde.

Aber Johann-Martin hatte alle Einwände der Eltern in den Wind geschlagen und heiratete die Rosina mit der polnischen Mutter; diese stammte aus einem recht armseligen Schlachtitzengeschlecht, das wie die gesamte Schlachta sehr stolz war auf seinen adligen Namen und alle seine Vorrechte, ohne daß diesem Stolz die äußeren Umstände, die Größe des Landbesitzes, die Zahl der hörigen Bauern, der Stil der Lebensführung in jedem einzelnen Fall auch nur annähernd entsprochen hätten.

1560 also wurde die Hochzeit des Johann-Martin, den viele in Friedland für den tüchtigsten Mann hielten, den die Stadt aufzuweisen hatte, dem andere gerade deswegen seinen Einfluß neideten, mit der hübschen, stolzen Rosina aus Flatow (woher und wohin sonst überhaupt nicht vom deutsch-lutherischen Friedland aus geheiratet wurde) mit großem Gepränge, reichlichem Essen und Trinken und vielen, vielen Gästen gefeiert. So zahlreich waren die Gäste eingeladen, daß das Haus in der Brunnenstraße nicht einmal annähernd ausreiche, sie alle zu fassen. Aber so war es eben damals in Friedland: Die Walkners hatten es unter Johann-Friedhelms vorsichtiger und Johann-Martins kühner Führung verstanden, sich die überall sonst nach dem großen Brande vorwaltende Armut vom Leibe zu halten, ihre – bescheidene – Wohlhabenheit sorgsam zu vermehren; die alten Walkners hatten sich wieder vor der Stadt inmitten ihrer Felder ein geräumiges Anwesen eingerichtet und dem Sohn das Blockhaus in der Stadt überlassen. Die Hochzeit des Sohnes fand also draußen bei den Eltern statt.

Johann-Friedhelm war früh gealtert; er hatte den Sieg des lutherischen Bekenntnisses in Friedland entscheidend mit herbeiführen helfen, was seine seelische Kraft aufs äußerste, wahrscheinlich über Gebühr beansprucht hatte. Die nach seiner und seiner Frau Catharina Empfinden allzu großartig aufgezogene Hochzeit des Sohnes, für die er die Weite seines Gutshofes vor der Stadt hatte zur Verfügung stellen müssen; die anscheinend bedingungslose Zustimmung, welche das breitspurige Wesen des Sohnes unter den Leuten, beim Rat und selbst auf der polnischen Stadtvogtei zu finden schien, hatten es dem müde gewordenen Vater ratsam erscheinen lassen, hinter den Sohn zurückzutreten, sich klarzumachen, daß seine Zeit vorüber war.

Im Grunde, so glaubte Johann-Friedhelm, nachdem die große, reiche Hochzeit im kleinen, armen Friedland ohne einen Zwischenfall zu allgemeiner Bewunderung und Zufriedenheit vorübergerauscht war, im Grunde bestand doch Anlaß zu dem tröstlichen Glauben, daß nun von den katholisch-kirchlichen oder den polnisch-politischen Mächten her nichts Ernstliches mehr zu befürchten wäre, daß man sich äußerlich und innerlich auf eine lange Zeit

der Ruhe und Sicherheit im großen polnischen Land einrichten könnte. Wurde nicht gar von Polen als dem »paradisus hereticorum« gesprochen, dem »Paradies der Ketzer«? Denn in Polen hatte König Zygmunt II. August, obwohl er selbst katholisch blieb, ohne sich aber einer weitherzigen Toleranz zu verschließen, den neuen Bekenntnissen, dem Luthertum, den Böhmischen Brüdern, auch den Anhängern Calvins großzügig Schutz gewährt – wobei er dem Drängen der Schlachta, des polnischen Adels, folgen mußte. Denn auch in der Schlachta hatten die evangelisch-protestantischen Gedanken in weitem Umkreis gezündet (nicht ganz ohne weltliche Hintergedanken, denn dem zur Oberherrschaft im Staate strebenden Adel lag daran, den Einfluß und das Einspruchsrecht des katholischen Klerus und der Bischöfe zurückzudrängen, möglichst überhaupt aufzuheben). Auch hörte man, daß der König von Polen dem livländischen Deutschen Orden vertraglich zugesichert hätte, als Schutzherr alle dortigen Stände bei ihren Rechten und Gütern, vor allem aber bei der lutherischen Confessio Augustana, der Augsburgischen Konfession, ungestört zu erhalten. –
Die Welt ist endlich in Ordnung, denkt Johann-Friedhelm, die Glaubensfreiheit bei uns in Polen ist gesichert, der gesunde Wohlstand der Familie, den habe ich begründet und gemehrt; und mein Sohn ist schon jetzt mit seinen dreißig Jahren ein angesehener und einflußreicher Mann hier in Friedland, aber auch in Schlochau beim Starosten von Weiher – auch einem ins Polnische abgebogenen Deutschen. Was will ich mehr, ich kann die Hände in den Schoß legen, ich habe das Meinige getan, ich kann abtreten. Auch ist meine Catharina krank, kein Mensch kann feststellen, was ihr fehlt; sie wird nicht mehr lange leben. Soll ich allein bleiben und womöglich bei Johann-Martin

und seiner überheblichen Frau aufs Altenteil ziehen? Danach verlangt mich nicht. Wenn Catharina stirbt, dann verabschiede ich mich auch ohne Verzug. Ich habe nichts mehr zu verrichten. Mein Sohn verrichtet das Notwendige doppelt und dreifach. Und er kann es tun, denn nun ist die Welt ja wirklich in Ordnung, soweit ich es ermessen kann. Ich bin müde. –
Vier Monate nach des Sohnes anspruchsvoller Hochzeit, die alles ersparte Kapital verschlungen hatte, starb die Mutter Catharina. Niemand hatte ihr helfen können. einen weiteren Monat später starb auch der Vater Johann-Friedhelm – ganz ohne eine erkennbare Krankheit (wie so viele Männer seines Geschlechts vor ihm und nach ihm; sie sind, von geringen gelegentlichen Beschwerden abgesehen, gesund ihr Leben lang; aber wenn sie sich nicht mehr des Eindrucks erwehren können, daß ihre Zeit abgelaufen ist, dann legen sie sich hin, sagen »Schluß!« und sind in wenigen Tagen tot). – –
Aber die Welt ist nie in Ordnung, sie gewinnt nie ein Gleichgewicht, ist dazu verdammt, fortgesetzt darum kämpfen zu müssen, ohne es je zu erreichen, denn jede neue Stufe enthält schon wieder die Keime neuen Umsturzes. Kein Mensch steigt zum zweiten Mal in den gleichen Fluß, das ist eine alte Weisheit; es ist stets ein neues, anderes Wasser, das ihn umströmt.

Johann-Friedhelm hatte sein ganzes, Johann-Martin den besten Teil seines Daseins in einer nach menschlichem Ermessen einigermaßen glücklichen Zeit verbracht, einer Zeit, die spätere Geschichtsschreiber das »Goldene Zeitalter« des königlichen Polen nannten. Es waren die Jahre der beiden Sigmunde (polnisch Zygmunt), von Sigmund oder Sigismund I., der am 24. Januar 1507 in Krakau zum

König gekrönt wurde, bis etwa 1572, dem Jahr, in dem Sigismund II. August ganz plötzlich starb, mit ihm das Fürstenhaus der Jagiellonen im Mannesstamm erlosch und die polnisch-litauische Adelsrepublik (so muß man sie von da ab wohl nennen) ihre Könige nach ihrem Gutdünken wählte, sie also an kurzer Leine halten konnte.
Johann-Friedhelm hatte es noch nicht wissen können. Aber sein Sohn Martin konnte sich in den fünfundzwanzig Jahren nach dem Tode seines Vaters kaum noch darüber im Zweifel sein, daß die vom Vater für so wohlgeordnet und tolerant gehaltene Welt der damaligen polnischen Großmacht dem Gesetz nicht mehr entsprach, unter dem sie angetreten zu sein schien – offen gegenüber den neuen Gedanken der Protestanten, der Humanisten, der Renaissance, was alles auch eine Offenheit gegenüber dem Deutschtum bedeutete.
Es spricht für die Unberechenbarkeit, die Unvorhersehbarkeit geschichtlicher Entwicklungen, daß die mehr oder weniger gewaltsame Rück-Bekehrung der Leute in Polen zum alten, dem katholischen Glauben, die Absage an die Toleranz, der zunehmende Druck auf die nicht-polnische Menschheit im Vielvölkerstaat Polen von einem Deutschen eingeleitet und schließlich durchgesetzt wurde, einem aus einer Krakauer rein deutschen Bürgerfamilie stammenden Mann namens Hose, der nach der Sitte der Zeit seinen wenig eindrucksvollen Namen latinisierte und sich Stanislaus Hosius nannte. Dieser Hosius, ein unerhört tatkräftiger und kluger Mann, war katholischer Priester geworden, 1551 zum Bischof von Ermland aufgestiegen und schließlich 1561 zum Kardinal ernannt worden. Er war entschlossen, Polen wieder in den Schoß der katholischen Kirche zurückzubetten, dem ketzerischen Protestantismus den Wind aus den Segeln zu nehmen. Der Er-

folg fiel ihm schließlich zu, da die in sich zerstrittenen »Evangelischen« sich nicht auf ein Bündnis, das sie stark gemacht hätte, einigen konnten.

Hosius verfaßte, wie es die Lutherischen im Reich vorgemacht hatten, zündende Flugschriften und brachte sie unter die Leute; die Evangelischen hatten dem nichts entgegenzusetzen als Berichte über die dogmatischen Streitigkeiten zwischen Lutheranern, Calvinisten und Böhmischen Brüdern (die zuvor in Polen Zuflucht gefunden hatten). Hosius wurde in Polen zur Seele der Bewegung, die später den Namen »Gegenreformation« erhielt. Er verwies darauf, daß es nur einen einzigen wahren Nachfolger des Heiligen Apostels Petrus gäbe, den Papst in Rom, während die Evangelischen niemanden von gleicher Autorität aufzuweisen hätten. Hosius schärfte den Lesern seiner Flugschriften ein, ließ es von den Kanzeln predigen, daß es nur eine Wahrheit geben könnte, nur einen durch die Jahrhunderte überlieferten Bibeltext, den lateinischen, und nur eine seit alters geheiligte Ordnung der Kirche, die katholische. Die Protestanten dagegen wären sich nicht einmal unter sich einig, weder über die Lehre noch über das priesterliche Amt, noch über die Liturgie und über die Sakramente.

Es war auch nicht abzustreiten, daß sich die katholische Kirche unter dem von der Reformation ausgehenden Druck, unter den von Martin Luther schonungslos erhobenen Vorwürfen sehr geändert hatte, daß die schlimmsten Schäden abgestellt, die überzogenen Ansprüche des katholischen Klerus abgebaut wurden.

Zwar überwog im polnischen Senat, einem der beiden obersten Gremien der polnischen Lande, noch 1569 die Zahl der evangelischen Abgeordneten die der katholischen. Jedoch bewirkte die kluge und geschickte Propaganda für den alten Glauben, die Hosius unermüdlich vorantrieb, daß viele Adelsfamilien (und auf den Adel allein kam es an in Polen! Die im deutschen Reich stets wichtiger und kräftiger werdenden Städte besaßen in Polen, von wenigen großen abgesehen, keinen vergleichbaren Einfluß), daß viele Adelsfamilien sich wieder dem alten Glauben zuwandten, den ihre Väter und Großväter gegen Luthers oder Calvins Lehre eingetauscht hatten. Hosius konnte sich dabei insbesondere auf die Jesuiten verlassen, die er nach Braunsberg (an der Passarge, unweit des Frischen Haffs) berufen hatte, von wo aus sie in geduldiger Kleinarbeit als Erzieher und Berater in den Adelsfamilien die katholische Sache vorantrieben.

Friedland hatte sich langsam, aber doch ohne größere Rückschläge in der zweiten Hälfte des sechzehnten Jahrhunderts wieder erholt. Es standen wieder an die zweihundert Häuser in der kleinen Stadt, die meisten nur aus Holz, aber manche doch auch schon wieder aus Stein und Ziegeln. Der von Natur hellwache und stets unruhige Johann-Martin Walkner, auf dem nun die Last der Verantwortung für die eigene Familie und die weitere Verwandtschaft allein ruhte, hatte seine Walkmühle gut in Schuß gehalten, auch wenn sie in den fünfziger und sechziger Jahren nicht voll beschäftigt zu halten war. Ihm kam besonders zugute, daß seine Frau Rosina von dem Ehrgeiz beseelt war, in Friedland und Umgegend als »erste Familie« zu gelten. Sie hielt ihren Mann, der seine dunkelhaarige, wie ganz selbstverständlich anspruchsvolle Frau liebte, ja, ihr verfallen war, mit gar nicht immer sanfter Energie dazu an, mit den Zuständen im Lande, so wie sie waren, zu paktieren und sie zugunsten der Familie zu nutzen. Es gelang Johann-Martin, von Pommern her wieder Handwerker in die Stadt zu verpflichten und sie ansässig zu machen, gerade auch Tuchmacher; auch konnte er seinen Grundbesitz im Vorfeld der Stadt weiter vergrößern, ließ drei ansehnliche Schafherden auf den immer noch weit gedehnten Wüsteneien weiden und sorgte im Rat der Stadt dafür, daß nichts beschlossen wurde, was seinen Interessen zuwiderlief.

Friedland war ja, verglichen mit anderen pommerellischen oder kulmischen Städten verhältnismäßig gut dran: Das Friedländer Land bis nach Landeck hinüber, nach Schlochau hinauf blieb so gut wie geschlossen von deutschsprechenden Leuten besiedelt, denn die dort ursprünglich – in geringer Zahl – siedelnden Kaschuben waren fast allgemein im Deutschen aufgegangen, hatten sich ihm ohne ernsthaften Widerstand, sogar gern angepaßt und eingefügt. Auch wurden die Bezirke um Schlochau und Friedland bis in die Gegend von Konitz von den Zänkereien unter der protestantischen Geistlichkeit nicht berührt, denn hier hatte sich ausschließlich das Luthertum durchgesetzt; aus den katholischen Kirchen waren wie in Friedland seit dem vorzüglichen Pastor Zabel evangelisch-lutherische geworden. Und die Leute in Friedland oder Schlochau waren sich immer noch der Tatsache bewußt, daß sie seit dem Untergang des Deutschen Ordens zwar den König von Polen als ihr politisches Oberhaupt anerkannt hatten, daß aber damit Pommerellen seine eigene Gerichtsbarkeit und Verfassung nicht eingebüßt, nicht zu einer polnischen Provinz wie andere Provinzen geworden war. –

Johann-Martin, der zu den wenigen Dutzend Leuten in Friedland gehört, die Lesen, Schreiben und Rechnen gelernt haben und die sich angelegentlich auf dem laufenden halten, was die politischen und kirchlichen Ereignisse in

Krakau, Warschau, Königsberg, Danzig anbelangt – was allerdings vielfach nur unvollkommen und verspätet gelingt –, dem Johann-Martin will es manchmal so vorkommen, als beginne der Boden unter seinen Füßen leise zu beben; er ist nun vierzig Jahre alt; von seinen vier Kindern sind zwei am Leben geblieben und wachsen kräftig heran; zwei Söhne, der ältere Johann-Konrad und der jüngere Philipp, bereiten ihm Freude und auch Sorge: Was wird aus ihnen werden? Aber Rosina, seine Frau, ist zuversichtlich und hochgestimmt, wie es ihrer Natur entspricht:
»Wozu sorgst du dich, Martin! Der Konrad bleibt in Friedland, und wir werden ihn reichlich ausstatten können; und Philipp, der jüngere, ist gern bei meiner Familie in Flatow zu Gast. Dort ist man polnischer als hier, und das bereitet dir Unbehagen. Das aber ist Unsinn, Martin. In Polen läßt sich's gut leben; man muß nur zu den richtigen Leuten gehören, was ich von meiner Familie mit bestem Gewissen sagen kann.«
Johann-Martin kennt diesen Vers wohl und hält ihn auch gar nicht für falsch. Aber da ist einiges, was ihm schlaflose Nächte bereitet: Das »Preußen Königlichen Anteils« wird auf dem polnisch-litauischen Reichstag in Lublin des größten Teils seiner Sonderrechte entkleidet und der Krone Polens »inkorporiert«, eingegliedert. Die polnische Zentralgewalt wird größer und stärker. Im anderen Preußen jenseits der Weichsel, wo der Hochmeister des Deutschen Ordens 1525 Herzog geworden ist (im Reich besteht der »Deutsche Orden« weiter und hat lange gegen die Säkularisierung, die Verweltlichung des Preußischen Ordensgebiets, angekämpft), hat Herzog Albrecht Friedrich dem polnischen König Sigismund II. den Lehenseid geleistet; gleichzeitig werden die Söhne des Kurfürsten Joachim II. von Brandenburg, Johann Georg und Sigis-

mund, mitbelehnt, womit die Erbfolge der brandenburgischen Hohenzollern gesichert ist.
Johann-Martin hört es und kann sich nicht darüber klar werden, was es für ihn im polnischen Preußen bedeuten mag, daß die Brandenburger dem polnischen König den Treueeid geschworen haben. Auf alle Fälle, so sagt sich Johann-Martin, und erst recht sagt es seine Frau Rosina, sind Macht und Ansehen des polnischen Reiches abermals gewachsen. Wird doch auch noch die endgültige Vereinigung von Polen und Litauen, um die seit mehr als hundert Jahren in mannigfachem Hin und Her gestritten worden ist, abschließend vollzogen, so wie in diesem gleichen schicksalsträchtigen Jahr 1569 das Kiewer Land und Rotrußland (am oberen Dnjestr) mit Polen vereinigt wird. Das Großfürstentum Litauen tritt seinen ganzen Süden (das südliche Weißrußland und die Ukraine) an Polen ab und wird mit Polen für alle Zeiten »ein unteilbares und untrennbares Ganzes, eine unteilbare, gemeinsame Republik bilden und zwei Staaten und Völker zu einem Volk vereinen und zusammenschweißen.«
(Wie alle solche feierlichen Verträge und Schwüre auf die Zukunft hat auch dieser auf die ewige Union von Polen und Litauen der ewig sich wandelnden Zeit nicht standgehalten. Denn für die Geschicke der Staaten und Völker ebenso wie für die Schicksale der einzelnen Menschen trifft nur eine einzige Regel mit vollkommener Sicherheit zu: die des ewigen und nur höchst selten im voraus berechenbaren Wandels.)
Rosina sagt es ihrem Mann ganz deutlich; er selber möchte es sich am liebsten nicht eingestehen:
»Mit Litauen, Martin, ist Polen mehr als doppelt so groß, als es vorher war. Es reicht nun breit an die Ostsee und im Süden fast bis ans Schwarze Meer. Aber umgeben ist es

von Feinden, die alle einen anderen Glauben haben, von den orthodoxen Russen, den Anhängern Mohammeds, Tataren und Türken und Kosaken, den protestantischen Brandenburgern. Mit Böhmen und Ungarn ist man sich auch nicht einig. Gewiß, viele Polen haben sich vom protestantischen Wesen einnehmen lassen, aber der Protestantismus ist ein vorwiegend deutsches, auf alle Fälle kein polnisches Gewächs. Paß auf, Martin, die Protestanten haben keinen Anführer wie die Katholiken ihren Kardinal Hosius. Und der König hat seine Barbara Radziwill geheiratet, und 1550 ist sie vom katholischen Primas ganz offiziell gekrönt worden. Der König ist selber Katholik, hat aber bisher auch den Protestanten ihr Recht gelassen, aber nur bisher! Endlich hat er seine Barbara als zweite Frau kirchlich bestätigt bekommen. Nun muß er den Bischöfen dankbar sein und wird den Protestanten keine Gefälligkeiten mehr erweisen. Du bist zu schwerfällig, Martin! Wir wollen doch nicht ewig hier stecken und hocken bleiben im kleinen Friedland. Wenn wir wieder katholisch würden, wenn wir uns ein wenig mehr zu den Polen hielten – ich kann es dir beinahe versprechen, Martin: Du oder unsere Söhne könnten hier oder auf der anderen Seite der Dobrinka allerlei werden, wovon wir uns heute nichts träumen lassen. Sieh dir doch die Weihers an; die sind ursprünglich genauso deutsch wie die Walkners; aber dann wurde der Weiher katholisch und sprach polnisch, und heute ist er ein ›von Weiher‹, gehört zur Schlachta und ist Starost. Auch einer von unseren Söhnen könnte Starost werden, und wir würden vielleicht nach Gnesen übersiedeln oder nach Krakau!«
So lag die Rosina ihrem Johann-Martin von Anfang ihrer Ehe an in den Ohren, ohne allerdings viel zu erreichen. Sie spürte nicht, daß über gewisse Dinge, so sehr Johann-

Martin auch als Liebender seiner Frau ergeben war, mit ihrem Mann nicht zu reden war, vor allem nicht über sein lutherisches Bekenntnis. Für ihn war das Bekenntnis keine Äußerlichkeit, die je nach den materiellen Bedürfnissen an- oder abgelegt werden konnte. Daß die schnelle, schöne Rosina gar kein Verständnis für diese seine Haltung aufbrachte, zerstörte im Laufe der Jahre allmählich das eheliche Verhältnis. Nach seiner Meinung kam er recht gut voran. Ihm genügten die Friedländer Verhältnisse und Wertmaßstäbe; an diesen gemessen gehörte er zu wichtigsten Leuten in der Stadt, saß im Rat und beackerte mehr Land vor den Toren als irgendwer sonst. Er gab seiner Rosina gerne nach, aber es gab einiges, was auch von ihr nicht in Frage gestellt werden durfte.
Das gleiche galt aber auch für die Frau. Mit den Jahren wurde sie schärfer und härter. Die körperliche Anziehung zwischen den Eheleuten verlor sachte, aber unausweichlich die Oberhand. Sie kehrten sich voneinander ab.
Der Graben zwischen den beiden vertiefte sich, als die beiden Söhne, die Rosina ihrem Mann 1562 und 1563 geboren hatte, heranwuchsen und schon früh eine ganz unterschiedliche Wesensart offenbarten. Der ältere, Konrad, war unverkennbar »Vaters Sohn«, wie der jüngere, Philipp, das Wesen der Mutter, gesteigert noch und ins Männliche verwandelt, zu verkörpern schien. Philipp neigte zu schnellen, oft unbedachten Entschlüssen, auch zu Jähzorn, war sehr selbstbewußt und gab dem eigenen Vorteil stets den Vorrang.
Als Rosinas Eltern in Flatow gestorben waren und Rosina eiligst die Reise nach Flatow antreten mußte, um bei dem Begräbnis dabei zu sein (und sich um ihren Anteil an der Erbschaft zu kümmern, der nicht unbeträchtlich sein würde), nahm sie als Helfer und Beschützer nicht ihren

Mann mit, der sich nicht ohne Schwierigkeit aus den laufenden Geschäften hätte lösen können, sondern ihren Sohn Philipp, der ohnehin stets mit der Mutter, nicht dem Vater, ein Herz und eine Seele war.
Es gefiel dem Vater Johann-Martin gar nicht, daß Rosina, als sie nach Wochen erst wieder heimkehrte, den Sohn Philipp nicht mitbrachte. Nein, dem hätte es in der mütterlichen Familie so gut gefallen, daß er vorläufig in Flatow hätte bleiben wollen. Und Philipp wäre nun fünfundzwanzig Jahre alt und zu kommandieren wäre er nie gewesen, hätte sich ja auch mit seinem Bruder Konrad nie gut verstanden. Außerdem würde Konrad das Walknersche Anwesen in Friedland erben, und er, Philipp, sei in Friedland sowieso überflüssig.
»Außerdem, Martin«, fügte Rosina, als sie ihrem Mann über ihre Reise nach Flatow Bericht erstattete, mit merkwürdiger Betonung hinzu, »außerdem hat er in Flatow bei meinen Leuten ein junges Mädchen kennengelernt – aus der Verwandtschaft meiner Mutter – ›wie es in ganz Friedland keine gibt‹ – so drückte er sich aus –, und die wollte er haben, und die wollte ihn haben, und wieso sollte er da überhaupt noch nach Friedland zurückkehren – so sagte er. Und ich muß bekennen, Martin, mein Sohn hat einen guten Geschmack bewiesen. Und obendrein Verstand, denn das Mädchen ist von guter Familie, hat keine Geschwister und wird reichlich erben. Philipp hat mich nicht enttäuscht, Martin. Er ist mein Sohn – und du könntest, wenn du nur gerecht sein würdest, mit ihm ebenso zufrieden sein wie mit Konrad.«
Johann-Martin, der Vater, war drauf und dran, laut zu werden, bezähmte sich aber; es hatte keinen Sinn, den Streit mit der Frau wegen Philipps Tun und Lassen so bald nach Rosinas Heimkehr wieder aufleben zu lassen. Er war

nach den Wochen des Wartens mürbe geworden; er war schon zufrieden, daß Rosina überhaupt zurückgekehrt war; er war sich ihrer gar nicht mehr sicher. Er hatte dem wortreichen Bericht seiner Frau ohne Zwischenfragen zugehört, schwieg eine Weile, blickte Rosina nicht an und wollte dann nur noch wissen (Rosina merkte es sofort: Er ergab sich ins Unabänderliche):
»Wie heißt sie denn, die künftige Schwiegertochter?«
»Sie heißt Lisenka Belty. Die Beltys gehören zur Schlachta.«
»Und sind polnisch und katholisch, nicht wahr?«
»Ja, natürlich, Martin! Aber ich muß sagen, mein Philipp ist gleich gut Freund mit den Beltys gewesen, und ein bißchen bin ich über meine Mutter auch noch mit ihnen verwandt. Warum also nicht? Und die ganze Stimmung und der Ton bei meinen Leuten und bei den Beltys hat unserem Philipp gleich besonders gut gefallen. Da ist man nicht so streng im Gange wie bei uns hier, und wenn man sich etwas hat zuschulden kommen lassen, dann geht man eben zur Beichte, und der Beichtvater bringt die Sache wieder in Ordnung. Ist ein leichteres Leben bei den Polen, Martin, und bei den Katholischen. Aber darüber sind wir schon seit jeher uneins. Leider!«
»Ja, leider, Rosina!« war alles, was Johann-Martin zu antworten imstande war. Sie war heimgekehrt, seine Rosina – oder war sie in Flatow »heimgekehrt« gewesen? Philipp war verloren für ihn, den Vater, und für die bescheidene Friedländer Welt. Es gab keinen Zwist mehr zwischen den Eheleuten wegen des Sohnes, aber es gab auch keine Einigkeit mehr.
Zur Hochzeit des jungen Philipp Walkner mit der Lisette Belty auf Przirkowo fuhr Johann-Martin nicht, obwohl die große Feier Mitte Dezember stattfand, einer Zeit, in

der außer der Waldarbeit nicht viel zu verrichten war; auch waren die Straßen, schon gefroren, überall wieder passierbar geworden. Es brauchte gar nicht darüber gesprochen zu werden, daß auch der ältere Sohn, Johann-Konrad, bei dem Vater zu Hause blieb, während es sich ebenso von selbst verstand, daß Rosina Walkner, reich mit Geschenken und auch Geld ausgestattet, schon zwei Wochen vor dem Hochzeitstermin nach Flatow abreiste. Johann-Martin hatte keine Einwände erhoben, als Rosina erklärte:
»Lisenkas Mutter ist schon seit Jahren tot, und das junge Ding muß sicherlich noch manches lernen. Ich werde auch auf Przirkowo erst nach dem Rechten sehen müssen, denn Philipp wird sich wohl gleich um den Betrieb kümmern wollen. Hier laufen die Dinge auch ohne mich. Konrad wird bald heiraten, und dann hast du wieder eine tüchtige junge Frau im Hause. Die Gertrud Bürger aus Krummensee, Martin; die ist ja wohl mehr nach deinem Geschmack, Martin, als Philipps Lisenka.«
So war es, und Johann-Martin hatte nicht widersprochen. Er hatte im Grunde den stillen Kampf um Rosina bereits aufgegeben. Er wollte nur noch wissen:
»Sie lassen sich katholisch trauen, Philipp und Lisenka?«
»Ja, gewiß, Martin! Was sonst? Der alte Belty gibt sein einziges Kind nur an einen Katholischen. Unserem Philipp war die Strenge und Dürre bei den Lutherschen schon immer zuwider; auch kann er seiner Lisenka nichts abschlagen. Er heiratet bei den Beltys ein, mit der letzten Belty, und wird damit selbst einer, wird ein Schlachtitze, wie sein Schwiegervater einer ist. Mir ist das sehr recht!«
Dem Johann-Martin war es nicht recht. Aber er hatte keinen Grund, auch kaum eine Handhabe, dagegen anzugehen. Denn wenn auch den Protestanten in Polen noch immer – wenigstens auf dem Papier – die Religionsfreiheit

zugesichert blieb, so war es doch jetzt im sich neigenden sechzehnten Jahrhundert dank der unermüdlichen Arbeit des Kardinals Hosius und der von ihm ständig geförderten Jesuiten mehr und mehr ins polnische Bewußtsein eingegangen, daß ein Pole sich wahrhaft nur im römischen Katholizismus heimisch fühlen dürfte. Es war ja kaum zu leugnen: Der Protestantismus aus Westen und Norden (Schweden) war seiner Herkunft nach deutsch, war etwas Unpolnisches, etwas Fremdes; das orthodoxe Christentum der stets feindlichen Russen im Osten war ebenso fremd – und der Islam der Türken im Süden noch fremder und urfeindlich. Maria, die Gottesmutter, rückte allmählich zur ewigen »Königin Polens« auf. Ihr konnte der Adel vom steinreichen Magnaten bis zum letzten, jämmerlich als Bauer sich durchschlagenden Schlachtitzen bedenkenlos huldigen, ohne je eine Schmälerung seiner eifersüchtig gehüteten Vorrechte als der eigentlichen »polnischen Nation« fürchten zu müssen. Und die Deutschen, die immer noch gar nicht selten von polnischen Machthabern ins Land geladen wurden, fanden es verführerisch, sich zu polonisieren, in die Schlachta aufgenommen zu werden und damit an den polnischen »Freiheiten« teilzuhaben (während die so gut wie rechtlosen »Leibeigenen« auf den Gütern und Dörfern ständig tiefer in die Unfreiheit und Armut absanken).

Auch die Städte sanken ab. In der »Adelsrepublik« fanden ihre früheren Rechte keinen Platz mehr. Nur die großen und überwiegend deutschen Städte wie Danzig, Elbing, auch Thorn und Graudenz vermochten einen Teil ihrer Selbständigkeit zu retten; aber auch sie blieben immerwährend bedroht. --

Rosina kam nie wieder nach Friedland zurück. Sie war mit ihrem Sohn Philipp ins Katholische zurückgekehrt, war damit – so empfand es ihr Mann Johann-Martin – ins Polnische hinübergewechselt, war für ihn und Friedland verloren. Die Ehe bestand nicht mehr, wurde aber auch nie förmlich getrennt. Wie hätte das damals auch geschehen können?

Johann-Martin wurde in den absteigenden Jahren seines irdischen Daseins von der sich unmerklich verdichtenden Einsicht gequält, daß er mit seinem ihm verbliebenen Sohn Konrad, der sich getreulich, aber ohne viel eigenen Willen nach dem Vorbild des Vaters richtete, auf die Dauer zum Mißerfolg verurteilt, zumindest zu keinem weiteren Aufstieg mehr fähig wäre.

In dieser Furcht sah sich Johann-Martin bestätigt, als die Friedländer, fast alle von ihnen deutschsprachig und evangelisch-lutherisch, zu Beginn des Jahres 1599 durch einen königlichen Erlaß überrascht, vor den Kopf gestoßen wurden, der der Stadtverwaltung befahl, das Eigentum an der seit fast sechzig Jahren evangelischen Pfarrkirche auf dem Markt auf die kleine katholische Gemeinde in der Stadt zurückzuübertragen. Die kleine Gemeinde bestand so gut wie ausschließlich aus den Angehörigen der (polnischen) Stadtvogtei und einigen kleinen Leuten, die sich außerhalb der Mauern (die keine Bedeutung mehr besaßen) als Handlanger und Tagelöhner angesiedelt hatten.

Johann-Martin war neunundsechzig Jahre alt, als dies sich ereignete und in Friedland wie ein Blitz einschlug. Johann-Martin, alt, kränkelnd, einsam, immer noch seiner Rosina hinterhersinnend, wollte zunächst die Nachricht, daß die lutherische Gemeinde aus der Stadtkirche verwiesen war, nicht für wahr halten. Noch einmal richtete er sich auf:
»Wenn uns der König die Kirche nimmt, in der nun ein gutes halbes Jahrhundert deutsch gepredigt und gesungen worden ist – und nun soll es wieder lateinisch und im übri-

gen polnisch sein –, so lassen wir uns unser lutherisches Bekenntnis doch nicht nehmen oder einschränken. Um Gott auf unsere Weise zu dienen, brauchen wir keine Kirche. Sollen sie ihre Pfarrkirche wieder an sich nehmen! Vielleicht hätten wir uns ihrer gar nicht bedienen sollen. Der Bürgermeister hat im Rathaus den großen Saal. Der Saal wird uns nicht alle fassen. Wir stellen ein Kreuz auf den Tisch an der Schmalwand, legen ein weißes Tuch auf den Tisch; zwei Leuchter rechts und links. Und wenn die Kerzen brennen, ist das ein Altar, und unser Pastor kann weiter das heilige Altar-Sakrament austeilen in beiderlei Gestalt – und wir werden nichts verloren haben als ein paar Steinmauern um uns her.«
Er setzte sich durch, der alte, zornige, in seinem Familienleben bitter enttäuschte Mann: Der Bürgermeister Jakob Arndt fand sich bereit, den Evangelischen im Rathaus für ihre Gottesdienste einen brauchbaren und ausreichenden Raum zur Verfügung zu stellen.

Obgleich die Lutherischen in Friedland die Katholiken an Zahl um das Vielfache übertrafen, mußten sie sich hundert Jahre lang für ihre Gottesdienste mit dem Rathaussaal begnügen. Dann ergab es ein glücklicher Zufall, daß die Katholiken in der kleinen Stadt einen deutschstämmigen Pfarrer zugewiesen bekamen, der sich den Wünschen der Lutherischen nach einer eigenen Kirche nicht mehr widersetzte. Mit ihm, der den Namen Gottschalk trug, konnte man verständig reden. Auch hatten sich die beiden Konfessionen im Laufe der Jahrzehnte aneinander gewöhnt. Das deutsche Wesen hatte sich behauptet. Im Sommer 1700 fand in der neuen lutherischen Kirche der erste Gottesdienst statt – in deutscher Sprache selbstverständlich. »Ein feste Burg ist unser Gott« – mit Luthers auftrump-

fendem Lied wurde die neue Kirche eingeweiht. Johann-Martin, dem die Frau und der jüngere Sohn ins Katholische und Polnische entwichen waren, die er nicht für sich und Friedland hatte erhalten können, war, als die neue Kirche schließlich eingeweiht war, schon hundert Jahre tot – und so gut wie vergessen –, wenn nicht die Eintragungen in besagter Familienbibel seinen Namen und einige weitere wichtige Daten für spätere Geschlechter erhalten hätten. Man kann wohl annehmen, daß dieser Johann-Martin als ein verbitterter, enttäuschter Mann gestorben ist. –
Soweit ich es zu überblicken vermag, ist die Ehe des Johann-Martin die einzige in der langen Reihe meiner Vorväter und Vormütter, die innerlich und äußerlich gescheitert ist. In allen übrigen Geschlechtern seit dem ersten, noch halb schattenhaften Johann aus Mergentheim in Franken haben die Ahnen, denen später der Familienname Walkner zugeordnet wurde, ihre Ehen meist verhältnismäßig spät geschlossen und stets bis an ihr Lebensende gehalten, sicherlich manchmal auf eine einfach zufriedene und glückliche, wohl auch manchmal auf weniger glückliche Weise, ohne aber daraus den Schluß zu ziehen, daß das gegebene Jawort aufgehoben werden könnte.

Was aber ist aus jenem vom Hauptstamm der Familie herausgebrochenen Zweig geworden, dem jüngeren Sohn des Johann-Martin, Philipp, der mit seiner Mutter dem lutherischen Wesen entglitt, das in dem breiten pommerellischen Landstreifen von Konitz über Schlochau, Friedland, Landeck eine Brücke vom herzoglich (brandenburgischen) Ost-Preußen in deutsches Reichsgebiet hinüber darstellte und sein Deutschtum mit erstaunlicher Zähigkeit erhielt? Es gab im polnischen Adel, der Schlachta, die den eigentlichen Leib der polnischen »Adelsrepublik« bildete, offenbar kein Vorurteil gegen den Einbezug deutschstämmiger Neuglieder, soweit diese sich zum katholischen Glauben bekannten, ihre Namen polonisierten – was aber gar nicht in allen Fällen geschah – und sich der Lebens- und Denkweise der Schlachta einfügten. Der Kardinal im Ermland, Hosius, der die Gegenreformation in Polnisch-Preußen und weit darüber hinaus durchsetzte, ist dafür das klassische Beispiel.

Jener Philipp Walkner, der in die mittelmäßig begüterte Schlachta-Familie Belty einheiratete, ist der Stammvater eines Geschlechtes von Soldaten geworden, die als Offiziere in den bösartigen, kein Ende nehmenden Kriegen fochten und starben, als sich die polnische »Adelsrepublik« mit ihren vom Adel gewählten Königen mühselig und verlustreich gegen die Moskowiter, die Tataren, die Türken, vor allem dann aber gegen die nach Süden ins (polnische) Baltikum und weiter tief nach Deutschland hineingreifenden Schweden zu verteidigen hatte. Die Beltys haben in der Tat ihre Väter und Söhne als kämpfende Polen »auf dem Altar des Vaterlandes«, des polnischen, geopfert.

Wie es heißt, sind die letzten zwei Beltys im Kampf gegen die Moskowiter 1660 in Wolhynien bei Ljubeč gefallen, einer für die Polen siegreichen Schlacht.

Die Verbindung zwischen dem polonisierten, katholischen Teil der Familie Belty/Walkner und den deutsch und lutherisch gebliebenen Walkners in Friedland kann nie ganz abgerissen sein. Denn als die Beltys im Mannesstamm ausgestorben waren, ist das Wappen der Beltys auf irgendeine, nicht mehr aufzuklärende Weise auf die Friedländer übergegangen. Von nun an erscheinen die Walkners mit dem Verweis auf Belty in den Wappenbüchern,

ohne daß die Walkners sich jemals zum Adel gerechnet hätten, das heißt zur polnischen Schlachta. Das Wappen zeigt als Krönung einen nach links gerichteten mit Flügeln versehenen Pfeil und auf dem Wappenschild weitere drei gekreuzte Pfeile.
Auf welche Weise dieses Wappen auf meine Friedländer Vorfahren übergegangen ist und mit welcher Berechtigung dies doch wahrscheinlich von den polnischen Beltys herstammende Wappen unter der Bezeichnung »Walkner« in den alten Wappenbüchern erscheint, während der Name Belty dabei nur im Begleittext erwähnt wird, darüber wird heute nichts Zuverlässiges mehr festzustellen sein. Eines scheint mir jedoch nach allem sicher zu sein: Der polnisch-katholische und der deutsch-evangelische Zweig der Familie haben sich nicht grundsätzlich als Fremde oder gar Feinde empfunden. Ein Rest von Zusammengehörigkeit muß über Jahrzehnte und Jahrhunderte hinweg stets erhalten geblieben sein. So haben denn auch ich und die zwei nach zwei Weltkriegen noch übriggebliebenen Vettern das auf vergilbtes dickes Papier von offenbar ungeübter Hand sorgsam farbig ausgemalte Wappen vererbt bekommen, nehmen es nicht weiter wichtig, aber achten es doch als ein sichtbares Zeichen dafür, wie eng unsere Familie mit der pommerellischen, der westpreußischen, das heißt für über dreihundert Jahre polnischen Vergangenheit verknüpft gewesen ist und, wenn man so will, noch ist.

10. Kapitel

Wenn Großvater auf die zweite Hälfte der polnischen Zeit Westpreußens zu sprechen kam – ich erinnere mich, daß das höchstens zwei- oder dreimal geschehen ist –, dann wußte er stets nur mit den Schultern zu zucken und, für seine sonstige Art seltsam ungewiß und zögernd, zu berichten:
»Weißt du, mein lieber Junge, die zweiten hundertundfünfzig Jahre, in denen wir unter polnischer Herrschaft lebten, über die weiß ich wenig Gesichertes zu erzählen. Die sind wie ein großer, schwarzer Abgrund in unserer Vergangenheit. Fest steht nur, daß die Kriege mit den Russen, den wie besessen nach Süden drängenden Schweden, auch die polnischen Kriege mit den Kosaken, Tataren und Türken unsere Heimat mit in den Strudel gerissen haben, daß Friedland und unsere Vorfahren zwar jedesmal aus dem Gemetzel, den Brandstiftungen, Erpressungen und Kontributionen wieder auftauchten, aber jedesmal ärmer, elender und verzweifelter. Ganz Friedland sank zum Schatten seines früheren Selbst herab in jenen schrecklichen Jahrzehnten. Den Neubau der evangelischen Kirche wüßte ich als einzigen Lichtblick zu nennen. Einhundert Jahre danach wurde auch sie wieder zerstört, denn 1697 brannte die ganze Stadt zum zweiten Male ab. Nur drei Häuser sollen damals stehen geblieben sein; unserer Familie haben sie nicht gehört, sonst wäre das überliefert. Immerhin, die Stadt wurde schließlich abermals wieder aufgebaut. Aber ehe die Leute, unter ihnen unsere Vorfahren Johann-Albrecht, Johann-Christian und Johann-Christoph – das kannst du im Register unserer Bibel nachlesen – noch recht wieder zu sich kamen und Kirchen und Häu-

ser neu erstehen ließen, aus Stein diesmal, nicht mehr nur aus Holz, brach die Pest aus, verheerte das Land und schien alle Anstrengungen erneut zunichte zu machen. Friedland mag vor 1709, als die Pest wütete, ohnehin kaum noch tausend Einwohner gehabt haben; nach einem halben Jahr waren nur noch sechshundert übrig. Die Juden, die damals schon auf der Seeseite, nahe oder längs der Dobrinka in einer besonderen Straße ansässig waren und damals auch wie die Fliegen starben, sind in diesen Zahlen gar nicht einmal mitgerechnet. Den Juden wurden stets schwere Steuerlasten aufgebürdet, wenn der polnische Staat für seine vielen Kriege Geld brauchte. Das fast ausschließlich von Deutschen bewohnte Friedland hatte genauso für den Staat wie für die über die Stadt herfallenden Russen und Schweden Geld aufzubringen und konnte nicht mehr auf die Beine kommen. Unsere Vorväter damals sind alle kaum älter als fünfzig Jahre geworden; dann waren sie verbraucht, verschlissen oder – darüber gibt es nichts Verläßliches – umgebracht, erschlagen, erstochen, vielleicht auch totgequält von irgendeinem betrunkenen Moskowiter oder Kosaken vom Dnjestr oder vom Dnjepr oder gespeert und erwürgt von einem wütenden Schweden. Mein lieber Junge, es ist nie und nirgends sehr sanft auf dieser Welt zugegangen, weder damals noch heute. Mache dir darüber keine falschen Vorstellungen. Man kann froh sein, wenn man ohne ernsthafte Schrammen, innerliche und äußerliche, durchkommt.«

So oder ähnlich – und nicht immer so eins dicht nach dem anderen, hat mein Großvater mit mir geredet. Es muß schlimm, zeitweise sicherlich schier unerträglich zugegangen sein in Friedland, in Pommerellen, im ganzen »Preußen Königlichen Anteils«, in ganz Polen, das keine dauerhafte Gestalt und keine festen Grenzen finden konnte – lag es doch in noch höherem Maße als Preußen/Deutschland nach allen Seiten offen da. Ohne natürliche, schwer überwindbare Grenzen lud es machtgierige, beutelustige Nachbarn von jeher ein, sich seiner ganz oder teilweise zu bemächtigen.

Am stärksten, das stellte sich im Verlauf der Jahrzehnte und Jahrhunderte heraus, wurde Polens Bestand vom Osten her bedroht. Die Moskauer Großfürsten, dann die Zaren von Moskau, seit Peter I., dem »Großen«, von Petersburg aus, scheinen auf geradezu magische Weise ständig verlockt gewesen zu sein, die Grenzen ihres Einflusses und bald ihres Herrschaftsbereichs nach Westen vorzuschieben. Immer waren es dann polnische Gebiete, die sich ihnen querlegten, die überschwemmt, gewonnen, vereinnahmt werden mußten – bis dann die Russen über Polen hinweg auf andere Mächte stießen, auf Brandenburg/Preußen, auf Sachsen, auf Österreich, die fester und stärker zu widerstehen vermochten, als das in sich uneinige, sich selbst verhängnisvoll schwächende Polen.

Nirgendwo sonst in Europa nämlich hat es das gegeben, was es in Polen als System der Herrschaft und Gesellschaft gegeben hat: einen Staat, in dem eine Gruppe von ein- oder zweihunderttausend Angehörigen des niederen und hohen Adels, die untereinander »frei« und »gleichberechtigt« waren, in zuletzt so gut wie unbeschränkter Machtvollkommenheit sowohl den »König« wählte – nicht viel mehr als eine allerdings gut vergoldete Galionsfigur für das Staatsschiff –, als auch über Steuern, Krieg und Frieden entschied und sich trotz aller katholischen Treue selbst von der Kirche keine Einreden gefallen ließ. Städtische Bürgerrechte hatten in solcher Adelsrepublik keinen Platz; die Städte konnten ihre Rechte nur mühsam behaupten, auch wenn sie wie die großen wirtschaftlich ins Gewicht fielen, sogar unentbehrlich waren. Die kleinen Städte hatten in der Adelsrepublik keine Möglichkeit, sich zu entwickeln. Städte wie Friedland, Schlochau, Konitz, Flatow, Tuchel waren dazu verurteilt, dahinzukümmern und hielten sich nur am Leben, weil sie im Kern ihrer Bürgerschaften deutsch blieben und an den gesellschaftlichen Vorstellungen des polnischen Adels, der Schlachta oder Szlachta, keinen Anteil hatten, auch kein Verständnis dafür besaßen. Besonders verhängnisvoll für eine folgerichtige und entschlossene Politik – nach innen und außen – wirkte sich das in der Schlachta – bis zu ihrem Untergang als politisch allein herrschende Macht im Staate – mit erbitterter Eifersucht aufrechterhaltene Vorrecht des »liberum veto« jedes zu den Reichstagen entsandten Vertreters der Schlachta aus: Es gab kein Stimm- oder Bestimmungsrecht der Mehrheit; vielmehr konnte jeder Beschluß durch den Widerspruch eines einzigen Abgeordneten, eben das »liberum veto«, aufgehalten und unwirksam gemacht werden. Daß eine vernünftige Verwaltung, eine konsequente innere und äußere Politik unter solchen Umständen unmöglich war, bedarf kaum einer ausführlichen Erklärung. Die Adels-»Demokratie« überschlug sich und mündete ins Chaos. Dutzendweise, in den letzten zweihundert Jahren (1573–1780) nicht weniger als dreiundfünfzigmal, wurden die polnischen Reichstage zum »Zerreißen« gebracht, wie es jeweils den Interessen der großen polnischen Magnaten, aber auch denen der sich über gefällige Abgeordnete einmischenden auswärtigen Fürstenhöfe entsprach.

Eine Geschichte aus dieser Zeit aber wußte Großvater mit allen Einzelheiten genau zu erzählen. Es ist die Geschichte der Catharina Hauppacher aus Salzburg: Wie sie meinem

Urahn Johann-Christian begegnete und unter welchen Umständen sie seine Frau wurde.

Vielleicht ist unsere Familie deshalb so beweglich, unruhig und auch zuweilen eigensinnig und starrköpfig geblieben, weil die Männer so häufig Frauen geheiratet haben, die von außen her andersartiges Blut in die im Grunde äußerst bodenständige Familie einströmen ließen, ihr vielleicht sogar manchmal Pfeffer ins Blut gegeben haben. Die Familienüberlieferung betont meist nur die Erlebnisse der Männer der Familie und auch das nicht einmal vollständig, sondern vorwiegend nur die der ältesten Söhne der ältesten Söhne. Die nämlich waren dazu bestimmt, den Hof zu erben, und ihre Lebensaufgabe bestand jeweils in allererster Linie darin, den Hof lebensfähig zu erhalten, damit der jeweilige Erstgeborene weiter davon leben und wiederum einen Erstgeborenen darauf ansetzen konnte. Es war also, genau betrachtet, nicht die Familie, auf die es in der langen Geschlechterfolge ankam, sondern der Hof, das kleine oder größere Stück Leben und Nahrung spendender Heimat über dem gleißend in der Sonne blitzenden Stadtsee, über dem tief eingesenkten, feuchten Tal der Dobrinka mit den beiden zu Friedland gehörigen mächtigen, herrlichen Wäldern, jeder eine reichliche Stunde zu Fuß von den Stadtmauern entfernt, dem Babusch und dem Gneven, die sich im Osten und Westen von der Stadt an das üppig grüne Tal des Flüßchens anlehnten, wo die Dobrinka im Osten den Suckau-, im Westen den Nieder-See durchfloß. Nördlich der Dobrinka wurde weit überwiegend deutsch, südlich davon seit mehr als sechshundert Jahren polnisch gesprochen, was sich auch im – polnischen – »Preußen königlichen Anteils« nicht wesentlich geändert hatte.

Dies war der Boden, in dem die Familie wurzelte, den sie

zu ihrem Boden gemacht hatte, in dem und von dem sie existierte. Und vielleicht wäre bei so viel Haftung am immer gleichen Boden die Familie wie eine allzu lange nicht verpflanzte Pflanze flau und faul geworden, wenn nicht ein guter Instinkt insbesondere die jeweils ältesten Söhne sehr oft bewogen hätte, wie gesagt, Frauen zu heiraten, die gar nicht in den üblichen Friedländer Rahmen hineinpaßten. Darüber wurde vieles weitererzählt von Geschlecht zu Geschlecht. Die Vormütter – man sprach über sie und verhinderte so, daß sie vergessen wurden, sprachen doch die Söhne so auch über sich selber; denn mit keinem Drehen und Wenden ließ sich bestreiten, daß in jedem Nachgeborenen die Säfte, Wünsche, Sehnsüchte und Leidenschaften auch der Vormütter rumorten und keineswegs nur die der Vorväter.

Man muß es einmal ganz deutlich aussprechen: Wir aus dem äußersten Osten des vom Zeitenstrom verschlungenen »Heiligen Römischen Reiches Deutscher Nation« (oder gar von jenseits des äußersten Ostens) sind mischblütig in höchstem Maße, enthalten Zutaten aus einem bunten Sammelsurium von deutschen Stämmen, aber einen ebenso vielfältigen Zusatz von kaschubischem, masurischem, polnischem, auf Umwegen gewiß auch schwedischem, russischem und vielleicht sogar tatarischem Blut. Wie soll es zum Beispiel sonst zu erklären sein, daß in unserer Familie immer wieder ab und zu Abkömmlinge auftauchen, die andeutungsweise mongolische Züge tragen, was nur deshalb nicht auffällt, weil sie zweifelsohne treudeutscher Herkunft sind? Oder warum tauchen in unserer Familie immer wieder zwei ganz verschiedene Typen auf, Kinder jedoch wohlgemerkt der gleichen Mutter: die hochgewachsenen, sogar übergroßen Walkners mit schlichtem, blondem Haar, bärenstark, aber auch schlaksig und ungefüge – und die Mittel-, ja Kleinwüchsigen mit schwärzlichem, gelocktem Haar, wendig, zähe, geschickt mit den Händen, unruhigen Geistes und zuweilen aufrührerisch? So ist es nun einmal: Durch unser Herz pulst west-, mittel- und osteuropäisches Blut in unlöslicher Mischung. Wir sind zwar deutsch geprägt, wir Leute aus dem Osten, »Flüchtlinge«, aber in Wahrheit Allgemein-Europäer. Das fängt mit der Kaschubin an, die jener ferne Franke Johann aus Mergentheim zur Mutter seiner Kinder machte, weil er gar keine andere Wahl vorfand – und so ging es bunt und munter weiter bis in meine Gegenwart im verrückten, gefährlich brodelnden zwanzigsten Jahrhundert.

Und gleich tauchen sie auf in meinem Gedächtnis, die eine oder die andere meiner Vormütter, die mir doch alle noch so oder so das Blut würzen, ob ich es will oder nicht. Am deutlichsten steht mir das Bild der Frau vor Augen, die wahrlich nicht aus Friedland oder Umgebung stammte, sondern aus einer sehr viel beschwingteren Gegend, in der ganz anders als in Pommerellen die Schwermut und Langsamkeit nicht zu Hause ist: aus dem Salzburger Land! Diese Herkunft ist schon aus ihrem Namen zu erkennen; sie hieß Catharina Hauppacher. Namen auf Ach (süddeutsch für Bach) gibt es sonst im Friedländischen nicht.
In jenem Jahrhundert, in dem sich in den kleinen und großen europäischen Staaten die Macht der Landesfürsten ins Absolute gesteigert hatte, war den Regenten das Recht eingeräumt worden, nach der Formel »cujus regio ejus religio« den Landeskindern die Religion, das Bekenntnis vorzuschreiben: »Wer die Herrschaft ausübt, der bestimmt die Religion«, hieß es.
Der Erzbischof von Salzburg, der zugleich der Landesherr

war, Leopold Anton von Firmian, hatte 1731 – zwar wenig christlich, dafür aber um so landesherrlicher – die vielen heimlichen oder offenen Lutherischen in seinem Machtbereich schon kurze Zeit nach seinem Amtsantritt vor die Wahl gestellt, entweder in den Schoß der alleinseligmachenden römisch-katholischen Kirche zurückzukehren oder die angestammte Heimat zu verlassen und irgendwohin in die Fremde zu wandern, wobei sie höchstens nur mitnehmen durften, was auf einem Ochsen- oder Pferdewagen zu transportieren war. Dabei berief sich der Erzbischof auf die im Augsburger Religionsfrieden von 1555 vereinbarte, eben erwähnte berühmte, vielmehr berüchtigte Formel.

Der Form nach war also der Salzburger Kirchenfürst im Recht. Moralisch wurde er von anderen deutschen Landesherren getadelt, besonders natürlich von protestantischen, aber keiner konnte die Ausweisung der etwa zweiundzwanzigtausend Evangelischen verhindern. Hoch im Norden in Brandenburg hörte der ebenso strenge wie fromme König Friedrich Wilhelm I., der Vater des späteren Friedrich »des Großen«, von dem Jammer der vertriebenen Salzburger und lud sie ein, zur dichteren Besiedlung seiner entlegenen Ostgebiete, dem von Brandenburg durch Polnisch-Preußen getrennten Ostpreußen, beizutragen. Seit 1714 hatte Friedrich Wilhelm I. Menschen von weither aus dem Süden, wo immer sie nur seinem Rufe und auch verlockenden Angeboten folgen wollten, nach Ostpreußen verpflanzt – und möglichst sollten sie ihre Künste und Fertigkeiten aus ihren Ursprungsländern mitbringen; so zog damals ein größerer, geschlossener Schub von französischen Schweizern, dazu Gruppen von Pfälzern, Nassauern und anderen Süddeutschen nach Ostpreußen; aber auch von ostwärts kamen nicht wenige

Siedler, litauische, kurische, livländische Bauern – und dann seit 1732 die Salzburger, an die fünfzehntausend von ihnen. Soweit sich die Salzburger nicht für das Land im fernen, dunklen, vom katholischen Polen umschlossenen Ostpreußen hatten entschließen können – der weitaus kleinere Teil von ihnen –, fanden sie in Holland oder in Amerika eine neue Heimat.

Einen Gefallen hatte sich der Erzbischof mit der Vertreibung von etwa einem Sechstel seiner Untertanen nicht getan. Heute geben die Salzburger Geschichtsschreiber offen zu, daß der böse Aderlaß einen wirtschaftlichen und geistigen Niedergang des Salzburger Landes bewirkte, daß die allzu deutlich offenbar werdende Habgier der Zurückbleibenden, der schlechte religiöse Zustand der Kirche, den die oberflächliche Rekatholisierung jener Protestanten, die nicht hatten auswandern wollen, heraufbeschwor, die Erzdiözese in einen kirchlichen Polizeistaat verwandelt hatte.

Um so großartiger aber profitierte Friedrich Wilhelm I. und durch ihn der letzte Überrest des Ordensstaates, eben Ostpreußen, von den aus halb Europa eingesammelten Menschen, die es allesamt darauf anlegten, das ferne Land zwischen Memel und unterer Weichsel zu erstaunlicher Blüte zu entfalten. 1966 hat es ein Nachfolger jenes Fürsterzbischofs Leopold Anton Graf von Firmian, der Erzbischof Rohracher von Salzburg, ausgesprochen: »Es drängt mich, die Verfügung eines meiner Vorgänger zu bedauern, wodurch die evangelischen Brüder und Schwestern genötigt wurden, das Land Salzburg zu verlassen – und mein aufrichtiges Bedauern auszusprechen,... die evangelischen Brüder und Schwestern dafür um Vergebung zu bitten...« Nun ja, läßt sich dazu nur sagen, besser spät als gar nicht, wenn es auch etwas matt ausgefallen ist. Doch braucht man sich kaum darüber besonders zu erregen. Die Geschichte ist randvoll von Dummheit, Irrsinn und Bosheit – und jeden Tag (man braucht nur die Zeitung aufzuschlagen) kommen weitere Auflagen von Dummheit, Irrsinn und Bosheit der Regierenden hinzu; und vernünftige Maßnahmen wie die Friedrich Wilhelms I. von Brandenburg-Preußen, die er mit der Ansiedlung der »Kolonisten« seinem Ostpreußen zugute kommen ließ, sind leider nur selten zu bejubeln. — —

Sieht man sich die Staatenkarte von Mitteleuropa in der ersten Hälfte des achtzehnten Jahrhunderts an, so erkennt man sofort, daß das ehemalige Kernland des Deutschen Ordens, das spätere Herzogtum Preußen und dann als kurbrandenburgischer, von Polen endgültig gelöster Landesteil Ostpreußen, wo sich 1701 der brandenburgische Kurfürst zum »König in Preußen« hatte krönen lassen, auf keinem anderen Wege, wenn man nicht von Kolberg nach Königsberg mit dem Schiff fahren wollte, von Brandenburg her zu erreichen war, als daß man königlich-polnisches Gebiet durchquerte, indem man entweder den uralten »Markgrafenweg« über Schlochau benutzte oder sich weiter im Süden über Friedland, Schwetz bewegte, um das weit nach Ostpreußen hineinragende, ebenfalls polnisch-katholische Ermland zu vermeiden.

So geschah es an einem strahlend hellen und zum ersten Mal sommerlich heißen Tage gegen Ende Mai des Jahres 1733, daß der »erbgesessene« Friedländer Ackerbürger Walkner, Johann-Christian (die Walknerei allerdings war damals mit der völlig verelendeten Schafzucht und Tuchmacherei ebenfalls auf den Hund gekommen und wie so vieles andere im darniederliegenden Polnisch-Preußen fast gestorben), auf seinem entlegensten Acker – auf dem »Dienertsplan« am Ostrand des Gnevenwaldes – mit sei-

nem Pferdegespann am Pflügen war. Das Feld sollte in diesem Jahr, wie es die »Dreifelderwirtschaft« vorschrieb, als Brache liegen bleiben; aber Johann-Christian mochte die Brache nicht allzu stark verkrauten lassen und zog es vor, das starke, frisch geschossene Gras und sonstiges Gewächs flach unterzupflügen, damit es nicht eine allzu dichte und feste Narbe bildete.
Die Mittagsrast war schon seit einer Stunde vorbei. Die starke Sonne brannte mitleidslos hernieder. Mensch und Pferde waren die schier gnadenlose Hitze des beginnenden Sommers noch nicht gewöhnt. Der Schweiß rann dem Pflüger hinter dem leise knirschend das Erdreich durchschneidenden eisernen Pflug in die Augen. Den beiden strammen Pferden stand der weiße Schaum an den Hälsen und Flanken. Die Arbeit war alles andere, nur kein Vergnügen an diesem von Fliegen und Bremsen durchschwirrten Tage um die Stunden des frühen Nachmittags; die Luft am Waldrand schien zu wabern.
Wieder einmal war Johann-Christian am oberen Ende des Feldes angekommen, wo breit und sandig der Richtweg über Prützenwalde nach Landeck vorüberführte; er zeigte sich leer – nach Osten, wo er zur Stadt führte, und nach Westen, wo er schon bald in den Gnevenwald eintauchte. Der Mann hinter dem Pflug wurde offenbar nicht dadurch beunruhigt, daß er und seine beiden Rösser die einzigen lebenden Wesen unter der glühenden Sonne zu sein schienen, so weit das Auge reichte – und es reichte sehr weit über Fluren und Wald und sanfte Hügel mit vielen Inseln aus Bäumen und Vogelgebüschen.
Johann-Christian klatschte den Pferden leicht die Leine auf die festen Rücken; die Tiere wußten längst Bescheid, ruckten noch einmal an, so daß ihr Herr und Meister den schweren Pflug aus dem Boden heben konnte, und wen-

deten dann nach links hinüber, wo der Pflüger das Ackergerät wieder einsetzen würde, um die nächste Furche feldab zu ziehen. Die beiden Tiere brauchten nicht gelenkt zu werden, bogen richtig ein, der linke Braune in die Furche, während der rechte auf der hohen, noch nicht umgestülpten Erdkante verblieb. Johann-Christian konnte mit einem genau abgemessenen, kurzen Schwung die blanke, geschwungene Pflugschar zur nächsten Furche feldhinunter wieder in den begrünten Boden dringen lassen. Dann aber, ehe noch die Pferde in den ruhigen Schritt verfallen waren, mit welchem sie das Erdreich in braunlockigen, gleichmäßigen Wellen umwarfen, rief der Mann hinter ihnen zwischen den beiden Führungsgriffen des Pfluges ein leises »Prrr« und gab den Tieren ein leichtes Zeichen mit der Leine, die er über den rechten Griff gehängt hatte. Er murmelte im Selbstgespräch:
»Ein Weilchen verpusten! Verdammt heiß heute! Wir werden sowieso fertig, noch vor dem Abend. Muß den Pferden die Stechfliegen von den Hälsen kehren.«
Er tat es, schlug mit der flachen Hand die Quälgeister an den Hälsen tot; sie fielen einer nach dem andern ab. Die beiden Braunen ließen es sich gern gefallen; ihre langen, schwarzen Schwänze peitschten indessen über die Flanken und unter ihre Bäuche. Auch die Tiere genossen und nutzten die kurze Rast.
Johann-Christian war wieder hinter den Pflug in die schon begonnene Furche getreten und lehnte mit dem Rücken an der Querstange zwischen den Leitgriffen des Geräts. Er wischte sich mit dem Hemdsärmel den Schweiß von der Stirn, wobei ihm seine Kappe auf den Hinterkopf rutschte. Er sah sich um; er liebte es, von Zeit zu Zeit den Blick über die grünen Weiten schweifen zu lassen, die gute, duftende Erde, die so reiche Frucht brachte, wenn

man sie nur ordentlich pflegte. Und dies war sein Acker, der seit Jahren wüst gelegen hatte, als er ihn übernahm; das Feld hatte zu Elisenhof gehört, einem größeren Hof, dessen Besitzerfamilie gegen Ende des Nordischen Krieges samt und sonders von den Russen erschlagen, dessen restliches Gesinde von der Pest vernichtet worden war. Johann-Christian hatte den Acker am Gneven lächerlich billig erwerben können, als nach dem Frieden von Nystad die Ruhe im Lande einigermaßen wieder hergestellt war. Der Starost in Schlochau war froh, wenn sich überhaupt jemand fand, der sich des weithin wüst gewordenen Landes annahm, und räumte den Übriggebliebenen günstige Bedingungen ein. Und mit der polnischen Verwaltung hatten weder Johann-Christian noch sein drei Jahre zuvor verstorbener Vater Johann-Albrecht jemals Ärger gehabt.

Johann-Christian stand plötzlich starr. Auch die Pferde ließen die Schwänze ruhen und stellten die Ohren auf. Dort wo der Prützenwalder Weg aus dem Walde austrat, war ein von vier braunscheckigen Ochsen gezogener Planwagen aufgetaucht, ein Wagen, der anders, größer nämlich und schwerer, aussah als die Wagen, die in Pommerellen, in der Schlochauer Starostei üblich waren. Das Gefährt näherte sich schwerfällig; gleich hinter ihm folgte ein ähnliches Gespann und noch ein drittes und viertes.

Der erste Wagen hielt neben Johann-Christian an, der zum Straßenrand getreten war. Die weiteren Gespanne fuhren auf und hielten ebenfalls. Wie viele Fahrzeuge noch im Walde steckten, ließ sich nicht erkennen.

Ein hochgewachsener Mann in abgewetzten, verstaubten Kleidern mit einem langen Stecken in der Hand, mit dem er die Ochsen angetrieben hatte, trat auf Johann-Christian zu:

»Grüß Gott, Bruder! Hoffentlich verstehst du deutsch! Wir sind ja hier im Polnischen. Wir wollen nach Friedland und weiter nach Tuchel und ins brandenburgische Ostpreußen. Ist es noch weit bis Friedland? Schlechtes Fahren heute in der Hitze!«

Grüß Gott – so redete keiner im Schlochauer Land. Johann-Christian begriff schnell, was für Leute er vor sich hatte. Gerüchtweise war zu vernehmen gewesen, daß Evangelische, Protestanten in Kolonnen von zehn, zwanzig Gespannen auf dem Markgrafenweg ostwärts durch Schlochau gezogen wären, Vertriebene aus dem Salzburger Land, das irgendwo weit im Südwesten gelegen war, wo genau, das wußte keiner. Aber der gestrenge König von Preußen in Berlin, Friedrich Wilhelm, selber ein Protestant, hätte den Salzburgern Asyl in seinem hinter der Weichsel gelegenen Ostpreußen angeboten – und viele Salzburger, gestandene Leute meistenteils und gar nicht ärmliche, viele erfahrene und geschickte Handwerker darunter, hätten des Königs von Preußen großzügiges Angebot angenommen. Nun war also ein Trupp der »Kolonisten« über die südliche Route nach Ostpreußen unterwegs und war als erstem Friedländer auf ihn, den Johann-Christian gestoßen. Er hatte ein wenig Mühe gehabt, die Ansprache des Fremden zu verstehen. Deutsch war es gewesen, aber in anderem Tonfall und auch in anderen Wendungen gesprochen, als man es in der Friedländer Gegend gewohnt war. Johann-Christian gab zur Antwort:
»Jawohl, Fremder, Friedland ist nicht mehr weit. Im Ochsentempo eine gute halbe Stunde. Hier spricht man überall deutsch, bloß die Regierung ist polnisch und katholisch. Aber die Leute sind alle beim lutherischen Glauben. Sicherlich werdet ihr bei uns in Friedland rasten können, und man wird euch nicht leer ausgehen lassen.«

Der Fremde winkte müde ab:
»Das klingt nicht schlecht und macht mir Mut. Aber wir haben einen Führer aus dem Brandenburgischen bei uns, und der muß uns so schnell wie möglich durch die Gebiete lotsen, die zum Königreich Polen gehören. Wir dürfen heute abend erst in einem Ort haltmachen, der Grunau heißt.«
»Grunau – das ist noch drei bis vier Wegstunden hinter Friedland nach Osten. Ob da nicht eure Ochsen vorher schlappmachen? Da müßt ihr ja bis in die Nacht hinein unterwegs sein!«
»Unsere Zugtiere haben sich längst an die langen Tagesmärsche gewöhnt. Wir haben sie ständig gut im Futter halten können. Und die Tage sind jetzt lang. Polen ist katholisch, hat man uns gesagt. Und weil wir nicht wieder katholisch werden wollen, hat uns der Erzbischof des Landes verwiesen. Es liegt uns sehr daran, katholische Gebiete ohne Aufenthalt hinter uns zu bringen.«
»Das kann ich gut verstehen, Fremder. Ich habe da selbst einiges erlebt und weiß, wie es zugeht, wenn katholisch und lutherisch zusammenstoßen. Aber hier braucht ihr nichts zu fürchten; hier sind die allermeisten Leute deutsch und lutherisch, und die Polen lassen uns im großen und ganzen gewähren.«
Ein verstaubter Mann war von einem der hinteren Wagen nach vorn gekommen, nach dem Grund des Aufenthalts zu forschen. Er war anders gekleidet als der Salzburger, der mit Johann-Christian gesprochen hatte. Johann-Christian begriff gleich: Das ist der Begleiter oder der Wegekundige, der den Leuten nach Marienwerder und Deutsch-Eylau mitgegeben ist. Der Mann sah abgehetzt aus, überanstrengt; es mochte ihm zu viel an Verantwortung aufgebürdet sein. Und dem Johann-Christian war es,

als flüsterte ihm jemand ins Ohr: Der König von Preußen mutet seinen Leuten viel zu; so hört man es ja immer; hier bei uns in Polnisch-Preußen geht es lässiger zu; man muß sich nur ein wenig zu drehen und zu wenden wissen. Der neu hinzugekommene, gestiefelte Mann ließ sich mit Ungeduld in der Stimme vernehmen:
»Keinen unnötigen Aufenthalt, Bastian! Du darfst nicht einfach deine Ochsen anhalten, und die ganze Kolonne muß warten. Wir haben noch ein weites Ende vor uns. Also fahr wieder an!«
»Ich weiß, Fritz. Aber dies war der erste Mensch, dem wir seit Prützenwalde und dem verlassenen Rosenfelde begegnet sind. Das Land ist so einsam und menschenleer, daß man Angst bekommen kann. Ich mußte ein paar Worte wechseln. Wir sind nicht mehr weit von Friedland entfernt, sagt er. Aber ich fahre schon, ich fahr' schon wieder an!«
Mit einem lauten Ruf trieb er sein Gespann wieder an. Unter der Plane seines Wagens blickten eine Frau mit einer Haube auf dem Kopf und über ihre Schulter zwei kleine Mädchen auf die Männer am Wegrand hinunter; die drei Wesen ließen keinen Laut vernehmen. Aber in den weit aufgerissenen Augen der Frau standen Sorge und Angst geschrieben. Johann-Christian empfand es wie einen Stich im Herzen: Diese Menschen sind vertrieben aus ihrer Heimat, reisen durch ein für sie fremdes, feindliches Land in eine Zukunft und eine Ferne, von der sie sich noch keine Vorstellung machen können. Dabei wohnt es sich doch gar nicht schlecht bei uns, wenn nicht gerade Krieg ist. Man muß gut zu diesen Leuten sein; es ist gewiß sehr hart, aus der Heimat vertrieben zu werden. Das haben die Polen uns nicht angetan, trotz allen katholischen Eifers. Unser Glauben ist uns zugesichert. Aber wer weiß, was noch kommt!

Johann-Christian war wieder zu seinem Gespann auf den Acker zurückgetreten und hatte die Wagen an sich vorüberziehen lassen. Die Treiber der Ochsen – in drei Fällen auch der Pferde, keiner sehr tüchtigen Pferde nach Johann-Christians Vorstellungen – hatten den fremden Mann am Wegrand, der ihnen auf polnischem, nicht befreundetem Boden in deutscher Sprache gute Fahrt und guten Weg wünschte, allesamt wie erleichtert, so schien es, zurückgegrüßt. Dann war der offenbar letzte Wagen vorübergerollt, der Staub, den die vielen Räder aufgewirbelt hatten, trieb bereits in einer gemächlichen graubraunen Wolke nordwärts, seitwärts ab, und Johann-Christian wollte sich aufseufzend wieder dem noch umzuwerfenden Teil seines Ackers zuwenden. Die Sonne schien etwas weniger bissig hemiederzuprallen; sie neigte sich schon. Das Handpferd war, wahrscheinlich bei der Abwehr der blutgierigen Bremsen, über die Stränge getreten, hatte sich quer zur Furche gestellt. Es kostete den Johann-Christian einige Mühe, dem Pferde wieder in die richtige Stellung zu helfen und die verhedderten Leinen und Stränge richtig zu ordnen.
Aber endlich war es soweit. Die Wagen der Salzburger waren schon hinter einer bebuschten Kuppe verschwunden. Johann-Christian war hinter den Pflug getreten, richtete ihn auf, setzte ihn ein und rief »hü«, um nach der allzu lang geratenen Pause wieder mit der Arbeit zu beginnen.
Aber er wurde von neuem abgelenkt. Aus den Augenwinkeln nahm er wahr, daß auf dem Weg noch ein Gefährt aus dem Walde hervor in Sicht gekommen war, ein kleinerer Planwagen mit zwei Ochsen davor, ein Nachzügler also. Wie Johann-Christian schon aus der Ferne sogleich erkannte, war es ein weibliches Wesen, das die Ochsen antrieb, und nicht ein Mann, wie es zuvor wie selbstver-

ständlich für alle Salzburger Wagen gegolten hatte. Die Frau oder das Mädchen – ob das eine oder das andere, war aus der Ferne noch nicht zu erkennen – hatte offenbar Schwierigkeiten mit den Zugtieren; sie waren schon zu abgetrieben, oder der Wagen zu schwer beladen; nur zwei Ochsen auf dem tief versandeten Weg – da steckte nicht viel Kraft dahinter. Johann-Christian brauchte darüber nicht nachzudenken; er wußte es sofort.

Aber wissen wollte er auch, was dieser einzelne Wagen bedeutete und warum die Hauptkolonne ihn abgehängt hatte. Johann-Christian hatte die neue Furche noch keine zwanzig Schritt weit gezogen, griff nun nach der Leine und brachte sein Gespann wieder zum Stehen, wandte sich der Straße und dem heranschwankenden Wagen zu – ja, schwankend! Johann-Christian sah es sofort: das rechte Vorderrad des Wagens war völlig aus dem Lot geraten und pendelte bei jeder Umdrehung hin und her, wobei es jedes Mal am Wagenkasten laut und vernehmlich schleifte. Das mußte den Ochsen als harte Hemmung im Joch zu spüren sein und machte sie unwillig oder vor der Zeit müde. Unter der Plane über der Deichsel hockte, wie Johann-Christian bald erkannte, ein weißhaariger Mann, der sich an der Kastenwand vor seinen Knien krampfhaft festhielt, um in dem ungleichmäßig taumelnden Gefährt nicht vom Sitz geschwenkt zu werden.

Johann-Christian runzelte die Brauen: Ein alter, schwacher Mann, ein brüchiger Wagen, ein Mädchen, das mit den Ochsen nicht recht fertig wurde – den Tieren wurde wahrscheinlich zu viel abverlangt – Johann-Christian murrte in sich hinein:

»Das kann nicht gut gehen auf die Dauer. Das geht nicht gut!«

Als hätte er's berufen, so prompt geschah es vor seinen

Augen, keinen Steinwurf weit entfernt, geschah, kaum daß es dem Manne durch den Sinn geschossen war.
Das rechte Vorderrad wollte nicht mehr am Wagenkasten vorbeischrammen, war um einen oder mehr Zoll weiter aus der Senkrechten geraten, blieb stecken, hemmte – und barst mit lautem Krachen in viele Stücke. Die Ochsen prallten erschrocken vorwärts und rissen den Wagen über die rechte Vorderachse zu Boden, als wäre er betrunken. Die Achse mit den zersplitterten Resten des Rades bohrte sich in den Boden. Die Ochsen wuchteten im Vorprall die Schwengel vom Wagengestell, waren frei, stellten sich quer, fühlten keinen Zug mehr in den Jochen, blieben einfach stehen, schnell befriedigt. Ochsen eben, keine Pferde!
Aber das war das größte Unglück nicht. Voll blanken Entsetzens hatte Johann-Christian mit ansehen müssen, wie der harte Ruck, mit dem das berstende Rad den Wagenkasten zur Seite gestürzt hatte, den alten Mann von seinem Frontsitz wie einen willenlosen Ballen Stroh neben den Wagen auf die Straße geschleudert hatte. Dort lagen Feldsteine genug. Mit dem Kopf schlug der Alte auf; ein leiser, aber fürchterlicher Laut wurde hörbar:
»Mein Herr und Gott, er hat sich den Schädel eingeschlagen!«
Die Worte waren ihm abgepreßt worden; er wurde sich seines Schreckensrufes kaum bewußt. Er stürmte die eben begonnene Furche entlang zur Straße hinüber. War dem Mädchen, der Ochsentreiberin, auch etwas passiert? Das weibliche Wesen war dem windschief vorprellenden und dem stürzenden Wagen mit einem Sprung zur Seite ausgewichen; war an einem Grasbüschel hängen geblieben, gestrauchelt und am Wegrain auf Knie und Hände gestürzt, dicht vor den hereileilenden Johann-Christian.

Die Gefallene blickte zu dem Manne hoch – ein schmales, abgehärmtes Gesicht unter wirrem dunklem Haar; zwei dunkle große Augen, in denen Schrecken und Elend zu lesen stand und eine flehentliche Bitte um Hilfe. Tief drang dieser erste jammervolle Blick in das Herz des Mannes. So war er noch niemals angeschaut worden.
»Ist dir nichts passiert? Komm, ich helf' dir auf!«
Er griff zu – sie schien ihm federleicht. Sie ließ sich helfen, strich sich die dunklen Haare aus der Stirn, wurde dann erst des alten Mannes inne, der mit ihr zugleich aus dem Wagen geschleudert war:
»O Herr im Himmel, was ist mit Vater?«
Sie beugten sich beide über den am Boden lang ausgestreckten Leib des Verunglückten; der war also des Mädchens Vater. Er lag auf dem Rücken. Aus einer Wunde am Hinterkopf sickerte Blut in den Sand. Seine Augen standen offen, blickten leer in den Himmel; auch der Mund war einen Finger breit geöffnet, als habe er schreien wollen, und der Schrei war ihm erstickt, bevor er noch hörbar geworden war.
Johann-Christian sprach es aus, von plötzlichem Entsetzen geschüttelt:
»Er ist tot!«
»Tot? Er darf doch nicht tot sein!«
Das Mädchen warf sich über den Leichnam, nahm den Kopf des Gestürzten in beide Hände, erschrak, als ihre Hände dabei blutig wurden, zog sie zurück und blickte wie in maßlosem Grauen auf die rotgesprenkelten Hände hinunter. Ihr Mund klaffte auseinander. Wollte sie schreien vor Schrecken und Not?
Als müßte es so sein, und ohne zu überlegen zog der Mann die Verzweifelnde zu sich hoch, hielt sie in den Armen – und sie barg sich darin als der einzig sich bietenden Zu-

flucht, hielt still in den starken Armen mit den hochgekrempelten Hemdsärmeln des verstaubten, groben Arbeitshemds über der breiten Brust.
Es verstand sich ganz von selbst, er versagte nicht in dieser Minute, in der er aufgerufen wurde, einem anderen elenden Menschen beizustehen.
»Nun, nun, Mädchen, du bist ja nicht allein. Wir sind hier keine Unmenschen. Wir werden schon helfen. Gegen den Tod ist kein Kraut gewachsen. Komm, wir müssen sehen, wie wir dich weiterbringen, daß du die andern wieder einholst. Aber nein, deinen Vater müssen wir erst begraben – in meiner Stadt – in Friedland. Wir sind evangelisch hier, wie ihr. Unser Pastor wird ihn einsegnen. Fasse dich nur! Dein Vater muß schon sehr schwach gewesen sein, sonst wäre er nicht so haltlos aus dem Wagen gestürzt. Komm, liebes Mädchen, mit Weinen richtet man nichts aus.«
So redete er auf das magere, federleichte Ding in seinen Armen ein. Der tröstende Klang seiner Stimme mehr als das, was die Worte besagten, beruhigte sie bald. Sie raffte sich zusammen. In dem schmalen Leib schien ein stärkerer Wille verborgen zu sein, als zu vermuten gewesen war. Johann-Christian erfuhr, daß die Eltern des Mädchens – es mochte etwa zwanzig, einundzwanzig Jahre zählen – auf der beschwerlichen langen Reise durch vieler Herren Länder vom fernen Salzburg herauf böse krank geworden wären, daß sie die Mutter hätten unterwegs begraben müssen, daß der Vater sich gar nicht hätte erholen wollen, immer schwächer geworden wäre und die Ochsen nicht mehr hätte treiben können, so daß sie, die Katharina, Hauppacher Katharina, den Wagen und die Ochsen allein hätte versehen müssen – und den kranken, nach dem Tode der Mutter ganz willenlos gewordenen Vater dazu:
»Ich hab's bald nicht mehr geschafft. Und jetzt ist alles aus

– und der Vater wird Ostpreußen nie zu sehen kriegen und war doch schon so darauf aus, einen neuen Anfang zu machen. Er war ein gesuchter Gewandschneider, und die Vögte des Erzbischofs waren sehr böse, daß er nicht zu bewegen war, katholisch zu werden, das Abendmahl in zweierlei Gestalt aufzugeben und in Salzburg zu bleiben.«
Johann-Christian mochte nicht weiter in die Verstörte dringen – aber sie war gar nicht mehr verstört; sie faßte sich schon. Er erfuhr lediglich noch, daß der für die Wagenkolonne verantwortliche brandenburgische Führer den Befehl gehabt hätte, den Zug so schnell wie möglich durch das polnische Gebiet zu schleusen. Er hatte entschieden, daß der Hauppacher-Wagen sich bis Friedland voranbringen sollte, so gut es eben ging; in Friedland würde das beschädigte Rad zu heilen oder zu ersetzen sein – und in zwei, drei Tagen käme nochmals eine Gruppe von Salzburger Wagen über die gleiche Straße gezogen; der sollten sich die Hauppachers dann wieder anschließen; das Rad, so hatte der Vormann aus Küstrin gemeint, würde schon noch bis Friedland halten, wenn die Happacherin nur langsam und vorsichtig führe.
Es hatte nicht gehalten. Was nun?
Johann-Christian entschied:
»Wir laden deine Habe um auf meinen Ackerwagen. Meine Pflügerei ist so wichtig nicht; sie kann ein paar Tage warten. Deinen Wagen müssen wir später einholen in die Stadt, damit er repariert werden kann. Deinen Vater betten wir bei mir obenauf; es muß irgendwie gehen. Die Ochsen binden wir hinten an meinen Wagen. Meine Pferde bringen uns in einer halben Stunde auf meinen Hof in der Stadt. Meine Mutter und unsere Magd werden sich deiner annehmen, Katharina, und deinem Vater werden wir ein gutes evangelisches Begräbnis bereiten. Wir sind

hier Kummer und Not, Krieg und Seuche gewöhnt, und Glaubensbrüder lassen wir schon gar nicht im Stich. Und mit den Polen ist im übrigen auch auszukommen.«

Um die lange Geschichte kurz zu machen: Die Hauppacher Katharina ist nie nach Ostpreußen gelangt. Johann-Christian, der sich bis dahin zu keiner Frau hatte entschließen können, fühlte sich von dem schmalen, dunklen Geschöpf, das ihm am Rande seines Ackers entgegengestürzt war, unwiderstehlich angezogen. Auch seine alte Mutter, der die Arbeit auf dem Hof längst zuviel geworden war, freute sich, daß der Himmel dem Sohn ein so schönes und freundliches, wenn auch etwas fremdartiges Mädchen zugeführt hatte. Der Sohn war ja immer wählerisch und auch eigenwillig gewesen und hatte mit dem Vater oft Streit gehabt, solange der noch lebte. Nun sollte er also eine Salzburgerin heiraten, die ihm der liebe Gott selbst, das war nach allem kaum zu bezweifeln, in die Arme gelegt hatte. Katharina gab sich große Mühe, es der alten Mutter in allen Dingen recht zu machen, obgleich ihr das in der fremden Umgebung, in der ein ihr zunächst kaum verständliches Plattdeutsch gesprochen wurde, gewiß nicht leichtfiel.
Johann-Christian und Katharina heirateten schon weige Wochen, nachdem Katharinas Vater in der warmen Friedländer Erde auf ewig Ruhe gefunden hatte. Anders war es gar nicht zu machen. Die Mutter selbst drängte darauf; sie wollte nicht, daß der Schützling, der in ihrem Hause heimisch geworden war und mit Klugheit und Tatkraft von Anfang an viele Pflichten in Haus und Hof übernommen hatte, sie wollte auch nicht, daß ihr Sohn Johann-Christian und das Salzburger Mädchen in der übrigen Stadt ins Gerede kamen.

Schon ein Jahr später wurde den beiden ein erstes Kind geschenkt, ein Sohn. Auf Katharinas Wunsch wurde er auf einen Namen getauft, der sonst in Friedland nicht üblich war: auf Christopher.

11. Kapitel

Mit der Salzburgerin war wiederum ein neuer Schuß Unruhe, Hartnäckigkeit, Kühnheit ins Walknersche Blut gedrungen, obgleich auch schon vorher daran kaum ein Mangel bestanden hatte. Jener Christopher wurde dann eine merkwürdig schillernde Figur unserer Familie, an die sich höchst verwegene Vermutungen – um nicht zu sagen Verdächtigungen knüpften.

Großvater sprach, wie gesagt, nicht gerne über die zweite Hälfte der polnischen Zeit. Wenn ich über diese Jahrzehnte doch einigermaßen Bescheid weiß, so verdanke ich das einem Manne, der bisher auf diesen Seiten noch nicht in Erscheinung getreten ist, der aber an dieser Stelle für den Fortgang des Berichts unentbehrlich wird. Es handelt sich um den jüngeren Bruder meines Großvaters, um Laurents Walkner. Er führte nicht den Vornamen Johann; das kam nur den jeweils Erstgeborenen einer Generation zu. Ich wurde mit diesem Großonkel erst vertraut, als der Großvater schon gestorben war und sein Bruder Laurents allmählich an die Stelle des kurz vor dem Ersten Weltkrieg dahingegangenen geliebten und auch scheu verehrten Vatersvaters rückte – ich meine: für mich und mein Verhältnis zur Familie.

Laurents war zehn Jahre jünger als mein Großvater Johann-Wilhelm, war der letztgeborene meiner Großmutter Friederike Albertine, geborene Krohn. Ich durchlief damals die höheren Klassen des Gymnasiums in Bromberg, erwarb mit der Versetzung von Unter- nach Obersekunda das »Einjährige«, das heißt die Berechtigung, im kaiserlichen Heer als Rekrut nur ein und nicht zwei Jahre dienen zu müssen. Und glühend beneidete ich meine vier Stiefbrüder aus der ersten Ehe meiner Mutter, die alle vier im Ersten Weltkrieg als Soldaten an der Front standen, zwei im Osten und zwei im Westen – und wünschte mir in jugendlicher Verblendung, der Krieg möge noch so lange dauern, bis auch ich alt genug geworden wäre, mich an der Front gegen den »Feind«, das heißt gegen die Russen, Franzosen, Engländer, Australier, Neuseeländer, Kanadier, Inder, Marokkaner, Portugiesen usw. und schließlich (seit 1917) gegen die Amerikaner zu bewähren – und möglichst auch auszuzeichnen. Dieser geheime Wunsch blieb in mir auch dann noch lebendig, als mein ältester Stiefbruder Kurt als »auf dem Felde der Ehre für Kaiser und Reich« in Frankreich gefallen, mein zweitjüngster, Karl, »vermißt« und mein jüngster Stiefbruder als »wahrscheinlich in Gefangenschaft geraten« gemeldet wurde. Mein Verlangen danach, den Krieg nicht zu versäumen, wurde durch diese Verluste nicht gemindert; sehr ernst wurde ich angesichts der Trauer meiner geliebten Mutter; aber stärker bestimmte mich das Gefühl, es mit meinem Gewissen nicht vereinbaren zu können, daß meine Brüder sich »auf dem Altar des Vaterlandes« opferten, während ich die vollkommen ungefährliche Schulbank drückte, mich mit Horaz und Vergil abmühte (widerwillig) und mit Logarithmen und Vektoren vertraut wurde (gern, sogar leidenschaftlich gern!), vor allem aber jede freie Stunde auf unserem Hof in Preußisch-Friedland mitzuhelfen hatte, denn die Arbeitskräfte waren »kriegsbedingt« knapp. (Darüber gab es gar keine Debatte, weder mit Eltern oder Verwandten, noch mit mir selber.) Ganz am Schluß, als Seine Majestät der Kaiser schon die noch kaum dem Knabenalter entwachsenen grünen Jungen einziehen mußte, um die Lücken an der Front in Frankreich notdürftig zu stopfen, erwischte mich der Krieg nach verfrühtem Abiturium dann doch noch – und trieb mir, der nur knapp gelernt hatte, am schweren MG vorn und hinten zu unterscheiden, ein für allemal die Flausen von Heldentum aus; sie erstickten vollkommen unrühmlich im Schlamm der flandrischen Schützengräben.

Ohm Laurents – wie er zum Unterschied von verschiedenen »Onkeln« der nächstjüngeren Generation, der meines Vaters, genannt wurde – Ohm Laurents war von mir stets mit scheuem Respekt zur Kenntnis genommen worden, solange der Großvater noch lebte und ich noch mehr oder weniger in den Kinderschuhen steckte. Wenn er sich nämlich durch die Stube oder seine große Tischlerwerkstatt bewegte, so gab es jedes Mal einen sonderbar harten, hohlen Ton, wenn er den linken Fuß aufsetzte, so als wenn Holz auf Holz klopfte. So war es in der Tat, und meiner knabenhaften Phantasie erschien das einigermaßen unheimlich. Und noch unheimlicher erschien mir, was der Großvater eines Tages, als wir wieder einmal »vorlangs« unterwegs waren (wo ich dann fragen durfte, was ich wollte), als Erklärung für den hölzernen Paukenton zum besten gab:

»Ja, Jung, mein jüngerer Bruder Laurents, der hat in jungen Jahren den ganzen achtzehnhundertsiebzig/einundsiebziger Krieg gegen die Franzosen mitgemacht, und in der Entscheidungsschlacht bei Sedan haben ihm die Franzosen, noch ehe sie kapitulierten und ihr Kaiser Napoléon

der Dritte gefangengenommen wurde, den linken Fuß abgeschossen. Ohm Laurents ist beinahe daran verblutet; halbtot war er schon, als sie ihn schließlich aufsammelten und in ein Feldlazarett brachten. Aber was vom Fuß noch übrig war, das mußten ihm die Ärzte eine Handbreit über dem Knöchel absägen, ganz ohne Betäubung. Aber er hat es schließlich überstanden und steht nun mit dem Beinstumpf in einem Holzfuß mit einer Stulpe, die er sich am Unterschenkel festschnallt. Ohm Laurents ist ja ein sehr geschickter Tischler und macht sich seinen Holzfuß selber. Der sitzt ihm wie angegossen. Aber jedes Mal, wenn er damit auftritt, dann bumst es natürlich ein bißchen. Du mußt ihn nicht danach fragen, Junge; er mag das gar nicht!«
Ich habe Ohm Laurents auch nie danach gefragt, auch später nicht, als der Großvater schon gestorben, ich schon in die Prima aufgerückt war und das Essen im zähe sich hinschleppenden Ersten Weltkrieg immer knapper wurde. In Friedland allerdings, wohin ich in den Sommer- und Herbstmonaten »kriegsbedingt« abgestellt wurde, um zu helfen, das heißt die im Felde stehenden Instleute zu ersetzen, merkte man von der jammervollen Dürftigkeit der Versorgung in den größeren Städten wie Bromberg nicht viel; es bot sich auch häufig genug Zeit und Gelegenheit, mich der sachte aufsprießenden Freundschaft mit Ohm Laurents hinzugeben.
Nur ein einziges Mal hat der Ohm auf seinen Holzfuß angespielt. Das geschah, als ich ihm von zu Hause die Nachricht weitergab, daß mein ältester Stiefbruder Kurt im Westen gefallen war.
»Und der Karl ist vermißt im Osten, der Gustav wahrscheinlich in russischer Gefangenschaft; der war mir der liebste von meinen Stiefbrüdern.«

Der Ohm hörte sich das an und sagte gar nichts. Ich dachte schon, ich hätte das nicht erwähnen sollen, denn längst hatte ich in ganz verschiedenen Zusammenhängen gemerkt, daß der Ohm mit Krieg und Kriegsgeschrei nicht viel im Sinn hatte. Er knurrte schließlich:
»Du wirst das schon noch begreifen, Johann-Alfred, bist gescheit genug dazu und brauchst nicht erst zu warten, bis sie dir auch ein Bein abschießen: die Kaiser, Könige, Präsidenten und ähnliche Großkopfete machen Krieg, weil einer immer größer und stärker sein will als der andere, zanken, beschimpfen und beneiden sich wie die kleinen Rotzbengels auf dem Schulhof – aber sich die Beine abschießen oder das Lebenslicht ausblasen zu lassen, dazu sind dann Hinz und Kunz, die Walkners und deine Stiefbrüder gut genug; ich zum Beispiel habe mich seit annähernd fünf Jahrzehnten mit einem Klumpfuß abzufinden.«
Die harte Bitterkeit dieses unerwarteten Ausbruchs verschlug mir damals die Sprache; sie paßte so gar nicht zu den »Durchhalte-Parolen«, die in der Schule, in den Zeitungen und auch sonst an der Tagesordnung waren.
Mein jüngster Stiefbruder Gustav kam dann doch eines Tages gegen Ende 1917 aus der russischen Gefangenschaft zurück. Er hatte sich zu Fuß vom Kaukasus bis nach Deutschland durchgeschlagen, sah unbeschreiblich hohläugig und elend aus, war krank, hatte Fieber, wußte aber mit offenbar viel Schläue dem Militärlazarett zu entgehen und legte sich bei uns zu Hause in meine Kammer, die ich ihm gerne abtrat – meine Mutter pflegte ihn langsam wieder gesund. An manchem Winterabend 1917/18 erzählte er mir abends im Dunkeln wilde Geschichten von der Roten Revolution in Rußland, vom Ende der Zarenzeit und dem Anfang einer neuen »Arbeiter- und Bauernherrschaft«. Dergleichen hatte ich noch nie vernommen und

wußte nicht recht, was ich damit anfangen sollte. Mein Vater wollte nichts davon hören. Und als ich dann in den Weihnachtsferien wieder in Friedland arbeitete (im Winter wurde in der Scheune gedroschen) und mit dem Ohm über meines Stiefbruders Erlebnisse und Erfahrungen im brodelnden Rußland reden wollte, winkte er ab:
»Daraus wird nichts, Junge! Was die sich ausdenken, die Roten, das wird noch schlimmer als alles andere! Wer will das wissen! Laß uns lieber von etwas anderem reden, von vergangenen Dingen. Von denen weiß man wenigstens, wie sie ausgegangen sind – oder glaubt es wenigstens zu wissen.«
Der Ohm war also, wie es solche Reden anzeigen, ein ganz und gar skeptischer Mann, was ihn jedoch nicht abgehalten, vielleicht sogar bewogen hatte, sich weit in der Welt umzusehen, sich zu bilden und ein tüchtiger Handwerksmeister (und auch Geschäftsmann) zu werden. Die Möbel, die in seiner großen Tischlerwerkstatt vor dem Hohen Tor vom Meister Laurents und seinen Gesellen hergestellt wurden, sehr solide, sauber und ansehnlich gearbeitet, genossen weit umher im Schlochauer Land einen ausgezeichneten Ruf, der überhaupt nicht mehr zu erschüttern war, seit auch die Herrschaften im Schloß Dobrin (auf der Südhöhe über dem Stadtsee) bei ihm Hochzeitsgut für die Tochter hatten anfertigen lassen, das dann in den »besten Kreisen« der Provinz viel Anerkennung gefunden hatte. Der Ohm war also mit der Zeit ein wohlhabender Mann geworden, hatte Land erworben, das vom Hof aus, von dem er ja herstammte, für seine Rechnung mitbearbeitet wurde.
Ohm Laurents rückte also für mich, je mehr ich mich dem Alter der »Wehrfähigkeit« näherte (im Ersten wie später im Zweiten Weltkrieg rutschte dieser verhängnisvolle Zu-

stand ins siebzehnte, ja sechzehnte Lebensjahr der männlichen Jugend zurück), zu dem bedeutsamen Range auf, den zuvor der schon vor dem Krieg verstorbene Großvater innegehabt hatte. Allerdings erlangte meine Beziehung zu ihm niemals die freundliche, sozusagen unbedingte Wärme, die ich für den Großvater empfunden hatte. Aber deren bedurfte ich auch nicht mehr so wie früher, war ich doch den Kinderschuhen unversehens entwachsen, hatte in den oberen Klassen des Gymnasiums viel gelernt, dort auch einen vorzüglichen Geschichts- und Deutschunterricht genossen und mir dabei angewöhnt, nicht mehr unbesehen als wahr hinzunehmen, was von den etablierten Autoritäten, ganz gleich welchen, von mir zu denken und zu glauben verlangt wurde. Mit solcher kritischen Haltung stieß ich bei Ohm Laurents auf großes Verständnis. Mit ihm konnte ich, wenn wir unter vier Augen waren, etwa nach Arbeitsschluß in seiner großen, herrlich nach schierem Holz duftenden Werkstatt oder in seinem weiträumigen Obstgarten an der Bisse unterhalb seines großen Grundstücks am Sonntag, wenn wir hinter dem Wohnhaus im Schatten Kaffee getrunken hatten, höchst aufrührerische Gedanken und Fragen besprechen, die ich anderswo, zum Beispiel bei meinem Vater oder meinen Lehrern, durchaus nicht anbringen durfte; (es gab so viele Tabus, die in der Welt des Bürger-, erst recht des Kleinbürgertums der kaiserlichen Zeit nicht angerührt werden durften!). Der Ohm war, wie zu seiner Zeit noch üblich, nach dem Gesellenstück wohl ziemlich ufer- und planlos auf die Wanderschaft gegangen, hatte in Reims und Rouen, in Wien und Warschau, sogar im dänischen Aarhus Möbel gezimmert oder zimmern helfen, hatte überall Augen und Ohren aufgesperrt und obendrein später, nachdem er sich im heimatlichen Friedland niedergelassen

hatte, wohl ziemlich wahllos gelesen und weiter gelesen, um das Gesehene und Erlebte zu unterbauen. Dabei hatte er viel gelernt und sein kritisches Urteil, vor allem, was die politische Geschichte unserer Heimat anbetraf, gründlich geschärft.
Ich begriff schon damals, daß der Großvater besser geeignet gewesen war, mir die fast legendäre Frühzeit der Geschichte unserer Familie und der friedländisch-schlochauischen Heimat nahezubringen, während der Ohm die nähere Vergangenheit bis zurück in die friderizianische Zeit und die letzten hundertfünfzig Jahre des vergehenden polnischen Königreichs, wie wir es, das heißt meine Vorfahren, im polnischen, im »Preußen Königlichen Anteils« hatten erleben müssen, bis in viele Einzelheiten hinein überblickte und an mich mit vollen Händen weitergab – vielleicht sogar glücklich darüber, daß er sein Wissen einem Sprößling der Familie übermitteln konnte (ihm war nur eine Tochter geschenkt worden), der es ebenso gierig aufnahm, wie er es selber ursprünglich erworben und aufgenommen hatte.
So war es beinahe unvermeidlich, daß ich dem Ohm Laurents eines Tages eine Frage stellte, die mich beschäftigte, seit der Großvater sie nur angedeutet hatte, ohne sie klären zu können:
»Da soll doch, Ohm, so hat es mir mein Großvater erzählt, der Vater von deinem Großvater, dein Urgroßvater also – Johann-Christopher hat er geheißen und ist Anfang der dreißiger Jahre des vorvorigen Jahrhunderts geboren worden – auf sonderbare Weise viel Geld verdient haben. Er soll unserer Familie wieder auf die Beine geholfen haben; vorher soll sie sehr runtergekommen sein. Der Ahn Johann-Christopher, so hat sich Großvater ausgedrückt, soll ›mit Geld viel Geld verdient‹ haben. Darunter kann ich

mir nichts Vernünftiges vorstellen. Ich glaube, der Großvater wußte auch nicht weiter Bescheid. Hast du auch davon gehört, Ohm, und kannst du dir einen Reim darauf machen?«
Wir saßen mit Abstand voneinander auf einer Bank am unteren Ende des Gartens, wo uns niemand stören oder belauschen konnte. Hier war es wunderbar still. Von der ohnehin am Sonntag nur spärlich belebten Stretziner Straße drang bis zu uns im fernen Hintergrund kein Laut herüber. Nur die Bienen an den fünf Bienenstöcken des Ohms nahebei machten sich zuweilen mit dunklem Summen bemerkbar, als würde auf einem Kontrabaß die tiefstgestimmte Saite angestrichen. Der Ohm hatte sein linkes Bein geradeaus von der Bank weggestreckt, und der mit einem wohlgeputzten Lederschuh bekleidete Holzfuß (der Ohm war am Vormittag in der Kirche gewesen und hatte die Sonntagsprothese noch nicht abgelegt) stach aufrecht in die Luft, während der rechte, gesunde Unterschenkel vor der Bank angewinkelt aufgestellt war. »Weißt du, Johann-Alfred, ich muß den Unterschenkelstumpf links so oft wie möglich entlasten; deshalb streck' ich das Bein so weg!« hatte mir der Ohm seine Sitzweise vor kurzem erklärt – was mich verlegen und natürlich sprachlos gemacht hatte; vor mir, dem um sechzig Jahre jüngeren, brauchte er seinen im Siebziger Kriege abhanden geratenen Fuß wahrlich nicht zu entschuldigen. Aber nachdem er mich so wie einen Gleichaltrigen behandelt hatte, fühlte ich mich ihm mehr denn je verbunden.
Der Ohm antwortete nicht gleich auf meine Frage. Aber ich spürte, ohne ihn anzusehen, daß er lächelte. Dies Lächeln kannte ich schon; es bildete stets den Vorboten einer Aussage, die in irgendeiner Weise aus dem Üblichen fiel, zu der er sich so nur vor meinen, das heißt unmaßgebli-

chen Ohren verstand – und ich würde nicht weiter darüber reden, solches blieb unter uns – das verstand sich von selbst!
Erst nach einer Weile fing der Ohm an zu sprechen. Ich hatte eigentlich nur so nebenbei aus einem plötzlichen Einfall heraus gefragt, erhielt aber eine unerwartet weit ausgreifende Antwort:
»Ja, mein lieber Junge, ›mit Geld Geld verdienen‹ – das ist im geheimen seit gut zwei Generationen bei den männlichen Gliedern unserer Familie so eine Art geflügeltes Wort oder besser, ein geflügeltes Geheimnis. Und du kennst es auch schon und zerbrichst dir den Kopf darüber. Nun, mein lieber Großneffe, ich muß gestehen, daß ich mich mit viel Fleiß und Mühe dahinter gemacht habe herauszufinden, was unser Vorfahr Johann-Christopher in Wahrheit angestellt hat, um zu Geld zu kommen. Es ist ja schon anderthalb Jahrhunderte her. Das ist eine lange Zeit. Aber einiges habe ich doch herausbekommen, das heißt, ich habe die Verhältnisse etwas enger eingekreist, die unserem Johann-Christopher die Gelegenheit geliefert haben, zu Geld zu kommen, nach damaligen Begriffen sogar zu recht viel Geld. Fest steht auf alle Fälle, daß unsere Familie vor Christopher genauso elend dran gewesen ist wie die allermeisten Leute in Friedland und überhaupt im polnischen Preußen und sicherlich im ganzen königlichen Polen. Aber danach sind wir anders als die meisten in unserer alten westpreußischen Heimat – aber Westpreußen heißt sie ja im Unterschied zum niemals richtig polnischen Ostpreußen erst seit dem Alten Fritz – ansehnlich begütert gewesen, bis dann, als Napoleon auch die Russen in die Knie zwingen wollte, mein Großvater Johann-Gottlieb unsere Wohlhabenheit wieder zerblies, um sich an den französischen Soldaten zu rächen. Seitdem haben wir auf unserem

Hof so dahingeprachert, halten uns ja auch ganz leidlich über Wasser; aber den alten Glanz aus der Zeit bis zu den Freiheitskriegen 1812/13 haben wir nicht wieder erreicht. – In den ersten zwei Dritteln des achtzehnten Jahrhunderts muß es mit dem zuvor recht großartigen Königreich Polen reißend bergab gegangen sein, und wir hier in Friedland, im »Preußen Königlichen Anteils«, in der Starostei Schlochau, waren natürlich von dem allgemeinen Niedergang genauso betroffen wie alle anderen Landesteile des Königreichs. Die Schweden, die Russen machen sich im Lande breit, fürchterlich! Kein einziger Teil des polnischen Königreichs, der nicht von fremden Truppen besetzt ist. Die Schweden sind die schlimmsten; aber die Russen, die Österreicher, die Sachsen – und die verschiedenen Heerhaufen der polnischen Parteiungen – sind nicht viel besser. Die ›Sintflut‹ ist über Polen hereingebrochen. Von der ›Sintflut‹ wird seitdem in der polnischen Geschichte gesprochen. Obendrein wütet die Pest im Lande; jede staatliche Ordnung löst sich auf. Hungersnöte breiten sich aus, und überall wird wirr durcheinander gekämpft. Ein Viertel aller Bewohner Polens wird in dieser Schrekkenszeit hinweggerafft. Die Schweden werden schließlich vertrieben. Der russische Zar setzt sich als der kaum noch wegzudenkende ›Beschützer‹ Polens durch. Aber in Wahrheit, mein lieber Johann-Alfred, ist Polen damals im achtzehnten Jahrhundert nicht an seinen land- und machtgierigen Nachbarn, den Russen, Österreichern und Brandenburger Preußen zugrunde gegangen, sondern an seiner eigenen verrückten Staatsordnung, an der eigenen Schwäche. Eifersüchtig hielten die reichen polnischen Magnaten im Verein mit dem Kleinadel ihre Vormacht im Staate aufrecht, bis zum traurigen Ende. Und die begierigen Nachbarn unterstützten die Rzeczpospolita Szlachecka, was man wohl am besten mit ›Adelsrepublik‹ übersetzen kann, ständig in der Erhaltung ihrer ›Freiheiten‹, weil diese ›Freiheiten‹, besonders das liberum veto, das ›freie ich verbiete!‹, jeden vernünftigen Entschluß im Adels-Parlament unmöglich machten, und der polnische Staat ständig weiter geschwächt wurde. Denn die Schlachta, der Adel, war sich ja unter sich nicht einig; die Parteien bekämpften sich mit und ohne Beihilfe der Russen oder Schweden oder Sachsen bis aufs Messer; zu den Kriegen mit auswärtigen Staaten kamen also auch noch Bürgerkriege. Polen war in Ost-Mitteleuropa ein großes, starkes Reich gewesen. Das war vorbei, ein für allemal! August II., ›der Starke‹, Kurfürst von Sachsen, war nach vielerlei Hin und Her zum polnischen König gewählt worden, versagte aber gegenüber den ›Freiheiten‹ der Schlachta vollkommen, gab das Geld des verarmten Landes mit vollen Händen aus und mußte sich auf Peter I., ›den Großen‹, den russischen Zaren, stützen, um sich zu behaupten. Die beiden Sachsen, August der Starke und dann erst recht sein Sohn, der schwächliche und verrottete August III., sind dem Lande Polen schlecht bekommen. Unter den Sachsenkönigen, die den großen polnischen, untereinander bitter verfeindeten Magnatenfamilien und der zänkischen Schlachta nichts entgegensetzten, sie erst recht nicht reformieren konnten, ist die Adelsrepublik endgültig zerfallen. Schon lange vor der ersten Teilung hielt der russische Zar weite Teile des Landes unter ständiger Kontrolle; andere standen unter österreichischem oder preußischem Einfluß. Die polnische Selbständigkeit, die großmäuligen Ansprüche des Adels, die polnische ›Nation‹ darzustellen, entarteten zu bloßen Parolen, denen die Wirklichkeit längst nicht mehr entsprach. Die Regierungen in Petersburg, Wien, Berlin, Dresden und anderswo bastelten längst an Plänen zur Teilung Polens, die dann erstmals 1772 ins Werk gesetzt wurde. Als August III. im Jahre 1763 starb, waren im ganzen übrigen Europa bis nach Frankreich und England hinüber die Schwäche Polens, der Verlust seiner Kraft, das eigene Schicksal zu meistern, so mit Händen zu greifen, daß die Kaiser und Könige im Osten Polens wie im Westen sich nur noch untereinander zu einigen brauchten, wie man das verelendete Land aufschlucken könnte – wobei sich natürlich die habgierigen Nachbarn Polens, Rußland, Österreich, Preußen mißgünstig belauerten, denn keiner sollte zuviel abkriegen. Dabei war Preußen in eine besonders günstige Position gelangt, seitdem Friedrich II. von Preußen, der damals noch nicht ›der Große‹ war, den Österreichern Schlesien abgerungen hatte, womit die ganze Westgrenze der Adelsrepublik unter preußische Kontrolle geraten war. Wenn du mich fragst, Junge, warum Polen im achtzehnten Jahrhundert zum Spielball seiner Nachbarmächte wurde, bis vom Ball kein Rest mehr übrig war, so sage ich dir: Weil Polen es nicht fertigbrachte, ein schlagkräftiges Heer aufzustellen, auszurüsten und gegen die Armeen der gierigen Nachbarn ins Feld zu schicken. Rußland, Österreich, Preußen hatten tüchtige Armeen von hunderttausend Mann und mehr, jeder einzelne von ihnen; aber Polen brachte es nicht einmal auf achtzehn- oder zwanzigtausend Mann, und jammervoll geführt waren die auch noch. Und wir hier im polnischen Preußen, in Friedland und Schlochau, saßen mit in dem brodelnden polnischen Wurstkessel. Im preußischen Preußen, in Ostpreußen, sah es ganz anders aus. Der preußische Kurfürst Friedrich III. hatte sich schon 1701 zum ›König in Preußen‹ krönen lassen und die letzten Reste einer formellen Abhängigkeit von der Krone Polens abgeschüttelt. Ostpreußen ist seit der Ordenszeit ja immer we-

sentlich deutsch gewesen und geblieben, ganz anders als unser Westpreußen, dem schließlich alle ursprünglich garantierten Sonderrechte im polnischen Königreich, der Adelsrepublik, abgesprochen worden waren. Ein unbeschreibliches politisches Durcheinander, mein Junge, in den ersten sieben Jahrzehnten des achtzehnten Jahrhunderts, das kann ich dir sagen! Ich habe mir große Mühe gegeben, die einzelnen Fäden auseinanderzuklauben, habe gelesen und studiert, so viel ich nur konnte und von meiner Arbeit in der Werkstatt abknapsen durfte. Aber ob ich die Zusammenhänge, die unglaublich verwickelten und verknoteten von damals, alle richtig begriffen habe, dessen bin ich mir gar nicht sicher. Ich bin ja auch nur darauf gestoßen worden, weil das ganze wilde Hin- und Hergewoge mit unserer Familiengeschichte zusammenhängt. Und wenn man die verstehen will – und daran hat den meisten von uns immer gelegen –, dann wird man stets tiefer in die polnische und preußische Geschichte hineingesogen und kommt vom Hundertsten ins Tausendste.«
Ich hatte als Obersekundaner, dem das Verständnis für Geschichte in der Schule bereits gründlich beigebracht worden war, dem scheinbar kein Ende findenden, mich vollkommen überraschenden Redeschwall des Ohms angespannt zugehört, hatte zwar längst nicht alle Hinweise und Andeutungen verstanden, denn auf dem Gymnasium paukten wir zwar preußische Geschichte (der Große Kurfürst, Friedrich der Große, Freiheitskriege, Reichsgründung etc.), was das Zeug hielt; aber von polnischer Geschichte und daß Polen einst ein großes Reich gewesen war, von der Adelsrepublik hatten wir eigentlich nur vernommen, daß der polnische König Jan III. Sobieski in der Schlacht am Kahlenberge Wien vor den Türken gerettet hatte, aber schließlich trotz seiner unbestreitbaren Lei-

stungen den Niedergang Polens nicht hatte aufhalten können.
Nun hatte mir also der Ohm – es war das erste Mal, daß es mir widerfuhr – einen wenn auch ziemlich ungeordneten Einblick in die polnische Geschichte gegeben, was mich nicht wenig erregte. Jetzt war er offenbar müde geworden; er hatte sich weit entführen lassen. Ich wagte nach einer Weile schüchtern:
»Ja, aber, Ohm Laurents, du wolltest mir doch erklären, wie unser Ahn Johann-Christopher dazu gekommen ist, so viel Geld zu verdienen, daß die Zeit vor Napoleons Zug nach Moskau, überhaupt die ersten Jahrzehnte der Zeit, in der aus Polnisch-Preußen Westpreußen wurde, eine Blütezeit für unsere Walknersche Familie gewesen ist. Dieser Ur-Ur-Urgroßvater von mir – drei Urs sind richtig, glaube ich – muß ein tüchtiger Mann gewesen sein?«
Der Ohm streckte beide Beine, das hölzerne und das fleischerne, weit von der Bank weg, lehnte sich zurück und begann, seine während der langen Rede ausgegangene Pfeife auszuräumen. Beinahe mürrisch – mürrisch ohne ersichtlichen Grund – brummelte er:
»Tüchtiger Mann? Wie man's nimmt! Manche Leute gelten als tüchtig, weil sie's mit dem Anstand und der Ehrlichkeit nicht so genau nehmen. Ich glaube, zu dieser Sorte hat auch unser Ahn Johann-Christopher gehört. Die Herrlichkeit, die auf ihn zurückgeht und mit der unsere Familie ins neunzehnte Jahrhundert einzog, hat ja auch nicht lange vorgehalten. Das hast du schon von meinem verstorbenen Bruder, deinem Großvater, erfahren. Ach, die alten, dunklen Geschichten, weißt du! So, als ob sie uns heute immer noch was angehen, und wir uns dafür verantworten müßten! Dabei weiß man nicht einmal zuverlässig, was in Wahrheit passiert ist. Vielleicht hat sich unser Jo-

hann-Christopher gar nichts zuschulden kommen lassen, was aus dem Rahmen von damals gefallen wäre. Wir mit unserer preußisch-lutherischen Ehrsamkeit oder Ehrpusseligkeit – wir legen alles auf die Goldwaage, und dann juckt uns ewig das Gewissen. Aber das kommt heutzutage aus der Mode, und ich kann mir nicht darüber klarwerden, ob das gut ist oder schlecht. Aber weißt du, Junge, ich habe so das Gefühl, heute wird nichts mehr damit, dir auseinanderzuklabüsern, was ich über Johann-Christopher herausgekriegt habe. Die Muhme Oda hat es gar nicht gern, wenn wir am Sonntag nicht rechtzeitig zum Abendbrot im Hause sind. Und es ist gleich sechs!«

Er hatte an silberner Kette seine dicke Uhr aus der Westentasche gezogen. Er hatte keine Lust mehr, sich über Christopher auszulassen. Die ganze Geschichte ging ihm offenbar wider den Strich. Und ich begriff, daß es keinen Zweck hatte, ihn jetzt weiter zu drängen. Außerdem stimmte es: Die Großtante, Ohm Laurents' Ehegefährtin, die in der Familie unter »Muhme Oda« segelte, war eine strenge Frau, die ihr Haus und die Leute darin in Zucht und Ordnung hielt. Ich hatte mich also mit dem Ohm ins Haus zu bequemen, wo das Abendessen in der Tat schon auf uns wartete. Ich war auch durchaus bereit, mich dem Rührei mit Schinken angelegentlich zu widmen.

Außerdem war noch längst nicht aller Tage Abend, und der Ohm würde mir schließlich nicht entgehen; ihm lag ja selber daran, sein Wissen in der Familie weiterzureichen. Und ich kam ihm gerade recht.

So geschah es dann auch:

12. Kapitel

Als Johann-Christopher zwanzig Jahre alt geworden war, hielt es ihn nicht mehr in dem völlig auf den Hund gekommenen Friedland.
Denn was hatte die kleine Stadt in dem Jahrhundert, das der Lebenszeit des Johann-Christopher vorausgegangen war, an bösem Unheil nicht alles über sich ergehen lassen müssen, ohne sich je wieder recht davon erholen zu können. Was die sich ablösenden, ganz Polen verwüstenden Heerhaufen aus Nord, Ost und Süd den schutzlosen Bürgern und Ackerbürgern der Stadt übriggelassen hatten, das war durch die große Feuersbrunst im November 1697 in Schutt und Asche gelegt worden. Zwar bauten die Friedländer mit wahrhaft bewundernswertem Behauptungswillen wieder auf; der Marktplatz erhielt durch breite Giebelhäuser ein beinahe stolzes Gepräge. Aber bald geriet auch Friedland in den Strudel des mörderischen »Nordischen Krieges«, in dem sich Schweden, Polen, Russen, Türken, Österreicher blutig balgten – und zu allem Kriegselend brach 1709 die Pest aus und entvölkerte die Stadt bis auf etwa sechshundert an Gott und der Welt verzweifelnde Bewohner. Viele Grundstücke und Höfe lagen wüst. Den Übriggebliebenen fehlte der Mut und die Kraft, mehr zu leisten und zu schaffen, als eben gerade ausreichte, der Familie ein karges tägliches Brot zu sichern; denn wer darüber hinaus Besitz erwarb, der konnte sicher sein, daß er ihm früher oder später, meistens früher, wieder abgenommen wurde. Die ständigen Kriege und die hausgewirkten polnischen Wirren, besonders auch die ständig weitergetriebene Gegenreformation hatten die Lage der deutschstämmigen, deutschsprachigen und be-

harrlich evangelisch-lutherisch bleibenden Einwohner Pommerellens und anderswo in Polen ständig verschlechtert. Die Toleranz, die großzügige Duldsamkeit in Glaubenssachen, durch die sich Polen im Anschluß an die Reformation vor anderen europäischen Staaten zunächst großartig ausgezeichnet hatte, geriet völlig abhanden, je unregierbarer Polen durch die eifersüchtige Herrschaft des Adels gemacht wurde. Die lutherischen Deutschen wie die des Schlochauer Landes, also auch Friedlands, wo nach wie vor ausschließlich deutsch gesprochen wurde, waren nach und nach in den Rang einer mißachteten und bedrückten Minderheit abgesunken.

Johann-Christopher mochte sich durch die ärmlichen und schlechten Verhältnisse, die in Friedland herrschten, nicht einschränken lassen. Auf dem Hof lebte und arbeitete außer den Eltern auch noch ein unverheirateter Bruder seiner Mutter. Der Hof bildete damals lediglich eine knappe Ackernahrung – und mehr wollte man gar nicht haben, um ja nicht begütert zu erscheinen in den wahrlich höchst üblen Zeiten. Doch Johann-Christopher war jung, wollte etwas erreichen. Hier konnte er es nicht. Also mußte er fort, Weite schnuppern, die Welt sehen, sich bewähren. Aber wo wäre das möglich? Wohin sollte er sich wenden? Polen oder der Westen, das war die Frage.

Daß Johann-Christopher sich nach Westen wandte, als er in die Jahre der Rastlosigkeit geriet und ihm der heimatliche Hof und die Friedländer Umwelt zu eng wurden, daß er nicht nach Osten strebte, wo er in den vertrauten Verhältnissen des großen polnischen Reiches geblieben wäre, hängt sicherlich damit zusammen, daß seine salzburgische Mutter das protestantische Bewußtsein in der Familie sehr gestärkt hatte – war es doch für die »erbgesessenen« Friedländer in der Not der Zeit und bei der allgemeinen Verarmung nach den bösen Kriegszeiten, der Pest und der großen Feuersbrunst schwächlich geworden und in den Hintergrund getreten, während zugleich im polnischen Bereich die alleinseligmachende katholisch-römische Kirche ständig stärker und inniger mit dem polnischen Wesen verwuchs, ja, eins mit ihm wurde.

Hinzu kam, daß Christopher auch von der Seite seines Vaters nur Warnungen hörte: Wenn er sich schon auf Wanderschaft begeben wollte, der Erstgeborene, dann sollte er sich in ein protestantisches Land aufmachen und nicht im Katholischen bleiben, das heißt im Polnischen. Zwar im Schlochauer Land, da wären die Deutschen, die Lutherischen also, nicht wezugdenken und hätten ja auch ihre Glaubensfreiheit wenigstens von Staats wegen bisher bestätigt bekommen. Aber in Groß- und Kleinpolen, nach Litauen und Wolhynien hinüber, da sähe es anders aus, da hätte man als Protestant »nichts zu melden«.

Wenn er schon der Heimat eine Weile – hoffentlich nicht länger als für ein paar Jahre – den Rücken kehren wollte, so sollte sich Christopher nach seines Vaters Johann-Christian Meinung in erster Linie für Brandenburg entscheiden, dessen Kurfürst ja auch König in Preußen wäre, in Ostpreußen nämlich. Dort hätten die Protestanten das Sagen und jedermann spräche deutsch.

»Dein Großvater, mein Sohn, der Johann-Albrecht, ist auf seinen Wanderungen, als er in Amtsgeschäften des Schlochauer Starosten, des Tadeusz Radziwil, unterwegs war, gegen seinen Willen in Tschenstochau in die große Kundgebung geraten, als 1717 am ersten November die Schwarze Madonna zur ›Königin der Krone Polens‹ erhoben wurde. Dein Großvater war neugierig; er konnte sich unter der Krönung einer Madonnenstatue nicht viel vorstellen und mischte sich unter die riesige Menschenmenge vor der Kathedrale. Aber an seiner Kleidung und vielleicht einer zweiflerischen Bemerkung wurde er als Deutscher und Protestant erkannt. Er hat immer gemeint, wenn er einmal darauf zu sprechen kam, daß er von großem Glück sagen konnte, mit nichts Schlimmerem als zerrissenen Kleidern und einer blutigen Nase der wie berauschten Menge entkommen zu sein. Es ist schon so, mein Sohn, wenn du auf Wanderschaft gehen willst, um andere Länder zu sehen, dann bleibe unter Protestanten, also im Brandenburgischen oder im Schlesischen; das ist ja nun auch unter des Preußenkönigs Fuchtel. Und wenn du willst – und die Mutter rät mir sehr, es dir zu erzählen; die Salzburger haben von den Katholischen böse Unbill erfahren; die Angst vor den Launen und der Willkür im katholischen Salzburg hat sie bis heute nicht überwunden; auf der langen, gefährlichen Reise, der Flucht aus dem Salzburger Land, sind ihr beide Eltern umgekommen, und das kann sie nicht vergessen – also, Christopher, wenn du willst und du durch Großvaters Erlebnis in Tschenstochau vor fünfunddreißig Jahren nicht genügend gewarnt bist, dann berichte ich dir auch noch, was ich selber als blutjunger Bursch in Thorn erlebt habe. Ich rede eigentlich nicht gern darüber; die Polen wollen es nicht hören, und die Evangelischen tun auch besser, es zu vergessen – wir leben im Königreich Polen, wo die Schlachta regiert – und wir müssen uns so oder so damit abfinden. Aber du solltest es eigentlich erzählt bekommen, damit du lieber die Nase in eine Welt steckst, in der der junge König von Brandenburg-Preußen regiert, als daß du ostwärts nach Krakau oder Warschau wanderst, wo der ziemlich alberne August der Dritte von Sachsen-Polen sich vom Adel hin und her schieben läßt.«

»Von deinen jungen Jahren hast du mir nie viel erzählt,

Vater. Ich würde gern mehr davon wissen. Also erzähle mir. Ich höre gern zu, werde die Ohren aufsperren.«
»Also gut! Im Jahre 1724 war es; der fürchterliche Nordische Krieg, in dem die Schweden, die Russen, die Sachsen ganz Polen und auch unser Pommerellen grausig verheert und entvölkert hatten, war drei Jahre zuvor zu Ende gegangen, nachdem er einundzwanzig Jahre lang gewütet hatte. Mühselig begann das Land, sich zu erholen. Auch wir in der Starostei Schlochau hatten schwer gelitten, Deutsche ebenso wie Kaschuben und Polen. Trotz allem Durcheinander in Krakau und Warschau bemühten sich die Starosten draußen im Land nach besten Kräften, ihre Bezirke wieder in Ordnung zu bringen und Handel und Wandel anzuregen. Die Polen waren damals eher noch katholischer geworden, als sie es bis dahin schon gewesen waren. Die Russen wurden wir offenbar nie mehr los, ihre Truppen lagen überall im Lande, und die blutigen Zwistigkeiten um die polnische Königskrone wollten auch kein Ende nehmen. Wir hier draußen im Lande, ob Deutsche oder Polen, begriffen das in den Einzelheiten nur unvollkommen und wenn überhaupt, dann sehr verspätet. Aber das Plündern und Brandschatzen und die Erpressungen durch die verschiedenen Heerhaufen, das alles merkten wir gleich – und die eigenen Bewaffneten gingen nicht viel sanfter mit dem unbewaffneten Volk um als die fremden. – In solchen Zeiten, Christopher, so sagte schon mein Vater immer, und ich habe die gleiche Erfahrung gemacht, werden die Leute stets viel frommer als in guten Zeiten. Wenn man vor Bedrängnis und Not nicht mehr weiß, wo einem der Kopf steht, dann schreit man zur Jungfrau Maria und krönt sie zur Königin – aber für uns Lutherische ist das ja nur Heidenkram; indessen auch unter uns Protestanten kommt man aufs Beten und Gott-um-

Hilfe-Anflehen besonders dann, wenn den Leuten das Wasser bis zum Halse steht. So sind die Menschen nun einmal, und daran wird auch in Zukunft nichts zu ändern sein. – Nun gut, damals, nachdem das Schlimmste an Krieg und Rebellion und Seuche vorüber zu sein schien, besannen sich nicht nur die königlichen Beamten und Beauftragten, sondern auch der hohe Adel, die Magnaten, darauf, daß es Zeit wäre, im Lande die Scherben aufzusammeln. Auch die Geistlichkeit, katholische wie protestantische, meinte, daß man sich fester zusammenschließen, daß man älteren Streit um der gemeinsamen Sache willen begraben müßte. Die protestantischen Kirchenleute hatten dabei viel vorsichtiger zu verfahren als die katholischen. Wir Protestanten verfügen ja nicht über eine so straffe Ordnung oder Befehlsgewalt von oben nach unten wie die Katholischen, wo besonders der Orden der Jesuiten wie eine scharfe und nimmermüde Polizei dafür sorgt, daß die katholischen Anliegen von keiner Seite behindert werden. Wir Protestanten werden zwar immer noch geduldet im Königreich Polen, in dem aber nicht der König, der sächsische jetzt, sondern der hohe Adel angibt, wie und wohin die Karre laufen soll; wir Lutherischen müssen vorsichtig sein, wenn wir keinen Ärger haben wollen. – Damals also kamen zwei lutherische Pastoren bei uns in Friedland durch, der eine aus Baldenburg, der andere aus Hammerstein; die wollten sich hier mit unserem Prediger zusammentun und mit ihm so unauffällig wie möglich nach Thorn an der Weichsel – über Bromberg an der Brahe – reisen, um dort mit anderen Amtsbrüdern die schwieriger gewordene Lage der Lutherischen im Lande zu besprechen und sich auf Regeln eines vorsichtigen Verhaltens zu einigen. Thorn, die gute Stadt, war ja trotz all der Nöte, die es in den vergangenen Kriegen ausgestanden hatte – die Schweden hatten es 1703 belagert, mit Artillerie halb zusammengeschossen und zur Kapitulation gezwungen, worauf die Stadt schwer hatte büßen müssen –, Thorn war durch all die vergangenen Jahre und Jahrzehnte deutsch und mit der großen Mehrheit seiner Bürger lutherisch geblieben, obgleich man mitten in die Stadt ein Jesuitenkolleg gepflanzt hatte, was natürlich nicht zum geistlichen Frieden in der Stadt beitrug. Trotzdem aber konnten sich dort, gut abgeschirmt durch die Menge der Bürger, ein, zwei Dutzend evangelischer Geistlicher und Theologen zu Beratungen versammeln, ohne daß es groß auffiel, wenn sich die Beteiligten nur einigermaßen zurückhaltend verhielten. – Die beiden Geistlichen aus Baldenburg und Hammerstein waren zu Pferde angekommen mit einem halbwüchsigen Burschen, auch zu Pferde, als Bedienung und Versorger der Pferde und ihres geringen Gepäcks. Unser Pfarrer war auch ein guter Reiter und wollte sich den beiden Amtsbrüdern von Friedland aus anschließen. Mein Vater, dein Großvater Johann-Albrecht, Christopher, gehörte damals zu den Vorstehern unserer Friedländer lutherischen Gemeinde und hatte es übernommen, für die durchreisenden Pastoren Quartier bereitzustellen und sie dann mit unserem Pastor zusammen richtig auf den Weg nach Bromberg und Thorn zu bringen. Ich war damals neunzehn Jahre alt und natürlich aufgeregt darüber, was da alles auf uns zukam. Die Kirche, die Gemeinde, der Katechismus, die Pastoren, die Augsburgische Konfession, das spielte alles für uns Deutsche, also Protestanten, inmitten der immer katholischer werdenden polnischen Umgebung eine große Rolle, was sich ja auch jetzt nicht geändert hat. Es wurden nicht viele untreu und gingen auf die polnisch-katholische Seite über, in unserer Familie schon gar nicht; es hat nur den einen Fall gegeben, daß einer von uns zur polnischen Familie Belty hinübergewechselt war; aber das liegt schon lange zurück. – Kurz und gut, als die drei Fremden bei uns ankamen, war der Pferdejunge unterwegs krank geworden, fieberte und konnte sich kaum noch auf seinem Pferd halten. Die Mutter nahm ihn gleich in Pflege und legte ihn in die Kammer hinter der Werkstatt; es stand schlecht um ihn, und die Mutter wollte nicht, daß wir andern ihm zu nahe kamen und uns vielleicht ansteckten. Was ihm fehlte, konnte keiner sagen; Ärzte gab es keine bei uns; dem polnischen Vogt wollten wir von den Besuchern nichts verraten, und die beiden Pastoren aus Baldenburg und Hammerstein wollten oder mußten sich ohne Aufenthalt mit unserem Pastor auf den Weg machen, wenn sie nicht zu spät in Thorn eintreffen wollten. Mir, ungebärdig damals und auf Abenteuer aus, kam die Krankheit des Baldenburger Pferdejungen – ich müßte mich eigentlich schämen, es zuzugeben! – wie gerufen: Ich saß gut zu Pferde, ich war kräftig und gesund und den ganzen Kleinen Katechismus von unserem Doctor Martin Luther konnte ich hersagen wie am Schnürchen. Ich erbot mich also unaufgefordert, für den erkrankten Pferdejungen einzuspringen und den drei Pastoren auf der Weiterreise nach Thorn und in Thorn selbst zur Hand zu gehen. Der Vater und noch viel mehr die Mutter hielten das zunächst für voreilig und hatten einen Haufen von Bedenken, aber ich hatte meinen Sinn darauf gesetzt und erreichte schließlich ihre Einwilligung, wobei die Pastoren eifrig mithalfen; es machte sich so alles von selber. Und drei Tage später ritt ich hinter meinen drei wie gewöhnliche Bürgerleute auf Reisen gekleideten Pastoren in Thorn ein, der größten Stadt, die ich bis dahin kennengelernt hatte. – Wir fanden zu viert in dem weitläufigen Anwesen eines Thorner Kaufmanns Unterkunft, der einigermaßen über die schlechten Zeiten gekommen war und in der Thorner Gemeinde eine wichtige Rolle spielte. Dieser Kaufmann gehörte zur großen Familie Stroband, die der Stadt mehrere Bürgermeister gestellt hat und stets darauf bedacht war, der alten Stadt, die ja der Deutsche Orden einst gegründet hatte, das deutsche und lutherische Wesen zu erhalten. Ich hörte dann im Hause unserer Wirtsleute, daß die Jesuiten sich in der Stadt wie Herren und Meister aufführten. Der ehemalige Bürgermeister Heinrich Stroband hatte nicht verhindern können, daß etwa fünfundzwanzig Jahre zuvor die Johannis- und dann auch die Marienkirche den Lutherischen abgenommen worden und den Katholiken übergeben worden waren – einzig und allein auf Betreiben der Jesuiten. – Wenn ich auch damals, Christopher, noch ziemlich dumm und unerfahren war, so spürte ich doch bald, daß in Thorn das Verhältnis zwischen Protestanten und Katholiken nicht so friedlich und duldsam geartet war wie bei uns in der Friedländer Gegend, wo an dem großen Übergewicht der Lutherischen gar kein Zweifel bestehen konnte; auch spielten bei uns die Jesuiten kaum eine Rolle, und mit den polnischen Vögten und dem Starosten in Schlochau kamen wir eigentlich von jeher gar nicht schlecht aus. Das war in Thorn anders. Dort drängte stockpolnisches Wesen viel näher heran, hielt die Stadt umschlossen, könnte man sogar sagen. Und die Evangelischen wußten natürlich alle, daß eine Anzahl ihrer Geistlichen sich in der Stadt eingefunden hatten, um sich darüber klarzuwerden, wie dem steigenden Druck besonders der Jesuiten zu begegnen wäre. Diese Bereitschaft zum Widerstand teilte sich wie durch die dünne Luft den Deutschen überhaupt mit, regte sie auf, man wollte sich nicht weiter zurücksetzen, benachteiligen lassen, man hatte ja die ausgleichenden Zusagen des königlich-polnischen Staatswesens; es waren eben nur und in erster Linie die Jesuiten, die keine Ruhe gaben und den Lutherischen nicht ihr Recht lassen wollten. Ich wurde natürlich von dem aufrührerischen Gerede in dem großen Kaufmannshaus, auf den Höfen und in den Ställen angesteckt. Ich war in einer recht wohnlichen Kammer über dem Pferdestall untergebracht, und nach Feierabend oder am Sonntag hockten die Jungleute, Söhne der Wirtsfamilie dazwischen, unter dem Vordach bei den Lastwagen, auf den Deichseln oder sonstwie beisammen und redeten davon, daß wir Lutherischen, wir Deutschen uns gerade in Thorn den Übermut der Jesuiten und der von ihnen angestachelten polnischen Jungmänner nicht länger gefallen lassen dürften. – Von unserem Friedland her waren mir solche Reden fremd. Aber, wie es so ist, wenn man neunzehn Jahre zählt, ich machte natürlich mit. Dann hieß es, es käme ein katholischer Feiertag, und die Katholiken wollten unter Vorantritt der Studenten des Thorner Jesuitenkollegs und der Klosterleute eine Prozession durch die Straßen der Stadt veranstalten. Das faßten wir als Herausforderung auf, und die Stimmung unter dem protestantischen Jungvolk stieg auf Siedehitze. Ich sprach auch mit unserem Pastor darüber, und der beschwor mich, im Hause zu bleiben und mich ja nicht an irgendwelchen Raufereien zu beteiligen; er wäre am liebsten gleich mit mir und den anderen wieder abgereist; aber erstens waren die Verhandlungen, die ihn und seine Amtsbrüder nach Thorn geführt hatten, noch nicht abgeschlossen, und zweitens vertraute er schließlich den beruhigenden Versicherungen der einheimischen Thorner Bürger, daß jeder vernünftige Mensch in der Stadt wüßte, daß man den Katholischen lieber aus dem Wege ginge; die hätten obendrein die Königsmacht hinter sich – wer auch immer König in Polen sei; katholisch wäre er auf alle Fälle! Leider kam es dann anders, als die Älteren und Besonnenen erwartet oder gehofft hatten. Die Prozession bewegte sich mit Gesinge und Fahnen, Priestern und geistlichen Lehrern im Ornat durch ein Spalier von neugierigen Zuschauern, von denen die meisten Evangelische waren, und zwar solche jüngeren Alters; die älteren Leute waren in ihren Wohnungen geblieben; die maßgebenden Leute vom Rat und der Bürgermeisterei hielten sich völlig zurück und blieben unsichtbar. Ich hatte natürlich nicht widerstehen können und hatte mich auch mit vielen anderen jungen Leuten am Straßenrand aufgestellt. Der Zug war schon an mir und meinen Kumpanen aus dem Kaufmannshof vorübergezogen, hatten mich weiter gar nicht aufregend oder besonders herausfordernd angemutet. Die eintönige Litanei, die von den langsam zum Jesuitenkolleg zurückmarschierenden Leuten gesungen wurde, war mir reichlich langweilig vorgekommen; da war in unseren lutherischen Liedern doch viel mehr Schwung und Kraft. Ich sagte zu meinem Nebenmann in dem Zuschauerspalier, einem Sohn des Kaufmannshauses, in dem wir unsere Quartiere hatten: ›Ich gehe jetzt heim. Ludolf! Es hat sich nicht gelohnt, daß wir uns hier die Beine in den Leib stehen.‹ ›Ja‹, sagte der Ludolf Stroband, ›ich komme mit. Hier passiert ja doch nichts!‹ – Aber da passierte es schon: Von der Spitze der Prozession, die schon eine ganze Weile zuvor bei uns vorbeigezogen war, hörten wir Geschrei herüberdringen, und auch in unserer Nähe wurden plötzlich böse Worte vom Straßenrand zu den Leuten in der Prozession hinübergerufen – und die, nicht faul, schimpften ebenso zurück; es flogen Dreckklumpen von der Straße, mögen auch schon Steine gewesen sein. Ludolf bekam es mit der Angst und schrie mir zu: ›Das mache ich nicht mit, Christian! Das gibt Krach! Da darf ich nicht dazwischen sein. Das können wir uns als Strobands nicht leisten. Komm mit um die nächste Ecke, Christian. Wir müssen uns zu Hause zeigen, sonst haut mich mein alter Herr windelweich, und dich gleich mit, sage ich dir. Der läßt nicht mit sich spaßen.‹ Allein wollte ich natürlich in dem Durcheinander nicht weiter bleiben, das sich da auf der Straße zur Jesuitenkirche hin entwickelte. Unsere zwei weiteren Gefährten waren schon nicht mehr zu sehen, und wir machten uns auch um die nächste Ecke herum davon. Der Lärm hinter uns schwoll immer lauter an, und wir waren froh, als wir das Tor des großen Hauses hinter uns schließen konnten. Ludolfs Vater, der Herr des Hauses, stürzte aus seinem Kontor auf den Hof und fragte uns und die anderen, die sich auch wieder eingefunden hatten, was in den Straßen los wäre. Wir wußten keine zureichende Antwort, sagten nur, in eine Schlägerei hätten wir nicht verwickelt werden wollen. Ludolfs Vater schrie: ›Schlägerei? Das wird uns teuer zu stehen kommen. Darauf haben sie nur gewartet. Ein Segen, daß ihr wenigstens bei Verstand geblieben und rechtzeitig zurückgeblieben seid!‹ Er ließ dann alle Ausgänge des großen Anwesens verrammeln. – Am Nachmittag hörten wir – über die Hintertür war die Nachricht hereingesickert –, daß die wütenden Evangelischen, aber nur lauter junge Leute, halbe Kinder, außer Rand und Band geraten wären. Sie hätten die Prozession gesprengt, hätten die Seminaristen aus dem Jesuitenkolleg verprügelt, wären in die Schule und ins Kloster eingedrungen und hätten alles kurz und klein geschlagen. Der Rat der Stadt – lauter Protestanten und Deutsche – wäre von solcher vorher so noch nie geübten Gewalt überrascht worden und hätte die Stadtpolizei zu spät losgeschickt; aber es wären doch noch einige Dutzend Randalierer, lauter elendes Volk und alle noch nicht trocken hinter den Ohren, aufgegriffen und hinter Schloß und Riegel gebracht worden. Unsere Pastoren zeigten sich sehr besorgt oder richtig verängstigt, als sie hörten, was bei den Jesuiten angerichtet worden war. Der Hausherr, der Kaufmann Stroband, bot ihnen an, sie auf seinem eine gute Wegstunde vor der Stadt in der Weichselniederung liegenden Landsitz unterzubringen. Denn wenn es entdeckt würde, daß sich eine ganze Anzahl auswärtiger lutherischer Theologen in der Stadt aufhielt, dann würden die polnischen Behörden womöglich ihnen die Schuld an den Gewalttaten zuschreiben. In der gleichen Nacht noch sind wir losgeritten; mein Freund Ludolf führte uns. Wir kamen auf dem Landgut alle vier unter. Es hieß dann, die Verhandlungen unserer Pastoren wären noch nicht abgeschlossen. Wenn Pastoren erst einmal anfangen, verschiedener Meinung zu sein und sich zu zanken, dann finden sie so schnell kein Ende. Wir blieben auf dem Landgut unbehelligt, hörten dann nur, daß die polnischen Behörden das hochnotpeinliche Assessorial-Gericht einberufen hätten, um dem Rat der Stadt und dem greisen Bürgermeister Rösner wegen schlimmster Pflichtversäumnis den Prozeß zu machen. Ob die vertraulichen Verhandlungen unserer Pastoren zu einem sinnvollen Ende gebracht worden sind, habe ich nie richtig erfahren. Ich glaube, nicht! Es war zu gefährlich geworden. Wir kehrten auch nicht wieder zu dem Kaufmannshof in der Stadt, wo wir zuerst untergebracht gewesen waren, zurück, machten uns statt dessen Anfang Dezember so unauffällig wie nur möglich an der Weichsel entlang auf den Heimweg. Das Wetter war umgeschlagen; es war winterlich geworden, und es empfahl sich nicht, die Heimreise länger aufzuschieben. Wir sind dann ohne Zwischenfall nach Friedland gelangt. Ich bin noch bis Hammerstein und Baldenburg mitgeritten, um den geistlichen Herren – der Baldenburger hatte schon über sechzig auf dem Buckel – unterwegs zur Hand zu gehen und die Pferde zu versorgen, zwei Tage hin über Hammerstein nach Baldenburg und zwei wieder zurück. Es ging aber alles glatt. – Ich war kaum wieder zu Hause, da kam die Schreckensnachricht: Der alte Stadtpräsident und Bürgermeister Rösner und neun der angesehensten Leute und Ratsherren waren am 17. Dezember 1723 – das Datum vergesse ich nie! – vor dem Rathaus der Stadt als Strafe für die Ausschreitungen gegen die Jesuiten, bei denen übrigens niemand ernstlich verwundet worden war, öffentlich hingerichtet worden. Der brandenburgische Kurfürst und König in Preußen, Friedrich Wilhelm der Erste, soll sich noch mit allem Nachdruck für die Angeklagten verwandt haben, konnte aber das ›Thorner Blutgericht‹, wie es seitdem heißt, nicht mehr aufhalten. – So, Christopher, jetzt wirst du besser begreifen, warum Mutter und ich dir raten, wenn du schon eine Zeitlang der Heimat Friedland den Rücken kehren willst, lieber nach Westen ins Brandenburgische zum Preußenkönig zu gehen als nach Osten ins verwirrte und mehr oder weniger von den Russen kontrollierte Großpolen und was dahinter noch zu finden ist – es sei denn, du gingest nach Ostpreußen, nach Königsberg; aber da bist du auch ganz und gar von polnisch-litauischem Gebiet umschlossen.« – Damit beschloß Christophers Vater seine Geschichte. Christopher brauchte gar nicht mehr zu überlegen und stimmte zu: »Du hast ganz recht, Vater, ich werde dahin gehen, wo deutsch gesprochen wird, nur deutsch, und wo, vom König angefangen, alle Leute Protestanten sind, oder fast alle!« Das war also entschieden. Dann fügte Johann-Christian etwas hinzu, was den Sohn sehr nachdenklich machte:

»Manchmal will es mir so scheinen, als ob sich die Luft in diesem Lande verändert hätte, seit die Polen im Thorner Blutgericht den alten Bürgermeister Rösner und neun Ratsherren schimpflich vom Leben zum Tode gebracht haben, seitdem sie – ich muß das immer zugleich damit denken, Christopher, die Jungfrau Maria in Tschenstochau zur Königin von Polen erhoben haben. Als gehörte sie ihnen ganz allein! Denn dann würde ihnen ja auch der Heiland allein gehören, den Maria als Gottes eingeborenen Sohn zur Welt gebracht hat, zum Heil der Welt. Und damit wäre das Heil der Welt allein auf Polen gekommen oder mindestens für Polen vorbestimmt – und das hätten wir in Polen wahrlich nötig nach so viel wüstem Krieg und soviel Zwist unter den Mächtigen im Lande. Aber damit wären dann auch die Protestanten im Lande, und das sind vorwiegend die deutsch-sprechenden wie wir zum Beispiel, vom ewigen Heil ausgeschlossen, wären Ketzer und ewig verdammt und verdienten allesamt, aufgehängt zu werden wie der Bürgermeister und der Rat von Thorn – und die Jesuiten hätten auch wohl gar nichts dagegen. Verstehen kann ich das Ganze nicht, obgleich ich mir den Kopf eifrig genug deswegen zerbrochen habe und noch zerbreche. Bald an die dreihundert Jahre leben wir jetzt in Polnisch-Preußen unter polnischer Herrschaft, und es ist die längste Zeit ganz gut gegangen; die Polen waren nachsichtig und ließen uns gewähren; man konnte sogar, auch wenn einer deutsch als Muttersprache hatte, bei ihnen etwas werden. Ich fürchte, diese Zeit ist nun vorbei. Andererseits haben sie sich den König aus Sachsen geholt, einen Deutschen – wenn er nur katholisch wurde. Den hohen Herren fällt das Katholischwerden offenbar leichter als uns. Ich verstehe es nicht mehr. Aber das weiß ich und sage es noch einmal: Wenn du wandern willst, Sohn, und wir haben ja alle die Unruhe im Blut, dann richte die Augen nach Westen und nicht nach Osten. Über Landeck und dort über die Küddow, da bist du in einem guten Marschtag im Brandenburgischen, und dann fragt dich keiner mehr, ob du polnisch sprechen kannst und den Rosenkranz beten; denn da redet jeder deutsch, und du darfst lutherisch sein oder calvinistisch, oder in Gottes Namen katholisch oder jüdisch, solange du im übrigen dem König parierst, der im Vergleich mit anderen ein sparsamer und ordentlicher Mann ist und das Geld, das ihm die Steuern einbringen, nicht zum Fenster hinauswirft.«

DRITTER TEIL

Westpreußen, Preußisch-Friedland, Zeit des Friedens

13. Kapitel

Friedrich der Zweite hatte den Österreichern in den zwei ersten Schlesischen Kriegen (1740-45) das reiche Land Schlesien abgenommen, hatte auf dem Schlachtfeld glänzende Siege erfochten, hatte – woran ihm damals noch gelegen war – Ruhm erworben, jedoch weder Österreich, wo Maria Theresia regierte, noch die übrige europäische Mitwelt davon überzeugen können, daß er auf Grund eines historischen Rechts in Schlesien einmarschiert war, daß er aus anderem Anlaß Schlesien erkämpft hatte als dem, aus Brandenburg-Preußen eine Großmacht im Kreis der älteren europäischen Großmächte zu machen.
Damit grenzte nun also Preußen breit in seinem Osten an das Königreich Polen. Jener Teil Preußens aber, in welchem seine Fürsten Könige werden konnten, Ostpreußen nämlich mit der Hauptstadt Königsberg, war immer noch durch die geräumige Landbarriere des polnischen Preußen, dem »Preußen Königlichen (polnisch-königlichen) Anteils«, von Brandenburg-Preußen mit Berlin/Potsdam als Hauptstadt getrennt. Friedrich I., der Großvater Friedrichs II., des »Großen«, konnte sich also in Königsberg 1701 nur zum »König *in* Preußen«, nicht zum »König *von* Preußen« (d. h. von Gesamtpreußen) krönen lassen. Damit war das Ausscheiden Ostpreußens (des Restlandes der dreihundert Jahre zuvor vergangenen Herrschaft des Deutschen Ordens) aus der lockeren Lehnszugehörigkeit zum Königreich Polen endgültig besiegelt.
Der Kaiserhof in Wien denkt nicht daran, sich mit dem Verlust Schlesiens abzufinden. Die Franzosen, auf der

Höhe ihrer Macht mit dem »Sonnenkönig« Ludwig XIV. und seinem Nachfolger, dem XV., wollen den Gernegroß aus Brandenburg-Preußen nicht hochkommen lassen. Die Russen unter der jüngeren Tochter Peters des Großen (der Moskaus Großmachtstellung durchsetzte), der bedeutenden Kaiserin oder Zarin Elisabeth Petrowna, unterstützen Österreich und wollen nichts mit dem offenbar hemmungslos ehrgeizigen und zugleich genialisch begabten Friedrich aus Potsdam zu tun haben.

Friedrich von Brandenburg-Preußen ist viel zu klug, mißtrauisch und angespannt aufmerksam, um nicht zu erkennen, daß sich am politischen Himmel Europas riesige Gewitterwolken gegen sein aufstrebendes, aber keineswegs mit Glücksgütern gesegnetes, von seinem Vater jedoch zu Sparsamkeit, Fleiß und strenger Disziplin erzogenes, ziemlich sandiges Königreich zusammenbrauen. Es entspricht nicht der Natur Friedrichs, mit den Händen im Schoß den schon sich ankündigenden politischen Erdrutsch abzuwarten, der ihn mitsamt seiner im Grunde sehr begrenzten Macht begraben würde. Nur England, das in Nordamerika mit Frankreich um die weltpolitische Entscheidung ringt, wer den neuen Erdteil im Westen des Nordatlantik beherrschen und ihm seinen Stempel aufdrücken soll, England allein steht auf Friedrichs Seite, benutzt ihn als seinen »Festlandsdegen«. Friedrich läßt sich, ganz und gar seiner Natur entsprechend, nicht das Gesetz des Handelns vorschreiben und greift an. Ohne Kriegserklärung fällt er überraschend 1756 in Sachsen ein, dessen Kurfürst zugleich als August III., König (Wahlkönig) in der Adelsrepublik Polen ist, die nach der Sitte der damaligen Zeit ohne einen, wenn auch noch so machtlosen, aber möglichst prunkhaft König spielenden König nicht auftreten mag. Vielleicht kann man die beiden Fliegen, Kursachsen und Polen, die schwer verlotterte Rzeczpospolita Szlachecka, mit einer Klappe schlagen. Kursachsen leistet den Truppen des Preußenkönigs, unvorbereitet, wie es ist, kaum Widerstand. Friedrich besetzt in schnellem Zuge ganz Sachsen. Dabei fällt den Preußen mancherlei in die Hände, was ihrem ebenso kühnen wie bedenkenlosen König sehr gelegen kommt, darunter zum Beispiel die Prägestempel der 1752 bis 1756 in Sachsen geschlagenen polnischen silbernen und goldenen Münzen...

Und damit sind wir endlich wieder bei dem Dreimal-Urgroßvater Johann-Christopher angelangt:

Der junge Mann hatte sich also entschlossen, nach Westen, nach Brandenburg-Preußen zu wandern. Es war ihm klar, daß es nicht ganz leicht sein würde, sich durchzuschlagen und sein Brot zu verdienen. Er hatte gehört, daß drüben im Westen, jenseits der nicht allzu fernen Grenze in Brandenburg-Preußen, peinliche, manchmal unangenehm peinliche Ordnung herrschen sollte, daß die Leute allesamt von der Obrigkeit fest an der Strippe gehalten würden, aber auch ihr Recht bekämen in Ruhe und Sicherheit, daß sich die Unbill der Oberen in Grenzen hielte und der König wie schon sein Vater selbst für Sauberkeit und Gerechtigkeit sorgte. Außerdem hatte König Friedrich in zwei Kriegen gegen das viel größere und ältere Österreich und die Habsburger mit seiner glorreichen Armee glänzende Siege erfochten. Der Name Hohenfriedberg, eines Dorfes in Niederschlesien am Nordrand des Waldenburger Berglands, wo die Österreicher eine schwere Niederlage erlitten hatten, hallte durch ganz Europa und war auch nach Friedland gedrungen.

Christopher brauchte nicht lange zu überlegen: Ich bin ja nur ein jämmerlicher Bauernjunge aus Polnisch-Preußen; ich habe außer ein bißchen Lesen, Schreiben und Rechnen

und der kümmerlichen Landarbeit nichts gelernt; wenn ich im fritzischen Preußen etwas werden will, dann bleibt mir nichts anderes übrig, als zu den Soldaten zu gehen. Ich lasse mich anwerben. Nach Neustettin drüben ist es nicht weit; dort stehen preußisch-brandenburgische Regimenter, die werden schon für mich Verwendung haben.
Das war vollkommen richtig kalkuliert. Der damals einundzwanzig Jahre alte Christopher kalkulierte meistens richtig, wie sich mit den Jahren einwandfrei herausstellen sollte. –
Für stramme und keineswegs dumme Burschen aus Polnisch-Preußen, die ein karges Leben gewöhnt waren, deutsch als Muttersprache redeten, hatte man in der preußisch-friderizianischen Armee jederzeit Verwendung. Es wurde dem Christopher aus Friedland anfangs sehr sauer, sich in die barbarisch strenge Zucht des fritzischen Heeres zu fügen. Aber er hielt durch; was blieb ihm auch anderes übrig! Mit der Zeit konnte er – ein Walknersches Erbgut – dem Schmiß und Pfiff bei den Husaren sogar Geschmack abgewinnen. (Da er mit Pferden von klein auf vertraut war, hatte man ihn zur Kavallerie gestellt.)
Wenn er nicht intelligenter und fixer als der Durchschnitt gewesen wäre, hätten ihn die Preußen wohl kaum so schnell befördert, wie er tatsächlich befördert wurde. Er war sicherlich auch schlau genug, nicht damit hinter dem Berge zu halten, daß die Walkners zu dem polnischen Geschlecht niederen Adels, dem Stamm Belty, gezählt würden. Man wußte zwar auch im Brandenburgischen, daß es mit dem niederen polnischen Adel nicht weit her war und daß manche seiner Angehörigen, obgleich sie ein stolzes Wappen führten und sogar, wenn sie es sich leisten konnten, an den Reichstagen der Rzeczpospolita Szlachecka stimmberechtigt teilnehmen konnten, ach du lieber Him-

mel, daß manche seiner Glieder zu Hause nicht viel besser lebten als die unfreien Bauern und Scharwerker auf den Gütern der »Großen Familien«, etwa der Potocki, der Czartoryski, der Radziwill. Aber immerhin: Auch die niedersten und ärmlichsten waren noch »von Adel«, und das galt im fritzischen Preußen eher noch mehr als in Polen.

Kurz und gut, als Friedrich II. sich angesichts übermächtiger, zu seiner Demütigung, wenn nicht Vernichtung entschlossener Gegner entschließen mußte, um Schlesiens willen einen dritten Krieg anzufangen und überraschend in Kursachsen einzufallen, war der Johann-Christopher bereits zum Wachtmeister bei den Husaren aufgerückt. Früher oder später wäre er wohl auch fritzischer Offizier geworden, wenn er nicht, was allerdings das Wahrscheinlichste gewesen wäre, in einer der gewonnenen oder verlorenen Schlachten des dritten schlesischen, des »Siebenjährigen« Krieges sein Draufgängertum mit dem Leben bezahlt hätte. Aber es kam ganz anders.

Schon in den Anfangswochen des Feldzuges, in dem die Preußen ganz Kursachsen überschwemmten, ohne von dem sich in Warschau als polnischen König verlustierenden, als Kurfürst sein sächsisches Stammland vernachlässigenden August III. tatkräftig gehindert zu werden (Polen blieb sogar neutral), fielen also dem Preußenkönig die Prägestempel der in Sachsen für Polen geprägten polnischen Geldmünzen in die Hand.

Friedrich II., der wohl begriff, daß in diesem dritten Waffengang um den Besitz der reichen Provinz Schlesien seine noch sehr junge und nicht sichere Macht, sogar die eigene und ganz Preußens Fortexistenz von den erbitterten Gegnern in Frage gestellt wurden (für Maria Theresia am Hof in Wien war Friedrich der »böse Mann«, dessen Ruhm- und Großmannssucht gebrochen werden mußte!), Friedrich II., dem lediglich England den Rücken stärkte und auch, allerdings wohlberechnet, Hilfsgelder zufließen ließ, hatte längst aus Erfahrung gelernt, daß zum Kriegführen nicht nur Soldaten gehörten, sondern vor allem auch Geld und regelmäßig mehr Geld, als vorauszusehen ist.

Da hatte er nun diese wunderbaren Prägestempel für polnische Münzen in die Hand bekommen. Ob Friedrich selbst auf die Idee gekommen ist oder einer seiner tüchtigen Finanzräte, das muß dahingestellt bleiben: Auf alle Fälle wurde insgeheim beschlossen, mit diesen Stempeln reichlich polnisches Geld zu prägen, jedoch nur mit einem Bruchteil des Gehalts an Edelmetall, Silber oder Gold, der ansonsten für polnische Münzen vorgeschrieben war und angenommen wurde. Diese minderwertigen Münzen konnte man dann nach Polen schaffen und die dort umlaufenden guten Münzen aufkaufen, eintauschen, außer Landes, das heißt nach Berlin oder Dresden bringen und dort den Gewinn an Gold oder Silber für Preußen und die Kriegführung verbuchen.

Es dauerte Jahre, ehe der großangelegte Münzschwindel in Polen erkannt wurde. Die polnische Währung war bereits schwer geschädigt und polnisches Geld in Verruf gekommen. Die in Polen durch das minderwertig in Sachsen geprägte Geld weithin ausgelöste Inflation traf alle Bewohner des ohnehin unter den Sachsenkönigen mehr und mehr verelendenden Landes schwer. Die Verluste, die Friedrich auf solche Weise der nur höchst unzulänglich funktionierenden und mehr oder weniger wehrlosen Adelsrepublik aufbürdete, sollen sich, wie geschätzt wird, auf etwa zweihundert Millionen polnische Gulden belaufen haben – für die damalige Zeit ein ganz gewaltiger Betrag! Das »neutrale« Polen hat also unwillentlich und lange

Zeit unwissentlich Friedrichs II. Siebenjährigen Krieg mitfinanzieren helfen. Erst fünf Jahre später, 1761, wurde man sich in Warschau des Schadens bewußt, der der polnischen Währung und Wirtschaft zugefügt worden war, und Polen versuchte, im Wege einer »Münzreduktion« die Währung des Landes wenigstens einigermaßen zu stabilisieren. –
Da aber war Johann-Christopher längst schon wieder in Friedland an Land gekommen, dem friderizianischen Heer entlaufen und ein – nach Friedländer Begriffen – äußerst wohlhabender Mann geworden. Weder Christopher selbst noch irgendwer sonst haben sich allem Anschein nach damals zuverlässig darüber geäußert, wie Christopher als preußischer Husaren-Wachtmeister nach noch nicht zehnjähriger Dienstzeit so beträchtlich zu Geld gekommen sein konnte. Eins nur ist durchgesickert: Er war dabei, als ein kleines, sicherlich sehr sorgsam ausgewähltes Reiterkommando von Husaren und einem Offizier den ersten größeren Transport von gefälschten polnischen Münzen über die ungeschützte Grenze ins polnische Land hineinschaffte. Sicherlich ist das Kommando nicht in stolzer und sofort erkennbarer Uniform nach Polen hineingeritten, sicherlich hatte man sich für den Beritt gescheite junge Kerle ausgesucht, denen Fixigkeit und Kühnheit zuzutrauen war. Beides wird auf meinen Ahn Christopher zugetroffen haben. Das läßt sich auch heute noch einigermaßen glaubwürdig rekonstruieren. Wie aber Christopher es im einzelnen angestellt hat, von dem großen, bedenkenlos erzielten Profit des Preußenkönigs ein winziges Teilchen für sich und die Familie abzuzweigen, das ist nie und nirgendwo genauer erklärt worden.
Aber es wurde darüber endlos spekuliert. Ich bin der Meinung, daß es mein verehrter Ohm Laurents war, der mit

seinen Mutmaßungen der Wahrheit am nächsten gekommen ist. Seine Überlegungen vermieden jede abenteuerliche Phantasterei und hatten – wie mir scheint – viel Wahrscheinlichkeit für sich. – –
Es war an einem lauen Sommersonntagabend. Ich saß mit dem Ohm unten im Garten am Bach, wo wir stets am liebsten plauderten und am ungestörtesten. Wir brauchten auch ausnahmsweise nicht zu fürchten, von Muhme Oda ebenso pünktlich wie gestreng zum Abendbrot erwartet zu werden. Die Großtante war an diesem Nachmittag und Abend zum fünfzigsten Geburtstag einer nahen Verwandten eingeladen worden. Ohm Laurents würde sie erst gegen halb zehn von der Feier abholen. Wir, das heißt er und ich, hatten also reichlich Zeit, waren wieder einmal auf den Ahn Christopher zu sprechen gekommen. Absichtlich hatte ich das Gespräch auf Johann-Christopher gebracht, obwohl ich längst gemerkt hatte, daß der Ohm nicht gern über diesen vielleicht fragwürdigen – vielleicht auch nicht fragwürdigen – Vorfahren redete.
Die Stimme des Ohms klang ein wenig unwillig, als er mir nach einer kleinen Pause mit einer senkrechten Falte zwischen den buschigen Brauen Bescheid gab:
»Na gut, also hör zu, Junge, ich will dir erklären, was nach meiner Meinung damals unserem Christopher passiert ist. Mit den wilden Märchen, die so herumerzählt werden, habe ich gar nichts im Sinn. Ich glaube, daß die einfachste Erklärung auch die wahrscheinlichste ist. Ich will sie dir auseinandersetzen. Aber danach möchte ich dann nicht noch einmal darüber reden, verstehst du…?«
»Ich verstehe, Ohm Laurents! Ich werde mich bestimmt daran halten…«
»Das hast du versprochen. Vergiß es nicht! Was die Sache mit unserem guten Johann-Christopher anbetrifft, so habe

ich mir möglichst sachlich die Begleitumstände zu vergegenwärtigen versucht, unter denen sich der Transport der minderwertigen, frisch geprägten polnischen Münzen nach Polen abgespielt haben muß. Sicherlich hat man mehr als ein Fahrzeug benutzen müssen, denn Münzgeld ist schwer, und die Wege waren schlecht. Die Bewacher, die Husaren, die von dem Wachtmeister Walkner vielleicht sogar befehligt wurden, werden nicht in preußischer Uniform nach Polen hineingeritten sein – neben der kleinen Wagenkolonne, die nicht anders aussehen durfte, als andere gewöhnliche Lastwagen auch. Die bewaffneten Begleiter werden Zivil getragen haben oder steckten gar in polnischen Uniformen. Ich möchte als sicher annehmen, daß die Fahrer und die Bewacher überhaupt nicht darüber unterrichtet waren, was die verschlossenen schweren Kisten enthielten, die sie da mehr oder weniger auf Schleichwegen nach Polen schaffen sollten. Das wußte wohl, wenn überhaupt einer von dem ganzen Aufgebot an Männern, nur der das Ganze kommandierende Offizier, der natürlich auch in polnischer Gewandung oder Uniform steckte. Wohin der Transport nun auch gerichtet gewesen ist, eins ist doch wohl ganz gewiß: Er muß einen Empfänger gehabt haben, irgendeine polnische Person oder Stelle, die bereit gewesen ist, an dem guten Geschäft teilzunehmen, das schlechte Geld in Polen unter die Leute zu bringen. Unter den maßgebenden Leuten in Polen, das heißt der Schlachta, dem Adel, war es damals beinahe selbstverständlich, daß man sich auf Kosten des Staates bereicherte, wenn sich Gelegenheit dazu bot; und hier bot sich eine – womit die Finanzbeamten des Preußenkönigs gewiß gerechnet hatten.

Unser Johann-Christopher war nicht auf den Kopf gefallen und wird sich bald gefragt haben, was in den Kisten verborgen sein mochte, schwer wie sie waren, die er mit den Kameraden zu geleiten hatte; Wackersteine waren es sicherlich nicht; nur Metall ist so schwer, Silber vielleicht, Gold – also Geld! Aber er hielt den Mund. Preußische Soldaten, ob in Zivil oder in Uniform, haben zu gehorchen, Fragen zu stellen haben sie nicht.

Weit vor dem angesteuerten Ziel, etwa der Stadt Kalisch oder Lodz, stieß dann zu der kleinen Wagenkolonne ein Abgesandter des polnischen ›Geschäftsfreundes‹ – wenn man ihn so nennen will – der das schlechte Geld übernehmen und für eine saftige Provision gegen gutes, echtes umtauschen würde. Dies konnte dann zur Prägestelle in Dresden zurückgeschafft werden oder auch in jede andere Münze in Preußen, konnte wieder eingeschmolzen und mit Blei, Nickel oder Kupfer gemischt und im Nennbetrag wiederum entsprechend verlängert werden.

Unser Ahn Johann-Christopher wird sich wohl ein wenig oder auch mehr wie heimgekehrt gefühlt haben, als um ihn her wie in seinen jüngeren Jahren allgemein polnisch gesprochen wurde, das er ja ebenso beherrschte wie deutsch. Mit der preußischen Uniform wird er – wie wohl die anderen Husaren auch – ein Stück der preußischen Disziplin ausgezogen haben. Die in Polen vorwaltende größere Lässigkeit im Umgang, der geringere Respekt vor dem Staat – so stelle ich's mir vor, Junge – wird ihm ganz vertraut vorgekommen sein und sein sicherlich nie ganz überwundenes Heimweh nach der Dobrinka verstärkt haben. Er wird mit dem polnischen Abgesandten, der zu dem Transport gestoßen war, ins Gespräch gekommen sein, machte ihm doch das Polnische keine Schwierigkeiten, während sich vielleicht nicht einmal der preußische Kommandant des Transports auf polnisch verständigen konnte. Johann-Christopher erfuhr, daß die Reise nicht

mitten in der Stadt Lodz enden sollte, daß der Transport vielmehr in einem versteckt gelegenen Waldgut vor der Stadt erwartet wurde. Der Verdacht, den Christopher schon eine Weile gehegt hatte, daß nämlich die Kisten auf den Wagen Geld enthielten, Münzen, verdichtete sich. Seit er in polnischen Kleidern auf polnischem Boden ritt und ihm das Polnische wieder geläufig geworden war, mag sich eine gewisse Leichtigkeit und auch ein Übermut seiner bemächtigt haben nach den Jahren der preußischen Zucht und Ordnung; zum ersten Mal wieder hatte die Angst vor den Oberen im plötzlich heimatlich empfundenen Polen keine Gültigkeit mehr. Er mag schnell begriffen haben, daß der polnische Beauftragte, der dem Transport entgegengekommen war, zur Schlachta, zum niederen polnischen Adel, gehörte – und hielt nicht damit hinter dem Berge, daß auch seine Familie – das heißt die unsere – das Wappen der polnischen Belty führte, er also mit dem Abgesandten auf einer gleichen Ebene verkehren konnte; sie gehörten beide zur Schlachta! Danach wird es nicht sehr lange gedauert haben, und Christopher sah sich oder hörte sich in seinem Verdacht bestätigt, daß er einen Geldtransport bewacht hatte, ein paar Fuhren gefälschten polnischen Geldes.
Ob Christopher nun auch seinen Vorgesetzten, den preußischen Geleitoffizier, auf den wahren Sachverhalt angesprochen hat, mag dahingestellt bleiben. Vielleicht hat der auch nicht genau Bescheid gewußt, denn den Preußen muß natürlich daran gelegen haben, so wenige Leute wie möglich in die Zusammenhänge einzuweihen.
Auf alle Fälle aber wird der ›Geschäftsfreund‹ auf der polnischen Seite in Lodz oder Kalisch oder wo auch immer der Austausch der gefälschten gegen echte Münzen stattfinden sollte, der wird in hellen Aufruhr geraten sein, als ihm klar wurde, daß ein Unbefugter, eben unser Johann-

Christopher, in das Staatsgeheimnis eingedrungen war. Denn das Gelingen des ganzen Planes hing ja davon ab, daß die mit Nickel, mit Blei oder – bei Gold – mit Kupfer verbilligten Münzen in Polen nicht als solche erkannt, sondern für echt zu ihrem vollen Nennwert in Zahlung genommen wurden. Was war zu tun? Der unerwünschte und durchaus nicht miteinkalkulierte Mitwisser war zum Schweigen zu bringen und mußte so schnell und gründlich wie möglich entfernt werden. Und es war ja sozusagen ein Glück im Unglück, daß man es eigentlich mit einem polnischen Menschen von der Dobrinka, dazu womöglich noch einem Schlachtizen zu tun hatte, mit dem sich reden ließ, nicht so einem steifbeinigen Preußen.

Der Empfänger des Transportes wird also den preußischen Geleitführer beiseite genommen und ihm dringend empfohlen, wenn nicht von ihm gefordert haben – falls das ganze Unternehmen nicht scheitern sollte –, den Mitwisser mit einem guten Schweigegeld auszustatten und nach Hause in seine Starostei Schlochau zurückzuschicken – wobei ihm von polnischer wie preußischer Seite einzuschärfen war, daß er Kopf und Kragen, Leib und Leben riskieren würde, wenn er je ein Wort über das von ihm entschlüsselte Geheimnis verlauten ließe oder sich noch einmal aus seiner angestammten Heimat entfernte.

Johann-Christopher wird nicht so dumm gewesen sein, sich seinen Schweigeschwur billig abkaufen zu lassen. Auch wird er sich von dem Preußen einen Entlassungsbescheid wegen Krankheit oder etwas Ähnliches haben ausstellen lassen. Seine Abfindung wurde sicherlich der Sendung gefälschten Geldes entnommen. Damit zog Christopher los und erwarb damit zu Hause bei uns an der Dobrinka Land, Vieh und Saatgut und begründete für ein paar Jahrzehnte die Wohlhabenheit unserer Familie. –

Das ist es, mein lieber Junge, was ich mir nach langem Hin- und Herüberlegen über Johann-Christopher ausgedacht habe. Alle übrigen Geschichten über ihn halte ich für dumme Märchen.«

Ich hatte angespannt zugehört. Ich war sehr erregt –. Was hatte dieser mein Vorfahr nicht alles erlebt in jener wilden, abenteuerlichen Zeit des Siebenjährigen Krieges! (Daß meine eigene Lebenszeit von noch viel gewaltsameren Weltkriegen erfüllt sein würde – und ihren weltverändernden Folgen –, ahnte ich damals kurz vor dem Ersten Weltkrieg noch nicht). Aber ich war noch nicht zufrieden. Ich überlegte eine Minute lang und schoß dann die Frage ab:

»Aber später, Ohm Laurents, ist der Schwindel mit dem falschen Geld herausgekommen? Ist da dem Johann-Christopher nicht doch noch ein Strick aus seiner Mitwisserschaft gedreht worden?«

»Nein, nichts davon! Er hat in Friedland gelebt unangefochten bis an sein Ende als ein geachteter Mann, solange Friedland noch polnisch und dann, als es preußisch geworden war. Daraus geht für mich eindeutig hervor, daß ihm amtlich oder sonstwie von keiner Seite ein Vorwurf gemacht werden konnte. Damit sollte sich unsere allzu fabelsüchtige Sippe begnügen – und du natürlich auch, min Jung!«

Das habe ich getan – wie man sieht.

Johann-Christopher war also ins polnische Preußen heimgekehrt und blieb dort seßhaft bis zu seinem Tode im Jahre 1800, also bis weit in die neue Zeit hinein, in welcher aus dem polnischen »Preußen königlichen Anteils« die brandenburgisch-preußische Provinz Westpreußen wurde. Er hat sich um seine erneut aufblühende Heimatstadt Friedland verdient gemacht. Mit und nach seinem Sohn Johann-Gottlieb ging dann am Ende der napoleonischen Zeit die vielleicht auf lichtscheuende Weise für einige Jahrzehnte errungene Wohlhabenheit der Walkners wieder in die Brüche, um erst hundert Jahre später, nur wenige Jahrzehnte vor dem endgültigen Ende Friedlands, auf bescheidene Weise in der alten, geliebten Erde an der Dobrinka wieder aufzublühen.

Johann-Christopher hat, als sein Erfolg im Friedländer Leben schon sicher gegründet war, wiederum ein Mädchen aus einer Salzburger Familie geheiratet, die Christina Fefkerin. Wie er an die gekommen ist, habe ich, der Schreiber dieses Buches, trotz vieler Mühe nicht herausbekommen; wahrscheinlich war jene Christina, was anzunehmen naheliegt, ihm von der Mutter ans Herz gelegt worden; sicherlich ist er wohl in höherem Maße seiner Mutter Sohn gewesen als der seines pommerellisch/preußischen Vaters.

Johann-Christopher bleibt für mich in einem sanften Zwielicht – und ich hoffe nur, daß er die Dukaten, mit denen er für die folgenden rund sechs Jahrzehnte den Wohlstand der Familie untermauerte, auf einigermaßen vertretbare Weise erworben hat, ohne daß er dabei allzu getreu in die in dieser Hinsicht etwas krummen Spuren des großen Friedrich zu treten brauchte.

Wenn ich nun den zur Hälfte salzburgischen Johann-Christopher und dessen Vater Johann-Christian und auch – noch schattenhafter – dessen Vater Johann-Albrecht (der eine Maria Troyk ehelichte – mit so sonderbarem Namen, der diese Vormutter wohl auch wieder in eine nichtdeutsche Welt verweist – kaschubische, pommeranische, masurische, wer weiß –?), wenn ich diese drei Ahnen nun endgültig hinter mich gebracht habe, so kann ich aufatmen. Denn von nun ab trete ich mit dieser Geschichte in Zeiten ein, die ich zwar nicht selber miterlebt habe, von denen mir aber mein Großvater Johann-Wilhelm, als er noch längst nicht so alt war, wie ich es jetzt bin, aus eigener Anschauung und eigenem Erlebnis berichten konnte – und darüber hinaus von dem, was ihm sein Großvater Johann-Gottlieb und – weniger einprägsam – sein Vater übermittelt hatte.

Johann-Christopher stellt ohne Zweifel die aufregendste Figur unter meinen Vorfahren dar – abgesehen vielleicht von dem allerersten Johann, der – noch ohne den Schmuck eines Familiennamens – aus dem Mergentheimer Land an der Tauber im Fränkischen ins ferne, ferne Ostland gezogen ist und vom Deutschen Orden in der damals erst werdenden »Feste« Friedland zum Schutz des Dobrinka-Übergangs eingewurzelt wurde – wie es die Familien-Legende sicherlich wahrheitsgemäß erzählt.

Daß Johann-Christopher in den neuen Verhältnissen nach der ersten Teilung Polens (1772) so erfolgreich hat wirtschaften können, ist gewiß mit darauf zurückzuführen, daß er im preußischen Heer bis in den Siebenjährigen Krieg hinein die »preußische Tour« gründlich kennengelernt hatte mit ihrer Pünktlichkeit, Ordentlichkeit, ihrem Gehorsam und ihrer bis in den letzten Gamaschenknopf hinein praktizierten Genauigkeit, was aber alles – auch eventuelle Abweichungen von den strengen Regeln – nach dem höheren Interesse des preußischen Staates, in der untheoretischen Wirklichkeit nach dem Willen des Königs auszurichten war (der sich selbst aber auch bereits als den »ersten Diener des Staates« gekennzeichnet hatte).

Als daher 1772 Rußland, Österreich und Preußen sich darauf einigten, das große, aber schwache und mehr oder weniger wehrlose Polen um einen großen Teil seiner nicht eindeutig polnischen Randgebiete zu berauben und damit das weite, fruchtbare Land links, daß heißt westlich der unteren Weichsel bis an die Grenze von Pommern zu Preußen zu schlagen – mitsamt dem Ermland und dem nördlichen Großpolen (dem Netzedistrikt), aber ohne Danzig, Graudenz und Thorn –, da war dem nun in Friedland eifrig wirkenden Johann-Christopher die neue »fritzische« Herrschaftsweise keineswegs fremd; er kam mit Besitz und Geschäften eher noch schneller voran als zuvor in der jämmerlich versandenden polnischen Zeit.

Ja, er wurde ein einflußreicher, wohlhabender Mann, der die Zeichen der Zeit verstand und die Umstände zu nutzen wußte. Vielen anderen Friedländern scheint der Übergang von der polnischen zur preußischen Zeit in den letzten Jahrzehnten des achtzehnten Jahrhunderts unter drei verschiedenen preußischen Königen nicht ebenso leicht gefallen zu sein: unter Friedrich dem Zweiten, dem »Alten Fritz« bis 1786; unter dessen Neffen Friedrich Wilhelm dem Zweiten bis 1797 und schließlich unter Friedrich Wilhem dem Dritten, dem Gemahl der Königin Luise, der dann über die napoleonische Zeit und die Freiheitskriege hinaus bis weit ins neunzehnte Jahrhundert hinein (bis 1840) Preußen regierte.

Man war es nicht nur in Friedland, sondern in ganz Westpreußen unter den dort wohnenden Deutschen, die im Schlochauer Land weit mehr als die Hälfte der Bewohner bildeten, durchaus gewohnt gewesen, das staatliche polnische Wesen zwar als eine gelegentlich lästige, sogar gefährliche Begleiterscheinung des Daseins im Alltag hinzunehmen. Die Verordnungen waren jedoch vielfach wenig ernst zu nehmen, gerieten auch schnell in Vergessenheit – und mit den schlecht bezahlten Beamten, die sie anzuwenden und durchzusetzen hatten, ließ sich meistens reden, besonders dann, wenn man im richtigen Augenblick und in der richtigen Höhe mit einem vertraulichen Geldgeschenk oder sonst einem angenehmen Vorteil oder Gunstbeweis nachhelfen konnte. Wenn man sich nur menschlich gab, seine Andersartigkeit nicht herauskehrte und die polnische Empfindlichkeit schonte, dann hatte es sich – einmal abgesehen von den von außen ins Land getragenen, allerdings schrecklichen Nöten und den Seuchen – in Polen ganz leidlich leben lassen.

Wenn auch das von innen her zerbröckelnde Polen, insbesondere seit der Krönung der Jungfrau Maria zur »Regina Poloniae«, mehr noch seit den Terror-Urteilen des »Thorner Blutgerichts« im übrigen Europa in den Geruch gekommen war, ein Hort übler Unduldsamkeit und Einschüchterung zu sein, so sah es in dieser Hinsicht in vielen anderen der kleinen und großen Staaten Europas nicht besser, sondern in Wahrheit schlechter aus. In Preußen allerdings war unter Friedrich II., beginnend schon unter seinem Vater, die damals radikal neue »moderne« Vorstellung lebendig geworden – und zwar von oben nach unten –, daß die Diener des Staates unbestechlich zu sein hätten, daß alle Bürger, selbst unter Einschluß des Königs, vor dem Gesetz gleich zu behandeln wären, daß die Erbuntertänigkeit der Bauern eigentlich ein Mißstand wäre und beseitigt oder wenigstens gemildert werden müßte, daß im religiösen Bereich letzten Endes jeder »nach seiner Fasson selig werden« mochte, daß nicht mehr gefoltert, gerädert und verbannt werden sollte, daß aber jeder nach seinem Können und Vermögen dem Staat, dem König, zu dienen habe, im äußersten Fall sogar mit seinem Leben.

Dies alles kam den Friedländern, nachdem sie preußisch geworden waren, zunächst in mannigfacher Hinsicht ungewöhnlich oder sogar unleidlich vor, und es fiel manchen

Leuten schwer, sich in die neuen Zeiten zu schicken. Johann-Christopher aber hatte das »fritzische« Wesen mit all seinem Für und Wider bereits gründlich erlernt.
Es gereichte dabei dem Johann-Christopher und auch noch seinem tragisch endenden Sohn Johann-Gottlieb sehr zum Vorteil, daß Westpreußen von den radikalen politischen Veränderungen, die sich in Ost-Mitteleuropa bis über die napoleonische Umbruch-Zeit hinaus abspielten, nicht mehr unmittelbar betroffen wurde; es blieb bei Preußen, auch als Napoleon für ein paar Jahre (von 1807 bis 1815) ein neues Herzogtum Warschau entstehen ließ, das dann zugleich mit dem Korsen unterging. Am 3. Mai 1815 wurden auf dem Wiener Kongreß die Grenzen der den Teilungsmächten Rußland, Österreich, Preußen zufallenden polnischen Gebiete erneut festgelegt. Das bedeutete die vierte Teilung Polens. Polen hatte als selbständiger Staat – für die nächsten einhundertundvier Jahr, bis 1919 – aufgehört zu bestehen.
Als Friedrich des Großen Glanz gegen Ende des achtzehnten Jahrhunderts langsam erlosch, Preußen durch Napoleon an den Rand des Untergangs geriet und sich nur mit einem gewaltigen, seine Kräfte verzehrenden Gewaltakt, radikalen Änderungen seiner inneren Verfassung schließlich wieder fangen und erneut durchsetzen konnte, wurde auch die Johann Walknersche Familie aus dem Wohlstand der Johann-Christopher-Zeit mit meines Großvaters Großvater in den Absturz gerissen, erholte sich aber viel langsamer, als Preußen sich erholte.
Die Eva Rosina, Johann-Gottliebs Frau, konnte nach dem frühzeitigen Tode ihres Mannes, der zuletzt seine Tage und seine geringe Kraft nur noch der Rache an den Franzosen gewidmet hatte, den Hof, die Ländereien, die Walknerei und die Geschäfte ins ehemalige Groß- und Kleinpolen,

(das heißt das spätere [preußische] Großherzogtum, die spätere Provinz Posen) nicht mehr beieinanderhalten. Stück für Stück schwamm die bescheidene Wohlhabenheit der Familie den Bach der Geschichte hinunter. Johann-Michael, meines Großvaters Vater, erbte als Zehnjähriger, also noch unmündig, ein schon zerfallendes Anwesen. Es ist eigentlich ein Wunder, daß der Kern des Besitzes der »erbgesessenen« Ackerbürger-Familie ihr schließlich doch noch trotz der Verarmung verblieb –, um dann bis ins halbe zwanzigste Jahrhundert hinein zögernd und mühsam wieder aufgefüllt und endlich auch wieder standfest gemacht zu werden.

Vor dem Zweiten Weltkrieg waren wir soweit, Pläne zu schmieden, den in der Stadt zu eng werdenden Hof wieder vor die Stadt hinauszuverlegen, um mehr Bewegungsfreiheit für die landwirtschaftliche Betätigung zu gewinnen. Das hatte es in den vorausgegangenen sechs Jahrhunderten mehr als einmal gegeben, und es war in der Familie keineswegs vergessen.

Aber dann wurde die Familie mit Preußisch-Friedland, dem Schlochauer Land und ganz Westpreußen in den bodenlosen Abgrund gestürzt, den der machtbesessene Österreicher aus Braunau am Inn und seine Horde von Verblendeten und Bösen vor Deutschland aufgerissen hatte. Innerhalb weniger Monate wurde unsere ostdeutsche Heimat ausgelöscht, wurde vom Tisch gewischt, als hätte es sie nie gegeben. Sechs Jahrhunderte lang hatte Friedland Friedland geheißen, auch während der drei Jahrhunderte unter königlich-polnischer Hoheit. Jetzt gibt es kein Friedland mehr. Die Polen mußten lange nachdenken, ehe sie sich zu einem Namen entschlossen, der polnischen Klang hatte. Die Stadt – oder das, was noch von ihr übrig ist, und das ist nicht viel – heißt auf den heute für das

Gebiet gültigen Karten Debrzno. Weiß der liebe Himmel, wie das auszusprechen ist! Die »erbgesessenen« Friedländer, soweit noch vorhanden, wissen es nicht.

14. Kapitel

Wenn ich mit dem Wissen um das Geschick meiner Familie im Hintergrund auf das vorige Jahrhundert im Schlochauer Land und die friedländische, so sehnsüchtig unvergessene Heimat zurückblicke, dann will es mir zuweilen so vorkommen, als ob damals das wunderbare Städtchen über dem Dobrinka-Tal in einer Art von glückseligem Dornröschenschlaf gelegen hätte, keinem schweren, dumpfen Schlaf, beileibe nicht, sondern in einem leichten, gelegentlich von bunten Träumen aufgeheiterten – bis mit dem Anbruch oder Ausbruch des Dritten Reiches auch im gemächlich ehrbaren Preußisch-Friedland sich Kräfte zu regen begannen, die mit den alten, seit Jahrhunderten hier heimischen Regeln einer freundlichen Duldsamkeit gegenüber Andersdenkenden oder Andersartigen nichts mehr zu tun haben wollten.

Denke ich an meine jungen Jahre zurück, die ersten zweieinhalb Jahrzehnte meines Erdenwallens, unterhalte ich mich mit meinem wie ich übriggebliebenen Vetter Erwin, der den Hof als letzter bewirtschaftete, fleißig entwickelte und schließlich verlassen mußte, dann drängen sich uns für die Jahre vor dem »Tausendjährigen Reich« stets die gleichen Eigenschaften, die gleichen Wesenszüge auf, die für das Leben in der kleinen Stadt kennzeichnend waren: Es herrschte Frieden und Freundlichkeit unter den

Leuten; man half sich gern gegenseitig, war stets beinahe überströmend gastlich; es gab keinen Standesdünkel; man lebte maßvoll; wer sich aufspielen wollte, war »unten durch« – und es gab offenbar ganz vorbewußt ein wunderbares Gefühl von Zusammengehörigkeit nicht nur der Nachbarn und Bürger untereinander, sondern auch einer vielleicht sogar noch engeren Einbindung in die alte Stadt mit ihren Mauerresten, dem von hohem Schilf umraschelten Stadtsee, dem leuchtenden, wie endlos sich westwärts dehnenden Tal der Dobrinka, »vorlangs«, den Seen weiter hinten in ihren tiefen Senken, den großen Wäldern Babusch und Gneven, in denen manchmal heitere Fest gefeiert wurden – und niemand schloß sich von ihnen aus, ob arm oder reich, ob »gebildet« oder nur mit acht Jahren »Volksschule«. Ein freundliches bescheidenes Lebewesen – das war die kleine Stadt, und jeder gehörte hinein und hinzu, nahm sie bewußt nicht sehr wichtig, aber lebte und webte doch darin: Friedland, Heimat, Westpreußen, herrlich grünes, fruchtbares Land – ein warmes Land zum Zuhause bleiben!

Es könnte sein – muß ich manchmal denken –, daß der abenteuerliche Aufschwung der Familie mit Johann-Christopher und danach der tragische Überschwang und Absturz mit Johann-Gottlieb den Lebensgeist der Sippe geschwächt, überbeansprucht hätte, so daß sich dieser in den nachfolgenden Generationen erst einmal erholen und wieder sammeln mußte, ehe die späteren Söhne (und Töchter!) von neuem die Tatkraft und die Zähigkeit erkennen ließen, welche die Vorfahren in früheren Jahrhunderten großartig bewiesen hatten. Denn von den Ahnen, die das vorige Jahrhundert mit Anstand und nur bescheidenen Erfolgen hinter sich brachten, ist kaum Aufregendes zu melden. Erst als mit dem Ende des Zweiten Weltkriegs die tödliche, eine Vergangenheit von sechshundert Jahren total auslöschende Katastrophe eintrat, bewährten sich die späten Männer und Frauen der Familie genauso – wenn sie nicht ihr Leben dabei verloren –, wie sich die Vorfahren in den fürchterlichen Schrecken und Drangsalen des »Dreizehnjährigen Krieges« zwischen Polen und dem versagenden Deutschen Orden, des »Dreißigjährigen Krieges«, des »Nordischen Krieges« und all der blutigen inneren und äußeren Händel dazwischen hatten bewähren müssen – und bewiesen darüber hinaus, daß sie auch als Entwurzelte im deutschen Westen oder sogar jenseits der Meere zu einem neuen Anfang auch unter völlig ungewohnten, ja widerwärtigen Umständen fähig geblieben waren. Das wird durch die Schicksale meiner einzigen zwei überlebenden Vettern und einer Base – auch durch mich selber – mit ausreichender Deutlichkeit bestätigt.

Aber es kann auch sein, daß man die abflachende Entwicklung der Familie in viel weiteren Zusammenhängen sehen muß und nur so verstehen kann: Ganz Europa hatte sich nach dem Siebenjährigen Krieg, der nur vordergründig ein Kampf zwischen dem preußischen Friedrich dem Zweiten und der bewundernswerten österreichischen Maria Theresia gewesen ist, tatsächlich aber den Endkampf zwischen England und Frankreich um die Vorherrschaft in Nordamerika und damit auch in der weiteren außereuropäischen Welt, um die Weltherrschaft also (wie stets nur einer zeitweiligen!) darstellte, Europa also hatte sich nach dem fürchterlichen Aderlaß, den die Große Französische Revolution und ihr imperialer Vollender Napoleon mit seinen Waffengängen zwischen Ägypten und der Nordsee, zwischen Lissabon und Moskau in allen beteiligten

Staaten, am Schluß dann mit den menschen- und kräfteverzehrenden Freiheitskriegen den Völkern abgepreßt hatte, in großer allseitiger Erschöpfung für eine Weile zur Ruhe gesetzt.

Nichts mehr von glänzenden Siegen, »vernichtenden« Niederlagen, die doch nicht vernichteten, von strahlenden Kriegshelden, kühnen Haudegen, nichts mehr von wütenden Umstößen, Verwandlungen, neuen Grenzen und luftigen Eintags-Königreichen! Die Regierungen, die alt vererbten, die sich, wenn auch stark angeschlagen, noch einmal wieder etabliert hatten, sie ebenso wie die Bürger, und die stets die Hauptlast der anderswo angezettelten Streitigkeiten tragenden Bauern, sie alle, hoch und nieder, hatten genug von »großen Zeiten« und großen Worten. Es war allzuviel Weltbewegendes geschehen. Lärm und Ruhm waren für eine Weile nicht mehr gefragt. Nach innen wollte man sich wenden, wofür man jahrzehntelang keine Zeit hatte haben dürfen. Mit einem Wort: Die Zeit des Biedermeier war angebrochen.

In den kleinen Städten des deutschen Hinterlandes ergab man sich den Jahrzehnten der Stille – mochte sie auch von oben verordnet sein – in der ersten Hälfte des neunzehnten Jahrhunderts aufatmend und liebend gern – und wohl kaum irgendwo sonst mit gleicher Hingabe und Zustimmung wie in dem abgelegenen, seiner ursprünglichen Bedeutung längst beraubten Städtlein Preußisch-Friedland, wo man die Verwandlung vom lässig polnischen Wesen ins streng regulierte preußische noch gar nicht richtig verdaut hatte, als der Alpdruck Napoleon und die Befreiung von der Franzosenherrschaft zu überstehen gewesen waren. Endlich durfte, ja sollte man sich in aller Stille und Ehrbarkeit nur noch um sich selber, die eigenen Kinder und Enkel kümmern, sollte die zwar nicht weltbewegen-

den, aber im engen Alltag keineswegs unwichtigen Aufgaben bewältigen, die in der kleinen Heimatstadt und ihrer begrenzten Gemarkung, äußersten Falles im Landkreis Schlochau (früherer Starostei, vormaliger Komturei) und in der Provinz Westpreußen reichlich genug anfielen. (Westpreußen wurde übrigens für einige Zeit mit Ostpreußen zur »Provinz Preußen« vereinigt – wobei von ferne der Gedanke Pate gestanden haben mochte, das ursprüngliche Gebiet des Deutschen Ordens, wie es in seiner besten Zeit gestaltet gewesen war, wiederherzustellen.)
Die Zeit meines Urgroßvaters Johann-Michael, des schon viel zitierten Großvaters Johann-Wilhelm und die halbe meines Vaters Johann-Ernst trägt also ganz und gar biedermeierliche Züge. Man ging aus durchaus nicht durchweg geliebter Gewohnheit des Sonn- und Feiertags in die Kirche. 1886/87 war der evangelischen Gemeinde endlich auf dem Marktplatz eine neue Kirche (in »neugotischem« Stil, wie damals üblich) erstanden. Zuvor hatte die schon seit 1554 bestehende evangelische Gemeinde in einem dafür bestimmten Saal des Rathauses ihre Gottesdienste abgehalten. Um die gleiche Zeit wurde aber auch die katholische Gemeinde, in der vor allem die Bürger mit polnischen Namen, aber auch viele Deutsche vereint waren, mit einer neuen Kirche auf dem Platz der alten ausgestattet. Und bald danach entstand auch – und dies war etwas wirklich Neues – für die jüdischen Mitbürger eine recht ansehnliche Synagoge an der Stretziner Straße, unweit des großen Anwesens meines verehrten Ohm Laurents und der Muhme Oda.
Daß diese drei sakralen Bauten vor hundert Jahren etwa um die gleiche Zeit gebaut worden sind, ist ein Zeichen für die von jeher in Friedland und in ganz »Alt-Preußen« (das heißt Ost- und West-Preußen) geübte Toleranz. Wie

konnte man in diesem entlegenen Teil der deutschen Welt auch anders als tolerant sein, also friedfertig und nachsichtig voller gegenseitiger Duldsamkeit, waren doch hier seit den Zeiten des Deutschen Ordens (der damals immer häufiger Deutschritter-Orden genannt wurde), verschiedene ost- und westpreußische Einheimische und ebenso viele und zahlreichere Zuwanderer zu einem neuen, sozusagen alleuropäischen Menschenschlag zusammengewachsen, der sich sowohl nach Tradition wie zeitgenössischer Leistung sehen lassen konnte: prussische, kaschubische, masurische, pommoranische, fränkische, litauische, niederländische, thüringische, westfälische, schweizerische, polnische, niedersächsische, brandenburgische, sächsische, salzburgische und auch englische und schwedische, sogar dann und wann italienische. Die außerordentliche und vielgestaltige geistige Lebendigkeit etwa von Städten wie Königsberg, Danzig, Elbing, Thorn bewies bis in die Tage ihres Untergangs (1944/45/46) hinein, wie erstaunlich diese Mischung aus vielen europäischen Zutaten sich entwickelt hatte, wie fruchtbar – in allgemein deutscher Ausprägung – sie gewesen ist.

In der preußisch-deutschen Zeit Westpreußens ist es auch mit meiner Familie wie mit dem ganzen, aus seiner polnischen Zeit sehr verelendet hervorgegangenen Lande langsam, aber ziemlich gleichmäßig aufwärtsgegangen. Meine Vorväter hatten mit dem Wiederaufbau und auch der Rückgewinnung des früheren Besitzes und auch Ansehens in Stadt und weiterem Land genug zu tun, brachten nicht die Zeit auf, sich um die natürlich doch nie zur Ruhe kommenden Händel in der Außenwelt viel zu kümmern. Die Tuchmacherei, die noch am Übergang vom achtzehnten zum neunzehnten Jahrhundert in Friedland eine gewisse Rolle gespielt hatte, war schon in der Zeit, in welcher Europa auf dem Wiener Kongreß (1814/15) neu geordnet wurde (wobei man möglichst die vor-napoleonischen Verhältnisse wiederherzustellen sich bemühte), so gut wie erloschen; man brauchte also auch die beiden Walkmühlen, die alte in Friedland und die neuere in Grunau, von Friedrich dem Zweiten angeordnete, nicht mehr. Die im Westen Europas aufkommende maschinelle Herstellung von Tuchen hatte die handwerkliche, wie sie in Friedland geübt worden war, beinahe im Handumdrehen zunichte gemacht. Auch hatten die Russen ihre Grenze gegen Erzeugnisse aus Preußen geschlossen. Dadurch wurde nicht nur die Tuchmacherzunft in Friedland, es wurde auch das dort ebenfalls reichlich vertretene Schuhmacher-Handwerk vernichtend getroffen.

Immerhin begriff mein Urgroßvater Johann-Michael, der nach frühzeitig elternloser und sicherlich freudloser Jugend das Schneiderhandwerk hatte erlernen müssen (damals ernährte die Schneiderei noch ihren Mann, wenn dieser seine Kunst einigermaßen beherrschte; denn noch wurden Anzüge nicht in den Fabriken und in Massen hergestellt; jedermann, ob arm oder reich, bedurfte von Zeit zu Zeit eines neuen Kleides), Johann-Michael muß begriffen haben, daß mit dem Untergang der Tuchmacherei und damit der Walknerei nicht alles verloren war. Selbstverständlich bestellte er als »erbgesessener Ackerbürger« – daran hatte sich nichts geändert – weiter seine sehr geschrumpften Äcker vor den Toren der Stadt. Diese, seit alters der Familie gehörig, waren – Gottlob! – auch nach dem Zusammenbruch, von dem seine Eltern ereilt worden waren, im Eigentum auf seinen Namen verblieben. Auch hatte er eine sehr tüchtige Frau geheiratet, eine ganz arme zwar – er war ja selber verarmt –, aber eine solche, die er, der bis dahin wenig Liebe erfahren hatte, aufrichtig liebte und die Herz und Verstand auf dem richtigen Fleck hatte; sie hieß Wilhelmine Katharina Schädlitz und stammte von Zuwanderern aus Schlesien, aus dem Waldenburger Land.

Sie soll es nach der Familien-Überlieferung gewesen sein, die ihren keineswegs dummen, aber etwas schwerfälligen und wohl auch etwas ängstlichen Mann darauf hinwies, daß anderswo eine neue, edlere Schafsrasse, die Merino, aus England nach Preußen verpflanzt worden wäre und daß man sogar von Staats wegen Zuschüsse erhalten könnte, wenn man sich auf die Haltung solcher Schafe einließe. Johann-Michaels Besitz und Beruf waren eigentlich nicht dazu geeignet, ihn für eine Unterstützung als Schafzüchter, das heißt Wolle-Lieferant, in Frage kommen zu lassen. Aber irgendwie schaffte er es doch, sich eine kleine Herde von Merino-Schafen aufzubauen. Ob es sich gelohnt hat, einen Schäfer anzustellen, der die Schäferei gelernt hatte, weiß ich nicht. Ich bezweifle es, denn mein Großvater und dann auch' Ohm Laurents haben mir berichtet, daß sie in ihren jungen Jahren die Schafe haben hüten müssen, was nicht immer ganz leicht gewesen wäre und ihnen die Zeit des Lernens und Studierens für die Schule oftmals arg beschnitten hätte. Auf alle Fälle brachte die Merinowolle gutes Geld; Johann-Michael konnte sich über seine Schneiderei hinaus etwas freier regen und hier und da, wenn sich die Gelegenheit bot, ein Stück Land oder Wiese zukaufen.

In eben diese Zeit, also etwa zwischen das zweite und fünfte Jahrzehnt des vorigen Jahrhunderts, fällt auch der Beginn der sich langsam festigenden und schließlich freundschaftlich zu nennenden Beziehung zwischen meinen Leuten und der jüdischen Familie Schilski. Die Schilskis hatten ebenso wie die uns später nachbarlich nahe kommenden Lenards in den vergangenen Jahrzehnten und Jahrhunderten an der den jüdischen Leuten zugewiesenen Gasse außerhalb der Mauern am Ausfluß des Stadtsees neben dem Dobrinka-Übergang bescheidene Quartiere innegehabt. Aber als das polnische Preußen fritzisch, das heißt zu Westpreußen, wurde, hatte Friedrich II. im Sinne der Aufklärung, die ihm Zurücksetzungen von Bürgern seines Landes aus religiösen oder »rassischen« Gründen unerträglich erscheinen ließen, die Beschränkungen gelockert und auch schon beseitigt, denen die Juden bis dahin fast überall sonst in Europa ausgesetzt gewesen waren. Die Reformen, die dann vor und nach den Freiheitskriegen unter Friedrich Wilhelm dem Dritten und erst recht dem Vierten zur Wirkung gebracht wurden, hatten die Juden in Preußen und im weitern Brandenburgischen Land so gut wie vollständig allen anderen Bürgern gleichgestellt (für die nach 1815 preußische gewordene Provinz Posen, d. h. das alte Großpolen, und die dort heimischen Leute mit polnischer Muttersprache galt in weitem Umfang das gleiche). --

Johann-Michael hatte Glück mit seiner kleinen Herde von Merino-Schafen; sie war gut über den Winter gekommen; die Tiere waren, als das Wetter anfing, warm zu werden, geschoren worden und hatten einen kleinen Berg guter Wolle ergeben. Johann-Michael hatte nicht genügend vorbedacht, wie und wo die Wolle zu verwenden und zu verkaufen sein würde. Er wußte nur, daß sie nach Danzig oder Elbing geschafft werden mußte, denn dort waren – so hieß es – stets englische Aufkäufer zu finden, die den Rohstoff Wolle für die schon industrialisierten englischen Wollwebereien einzuhandeln bestrebt waren. Aber nach Danzig waren an die siebzehn preußische Meilen*

* etwa 120 Kilometer

schlechter Wege zu überwinden; die würden ihn zwei Wochen Zeit gekostet haben, hin und zurück – und so lange durfte sich Johann-Michael von der Werkstatt und seinem Ackerland nicht entfernen.

Ehe er noch zu einem Entschluß gekommen war, ob und wie er seine Notlage meistern könnte – auch Wilhelminchen, meist nur Minchen genannt, seine Frau, wußte keinen Rat –, erschien eines Abends Nathan Schilski bei ihm in der Werkstatt. Schilski war schon vor einigen Jahren aus der Judengasse in die Stadt hinaufgezogen, hatte am Markt in einem schmalen Giebelhaus ein neues Quartier bezogen und einen Handel in »Landesprodukten« eröffnet. Das war nicht überall in der Stadt auf ungeteilte Zustimmung gestoßen. Johann-Michael hatte sich im Rat dafür eingesetzt, den Umzug Schilskis an den Markt nicht zu behindern, denn erstens – hatte er argumentiert – wären die Schilskis schon seit Generationen in Friedland ansässig; sie gehörten also dazu; zweitens kämen man mit den königlichen Gesetzen in Widerspruch, wenn man einen Mitbürger wegen seines Glaubens benachteiligen wollte; das wäre unpreußisch; und drittens könnte die Stadt einen Handelsmann gut gebrauchen, der sich ausschließlich damit beschäftige, sich auf dem laufenden zu halten, wo, wie und was an Produkten der Stadt und des Landes gewinnbringend zu verkaufen wäre und wo günstig eingekauft werden könnte, was in der Stadt benötigt würde. Hätte doch die Stadt schon wieder an die dreitausend Einwohner, auch kaum noch wüste Höfe aufzuweisen und würde langsam weiterwachsen.

Der Widerstand einiger Leute gegen Nathan Schilski war allmählich verstummt. Der sich unauffällig gebende, stets höfliche und freundliche Mann in seinem schmalen Haus am Markt (dem sich aber auf der Hofseite beträchtliche

Schuppen und Speicher anschlossen), wurde bald als dazugehörig hingenommen, was er ja auch war – und es regte sich keiner mehr auf. Schilski aber hatte nicht vergessen, daß Johann-Michael für ihn eingetreten war, als man ihm hier und da den Einzug in die Stadtmitte hatte verbieten wollen. –

»Guten Tag, Michael, wie geht's, wie steht's? Was macht die Frau? Und der Kleine, ist er gesund und munter?«

»Danke der Nachfrage, Nathan! Mein kleiner Johann-Wilhelm ist gerade aus dem Schlimmsten heraus, und Minchen hat es etwas leichter. Zu tun hab' ich auch genug, kann mich nicht beklagen. Aber du kommst doch, während der Arbeitszeit, gewiß nicht nur bei mir vorbei, um mir guten Tag zu wünschen. Was führt dich zu mir, Nathan?«

»Bist immer noch so kurz angebunden, Johann-Michael! Man darf ab und zu sich treffen, bloß um ein wenig zu schwatzen, Neues zu hören und die alte Freundschaft aufzuwärmen. Aber ich kenne dich ja. Du bist nicht sehr für Müßiggang und Gerede, und ich würde dich auch unter der Woche ohne triftigen Grund nicht besuchen.«

»So wie ich dich kenne, Nathan, wird das wohl stimmen. Allmählich machst du mich neugierig.«

»Mir fiel so ein, Johann-Michael, daß ich dir vielleicht aus einer Verlegenheit heraushelfen könnte, vielleicht sogar mehr als das. Wir kämen vielleicht miteinander ins Geschäft, auch für die Zukunft...«

»Das sollte mir recht sein, Nathan. Ich hab' ja schon bisher ab und zu mit dir gehandelt und bin immer gut dabei weggekommen. Also, ich höre, Nathan!«

»Ich habe mir gedacht, du hast doch jetzt deine Schafe geschoren und hast einen Haufen Wolle liegen. Die willst und mußt du losschlagen, sonst lohnt sich Geld und Mühe nicht, die du in die Schafhaltung gesteckt hast. Es geht ja einigen anderen in der Stadt und in der weiteren Gemarkung ebenso wie dir: Sie sitzen nun da mit ihrer guten Wolle, aber nach Danzig ist es weit, und für den einzelnen lohnt es sich nicht, die weite Reise anzutreten; gibt ja auch nicht einmal eine volle Fuhre, was du losschlagen mußt. Warum verkaufst du nicht deine ganze Wollernte einfach an mich? Ich zahle bar, nicht so viel, wie du in Danzig bekommen würdest. Aber dafür hast du auch keinen Ärger mit dem Transport und dem Risiko in Danzig, wo du auf alle Fälle verkaufen mußt, denn zurückbringen kannst du ja die Wolle nicht. Ich habe schon mit Wisotzki und Harbart am Peterswalder Weg gesprochen; die wären froh, an mich verkaufen zu können. Kämst du noch dazu, Johann-Michael, dann hätte ich eine große Fuhre voll, und es würde sich für mich lohnen, die weite Reise zu unternehmen. Vielleicht sogar mit zwei Fuhren, denn wenn du mit von der Partie bist, Johann-Michael, dann werden die drei anderen, die auch noch Wolle liegen haben, ebenfalls an mich verkaufen. Und die ganze Geschichte wird billiger und für dich und die anderen günstiger. Was meinst du zu meinem Vorschlag?«

Dem Johann-Michael fuhr es durch den Kopf: der kommt mir wie gerufen und im richtigen Augenblick! Aber er war zu vorsichtig, auch einfach zu langsam, um auf der Stelle zuzustimmen. Man redete also noch eine Weile hin und her. Die beiden einigten sich schließlich darauf, daß Nathan Schilski zwar die Wolle ohne Verzug übernehmen würde, man aber über einen Preis erst reden sollte, wenn Schilski belegen konnte, welchen Preis er dafür hatte erzielen können. Schilski würde dann ein Drittel des Erlöses für sich einbehalten und zwei Drittel an die Produzenten, in diesem Fall an Johann-Michael auszahlen. Johann-Michael meinte, ein Viertel wäre zuviel, mußte dann aber zugeben, daß Schilski eher bescheiden gerechnet hatte, nachdem dieser dargelegt hatte, was Fuhrwerk, Pferde, Kutscher, Aufenthalt in Danzig, Rückfahrt und so weiter insgesamt an Kosten erfordern würden.

Schilski erledigte dann das ganze Wollgeschäft zu allseitiger Zufriedenheit, und Johann-Michael mußte zugeben, daß er auf eigene Faust wohl niemals den Gewinn erzielt hätte, der ihm durch Schilskis kundige Hilfe zugefallen war.

Aus dieser ersten gelungenen Zusammenarbeit entwickelte sich mit der Zeit eine ständige Verbindung, die über drei Generationen hinweg bis in die Jahre vor der »Machtübernahme« durch den braungewandeten Mann aus Braunau unverändert, durch keinen Streit je getrübt, anhielt, sich von den Vätern auf die Söhne vererbte. Schilski sowohl wie meine Leute waren bis dahin leidlich wohlhabende und geachtete Friedländer Bürger geworden – und wären es sicherlich, einander nach wie vor geschäftlich verbunden, noch heute, wenn in Deutschland sich nicht 1933 der Hakenkreuz-Irrsinn durchgesetzt hätte.

Auch der Bruder meines Vaters, Matthes, der den Hof übernommen hatte und sorgsam bewirtschaftete, verkehrte Jahr für Jahr nur mit der Firma Schilski am Markt, wenn es darum ging, die Ernte an Roggen, Gerste, Hafer, Saatkartoffeln zu verkaufen oder Saatkorn oder Rübensamen oder Kleesaat einzukaufen.

Ich wurde schon als kleiner Kerl ständig von meinen Eltern – und durchaus zu meiner Freude! – an den Hof und meinen Onkel sozusagen als Laufjunge und Lehrling abgetreten, soweit das mit meinen Schulpflichten irgend vereinbar war. Nichts Angenehmeres konnte mir dann

geschehen, als daß mich mein ziemlich strenger, aber immer wohlwollender Onkel Matthes beauftragte:
»Du läufst mal schnell zum alten Schilski am Markt und bestellst ihm, ich hätte mich beim Saatroggen verrechnet. Er soll mir noch zehn Zentner Petkuser einsacken und bereitstellen. Wir holen sie morgen früh gegen halb sieben ab.« –
Wolle wurde schon längst nicht mehr in Friedlang gezogen und verkauft. Aber die Firma Schilski war immer noch gut, erstklassig sogar, für alle Landesprodukte. Und der Onkel Matthes hatte zwar noch wie die allermeisten seiner ackerbürgerlichen, »erbgesessenen« Vorfahren ein Handwerk erlernt (das des Brot- und Kuchenbäckers), übte es aber schon längst nicht mehr aus, da die von Jahr zu Jahr, von Generation zu Generation ständig mehr Raum und Zeit erfordernde Landwirtschaft auf allmählich zunehmenden Äckern und Wiesen des Onkels Zeit und Kraft voll beanspruchte, so übervoll sogar, daß wir wieder ständige Helfer auf dem Hof wohnen hatten, den guten Schewe und die Schewin. –
Noch heute als alter Mann habe ich den wunderbaren Geruch in Erinnerung, der mir stark und eigentümlich süß in die Nase stieg, wenn ich auf Schilskis Hof an die Tür des kleinen Kontors neben den Speichern angeklopft hatte und auf sein »Herein!« eingetreten war.
Das bartlose Gesicht unter blanker Glatze strahlte Wohlwollen aus. Der gedrungene ältliche Mann kam sogar hinter seinem simplen Schreibtisch hervor und gab mir die Hand:
»Sieh da, sieh da, unser kleiner Gymnasiast, Johann-Ernsten seiner! Bist wieder gewachsen, Johann-Alfred! So bleib man bei! Sicherlich schickt dich der Onkel. Was hast du denn zu bestellen?«

Ich sagte mein Sprüchlein auf:
»Mein Onkel läßt sagen, Herr Schilski, Sie möchten doch, bitte, noch zehn Zentner Petkuser einsacken«, und so weiter und so weiter – wie mir aufgetragen worden war.
Schilski machte sich eine kurze Notiz, ließ mich aber nicht gleich wieder gehen – und ich blieb auch gern, denn der Geruch nach dem hinter dem Kontor lagernden Korn, den fand ich beinahe berauschend, und ich genoß ihn solange wie möglich. Zwar roch es auch bei uns auf dem Kornboden wunderbar, aber doch nur von Zeit zu Zeit und außerdem gelangte ich nur hinter die stets verschlossene Tür des Kornbodens, wenn ich dort etwas zu besorgen hatte, was aber selten vorkam. Bei Schilski aber rochen sogar Wohnung und Kontor herrlich nach reifem Getreide.
»Wie geht's denn in der Schule, Johann-Alfred? Dein Onkel und auch dein Vater, als er das letzte Mal hier war, haben mir erzählt, du kämst ganz gut voran. Aber ich mach' mir ein bißchen Gedanken, ob man dich auf dem Hof nicht allzu stark herannimmt. Bleibt dir denn überhaupt genug Zeit für die Bücher?«
Ich erwiderte ebenso geehrt wie vergnügt:
»Ach, schon, Herr Schilski! Wenn's nach mir ginge, würde ich überhaupt nur in Friedland sein und nicht anderswo auf die Lateinschule gehen. Aber darüber läßt mein Vater nicht mit sich reden. Mein Vater sagt statt dessen: ›Wo dir die Schule keine großen Schwierigkeiten macht, Bengel, sollst du ruhig bis zur Oberprima durchhalten! Aber jetzt bin ich ja erst in der Untertertia, und wir haben gerade erst mit Englisch angefangen; finde ich gar nicht schön; die Schreibweise und die Aussprache, damit wird man nur schwer fertig. Latein gefällt mir besser; das ist leicht auszusprechen, und ich hab's ja auch schon von der Sexta an. Da bin ich drin zu Hause.«

»So, so! Das ist ja interessant. Aber, weißt du, min Jung, mit Latein könnt' ich zum Beispiel in meinem Geschäft nicht viel anfangen; mit Englisch viel mehr, und es kränkt mich schon mein ganzes Leben lang, daß ich kein Wort Englisch verstehe. Die Lateiner sind alle schon lange ausgestorben. Aber die Engländer sind heutigentags verdammt lebendig, und der Kaiser und die kaiserliche Regierung haben, glaube ich, alle Hände voll zu tun, mit den Engländern fertig zu werden. Die halten sich für die Herren der Welt und gönnen uns keinen ›Platz an der Sonne‹, von dem der Kaiser gesprochen hat. Ich meine, du solltest dich um die englische Sprache, wenn sie dir schon auf der Schule geboten wird, besonders bemühen.«

»Ja, Herr Schilski, mein Vater hat mir das auch schon mehr als einmal gesagt. Aber er sagt auch immer, daß man nur dann folgerichtig reden und denken lernt, wenn man gründlich Latein studiert hat. Ich kann das wohl noch nicht richtig abschätzen.«

»Wahrscheinlich nicht, mein Junge. Aber glaube mir: Mit der Zeit wirst du schon dahinterkommen. Da hab' ich gar keine Zweifel. Aber ihr habt doch auch Mathematik, Physik und Chemie. Unter Chemie kann ich mir gar nichts vorstellen. Wie steht's denn damit?« ––

So redeten wir noch eine ganze Weile hin und her, der »alte Schilski« und ich, der kleine Pennäler, noch nicht ganz trocken hinter den Ohren. Und ich gestehe, daß mich diese Unterhaltungen stets sehr gehoben stimmten, wurde ich doch von diesem gestandenen Mann offenbar für voll, beinahe schon für erwachsen, genommen. Es ist zu verstehen, daß ich es jedes Mal mit der Rückkehr auf den Hof und die stets dort auf mich wartende Arbeit nicht besonders eilig hatte, obgleich der Onkel mir befohlen hatte:

»Halte dich nicht bei Schilski unnötig auf. Der hat andere Sachen zu tun, und ich brauche dich beim Häckselschneiden.«
Aber vom »alten Schilski« konnte ich mich regelmäßig erst trennen, wenn er mir zu bedenken gab:
»Ich glaube, du gehst jetzt lieber, mein Junge! Sonst kriegst du noch Ärger. Beim nächsten Mal reden wir weiter über Latein und Französisch, über Geometrie und Chemie, komisches Zeug das alles, aber wichtig! Und ich kann dir nur raten, nimm du es auch wichtig. Der Petkuser steht morgen früh bereit, kannst du dem Onkel sagen!« – –
So steht das freundlich-breite Gesicht vom »alten Schilski am Markt« noch heute, sieben Jahrzehnte später, ganz vertraut und deutlich vor meinem inneren Auge. Der herbe und zugleich süße Geruch reifen Korns, mit dem sein kleines, schmuckloses Kontor, mit dem sicherlich auch er selbst und seine Kleider durchtränkt waren, ist mir noch in der Nase. Er gehörte zu Preußisch-Friedland, zur Heimat, genauso wie der Acker bei der »krausen Lene« oder »vorlangs« oder der polnische Bauer Ignaz Fluisinski mit den zwei prächtigen braunen Pferden, Freund meines geliebten, stets auch ein bißchen gefürchteten Onkel Matthes, der oft mit ihm Ackergeräte oder Werkzeuge austauschte, deren der eine oder der andere gerade bedurfte oder auch die Gespanne zusammentat, wenn etwas besonders Schweres zu bewältigen war. Denn bei dem erfahrenen Pferdemann Fluisinski wurde ebenso wie bei uns sorgsam darauf geachtet, daß die Pferde nicht überanstrengt wurden (die Menschen nahmen nicht immer soviel Rücksicht aufeinander). –
So ging es zu in der alten, guten Kleinstadt über dem von der Dobrinka sachte durchflossenen Stadtsee – damals, als

der mit dem Ersten Weltkrieg beginnende, von Akt zu Akt fortschreitende Niedergang und schließlich die Vernichtung Preußisch-Friedlands, Westpreußens, Preußens und Deutschlands noch kaum zu ahnen war.
Von heute her gesehen läßt sich allerdings feststellen, daß auch damals schon, als das wilhelminische Reich in voller Blüte stand, einige besonders kluge und empfindsame Geister spürten, daß unter dem Glanz und der pompösen Pracht der Kaiser-Herrlichkeit der Wurm nagte und höhlte. Im fernen, zufrieden vor sich hin werkelnden, halb träumenden Friedland merkte man jedoch nichts von solcher Gefahr. Dort war die Welt noch einigermaßen in Ordnung – und warum sollte es nicht morgen oder übermorgen noch genauso sein! Man kam schiedlich, friedlich miteinander aus; die Mißgunst hielt sich in Grenzen; und wo sie doch einmal überhand nahm, wurde sie von der übergroßen Mehrheit der übrigen Stadtgenossen und Nachbarn schnell und energisch in ihre Schranken zurückverwiesen.
Ich könnte es, wenn ich an meine Kinder- und Jugendjahre im fruchtbaren Gefilde zwischen Babusch und Gneven zurückdenke, auch noch anders ausdrücken: die Biedermeier-Zeit der ersten Hälfte des neunzehnten Jahrhunderts – sie dehnte sich in meiner Heimat auf der »Westpreußischen Seenplatte« bis in dieses Jahrhundert, ja, bis in die Jahre des Ersten Weltkriegs hinein und war dort selbst in den Jahren der Weimarer Republik noch nicht völlig vergangen. Es war, als wehrte sich die kleine Stadt, die in den sechs Jahrhunderten zuvor ein gerüttelt Maß an verheerenden kriegerischen Greueln, an Seuchen, Verarmung, Feuersbrünsten und Hilflosigkeit erlebt hatte, als sträubte sie sich, den Strudeln der mit Riesenschritten vorandrängenden Zeit, der »Moderne«, nachzugeben. End-

lich waren Ordnung und Recht im Lande eingekehrt; jeder wußte, wo sein Platz war, und jeder verrichtete schlecht und recht, aber manchmal auch vorzüglich, was von ihm erwartet wurde, zahlte seine – geringen – Steuern, diente seine zwei Jahre bei der Infanterie, Artillerie oder Kavallerie und kehrte stolz – und erleichtert! – wieder in die Friedländer Verhältnisse zurück. Von der »Großen Politik« verstand man nicht viel, kannegießerte darüber gern ein wenig am Stammtisch und war im übrigen ohne ernsthafte Vorbehalte überzeugt, daß die kaiserliche Regierung in Berlin schon die richtigen Entscheidungen zu treffen wußte. Die kaiserlichen und königlichen Beamten taten, karg bezahlt, ihre Pflicht und mehr als das; Recht und Gesetz wurden von niemand in Frage gestellt; es wußte ohnehin ein jeder, was erlaubt war und was nicht. Man brauchte sich nur um die Familie zu kümmern, um die Kinder, daß sie etwas Vernünftiges lernten und »keine Dummheiten machten«, und um all die überschaubaren und unmittelbar verständlichen Aufgaben, die der Beruf, der Erwerb, der sinnvolle Alltag mit sich brachten. Für alles übrige war gesorgt, keineswegs reichlich oder gar üppig, aber ausreichend – was nicht ausschloß, daß ab und zu vergnügliche Feste gefeiert wurden. – –

So war von den unruhigen vierziger Jahren des vorigen Jahrhunderts, als im übrigen Deutschland, verhaltener auch im ostpreußischen Königsberg, die Bürger sich gegen allzu viel und überholte königlich-behördliche Bevormundungen zu wehren begannen, als Gedanken von einem vereinten Deutschland auftauchten, ach, dort im immer noch entlegenen Städtchen Preußisch-Friedland, das sich von knapp tausend Einwohnern am Ende der polnischen Zeit in noch nicht einem Jahrhundert auf viertausend erholt hatte (wobei es dann etwa verblieb), war von der Unruhe weiter im Westen nicht viel zu merken. Auch von der Vorstellung eines größeren, alle deutschen Stämme umfassenden Deutschland wurde man nicht sonderlich erregt – war man nicht Preuße, und war Preußen und der König von Preußen nicht genug und brauchte keine Erweiterung? Man war leidlich zufrieden mit den Zuständen, wie sie sich entwickelt hatten, nachdem der Alpdruck Napoleon endgültig von Europa gewichen war. Auf Neuerungen war man in Friedland nicht aus; man begnügte sich mit dem bescheiden Guten und Gewohnten, das man hatte.

Zur Schande meiner Familie habe ich einzugestehen, daß mein in diesem verspäteten (und sicherlich »nostalgisch« verfärbten) Bericht so häufig schon zitierter Großvater Johann-Wilhelm mit dafür verantwortlich zu machen ist, daß die Friedländer in ihrer neueren und neuesten Geschichte (1945 nahm sie ein jähes, trauriges Ende) eine Dummheit begingen, die die Stadt teuer zu stehen kam, da sie nicht wiedergutzumachen war.

Mein Großvater war, als die große Entscheidung zu treffen war, trotz seiner noch jungen Jahre (er zählte erst dreiunddreißig) bereits als Handwerksmeister und, was ständig wichtiger wurde, als tüchtiger Landwirt und Ackerbürger in der Stadt angesehen und durfte seine Meinung laut und deutlich zum Ausdruck bringen. Und das hat er offenbar auch getan – in diesem Falle nicht zum Vorteil der Stadt und letztlich auch nicht zum eigenen.

Die Welt draußen, ob es den Friedländern einschließlich meines Großvaters nun gefiel oder nicht, änderte sich unaufhaltsam, vor allem durch die Entwicklung der Industrie, des Finanz- und Handelswesens, der Ausbreitung kapitalistischen Denkens – was alles in dem Städtchen an der Dobrinka durchaus nicht erwünscht oder gar in ihm

angelegt war. In Berlin wurde beschlossen, einen Schienenstrang von der königlichen Hauptstadt nach der königlichen Krönungsstadt Königsberg und möglichst noch darüber hinaus nach Memel zu bauen, um mit der neumodisch schnellen und leistungsfähigen Dampfeisenbahn das ferne Ostpreußen mit der Mitte und dem Westen Preußens zu verbinden und den ländlichen Produkten des Ostens einen günstigeren Zugang zu der schnell sich industrialisierenden Hauptstadt und den westlichen Gebieten Preußens an Ruhr, Rhein und Mosel zu verschaffen.
Schon seit 1818 hatte man mit dem Bau einer festen, bei jedem Wetter befahrbaren Landstraße, einer »Chaussee«, begonnen, die Königsberg an der Mündung des Pregel ins Frische Haff mit Berlin an der Spree verknüpfen sollte. Neben dem mit Gestein, Gekiesel und Kies aufgeschütteten und hart gewalzten Fahrweg lief über die ganze lange Strecke eine mit reinem Sand tief belegte Trasse einher – wie dann bei allen späteren »Chausseen«, um in Manöver- und Kriegszeiten der Kavallerie einen stets offenen und brauchbaren Reitweg zu sichern. Im Westpreußischen folgte diese ungemein wichtige Post-, Handels- und Militärstraße, durch die Ost- und Westpreußen fester denn je ans preußische Kernland Brandenburg angebunden wurden, dem uralten Markgrafenweg über Landeck, Schlochau, Konitz. Preußisch-Friedland aber war abseits liegengeblieben.
Für die »Ostbahn« nach Königsberg mußte eine völlig neue Trasse abgesteckt werden, stellte doch der Schienenstrang ganz andere Anforderungen an Unterbau, Kurven und Steigungen als eine befestigte Landstraße. Die Trasse der Ostbahn hätte ohne große Umstände so gelegt werden können, daß sie auf dem rechten oder linken Ufer des Dobrinka-Einschnitts Preußisch-Friedland berührt hätte.

Damit wäre die kleine Stadt an die wichtigste Verkehrsader im Osten des Königreiches Preußen angeschlossen gewesen und hätte sich, wie es anderen Städten beschieden war, zu einer geschäftigen und wohlhabenden Mittelstadt hochentwickeln können.

Es gibt keinen besseren Beweis dafür, daß in Friedland noch das sich selbst genügende, Ruhe für »die erste Bürgerpflicht« haltende Biedermeier waltete, weiter walten wollte (und dann auch waltete), als die im nachhinein tragikomisch anmutende Tatsache, daß die Friedländer sich dagegen wehrten, unmittelbar an die Bahn von Berlin nach Königsberg angeschlossen zu werden. Mein Großvater, so kann oder muß ich manchen Andeutungen von Verwandten und Nachbarn entnehmen, war einer der gestandenen erbgesessenen Bürger, die sich hinstellten im Rat, in den Schenken, im Schützenhaus und den Mit-Friedländern ins Gewissen redeten:

»Was sollen wir hier in unserer friedlichen, stillen Stadt mit der Dampfbahn! Wir sind unsere Überschüsse bisher losgeworden, mit Schwierigkeiten manchmal und zu mageren Preisen, das gebe ich zu. Aber alles ging seinen gewohnten Gang, auf den man eingerichtet war. Jetzt sollen also bei uns dicht vorbei oder gar quer durch die Stadt mit lautem Gezisch und schwarzem Qualm eiserne Lokomotiven und gleich zehn oder zwölf eiserne Wagen hinterher rasseln mit unmenschlichem Getöse. Die Kühe werden vor Angst durch alle Zäune brechen, und unsere guten Pferde vor lauter Schrecken den Koller kriegen und durchgehen, bis sie sich selber, die Geschirre und die Wagen zu Bruch geschlagen haben. Und mit der Bahn käme jedwedes Gesindel in die Stadt, das man jetzt an den Toren leicht abfangen kann. Und überhaupt sollen die Züge so schnell fahren können, an die drei, ja fünf preußische Meilen in der Stunde, daß den Leuten, die so verrückt sind, sich den neumodischen Kutschen auf Schienen anzuvertrauen, Hören und Sehen bei solcher Reise vergeht, daß sie sogar krank werden, sich übergeben müssen, und außerdem von dem Ruß und Rauch aus der Lokomotive schwarze Nasenlöcher und schmutzige Hände und Ohren bekommen; und die glühenden Funken aus dem Schornstein der Lokomotive brennen ihnen Löcher in den Anzug. Tag und Nacht dröhnt uns dann das Gerassel und Getute der Züge und der hin und her rangierten Wagen in den Ohren – und jedermann in der Stadt wird um seine Nachtruhe gebracht, die wir doch alle so nötig haben, denn wir müssen ja morgens früh raus und müssen frisch sein für die Tagesarbeit, jeder für die seine. Und außerdem, Freunde und Nachbarn, machen wir uns das doch einmal ohne Umschweife ganz klar, der Schienenweg, der Bahnhof, die Speicher und Abstellgleise brauchen Platz, viel Platz, und wir werden von unseren Feldern, Wiesen, Gärten und Grundstücken viele Streifen abgeben müssen, um für das ganze Eisenbahn-Theater den nötigen Raum zu schaffen. Viele Felder, von der Bahn durchschnitten, werden gar nicht mehr vernünftig zu pflügen sein. Und was uns dann die Regierung für das abzutretende Land bezahlt, das weiß kein Mensch. Daß die Regierung zu spendablen Preisen neigt, ist noch niemals vorgekommen; und das kann sie auch gar nicht. Und obendrein, Freunde und Nachbarn, wer von uns will denn schon mal nach Berlin oder Königsberg? Wir haben hier genug zu tun, und wer hat schon so unmenschlich viel Geld, um für eine so weite Reise seine schwerverdienten Dukaten zum Fenster hinauszuwerfen? Nein, wir müssen bei der Regierung darauf bestehen, daß wir von Bahn und Bahnhof verschont bleiben.«

So oder ähnlich mögen Großvater Johann-Wilhelm und

die anderen klugen Leute in der Stadt geredet, sich den Mund zerrissen haben und sie setzten sich durch. So blieb der Stadt, den erbgesessenen Geschlechtern und allen anderen Leuten, den wenigen polnischen Bauern und Handwerkern, den längst unentbehrlich gewordenen jüdischen Kauf- und Handelsleuten der Segen des Anschlusses an die Eisenbahn erspart; die Trasse wurde weiter östlich ausgelegt, wo sie schnurgerade von Südwest nach Nordost verlaufen konnte. Friedland erhielt seine Bahnstation in dem Dörfchen Linde, fünf Kilometer südlich der Stadt – und in Zukunft mußte jeder Zentner Fracht, der die Stadt erreichen oder verlassen wollte und nicht nur aus der Nachbarschaft stammte oder für sie bestimmt war, anderthalb Stunden weit mit Pferd und Wagen befördert werden (was sich übrigens für uns und unsere Pferde bis in den Zweiten Weltkrieg und den Untergang der Stadt hinein zu einem bescheiden einträglichen Nebengeschäft entwickelte).
Preußisch-Friedland ist also ohne »Bahnanschluß« geblieben, was ganz gewiß dazu beigetragen hat, ihm bis zuletzt sein biedermeierliches Wesen, seine unmotorisierte Stille und Genügsamkcit, seine einfache, von jeder Anmaßung oder Selbstgefälligkeit vollkommen freie Menschlichkeit zu sichern bis zu seinem Ende, das dann allerdings, wie auch das Ende des Deutschen Reiches im ganzen, durch den Wahnsinn und die Bosheit der Hitlerei besudelt wurde.

Zur Ablehnung der Friedländer, sich den vertrauten Lebensstil durch Schienenstrang und Bahnhof unberechenbar umkrempeln zu lassen, steht sozusagen spiegelbildlich ihre vorbehaltlose Bereitschaft, die Voraussetzungen mitzuschaffen, ihre durch keinen Lärm des technischen Fortschritts gestörte Besinnlichkeit einer anderen Neuerung zu öffnen: Friedland wurde in der zweiten Hälfte des vorigen Jahrhunderts trotz seiner Winzigkeit (bei der es blieb, während sich andere Städte überall in Deutschland vielfach wie in einem Rausch des Wachsens vergrößerten) zu einer Stadt der Schulen.

Ebenso verbittert, wie mein Großvater die Bahn bekämpft hatte – was ich nur weiß, weil sein jüngerer Bruder, Ohm Laurents, es mir berichtete – ebenso tatkräftig setzte er sich dafür ein, Institute der Bildung und des Wissens in Friedland anzusiedeln. Und wenn ich diese seine Bemühung von heute her betrachte, also von einer Zeit her, in welcher die Fragwürdigkeit, die Zwiespältigkeit des technischen Fortschritts allen Nachdenklichen stets bedrückender zu Bewußtsein kommt, während andererseits die geistige und charakterliche Bildung der jungen Menschen ins Hintertreffen gerät, dann muß ich sagen, daß mein Großvater Johann-Wilhelm gar keinen schlechten Instinkt bewiesen hat, was die geheimen Zeichen anbetrifft, durch welche sich die Zukunft schon in der jeweiligen Gegenwart zu verraten pflegt.

Johann-Wilhelm hat begeistert mitgewirkt, als 1867 Grundstücke für eine Lehrerbildungs-Anstalt (damals sprach man von »Lehrerseminar«) bereitgestellt werden mußten. Bei dem Seminar blieb es nicht. Es folgten bald der Bau einer »Präparanden-Anstalt«, auf welcher die Lehramts-Anwärter für das »Seminar« vorgeschult wurden. Es folgten eine »Realschule«, die später in ein Latein und Griechisch lehrendes Progymnasium und schließlich in ein humanistisches Vollgymnasium umgewandelt wurde. Diese Schulen waren nach der Weise der Zeit vor hundert und auch noch vor sechzig Jahren nur für Knaben und junge Männer bestimmt – was den Friedländern nicht sehr gefiel. So entstand – sogar ohne staatliche Hilfe – eine

»Höhere Töchterschule«. Der Staat vermochte sich dem Willen der Bürger auf die Dauer nicht zu entziehen: die »Töchter-Schule« wurde durch eine staatliche höhere Schule für Mädchen ersetzt.

Es verstand sich beinahe von selbst, daß es Volksschulen mit allgemeiner Schulpflicht schon seit Friedrich II. in Friedland wie überall in Preußen gegeben hat – wobei aber der Alte Fritz keineswegs beanspruchen kann, der Begründer des Schulwesens in Friedland gewesen zu sein. Aus alten Dokumenten, die bis in den Anfang der Ordenszeit zurückreichen und auch für die polnische Zeit nicht fehlen (zumindest, was ihre ersten hundertfünfzig bis zweihundert Jahre betrifft), geht unzweifelbar hervor, daß schon vom Mittelalter her Schulen für die Kinder in Friedland bestanden haben, mögen sie auch – wie ebenfalls aus alten Berichten zu schließen ist – vielfach sehr primitiv gewesen sein. Es erscheint mir auch aufschlußreich, daß nach der Überlieferung, so weit es sich nur um meine Familie der Walkners und ihrer Johanns handelt, von Anfang an wie selbstverständlich vorausgesetzt wird, daß die Vorfahren des Lesens und Schreibens kundig waren – ein für vergangene Jahrhunderte recht erstaunlicher Tatbestand.

Von den Schulen strahlten vielfältige Wirkungen weit über die Klassenzimmer hinaus in die übrige Stadt und unter ihre Bürger. Andererseits trugen die vielen in der Stadt jeweils für Jahre ansässigen Schüler den Ruf der Stadt weit ins westpreußische Land und auch über die Dobrinka hinweg nach Süden in den nach der polnischen Teilung ebenfalls preußisch gewordenen Netzedistrikt, wobei man sich vor Augen halten muß, daß die lebhaften kulturellen und musischen Einflüsse von einem Stadtgebilde mit nicht mehr als viertausend Menschen, also von wenig mehr als einem größeren Dorf, ausgingen.

Und sie waren sehr nachhaltig: Mein Vater zum Beispiel, der als einziger von Großvaters Kindern wegen seiner handwerklichen Ungeschicklichkeit einerseits, seiner Lernbeflissenheit andererseits aufs Gymnasium getan worden war, konnte noch als wohlbestallter preußischer Beamter der besseren Laufbahn ganze Gesänge der Ilias und Odyssee auf griechisch auswendig und trug sie, wenn er mehr als erlaubt Wein getrunken hatte – bis zu einer Flasche, was vielleicht zweimal im Jahr zur Erheiterung meiner Mutter vorkam –, trug die stolz dahinrollenden Rhythmen zum Erstaunen der festlich versammelten drei oder vier Freunde und Kollegen und der kleinen Familie mit großer Begeisterung vor und kam nie dabei ins Stocken; wenigstens habe ich, sein damals noch sehr unmündiger Sohn, ein derart blamables Versagen nie erlebt; und für seinen Examens-Abschluß am Ende der Schulzeit hat mein Vater seine Kenntnisse noch mit einem fehlerfreien lateinischen Aufsatz beweisen müssen. Merkwürdigerweise – vom heutigen »fortgeschrittenen« Stand der Pädagogik aus betrachtet – hat er sich nie »überfordert« gefühlt und hat auch in seinem nachschulischen Leben nie einen verklemmten oder gar »frustrierten« Eindruck gemacht.

Es ist, von heute her gesehen, da viele Leute viele Stunden am Tag passiv vor der Mattscheibe hocken und sich wahllos von politischen, kriminellen, humoristisch oder erotisch gemeinten Reizen überschütten lassen, einfach unvorstellbar, wieviel an Musik, an ernsthaftem Theater, aber auch vergnügtem Mummenschanz die Friedländer ganz aus eigenem Vermögen, unterstützt von Seminaristen und Gymnasiasten, veranstalteten. Sie hatten dabei keine künstlichen Hilfsmittel nötig, benutzten nichts weiter als ihren Verstand, hatten nur ihre Phantasie und ihren guten Willen, Zeit und Geschick einzubringen.

Eine besonders amüsante Unternehmung, die im ganzen deutschen Osten sonst kein Gegenstück hatte, bestand darin, jedes Jahr zum vorgeschriebenen Termin mit einem großen Umzug, vielen dramatisch und komisch herausgeputzten und zu »lebenden Bildern« verfremdeten Acker- und Leiterwagen auf rheinische Manier Karneval zu feiern. Jedermann genoß drei Tage lang die Narrenfreiheit, sich zu verkleiden und sich so zu benehmen, als hätte man auf die lustigste Weise den Verstand verloren. Wer Geld hatte, der konnte dann in den Gasthäusern sogar Wein oder Sekt hinter die Binde gießen, aber die meisten begnügten sich mit dem vertrauten Bier und dem »Klaren«, der aus Korn oder Kartoffeln gebrannt wurde.
Die meisten Friedländer wußten nicht mehr anzugeben, woher gerade ihrer kleinen, abgelegenen, von keiner Bahn und keiner großen Straße erreichten Stadt als eine bombenfest begründete Sitte zugeflogen war, auf so anspruchsvolle und auch ziemlich kostspielige Weise Karneval zu feiern, daß sich die Balken bogen in den alten Giebelhäusern am Markt, der heitere Lärm um die beiden Kirchen bis zur Synagoge an der Stretziner Straße brandete und das gute halbe Dutzend von Musik-Kapellen und Orchestern, von mehreren Gesang- und gleich zwei (untereinander milde verfeindeten) Schützen-Vereinen, Turn- und Sportvereinen, freiwilliger Feuerwehr samt Blaskapellen – ich weiß sie nicht alle aufzuzählen! – in schier endlosem Umzug durch die Straßen marschierten; die eine Hälfte der Einwohner Friedlands marschierte, verstärkt durch Seminaristen, Präparanden, Gymnasiasten und »Höhere Töchter«, die andere Hälfte sah aus den Fenstern und von den Bürgersteigen her dem heiteren Spektakel zu.
Doch auch dieser Friedländer Karneval war, wenn man et-

was genauer zusieht, ein Beleg dafür, daß im alten Ordensland Preußen eigentlich ganz Deutschland und einiges Auchdeutsches und Nichtdeutsches zusammengeflossen war, sich zu neuer Einheit gemischt hatte und eine Spielart des Deutschtums hervorgebracht hatte, die es anderswo nicht gab und die es an anderer Stelle auch gar nicht geben konnte.

In der Schlacht bei Waterloo am 18. Juni 1815 war die Herrlichkeit Napoleons und das von ihm bestimmte Zeitalter, war die Vormacht Frankreichs auf dem europäischen Festland vor allem durch die Engländer (Wellington) und die Preußen (Blücher) endgültig vernichtet worden. Auf dem Wiener Kongreß (1814/15) wurden die Grenzen der europäischen Staaten neu gezogen, um dann immerhin für eine Reihe von Jahrzehnten so gut wie unverändert bestehen zu bleiben. Preußen erhielt das Gebiet der späteren »Rheinprovinz« zugesprochen, (die kurtrierischen, kurkölnischen, Aachener Lande, dazu Jülich und Berg), außerdem eine Erweiterung Westfalens und fast die Hälfte des Königreichs Sachsen.

Altpreußen (d. h. Ost- und Westpreußen, im wesentlichen das alte Gebiet des Deutschen Ordens) hatte in der Zeit Napoleons, die zugleich die Zeit des brandenburgpreußischen Zusammenbruchs gewesen ist, in den Jahren 1806 bis 1814 entsetzlich gelitten, war ausgeblutet, hatte aber trotzdem in den Zeiten des schlimmsten Niedergangs dem König Friedrich Wilhelm dem Dritten und seiner Königin Luise Zuflucht, Obdach und angestrengteste Hilfe geboten. Der König hatte das nicht vergessen und ließ sich die Unterstützung und den Wiederaufbau seines »treuen (Alt-)Preußen« ganz besonders angelegen sein.

Um sein Land im Osten zu fördern, Handel und Gewerbe zu mehren und einfach auch, um wieder mehr Menschen

in den stark entvölkerten preußischen Landschaften heimisch zu machen, verpflanzte der König gemischte Gruppen von Handwerkern, Kleinfabrikanten, Arbeitern und Bauern aus dem dicht besiedelten Rheinland in den Osten seines Landes – mit sanftem Nachdruck und auch, indem er wirtschaftliche Vorteile versprach (und diese Versprechungen später auch verwirklichte).
Eine solche Gruppe von Rheinländern kam auch nach Preußisch-Friedland über der Dobrinka und wurde in der Stadt willkommen geheißen (man hat Fremde, Andersartige mit viel Toleranz dort stets willkommen geheißen, so weit sie nicht feindselig gesonnen waren). Die Rheinländer lebten sich schnell ein, faßten Tritt und vermittelten den bedachtsamen Einheimischen einen Zuschuß ihres lockeren und schnelleren Naturells – und mochten nicht davon lassen, daß nach rheinischer Sitte – sie waren katholisch! – vor der Fastenzeit Karneval gefeiert werden mußte. Gegen Feiern haben die Friedländer eigentlich nie etwas gehabt: Martin Luther hin – Martin Luther her! Wenn unsere neuen tüchtigen Mitbürger hier ihren altgewohnten Karneval feiern wollen, warum nicht? Machen wir lieber mit!
Und das taten sie mit einer Leidenschaft, die sich im Laufe der Jahre schnell verstärkte.
Und so kam Friedland zu seinem durchaus »interkonfessionellen« Karneval und lockte damit im Vorfrühling viele neugierige Besucher und Schaulustige von weither an, die dann einen Haufen Geld für Kost, Logis und Trinkbares in der Stadt bzw. ihren Kassen zurückließen.
In meiner Jugendzeit bis in die Hitlerei hinein war es den Leuten gar nicht mehr bewußt, daß sie mit dem Friedländer Karneval sich rheinisches Erbgut angeeignet hatten. Und die Nachfahren der Rheinländer aus dem zweiten

und dritten Jahrzehnt des neunzehnten Jahrhundert hatten längst vergessen, woher sie stammten – bis auf ganz vage Erinnerungen in einigen wenigen Familien; sie waren gute katholische Friedländer geworden und fanden es in bester Ordnung, daß auch das ganze protestantische Friedland mit kaum zu übertreffender Begeisterung jedes Jahr von neuem mitmachte und längst die Hauptlast des nicht geringen Aufwands übernommen hatte.

Und meinem Vetter Erwin fangen noch heute im rheinischen Inrath, wohin ihn der Nachkrieg verschlagen hat, die Augen an zu glänzen, wenn er ausführlich berichtet, wie er »unseren« Wagen und die Pferde für den Karnevals-Umzug in ein Dampfschiff oder eine Märchenburg verwandelte, um beim Karnevals-Umzug für unseren Hof und Namen Ehre einzulegen. Sich selbst, den Kutscher, hatte er dabei vielleicht als Cowboy ausstaffiert oder als chinesischen Mandarin – wobei es nicht im geringsten als störend empfunden wurde, daß solch ein Kostüm mit dem Märchenschloß oder dem Heckrad-Dampfer überhaupt nicht zusammenpaßte! War ja alles nur ein großer Jux, und die Narretei durfte sich überschlagen. Der Ernst des Lebens begann schon wieder übermorgen, ein Brummschädel bedeutete dann keine Entschuldigung – und von Krankschreiben oder »Kurlaub« hatte man noch nichts gehört.

Ich kann sie gar nicht alle aufzählen, die alten Bräuche, die ich alle noch erlebt und auch mit ausgeübt habe bis in die Zeit der Hitlerei hinein und die eigentlich alle wert wären, aufgezeichnet zu werden.

Am Ostermorgen machten sich vor Sonnenaufgang viele junge Mädchen in aller Heimlichkeit auf zum »Osterwasser-Holen«. Eine bestimmte Quelle am steilen Hang über dem Einfluß der Dobrinka in den Stadtsee, etwa einen Kilometer außerhalb der Stadt jenseits der neuen Badeanstalt, war das Ziel der lautlosen Wallfahrt. Dort wurde, ehe noch die Sonne sich blicken ließ, ein kleiner Krug mit dem klaren, eiskalten Wasser gefüllt, das dann über die Ostertage bis zum letzten Tropfen ausgetrunken werden mußte. Wurden all diese Regeln getreulich erfüllt, so durften die Mädchen gewiß sein, noch im gleichen Jahr einen Liebsten und späteren Ehegefährten zu finden und zu gewinnen.

Und zum Pfingstfest schmückte das junge Volk die Türen und Tore mit frischem Birkengrün und den langen Speerspitzen des Kalmus, der an den Ufern des Stadtsees und des Suckau in raschelnden Dickichten reichlich wuchs.

Ganz besonders stolz war man als Junge auf die selbstgeschriebenen oder besser selbstgemalten »Parzen«. Die der Vater oder Großvater als Schüler gemalt und gestrichelt hatte, die durften zwar, was die Texte anbetraf, abgeschrieben, mußten aber von jedem Jungen in einem frischen Heft mit eigener Hand neu aufgeschrieben werden: lauter Weihnachtslieder und Gesänge, die altüberliefert waren. Und jeder Friedländer Schüler (ausgenommen die vielen »Auswärtigen«, die ja in den Weihnachtstagen ohnehin nicht in Friedland vorhanden waren, sondern zu den Ferien bei ihren Eltern in Peterswalde oder Krummensee oder Mossin oder sonstwo weilten) jeder, ob Volksschüler oder Gymnasiast, setzte seinen Stolz darein, mit einem besonders bunt und kunstreich aufgeschriebenen Parzenheft am Weihnachtsmorgen gegen vier Uhr morgens zum »Parzen-Singen« beim Organisten der Kirche antreten zu können. Um fünf Uhr, später um sechs Uhr, geleitete der Organist die lange Kolonne der halbwüchsigen »Parzen-Singer« in die dann stets überfüllte Kirche, wobei schon die ersten Parzenlieder, die auch »Quempas« genannt

wurden, mit schallenden Stimmen vorgetragen wurden. Im Wechselgesang brachten die Kinder, nur Jungen, während des weiteren Gottesdienstes die ganze Weihnachtsgeschichte zu Gehör. Zwischendurch begleitete die Orgel leise die ebenfalls vollzählig von den Knaben aufgesagten messianischen Weissagungen aus dem Alten Testament.
Ich selbst habe die »Parzen« nicht mehr aufgeschrieben, besuchte ja das Real-Gymnasium in Bromberg, wo mich kein Organist oder Schulrektor mehr zum Parzenschreiben anhielt. Aber mit einer gewissen verlegenen Ehrfurcht habe ich mehr als einmal das Parzenheft meines Vaters und Onkels und auch noch meines Großvaters in der Hand gehalten. Samt und sonders sind die kindlichen »Kunstwerke« verschollen.
Ob es sich nun um das Parzensingen handelt oder das Osterwasserholen oder die spitzen Schwertblätter des Kalmus zu Pfingsten, um die selbstverständliche Achtung, welche die Friedländer den Feiertagen andersgläubiger Nachbarn und Mitbürger, katholischen, jüdischen (man sprach lieber von mosaïschen) oder lutherischen (in Wahrheit uniert-protestantischen) entgegenbrachten, ob es sich um das gute Verhältnis zu den Landwirten oder Handwerkern mit manchmal schwer aussprechbaren polnischen Namen handelte – all dies und manches andere blieb so gut wie unangefochten im Schwange, bis die Hitlerei heraufzog und – als der Anfang vom Ende, aber das war erst später zu erkennen – alles und jedes, jeder Verein, jede alte Sitte, jede wirtschaftliche oder ideelle Gruppierung nationalsozialistisch »gleichgeschaltet«, alle kirchlichen Bindungen und Überlieferungen verneint, verspottet und auf den Kehricht gefegt wurden.
»Gleichgeschaltet« – der damals so beliebte Ausdruck ist verräterisch; er macht deutlich, daß die individuellen, je-

weils persönlichen Ansichten, Wünsche, Geschmäcker aufzuhören hatten, daß jedermann sich den Inhalt seiner Begeisterung und Sehnsucht hätte vorschreiben zu lassen, daß, klick, ein Schalthebel umgekippt worden war und fortab nur noch ein einziger Stromkreis von gleicher Spannung und mit gleicher Stärke durch jedermanns Hirn zu pulsieren hatte. »Gleichgeschaltet« wurden die Leute, wurde das Leben auch in Friedland; »gleichgeschaltet« wurde die Freiheit und damit aufgehoben. Und wehe dem, der es wagte, laut zu bekunden, daß er nicht »gleichgeschaltet« werden wollte. Ihm wurde – und das auch in Friedland – bald mit brutaler Gewalt eingeschärft, daß natürlich jeder eine »freie« Meinung haben dürfte, aber nur eine solche, die sich mit der offiziell hitlerischen deckte. ––
Darüber wird noch einiges zu sagen sein. Vorläufig frage ich wieder einmal, woher die Bezeichnung »Parzen« abgeleitet, verballhornt sein mag. Parzen mag mit dem lateinischen partes zusammenhängen, was »Teile« bedeutet, kleine Teilstücke der Heiligen Schrift, der Bibel. »Quempas« geht auf eine Sammlung von Weihnachtsliedern zurück, deren erstes mit der lateinischen Verszeile anfing: »*Quem pas*tores laudavere« (»Den die Hirten lobten.«) Die zweite Zeile war dann deutsch: »Und die Engel noch viel mehre«, und so ging es im Wechsel bis zum Ende des Liedes. Sicher scheint mir zu sein, daß die Wechselgesänge der Parzensinger, ebenso wie die weihnachtliche Frühmette in der lutherischen Kirche auf vorreformatorische Bräuche zurückgingen. Und das Osterwasser und das Frühlingsgrün zu den Pfingsttagen, das mag noch viel weiter zurückweisen, in heidnisch-kaschubische Zeiten. Alles vorbei, verloren, ausgelöscht für immer!
Nun soll man aber nicht glauben, daß die Friedländer, die

auf die Eisenbahn verzichtet hatten und von der Reichsstraße I Berlin–Königsberg nicht links, aber ebenso entschieden rechts liegengelassen worden waren, sich nur mit »ollen Kamellen« abgegeben hätten. Schon 1906 wurde das Städtische Wasserwerk in Betrieb genommen und leitete durch viele Rohre jedem Haushalt klares Wasser zu; die Haus-, Straßen- und Marktbrunnen durften ihre Dienste, die sie durch die Jahrhunderte geleistet hatten, mit einem letzten Quieken und Seufzen einstellen.
Im Ersten Weltkrieg erhielt die Stadt elektrischen Strom, und ich war sehr stolz, als mir gesagt wurde, daß wir die ersten wären, die ihre Dreschmaschine in der Scheune mit Elektrizität antreiben würden. Zuvor hatte ich oftmals hinter den Pferden am starken Göpelbaum hinter der großen Scheune herlaufen müssen, um sie gleichmäßig in Gang zu halten, damit der Häckselschneider oder der Dreschsatz auf der saubergefegten Tenne in der Scheune ebenso gleichmäßig sein brausendes Lied singen konnte. Den Pferden war dabei das linke Auge verbunden, damit sie bei dem ständigen Umgang um das Göpelräderwerk nicht schwindlig wurden. Mir, der für den gleichmäßigen Umtrieb der Pferde verantwortlich war, mir wurde das linke Auge nicht verbunden. Ich liebte diese leichte, wenn auch langweilige Arbeit nicht besonders, denn ich wurde bei dem ewigen, für Stunden nicht unterbrochenen kreiselnden Gang hinter den Pferdeschwänzen, wenn ich mich auch auf den dicken Hebelbaum des Göpels stützen konnte, tatsächlich sachte seekrank – und der Onkel war gar nicht damit einverstanden, daß ich mich zweimal – wenn ich mich richtig erinnere – tatsächlich übergeben mußte. Die Pferde blieben sofort stehen, als ich mich seitwärts in die Büsche flüchtete, um mein Frühstück loszuwerden. Und mit den Pferden, die anscheinend den ewi-

gen Kreisgang am Göpel ebensowenig goutierten wie ich, blieb auch der Häckselschneider auf dem Scheunenflur stehen.

Mein Onkel kam zum Vorschein, um zu sehen, was es gäbe; er liebte es gar nicht, daß der gleichmäßige Fortgang einer Arbeit unterbrochen wurde; er erkannte sofort, was mir passiert war und meinte ungerührt:

»Na ja, nun mach man, min Jung! Hat schon mancher kotzen müssen hinter den Pferden am Göpel. Ist keine Krankheit zum Tode. Jetzt hast du alles raus. Mittags kannst du wieder nachfüllen. Komm nur, die Pferde dürfen nicht stehenbleiben, sonst sind wir mittags mit der Häckselei nicht fertig und müssen nachmittags noch mal her. Mußt immer nach rechts gucken beim Rundgang, nicht nach links! Den Pferden paßt die Göpelarbeit auch nicht. Aber was hilft's! Wir müssen fertig werden.«

Dagegen gab es keine Berufung. Mir war noch hundeelend. Aber der Häckselschneider durfte natürlich nicht stehenbleiben, das war auch mir vollkommen klar. Also riß ich mich am Zügel und brachte das Gespann wieder in Gang.

Aber als wir dann – ich glaube, schon ein Jahr später – die Maschinen auf dem Scheunenflur mit Elektrizität betreiben konnten, fiel mir ein Stein vom Herzen: der Übelkeit erregende Göpel wurde abmontiert! Er hatte einmal einen technischen Fortschritt dargestellt, war jetzt aber durch einen weiteren Siebenmeilen-Sprung der Technik ins Museum verwiesen. Was manche Leute bloß gegen die Technik einzuwenden haben?

Mein guter Onkel Matthes, der den Hof bewirtschaftete und damals noch keinen Sohn gezeugt hatte, so daß nach ihm der Hof eigentlich auf mich gekommen wäre, dem also angelegen sein mußte, mich so früh wie möglich mit allen Regeln und Erfordernissen eines – damaligen – bäuerlichen Betriebes vertraut zu machen, gab sich zwar gelegentlich streng und auch ungeduldig, war aber im Grunde herzensgut. Er machte mich im Laufe der Zeit mit all den Leuten bekannt, die ihm in Friedland nahestanden oder die er für wichtig hielt. Einer seiner besten Freunde war ein gewisser Robert Thimm, von dem gelegentlich auch unter dem Spitznamen »der Amerikaner« die Rede war. Diesem Mann wandte ich schon früh meine Verehrung zu und nahm mit Begier jeden Anlaß wahr, ihn zu besuchen – und ihm mit meinen vielen Fragen lästig zu fallen.

Aber »Onkel Robert« hat mich nie abgewiesen und von heute her gesehen läßt sich vermuten, daß es dem frau- und kinderlosen Mann mit dem dichten Schopf grauen Haares über der Stirn, in einen abgetragenen, längst formlos gewordenen städtischen Anzug gekleidet – ich habe ihn immer nur in diesem Anzug gesehen –, Spaß machte, mit einem kleinen, wissensdurstigen Burschen wie mir zu schwatzen.

Für mich war Thimm mit einer Gloriole des Abenteuers und der Macht des gedruckten Wortes umkleidet. Er gab nämlich damals, was kein Mensch je vor ihm oder nach ihm versucht hat, die »Preußisch-Friedländer-Nachrichten« heraus, eine kleine Zeitung, in der jede Woche alles an Geschehnissen und Problemen ausgebreitet wurde, was nach Thimms Meinung von den Friedländer Bürgern zur Kenntnis genommen werden sollte. Vor allem kämpfte er unentwegt und mit immer neuen Argumenten dafür, daß Friedland einen Anschluß an die Ostbahn erhalten müßte, wenn es nicht in der »neuen Zeit« (der Wilhelms des Zweiten) ständig weiter zurückfallen wollte.

Er hatte also eingesehen, daß es ein großer Fehler gewesen

war, die Bahnstrecke Berlin–Königsberg in stundenweiter Ferne an Friedland vorbei zu bauen. Sicherlich hatte er damit recht. Aber die meisten Leute in der Stadt reagierten auf seine Dauerkampagne auf Friedländer Art: »Ach, na ja, laß ihn man, den Robert! Er meint's ja gut. Hat er in Amerika gelernt, die ewige Meckerei wegen Fortschritt und modern!«
Aber sie lasen seine Artikel doch, lasen überhaupt das Blättchen jede Woche Wort für Wort, denn viel Abwechslung und Gesprächsstoff (außer dem üblichen Klatsch über den Herr Pastor [evangelisch] oder den Herrn Pfarrer [katholisch], über die Herren Rektoren und Lehrer vom Seminar und der Präparanden-Anstalt, über die »Herrschaft« von Dobrin in ihrem »Schloß« auf der anderen Seite des Stadtsees – und einige andere Figuren), gab es in Friedland nicht, wenn nicht gerade der Karneval bevorstand oder im Nachtrag beredet werden mußte.
Robert Thimm fungierte nicht nur als Eigentümer und Herausgeber der »Preußisch-Friedländer Nachrichten«, er schrieb auch die Artikel selber, setzte und druckte das Blatt in seiner kleinen Druckerei und brachte es unter die Leute. Er formulierte und entwarf die Anzeigen für die Kaufleute und schrieb die Nachrufe für die Verstorbenen, soweit sie dergleichen verdienten. Und außerdem hielt er in seinem kleinen Papierwarengeschäft, das gleichzeitig sein Zeitungs-Kontor darstellte, Schreibpapier, Bleistifte von Faber, Federhalter, Federn, Tinte, Gesangbücher, Fibeln und Meßbücher feil – und man konnte über ihn sogar jede Berliner, Danziger oder Bromberger Zeitung und auch jedes Buch bestellen, das irgendwo in Deutschland erschienen war.
Außerdem – und da weiß ich nun überhaupt nicht mehr, wie ich das zusammenbringen soll – betrieb Onkel Robert

(ich durfte ihn Onkel nennen, weil er ja ein enger Freund meines »richtigen« Onkels Matthes war) hinter seinem großen grauen, nicht weit von unserem Hof entfernt gelegenen Haus eine Gärtnerei, die unter Thimms Oberaufsicht vom alten Swiderski und seiner Frau, der Swidersken, in nie abreißender Schufterei versehen wurde. In diesem riesengroßen Garten hinter seinem Haus zum kleinen, ganz versteckt liegenden Kessel-See hinunter wurden feine Gemüse gezüchtet, Beeren- und Baumobst und Gewürzkräuter mannigfacher Art. Ob sich diese Gärtnerei groß gelohnt hat, möchte ich bezweifeln, denn in Friedland gehörte zu jedem Haus ein kleinerer oder größerer Garten in der Stadt, vor den Mauern oder hinter den Scheunen. Dort zog sich jeder Haushalt seinen Wirsing oder seine Mohrrüben und Stachelbeeren selber. Aber es gab ja obendrein die stadtfremden Lehrer an den vielen Schulen, es gab einige sonstige Beamten-Familien. Robert Thimm wird schon gewußt haben, was er tat. Er war ja in jungen Jahren in Amerika gewesen und, wie ich aus gelegentlichen Bemerkungen an unserem Familientisch schließen konnte, nicht ohne einen recht ansehnlichen Haufen Dollars in der Tasche wieder heimgekehrt. Dies Geld hatte er dann in die Zeitung und kleine Druckerei gesteckt und wohl auch in die von seinen Eltern übernommene, soweit ich weiß einzige Gärtnerei der Stadt, die diesen Namen verdiente.

Was mich immer wieder zu diesem freundlich ernsten Manne trieb, wenn ich es irgend mit meinen Obliegenheiten vereinen konnte, das war die Aura der weiten, weiten Ferne, die ihn für mich unsichtbar, doch beinahe zum Greifen fühlbar umgab:

»Onkel Robert, wenn du nun schon in Amerika gewesen bist, warum bist du wieder nach Friedland gekommen?

Wir haben Amerika und Kanada gerade in Erdkunde durchgenommen. Das sind doch große und reiche Länder, wo viel Platz ist. Indianer gibt's da auch; aber die Büffel sind von den Amerikanern alle ausgerottet worden, damit auf der Prärie Weizen angepflanzt werden konnte; den hätten die Büffel sonst zertrampelt. Hast du manchmal Indianer gesehen, Onkel Robert, und laufen die immerzu mit Federn auf dem Kopf herum und wovon leben die eigentlich, wo sie keine Büffel mehr zum Jagen haben? Amerika, das ist gewiß ein aufregendes Land, und große Städte gibt's da auch, größere als bei uns. Ich wär' da wohl gewiß nicht wiedergekommen nach Preußisch-Friedland, wo nicht mal die Eisenbahn hinfährt. Warum bist du denn zurückgekommen, Onkel Robert?«
Es war an einem Sonntagnachmittag, und wir beide saßen auf der alten Holzbank hinter seinem Haus und blickten in den Garten. Ich war gekommen, um Onkel Robert mit einem schönen Gruß von meiner Tante zum Abendessen einzuladen; es gebe etwas, was er besonders gern äße, aber nur selten kriegte, denn die Swiderken, die ihn bekochte, verstände nichts von »Prager Schinken«, für den meine Tante berühmt war. Das hatte ich pflichtgemäß ausgerichtet und meinen Onkel Robert offensichtlich sehr damit erfreut. Er war also in bester Stimmung und geneigt, sich mit mir, seinem halbwüchsigen, höchst angelegentlich ergebenen Freund zu unterhalten, der manches von ihm wissen wollte, wonach ihn sonst niemand fragte.
Onkel Robert saß ganz still neben mir auf der Bank und starrte über die Obstbäume des Gartens hinweg in eine Ferne, die ich mir damals durchaus nicht vorzustellen vermochte, die mich aber doch anzog, als wäre sie magisch geladen. Die Antwort auf meine Frage schien dem aufs wärmste von mir bewunderten Manne nicht leichtzufal-

len, und ich fürchtete schon, eine unpassende Frage gestellt zu haben, wie solche mir in meinem unersättlichen Wissens- und Diskutierdurst nicht selten passierten.
Aber dem war nicht so. Onkel Robert strich sich über die Stirn und richtete sich etwas auf, als kostete es ihn ein wenig Mühe, sich wieder in das Hier und Jetzt hineinzufinden, begann dann zögernd:
»Ja, weißt du, min lewe Jung, das ist eine Frage aufs Gewissen, und ich stelle sie mir selber ab und zu, wenn ich merke – und das geschieht öfter als mir lieb ist –, daß ich hier bloß so vor mich hinkrebse, mich abschinde zwölf Stunden am Tag mit meiner ziemlich kümmerlichen Zeitung und auch noch hier im Garten. Warum bin ich wieder nach Friedland zurückgekommen? Ganz genau, sozusagen auf Heller und Pfennig, kann ich dir darauf keine Antwort geben. Amerika ist ein riesenhaftes Land und gewiß ein sehr großartiges und schönes, besonders im Westen. Aber da bin ich nur ein einziges Mal gewesen. Man hat ja keine Zeit zum Reisen, wenn man mit nichts anfängt und sein Brot verdienen muß; und mehr als das, noch was drauf aufs Brot, verdienen will; und fürs Alter oder schlechte Zeiten muß man auch was im Kasten haben, denn wer in Amerika vor der Zeit umkippt, dem hilft kein Mensch mehr auf die Beine. Jeder für sich und Gott für uns alle, heißt die Parole, und keiner für dich! Zweimal bin ich reingefallen, wurde betrogen, weil ich zu gutgläubig gewesen bin; erst beim dritten Male hatte ich den Bogen raus und brachte mein Schäfchen ins trockene, ohne mich darum zu kümmern, ob ich jemand damit schadete. Es muß eben jeder selber aufpassen, daß ihm nicht die Wurst vom Brot genommen wird. Aber als ich so weit war, da sagte ich mir, jetzt hast du genug verdient, um dich zu Hause damit einzurichten und das nach deinem eigenen

Geschmack, der eben nicht in Amerika gewachsen ist, sondern hier an der Dobrinka. Die Leute sind ja sehr nett und freundlich in Amerika, solange du nichts von ihnen willst und keinem in die Quere kommst. Wenn du das aber tust, ob unversehens oder mit Absicht, dann gnade dir Gott, du wirst einfach überfahren, und es sieht sich keiner danach um. Amerika ist ein hartes Land, mein lieber Junge, und so, wie die Amerikaner mit den Indianern und den Negern umgegangen sind, so gehen sie auch miteinander um. Indianer habe ich nie zu sehen bekommen. Die waren in den Staaten Pennsylvania und Ohio, wo ich mein Glück versuchte, längst nicht mehr vorhanden. Neger gab's genug, allesamt Nachkommen der früheren Sklaven; den meisten davon ging es wohl nicht viel besser, als es ihnen als Sklaven ergangen war. Aber darum kannst du dich nicht kümmern. Du hast ja alle Hände voll zu tun, deine Dollars zu verdienen und sie dir nicht wieder abjagen zu lassen. – Aber wenn ich ganz ehrlich sein soll, Johann-Alfred, die Jagd nach dem allmächtigen Dollar ist es nicht gewesen, die mir Amerika verleidet hat; ich bin ihm ja auch gar nicht ganz vergeblich nachgejagt. Es war etwas anderes, was mich nach zehn Jahren Amerika wieder auf die Heimreise getrieben hat und was du dir wahrscheinlich noch nicht vorstellen kannst und hoffentlich brauchst du's nie zu erleben. Es ist nämlich eine schreckliche Krankheit...«

Er brach plötzlich ab, als hätte er zuviel ausgeplaudert. Er rührte sich nicht. Ich rührte mich auch nicht. Noch nie hatte mir ein erwachsener, lebenserfahrener Mann so sein Herz ausgeschüttet. Ich war noch sehr grün und hatte noch keine Gelegenheit gehabt, mich im sogenannten Sturm der Zeit zu bewähren. Onkel Robert hatte es getan. Und dann kam etwas zum Vorschein, das ich gerade bei einem Manne wie ihm nie erwartet hätte. Er ließ mich ziemlich lange auf dem Bänklein neben sich schmoren, ehe er mit merklich leiserer Stimme den Faden wieder aufnahm:

»Ja, Johann-Alfred, als ich erst einiges Geld im Beutel hatte und es mir leisten konnte, mal ein Weilchen stillzusitzen und nachzudenken, da merkte ich, daß ich, obgleich ich's ›geschafft‹ hatte, gar kein bißchen glücklich oder zufrieden war, sondern die ganze Zeit über in Amerika das Heimweh überspielt oder unterdrückt hatte – wie du es nennen willst. Und das wächst sich, wenn du dir erst einmal erlaubst, darüber nachzudenken, zu einer schrecklichen Krankheit aus, wie ich schon sagte. Friedland erschien mir in einem goldenen Licht, das es in Wahrheit gar nicht verdient. Aber mit solcher Einschränkung machst du dann bei dir gar keinen Eindruck. Das Heimweh nach Friedland, die Sehnsucht nach der Dobrinka, war einfach nicht auszuhalten. Ich raffte den bescheidenen Schatz, den ich auf amerikanisch erworben hatte, eiligst zusammen und machte mich auf den Heimweg; ich floh buchstäblich wieder hierher in die kleine komische Stadt, wo deine und meine Vorväter geboren, gestorben und begraben sind und wo ich nun in aller Seelenruhe abwarten kann, daß es mir ebenso ergeht. Sieh, heute abend gibt's bei deiner Tante Prager Schinken, und ich bin eingeladen, mitzuspeisen; und dann kann ich dabei und nachher mit deinem Onkel Matthes, einem guten Freund, wie ich in ganz Amerika keinen besseren gefunden habe, darüber reden, was es wohl bedeutet, daß bei den Reichtstagswahlen die Sozialdemokraten die Zahl ihrer Abgeordneten mehr als verdoppelt haben und zur mandatsstärksten Partei geworden sind. Aber davon verstehst du vorläufig noch nichts, was dich nicht zu ärgern braucht – das kommt noch früh

genug. – Also, mein lieber Junge, du hast mir die Frage aufs Gewissen gestellt, und ich habe sie nach bestem Gewissen beantwortet. Aber versprich mir: erzähl's keinem weiter! Außer uns beiden braucht das niemand zu erfahren. Das mußt du mir versprechen!«
Ich versprach es mit großem Ernst und habe das Versprechen bis zur Niederschrift dieser Zeilen gehalten. Viel Schaden richtet der Bruch des Versprechens nicht an, denn Onkel Robert Thimm starb schon zwei Jahre nach jener Unterhaltung ganz plötzlich und ohne vorher krank gewesen zu sein. Am Begräbnis teilzunehmen stand mir Grünschnabel natürlich nicht zu. Der Erste Weltkrieg war schon ein Jahr lang im Gange, als Onkel Robert sich von dieser Welt verabschiedete; und mit ihm segneten natürlich auch die »Preußisch-Friedländer Nachrichten« das Zeitliche. Als wir wieder einmal auf den für uns unvergessenen Robert Thimm zu sprechen gekommen waren, meinte Onkel Matthes:
»Er war ein Mann, der nach außen den Eindruck machte, als sei er in Eichenholz geschnitzt. Aber in Wirklichkeit nahm er alles furchtbar ernst, glaubte nicht an ›Hurra‹ und ›Heil dir im Siegerkranz!‹ Er hat einfach eines Tages die Augen zugemacht, wollte es nicht mehr mitansehen und erst recht nicht darüber schreiben, daß sich in Frankreich und Rußland und am Isonzo und Gott weiß, wo sonst noch, Männer mit aller Gewalt gegenseitig umbrachten, die sich gar nicht kannten und sich auch nicht das geringste getan hatten.«
Das war's! Preußisch-Friedland hatte mir eine weitere Lehre fürs Leben mitgegeben. Und heute, nachdem ich schon um Jahrzehnte älter bin, als es Onkel Matthes und »Onkel« Robert auch nur annähernd geschafft haben, erkenne ich, daß ich damals sehr gründlich und nachhaltig

belehrt worden bin und die Lektion auch gelernt und befolgt habe.
Onkel Robert, der »Amerikaner«! So war's! Und auch: Heimweh nach der Dobrinka!

Mir geht es heute ebenso, wie es um die vergangene Jahrhundertwende dem Robert Thimm in Pennsylvania, USA, ergangen sein muß: Sehnsucht nach der Dobrinka! Mit allerdings einem gewaltigen Unterschied: Thimm konnte damals in die alte Heimat zurückwandern, ich kann es nicht mehr. Dabei würde es mir wenig ausmachen, daß heute die Leute dort polnisch sprechen und daß ich meine Steuern an einen polnischen, nicht mehr an einen deutschen Staat würde entrichten müssen. Das Polnische ist eine alte europäische Sprache mit einer großen Literatur, und Steuern bezahlt man hier ebenso ungern wie dort. Außerdem haben meine Vorfahren bereits dreihundert Jahre lang unter polnischer Herrschaft gelebt und dabei ihre Sprache und deutsche Lebensart und Denkweise völlig ungebrochen erhalten – allerdings, was heute nicht mehr so wäre, im Verein mit einer großen Mehrheit von ebenfalls deutschsprachigen Schicksalsgefährten. Obendrein kommt entscheidend hinzu: Ich habe mir hier im deutschen Westen als »Flüchtling« aus dem Osten eine neue Umgebung geschaffen, in der wenigstens ich und die Meinen etwa im gleichen Stil existieren können, wie wir's in »breiterer«, will sagen großzügigerer, duldsamerer Weise im Osten gewohnt waren. Und Preußisch-Friedland ist nach allem, was man hört, nicht einmal mehr ein Nachhall dessen, was es einst war; es ist einfach nicht mehr vorhanden, ist vom Antlitz dieser Erde getilgt. Übrig blieb eine kümmerliche Ruine namens Debrzno. Seit 1354 hat die Stadt Friedland geheißen und blieb ganz selbstverständlich bei diesem Namen durch viele Jahrzehnte und Jahrhunderte unter ordensritterlichen, polnischen, brandenburg-preußischen, kaiserlich-deutschen, republikanisch-deutschen Vorzeichen. Das Verhängnis, der Anfang vom Ende kündigte sich an, als das verfluchte Hakenkreuz über dem Rathaus zu flattern begann – was dann, beinahe unvermeidlich, zu Debrzno führte, dem Hohn auf alle Träume und Sehnsüchte.

Aber ich sage mir auch, daß man sich von seinen Gefühlen und seinem Heimweh nicht betrügen lassen soll. Auch in den Zeiten vor der Hitlerei war in Friedland nicht alles Gold, was heute in der Rückschau als solches zu glänzen scheint. Es gab Kummer und Elend wie anderswo auch; es gab Neid und bösen Willen, und trotz all seiner Bemühungen um Musik, Bildung, frohe Feste, alte Sitten war und blieb Friedland – im kalten, hellen Licht des Verstandes, streng sachlichen Urteils gesehen – eine zurückgebliebene kleine Stadt, die vor sich hin stagnierend in den vergangenen hundert Jahren keine wesentlichen Fortschritte gemacht hatte, die der Zeit wenig erfolgreich hinterherlief.

Aber ein solches Urteil ist, wenn man ihm auf den Grund geht, im wesentlichen ökonomisch geartet, und es läßt sich gut argumentieren, daß gerade diese wirtschaftliche Rückständigkeit den Zauber des alten Städtchens über der wunderschönen Dobrinka, der Grenze gegen das Polnische, ausgemacht hat. Und in der Tat, was ist der ganze sogenannte Fortschritt wert, wenn darüber die menschliche Wärme und ein freundliches, lebenswertes Miteinander verlorengehen? Und eben dies Gefühl, dies jederzeit zu verwirklichende Bewußtsein, einer lebendigen Wesenheit, eben Friedland, anzugehören – ob man nun einen deutschen, jüdischen, polnischen, kaschubischen Namen trug –, das war es, was die kleine Stadt für alle, die in ihr

geboren waren und wurzelten, so unersetzlich und unvergeßlich macht und machen wird, so lange sie noch leben. Und man sollte versuchen, scheint mir, diese im Grunde rätselhafte, der Vernunft sich entziehende Bindung auch für die Nachfahren nicht völlig untergehen zu lassen.
Doch, wie gesagt, auch in Friedland, dem alten wie dem von mir noch erlebten neueren, war die Fragwürdigkeit, ja Hinfälligkeit der menschlichen Existenz jederzeit und überall mit Händen zu greifen, und es mag mir noch gestattet sein, ein einziges Exempel dieser Art anzuführen. Auch dies spielte sich in der engeren Verwandtschaft ab und wurde deshalb von mir besonders deutlich erlebt.
Die »erbgesessenen« Familien der Stadt waren alle seit langer, langer Zeit kreuz und quer miteinander verwandt und verschwägert; so hatte also zum Beispiel auch ich einen entfernten »Onkel« namens Martin, was nicht sein Vorname, sondern sein Familienname war. Daß die Onkelschaft in diesem Falle schon eine ziemlich gedehnte Angelegenheit darstellte, ging daraus hervor, daß er in unserer engeren Familie nicht unter seinem Vornamen mit dem Titel »Onkel« bekannt war, sondern ganz allgemein unter »Onkel Martin« segelte.
Onkel Martins Haus und große Tischler-Werkstatt war schon außerhalb der Mauern angesiedelt, dort, wo die Stadt ins Tal der Dobrinka hinunterstieg. Ich war gern bei Onkel und Tante Martin zu Besuch. Die »Tante« war nicht des rundlich stattlichen Handwerksmeisters Ehefrau, sondern seine Schwester, die, noch wesentlich rundlicher als er, ihm die Wirtschaft führte – kein Stäubchen auf der Kommode, blitzig blank die große Küche, in der deftige und allzu nahrhafte Mittag- und andere Essen mit viel Aufwand gekocht, gebraten und gebacken wurden. Tante Martin sprach ebenso wie ihr Bruder mit stets

gleichbleibend leiser, sanfter Stimme in einer merkwürdig hohen Tonlage, die man piepsig hätte nennen können, wenn sie nicht von anscheinend unerschütterlicher Freundlichkeit durchtränkt gewesen wäre.

Onkel Martin zeigte mir mit Vergnügen, wie in der Tischlerwerkstatt gearbeitet wurde und wie aus groben Brettern und aus streng, aber nicht unangenehm duftendem Tischlerleim (den Onkel Martin, um seiner Qualität sicher zu sein, aus Knochen und weiß der Himmel was für weiteren Zutaten selber braute), die erstaunlichsten Schränke, Stühle, Kommoden oder riesige, doppelschläfrige Bettgestelle entstanden. Und stets tischte danach Tante Martin mir Kuchen oder ein Brot mit Griebenschmalz oder eine Scheibe vom letzten Sonntagsbraten auf. Allerdings blieben mir der rundlichen Frau seltsam piepsige Stimme wie auch die betulich dringliche Art des Onkels stets ein wenig unheimlich, so sehr mir auch daran lag, in der Werkstatt stets neue Wunder zu entdecken, wobei ich natürlich auch niemals ablehnte, mir etwa den herrlichen Pflaumenkuchen zu Gemüte zu führen. Die Gutmütigkeit, ja Herzensgüte, die das Geschwisterpaar um sich her ausbreitete, waren unwiderstehlich.

Und gerade daran sind sie gescheitert. Onkel Martin war ein kluger und wohlunterrichteter Mann; er hatte keine Familie und daher nach landläufiger Überzeugung mehr Zeit als andere Leute, die ja in der großen Mehrheit Familienväter waren und mit zahlreichen Blagen ihre Last hatten. Außerdem war er Besitzer einer gutgehenden Tischlerei mit einem halben Dutzend von Gesellen und Lehrlingen, verdiente also viel mehr, als er trotz aller Kochkünste seiner Schwester verzehren konnte, und den Überschuß konnte er für Zwecke der Allgemeinheit ausgeben – und tat es auch ausgiebig. Es war nicht zu bestreiten, daß

Tischlermeister Martin um verständige Ratschläge in Sachen der Stadt oder anderer Institutionen der Friedländer Gesellschaft nur selten verlegen war, sich auch keine Mühe zu viel sein ließ, diese Ratschläge zu verwirklichen, wobei er sich durchaus nicht scheute, aus der eigenen Tasche beizutragen.

Onkel Martin wurde also in den Magistrat gewählt (oder berufen; das weiß ich nicht); er wurde Vize-Präsens einer der beiden Schützengesellschaften, Vorsitzender in einem halben Dutzend von Vereinen, wurde von der Innung und der Handwerkskammer beansprucht, war natürlich überall ohne Entgelt tätig; statt dessen wurde von ihm erwartet, daß er sich seine verschiedenen Ämter und Ehrenämter etwas kosten ließ. Zur Knauserigkeit besaß der Herr Tischlermeister und vielfache »Vorsitzende« Martin offenbar nur wenig Talent.

Tante Martin verlor wahrscheinlich als alleinige Gefährtin ihres in öffentlichen Angelegenheit stets bedeutsamer werdenden Bruders ein wenig das richtige Augenmaß dafür, was viel oder wenig Geld für die Martinschen Verhältnisse bedeutete, ließ sich von ihrem guten Herzen – vereint wohl auch mit ein wenig wohltäterischer Eitelkeit – dazu verleiten, vielen notleidenden oder notleidend sich gebärdenden Nachbarn und Zugereisten zu helfen.

Schlimmer aber war, daß Martin selber sich nicht mehr um seinen Betrieb kümmern konnte, da ihn die vielen öffentlichen und gesellschaftlichen Ehrenämter, die allesamt auch mehr oder weniger kostspielig waren, im Lauf der Jahre völlig mit Beschlag belegten.

Um die lange, leider auch tragikomische Geschichte kurz zu machen: Eines wenig schönen Tages mußte Onkel Martin zur grenzenlosen Überraschung der ganzen Stadt sich für zahlungsunfähig erklären. Und der alte Schilski

mit all der skeptischen Nüchternheit, die die jüdischen Leute in ihren besten Momenten auszeichnet, traf den Nagel auf den Kopf, als er meinem Onkel Matthes erklärte: »Machen wir uns nichts vor, Matthes! Was heißt zahlungsunfähig – pleite ist er, der Martin, pleite, und wird nicht wieder hochkommen! Hat seinen guten Betrieb verludern lassen, und der Altgeselle wird sich auf seine Kosten bedient haben, ist ja auch gleich berlinwärts verduftet. Von Ehren und Ehrenämtern hat unsereiner noch niemals leben können. Und Martin war ja unsereiner, einer von den besten – viel zu gut für die Welt und unsere Stadt, so wie sie nun einmal ist!«
Der alte Schilski wußte Bescheid; der ließ sich nichts vormachen.
Onkel und Tante Martin sind dann irgendwo bei Verwandten ihrer Mutter in einem Dorf der Umgebung untergekrochen, nachdem sie Haus, Hof, Werkstatt, Acker und Wiesen hergegeben hatten, um ihre Schulden zu decken. Ich kann nicht angeben, ob sie bei den Verwandten draußen auf dem Lande das Gnadenbrot zugebilligt bekommen haben, ob er und sie noch arbeiten konnten oder mußten. Ich weiß nur, daß sie verdächtig bald nach der Katastrophe kurz nacheinander gestorben sind und daß im Schlochauer Kreisblatt »ehrende Nachrufe« auf den »verdienstvollen Vorsitzenden« der Schützengilde, der Liedertafel – und wovon sonst noch! – erschienen, die aber dem Onkel Martin wohl nur noch ein müdes Lächeln abgenötigt hätten, wenn er sie hätte zur Kenntnis nehmen können.
Die Martins mögen als einziges Beispiel dafür stehen, daß auch in Friedland die Leute ihre »Päckchen zu tragen« hatten und daß es nur wenigen erspart blieb, mit Sorgen schlafen zu gehen und mit Sorgen wieder aufzustehen.

Wirklich lebensbedrohend aber waren diese menschlichen
– allzumenschlichen Sorgen für die Stadt und ihre Bewohner im allgemeinen nicht. Gefahr für Leib und Leben bestand nur, wenn, wie es in früheren Jahrhunderten geschehen war, die Kriegsfurie bis vor die Tore der Stadt und in sie hineindrang, und sich keiner mehr der, von ihm aus gesehen, völlig sinnlosen und völlig unverschuldeten Gewalt entziehen konnte.

Aber solche Zustände hatte Friedland seit dem Ende der napoleonischen Zeit nicht mehr über sich ergehen zu lassen brauchen. Der Siebziger-Krieg gegen Frankreich, aus dem das zweite deutsche Kaiserreich (ein unvollkommenes, denn Österreich blieb draußen) hervorging, auch der Erste Weltkrieg 1914/18 (nachdem erst einmal die Russengefahr durch die zweite Schlacht bei Tannenberg vom 26. bis zum 30. August 1914 und die anschließenden Masuren-Schlachten beseitigt war), berührten Preußisch-Friedland nicht unmittelbar, obgleich auch Friedland nicht gerade wenige junge Männer hatte aussenden müssen, von denen dann nichts weiter wiederkehrte als ihre Namen auf den Krieger-Denkmälern unter dem Motto »Für Volk und Vaterland starben« oder »Für Kaiser und Reich starben« Otto Behnke, Willi Kröhning, Joseph Woizikowski, Karl Scharmer, David Gläubig, Anselm Gaisberger und so weiter und so weiter.

Auch daß nach dem verlorenen Ersten Weltkrieg der neu gebildete polnische Staat die ganze ehemalige Provinz Posen (das frühere »Groß-Polen«) und einiges mehr zurückerhielt, ihm vor allem aber die untere Weichsel entlang ein sehr breiter »Korridor« zur Ostsee zugesprochen wurde, ohne daß die Bewohner des Korridor-Gebietes danach gefragt wurden, ob sie polnisch werden oder deutsch bleiben wollten, diese tiefgreifenden Veränderungen der Landkarte im Osten des ehemaligen deutschen Kaiserreichs ließen Friedland und den Kreis Schlochau ungeschoren, hatten sich doch in der von den Siegermächten anberaumten Volksabstimmung (soweit nicht breite Streifen Ost- und Westpreußens vorher zum polnischen »Korridor« geschlagen worden waren) 98, beziehungsweise 92 Prozent der ansässigen Bevölkerung für den Verbleib ihrer Heimatgebiete bei der deutschen neu gegründeten Republik entschieden.

Auch die Wirren in den ersten Jahren (bis etwa 1924) der Weimarer Republik, die ihr finanzpolitisches Gegenstück in einer ins Phantastische ausufernden Geld-Inflation fanden, liefen an Preußisch-Friedland und am Kreis Schlochau vorbei. Zu essen und trinken gab es stets zur Genüge im fruchtbaren und nach wie vor getreu bestellten Land und Umland. Die Kühe gaben Milch, die Schafe ihre Wolle, und die Birnbäume ihre vor Saft strotzenden kleinen, grauen, süßen Früchte; und die Leute kümmerten sich nicht viel darum, ob in Berlin für den Dollar tausend Reichsmark, oder zehn Millionen und zu schlechter Letzt 4,2 Billionen zu zahlen waren. Die Vermögen der Friedländer bestanden nur zu kleinen Teilen aus Geld, vielmehr aus Häusern, Grundstücken, Feldern, Wiesen; und diese blieben wert, was sie waren, unabhängig vom Wert des Geldes. Als also am 15. November 1923 der Wert einer neuen »Rentenmark« auf eine Billion Reichs- (Papier-) Mark festgesetzt wurde, sahen sich zwar die Friedländer endgültig um ihre bescheidenen Sparkassen-Guthaben und um die »für Kaiser und Reich« auch hier zuvor gezeichneten »Kriegsanleihen« betrogen, aber die innere Ordnung und wirtschaftliche Ausgeglichenheit der Stadt war nicht wesentlich angetastet.

Ja, in den zwanziger Jahren faßten sogar ein paar der er-

folgreichsten und landwirtschaftlich tüchtigsten Ackerbürger den Entschluß, ihre Betriebe aus der hinderlichen Enge der Stadt ins Vorfeld von ihr, möglichst in die Mitte ihrer Äcker oder wenigstens in ihre Nähe zu verlegen. Sie schickten ihre Söhne auf land-, ihre Töchter auf hauswirtschaftliche Schulen in die Kreisstadt oder noch weiter weg; sie schafften moderne Maschinen an und begriffen, daß sich die Erträge von den alten, nie vernachlässigten Äckern unwahrscheinlich steigern ließen. Von »Überproduktion« redete in den zwanziger, dreißiger Jahren noch kein Mensch, im Gegenteil! Jedes Wachstum der Erzeugung wurde als ein Segen des Himmels empfunden.
Onkel Matthes hatte natürlich auch »elektrifiziert«, soweit es wirtschaftlich sinnvoll und bezahlbar war, hatte auch mit dem Gedanken gespielt, aus der Stadt »auszubauen«, war aber nicht recht damit »in Schwung« gekommen, da er ja keinen Nachwuchs hatte. Das änderte sich mit einem Schlage, als ihm sehr spät wider alles Erwarten ein Sohn geboren wurde. Nun wurde es Zeit, den Zeichen der Zeit zu folgen und sich auf den »Hinausbau« vorzubereiten, wozu vor allen Dingen die weit im Umland der Stadt verstreuten Felder und Wiesen zusammengelegt werden mußten, was nur möglich war, wenn Land getauscht, wenn es verkauft und gekauft werden konnte – und das erforderte Zeit.
Diese Zeit wurde der Familie nicht mehr gewährt. Denn 1933 brach in ganz Deutschland, also auch in Preußisch-Friedland, wo bis dahin nicht viel davon wahrzunehmen gewesen war, das Dritte Reich aus, dessen »Tausend Jahre« nach noch nicht einmal dreizehn in Rauch und Flammen untergingen.

Vierter Teil

Von der Landkarte getilgt

15. Kapitel

Seit 1945 gibt es Preußisch-Friedland und den höchst bescheidenen Glanz der dort seit sechshundert Jahren ansässig gewesenen Sippe der Johann Walkners nicht mehr. Sie ist seitdem, soweit ihre Glieder überhaupt den Holocaust des deutschen Ostens überlebt haben – es war auch ein »Holocaust« –, in alle Winde verstreut. Die ersten Söhne werden nicht mehr auf Johann getauft, wozu auch: es braucht kein Hoferbe mehr gekennzeichnet zu werden, es gibt keinen Hof mehr und kein Preußisch-Friedland. Selbst das Beiwort »Preußisch« ist sinnlos geworden, denn auch Preußen verschwand auf Geheiß der Sieger im Zweiten Weltkieg von der Landkarte, als ob man eine lebensvolle politische-geistige Wesenheit, die Brandenburg-Preußen, vorher das Herzogliche, davor das ordensritterliche Preußen durch Jahrhunderte hindurch gewesen ist, mit einem Federstrich aus der Welt schaffen könnte. Preußen wird noch lange weiterleben, wenn nicht im Westen, wo wir »umerzogen« wurden, dann im Osten, wo die DDR mancherlei Wesenszüge des kaiserlichen Preußen – und nicht die erfreulichsten – übernommen zu haben scheint, z. B. – und man könnte darüber lachen, wenn es nicht zum Heulen wäre! – den Stechschritt, den »Ruckzuck«, die Hauptwache unter den Linden und die beinahe sklavische Unterordnung des einzelnen unter die »Staatsräson«, die nun allerings stalinistisch-leninistisch eingefärbt ist.
Ach, an meinem Friedland waren die üblen Jahre der Inflation nach dem Ersten Weltkrieg sozusagen vorbeigegan-

gen. Es gab in Friedland – wie schon gesagt – keine Geldvermögen von Bedeutung; sie konnten also auch nicht entwertet oder verloren werden; die Felder jedoch trugen Frucht, die Kühe gaben Milch wie immer, und wenn das Geld nichts weiter mehr darstellte, als Fetzen von Papier mit ungewissem Wert, dann ging man zur Natural-Wirtschaft über und tauschte Butter oder Roggen gegen ein Paar neue Schuhe, die dort noch jeder Schuster selbst anfertigen konnte. Ja, in der Tat, die Inflation hatte in Friedland nur geringen Schaden angerichtet.

Von den bitteren, vielfach giftigen Auseinandersetzungen in der Weimarer Republik hörte man zwar viel Erregendes, aber nur wie aus weiter Ferne. Die Stadt und der ganze Kreis Schlochau waren ja deutsch geblieben und nicht in den polnischen Korridor einbezogen worden – und das war die Hauptsache! Die große Krise zu Beginn der dreißiger Jahre spülte ebenfalls nur letzte, müde Wellchen an die Friedländer Strände; es gab keine Industrie in Friedland, keine bedeutende Bank, nur den gemächlichen Verkehr zwischen den Landwirten in und vor der Stadt und dem Landhandel und den Handwerkern in der Stadt. Die Beamten an den Schulen und auf den wenigen Behörden bezogen ihre zwar gekürzten, aber nicht gestrichenen Gehälter – und auf unserem Hof wurde der uralte Rhythmus von Saat und Ernte, wurde die Aufzucht und »Verwertung« von Rindern, Pferden, Schweinen, Enten, Hühnern, Gänsen, wurde der Anbau vielfältigen Futters für die Tier-Mitglieder der Hofgemeinschaft nicht unterbrochen, mochten sich auch in Berlin oder München kommunistische und hitleristische Schlägerbanden gegenseitig die Köpfe einschlagen.

Die Kommunisten, die »Roten« überhaupt, fanden in Friedland keine Ansatzpunkte; es gab keine arbeitslosen

Industrie-Arbeiter, keine »Proletarier«, die à la Moskau von der »Diktatur des Proletariats« zu fabeln bereit gewesen wären. Aber auch die Hakenkreuzler konnten in der kleinen und entlegenen Stadt, die wie seit eh und je über dem prangenden Dobrinka-Tal thronte, selbstzufrieden und ein wenig verschlafen, nicht auf großen Zulauf rechnen.

Ich verbrachte nach 1933 ebenso wie in den Jahren zuvor meine Urlaube und die Weihnachts-, Oster- und Pfingsttage ganz selbstverständlich in der Heimat, in Preußisch-Friedland. Auch führten mich meine sehr häufigen Geschäftsreisen von Berlin aus nach Osten, und wenn irgend möglich, machte ich dann einen Umweg über Friedland und gönnte mir einen oder zwei Rasttage, nachdem ich mich vorher beeilt hatte. Das konnte ich mir schon leisten.

Es war mir, als könnte ich Friedland nicht entbehren. Es kam mir wie eine Oase im Zeitgeschehen vor, in den letzten Jahren der unrühmlich dahinschwindenden Weimarer Republik ebenso wie in den Jahren des »Dritten Reiches«.

Daß in der kleinen westpreußischen Stadt die Kommunisten kaum eine Chance hatten, Anhänger zu gewinnen, sagte ich schon. Aber auch der Nazismus fand keinen rechten Nährboden und, meine ich, dies aus einem Grunde, der nicht etwa sachlich oder politisch zu nennen, sondern sozusagen gesellschaftlich zu erklären ist.

Die den Kern der Stadt nach wie vor bildenden »erbgesessenen« Sippen neigten nicht zu schnellen Veränderungen, hegten von vornherein Mißtrauen gegenüber allen lärmend und pompös auftretenden Erscheinungen, und waren alle mehr oder weniger überzeugt davon, daß »das Gute nicht neu und das Neue nicht gut« wäre. Und die

»Auswärtigen«, die wegen der vielen Schulen in der kleinen Stadt ziemlich reichlich vertreten waren, die hatten allein schon deshalb nicht viel zu vermelden, konnten nicht überzeugen, weil sie alle über kurz oder lang wieder abzogen.

Wie an manchen anderen Stellen im Reich auch, waren es nicht die Besten und Vernünftigsten, die sich von den tönenden Thesen des Adolf Hitler betören ließen – sie hielten ja einer genaueren Prüfung keineswegs stand –, sondern junges, unkluges Volk, das nicht guttat, und Fremde, die sich von großen Worten und wilden Anklagen und Beschuldigungen mitreißen ließen, so z. B. eine ganze Anzahl von jungen Lehrern, die anscheinend ohnehin häufig dazu neigen, Utopie und Wirklichkeit zu verwechseln. Besonders unerfreulich war, daß anfangs der dreißiger Jahre die wenigen Polizisten in der Stadt die Altersgrenze erreichten und durch junge Wachtmeister ersetzt wurden, die von der übergeordneten Behörde bereits nach NS-Gesichtspunkten ausgesucht worden waren. Ein Wachtmeister namens Starr machte sich besonders unbeliebt, da er sich schon 1933 mangels zu beseitigender Kommunisten die jüdischen Bürger der Stadt aufs Korn nahm.

Aber Schilski, Lenard, Levi – sie waren nichts weiter als Friedländer Bürger seit Generationen, ebenso wie die »erbgesessenen« Familien, gingen ihren höchst notwendigen und ehrbaren Berufen nach und taten niemand etwas zuleide. Und die in Friedland einheimischen Bürger sahen nicht ein, daß solches nicht mehr wahr sein sollte, weil irgendein Kreis- oder Gauleiter, von dem man nur den Namen, aber sonst nicht viel Gutes kannte, dergleichen mit böser Mißgunst behauptete. –

»Was soll das ganze dumme Gerede gegen die Juden!« sagte meine gute Tante Ulrike, als ich im Sommer 1934 nach der »Röhm-Affäre« wieder einmal für zwei kurze Wochen in Friedland Ferien machte, »Lenards haben bei uns jeden Tag ihren Liter Frischmilch geholt, und Frau Lenard hat immer bei mir im Haus ausgeholfen, wenn uns mal die Arbeit über dem Kopf zusammenschlug – und ich hab' bei ihr drüben geholfen, wenn sie's allein nicht schaffen konnte. Sind ordentliche Leute wie wir. Und so lange mein Mann noch lebte, dein Onkel Matthes – Gott hab' ihn selig! – hat er sich nie beklagt, daß Lenard ihm nicht den richtigen Preis bezahlt hätte für die Schweine. Lass' ich nichts drauf kommen, auf Schilski oder Lenard! Die gehören nach Friedland genau wie wir. Die Braunen, die sich über die Juden aufregen, die sollen sich man lieber an die eigene Nase fassen! Bringen ihre eigenen Leute um, die uns bis vor wenigen Tagen noch als die ganz echten Nazis vorgestellt worden sind und die mit Lametta von vorn bis hinten behängt waren, den Röhm, obersten SA-Mann, den Gregor Strasser und, wer weiß wie viele andere noch bei der Gelegenheit; war ein Aufwaschen für den Hitler. Jetzt hetzen sie hier bei uns gegen gute Leute, die wir seit Jahren als gute Nachbarn und ehrbare Bürger kennen, weil den Braunen nichts Besseres einfällt und weil sie ständig jemand haben müssen, den sie anschwärzen und verketzern können und, wenn's geht, auch noch ausrauben. Damit halten sie das Pack am besten in Schwung – ist ja nur Pack, auf das sie sich stützen, alles Pack! Wer noch seine fünf Sinne beisammen hat, der läßt sich mit so was nicht ein! Mir Lenard verbieten wollen, oder dem Erwin den alten Schilski verbieten! Was die sich wohl einbilden! Haben von nichts eine Ahnung – Pack!«

Meine Tante Ulrike nahm kein Blatt vor den Mund, wenn sie einmal in Fahrt geriet, was allerdings nur noch selten vorkam, seit ihr einziger Sohn, ihr einziges Kind, mein

Vetter Erwin, nach dem Tode des Vaters den Hof übernommen hatte, ihn mit einfallsreicher Energie weiterführte und mit Vorsicht und Verstand – im Rahmen des uns Möglichen – entwickelte (der Onkel Matthes hatte vielleicht ein wenig allzu getreu am Althergebrachten gehangen). Im geheimen, wenn keiner zuhörte, der nicht ganz stubenrein, das heißt NS-verdächtig war, hatten die »gestandenen Leute« in Friedland so ziemlich alle über die lauthalsigen Leute im Braunhemd das gleiche Urteil: sie prahlen zuviel und versprechen zuviel; vorläufig haben sie Erfolg, sind mit der Arbeitslosigkeit fertig geworden. Aber vieles ist nur Theater, und wenn's zusammenbricht wie jedes bloße Theater, wird es einen gewaltigen Knall geben. Vorläufig muß man leider die Schnauze halten, sonst wird man »abgeholt«.

Tatsächlich, es wurden einige abgeholt, die nicht »die Schnauze gehalten« hatten; fast alle kamen wieder nach sechs oder acht Wochen oder auch erst einem halben Jahr, sahen grau aus im Gesicht, hatten unstete Augen und sagten kein Wort über das, was sie inzwischen erlebt hatten.

Die Lenards hatten gar nicht weit von unserm Hof, auch an den Stadtsee grenzend, ein beträchliches Anwesen, wie es ihr Viehhandel erforderte, ohne den ja kein Landwirt und Ackerbürger in Friedland sein Vieh loswerden oder austauschen konnte. Gewiß, es gab große Viehmärkte ein- oder zweimal im Jahr in Friedland selbst oder in Schlochau oder in Tuchel. Aber daran teilzunehmen war umständlich, kostete Zeit und Mühe und brachte durchaus nicht immer das erhoffte Ergebnis. Sich mit Lenard zu einigen, war viel einfacher; man kannte sich und »man ließ die Kirche im Dorf«, denn man wollte ja nicht nur das jeweils eine Geschäft miteinander aushandeln.

Mein Vetter Erwin war mit »Lenards Albert« – wie man

sich ausdrückte, um den Sohn einer Familie zu bezeichnen
– zusammen zur Schule gegangen; außerdem waren sie
Nachbarskinder und hatten schon früh eine Freundschaft
geschlossen, die dauernden Bestand haben sollte.
Und das bringt mich auf das einzige Ereignis aus den Jahren 1933 bis 39, in denen sich der braune Pilzfraß mit klebrigen Fäden bis in die hintersten Winkel und Ecken Deutschlands vortastete, auf das einzige Erlebnis aus jener Zeit, das sich in krasser Deutlichkeit bis zum heutigen Tage, also über ein halbes Jahrhundert hinweg, meinem Gedächtnis eingeprägt hat – und das ich auf diesen Seiten loswerden muß, weil ich meine, daß ich auf keine sonstige Weise besser kennzeichnen kann, was damals unter uns, von uns und an uns angerichtet wurde.
Man war beinahe schon daran gewöhnt, daß der Adolf in seiner stolzen Reichskanzlei an der Voßstraße und der Wilhelmstraße in Berlin für ständig neue Überraschungen sorgte und die braunschäumende Begeisterung am Kochen hielt, als da waren: Schon im Sommer 1933 verschwinden alle früheren Parteien; allein übrig bleibt die NSDAP; im Herbst des Jahres werden alle in der Landwirtschaft Tätigen im »Reichsnährstand« zusammengefaßt; im September wird das »Reichserbhofgesetz« erlassen, nach welchem die Höfe (von etwa 7,5 bis 125 Hektar) ungeteilt auf den jeweils ältesten Sohn vererbt werden müssen und weder veräußert noch belastet werden dürfen, womit eine neuartige Erbuntertänigkeit gegenüber dem Staat begründet wird, hinter einem Vorhang von scheinbaren Vorteilen; die »Reichskulturkammer« entsteht, das »Schriftleitergesetz« wird erlassen und das gesamte Kultur- und Geistesleben »gleichgeschaltet«. 1934 dann das Gesetz »zur Ordnung der nationalen Arbeit«, um die sozialpolitische und weltanschauliche Ausrichtung der

Arbeiterschaft und der Betriebe in den NS-Griff zu bekommen. Das Gesetz »über den Neuaufbau des Reiches« schafft die Volksvertretungen in den deutschen Ländern ab; die Hoheitsrechte der Länder gehen auf das Reich über. Die Röhm-Morde (insgesamt etwa 85 Leichen!) werden nachträglich durch ein Gesetz über Maßnahmen zur Staatsnotwehr legalisiert; nach dem Tode Hindenburgs (am 2. August 1934) wird das Amt des Reichspräsidenten kassiert und es gibt nur noch den »Führer und Reichskanzler Adolf Hitler«, auf den die Wehrmacht sofort vereidigt wird, womit in Deutschland ein auf Hitler ausgerichteter »Cäsaro-Papismus« festgeschrieben wird. – Im Jahre 1935 dann ein echter Triumph: das Saarland entscheidet sich mit 91% der Stimmen für die Rückgliederung ins Reich; nur 0,4% der Saarländer stimmen für den Anschluß an Frankreich, am 17. Januar beschließt der Völkerbundsrat die Rückgabe des Saargebietes an Deutschland. Im September werden auf dem »Reichsparteitag« die »Nürnberger Gesetze« erlassen, »zum Schutz des deutschen Blutes und der deutschen Ehre« – als hätte es je den Deutschen, voran den Preußen, zur Unehre gereicht, sich schon vor hundert und hundertfünfzig Jahren um die gleichberechtigte Einordnung der lang ansässigen jüdischen Mitbürger bemüht und sie schließlich vollendet zu haben. (1938 wandern 170000 Juden, etwa ein Drittel ihrer Gesamtzahl, aus Deutschland aus, womit wie schon vor und nach 1938 gar nicht abschätzbare Werte an Kultur, Wissenschaft und wirtschaftlicher Tüchtigkeit – und zwar deutsche Werte! – dem Lande verlorengehen und anderen Ländern, besonders den USA und Kanada, zugute kommen – drei Namen nur als Beispiele: Einstein, Bruno Walter, Kissinger). Am 1. August 1935 werden die Olympischen Sommerspiele in Berlin eröffnet mit einem Aufwand, als spielte Geld gar keine Rolle! Am 24. August 1936 wird die zweijährige Militär-Dienstzeit angeordnet, was die Olympia-Begeisterung vieler junger Männer beträchtlich dämpft. Am 25. November 1936 wird ein »Antikominternpakt« mit Japan geschlossen. – Im September 1937 »Triumphaler« Besuch Mussolinis, des »Duce«, des »Führers« Italiens, in Deutschland. Am 13. März 1938 der »Anschluß« Österreichs an das Reich. Am 29. September »München«: Hitler, Mussolini, der Engländer Chamberlain und der Franzose Daladier heißen den Einbezug der sudetendeutschen Gebiete ins Reich gut, vielmehr: die letzteren finden sich damit ab. Schon kündigt sich darüber hinaus die Beschlagnahme der gesamten Tschechoslowakei als nächster Kraftakt Hitlers an. Aber zugleich hat Goebbels, dieser böseste aller Nazi-Geister, die brutale endgültige Ausschaltung aller noch vorhandenen deutschen Juden von langer Hand vorbereitet, hat die Partei und die SA genau instruiert und schlägt am 9./10. November 1938 zu, in jener Nacht, die unter dem unrühmlich-zynischen Namen »Reichskristallnacht« zur Schande der deutschen Nation in die Geschichte eingehen sollte.

Der Zufall hatte es gefügt, daß ich am 7. November auf der Rückreise von Königsberg nach Berlin in Friedland für einen kurzen Urlaub Station gemacht hatte. Vetter Erwin hatte mir mit sehr zufriedenem und zugleich bitter ironischem Gelächter erzählt, daß es den Friedländern, den ein- und erbgesessenen, mit einiger List und Tücke gelungen wäre, dafür zu sorgen, daß einer der Ihrigen, auf den man sich im Notfall verlassen könnte, zum »Ortsgruppenleiter« und ein anderer, früher einmal meines verstorbenen Onkels Matthes guter Freund, zum »Ortsbauernführer« bestellt worden wäre; die jungen »Radikalinskis« und die überschlauen Herren Lehrer und Beamten, die ja alle nicht

nach Friedland gehörten, hätten sich letzten Endes bei der Kreisleitung nicht durchsetzen können; mit dem neuen Ortsbauernführer im Hintergrund könnte uns auf dem Hof nicht viel passieren, und um den Eintritt in die Partei würden wir wohl ebenso herumkommen, wie er, Erwin, um die Wehrmacht herumgekommen war (er hatte nach einem Unfall im Betrieb ein etwas aus der Senkrechten geratenes Rückgrat und »verdrehte Hüftknochen« zurückbehalten – so drückte er es aus – und hatte nicht Soldat zu werden brauchen, arbeitete aber nach wie vor wie ein Pferd – und blieb den Chirurgen und ihren Testaten dankbar). Den neuen Friedländer Ortsgruppenleiter kannte ich nicht, beruhigte mich aber mit Vetter Erwins Versicherung: »Ein guter Mann, Johann-Alfred! Mit dem kann man reden. Hoffentlich kann er sich gegen die Hetzer und Schreihälse in der Partei durchsetzen.«
Ich gab zur Antwort:
»Da hast du's wieder einmal, Erwin! Mein altes Friedland! Brauchst dich nicht zu wundern, daß ich immer wieder hierherkomme, wo die Leute noch von Natur aus Grips im Kopf haben und nicht Stroh. Wenn sie wie in Sachen Nazismus nicht Widerstand leisten können, weil sie sonst so oder so aufgehängt werden, dann machen sie pro forma mit, damit sie ihre Leute an die richtigen Stellen bugsieren können und so das Schlimmste hintanhalten. Nur so läßt sich überleben.«
»Hoffentlich hast du recht, Johann-Alfred! Du hast dich ja bisher auch vor dem Partei-Abzeichen drücken können. Ich habe mich auch gedrückt – bis jetzt! Ob ich es durchhalten kann – ich weiß es nicht.«
Nein, das konnten er und ich und aberhunderttausend andere, denen es ebenso ging, ebenfalls nicht wissen.
Es war am späten Nachmittag des neunten November, ei-

nes feuchtkalten Tages, der aber keinen richtigen Regen gebracht hatte. Ich hatte mir inzwischen von Tante Ulrike berichten lassen, daß der Älteste von Rösners, der immerfort Dummheiten gemacht hätte, zur Wehrmacht gegangen wäre, um Offizier zu werden; da käme er am schnellsten voran; die Eltern wären den Bengel endlich los und:
»— bei den Soldaten werden sie ihm wohl die Flötentöne beibringen, sagt sein Vater. Das hat bisher noch keiner geschafft. Oder da können sie seinen Übermut vielleicht sogar gebrauchen.«
Wir redeten noch ein Weilchen über die Frage, ob die militärische Dienstzeit den jungen Bengels eigentlich ganz gut bekäme oder ob sie alle mit Hitlerläusen im Kopf ins zivile Leben zurückkehrten. Plötzlich meinte Tante Ulrike mitten hinein in eine meiner Bemerkungen – ich hatte gespürt, daß sie schon eine ganze Weile nicht mehr bei der Sache gewesen war:
»Ich verstehe gar nicht, wo der Erwin bleibt. Es ist schon längst dunkel, und er ist immer noch nicht wieder da. In dieser aufgeregten Zeit kommt man immer gleich auf allerlei dumme Gedanken; es könnte irgendwas passiert sein.«
Vetter Erwin hatte den Tag über tiefgepflügt auf dem großen Acker bei der »krausen Lene« und hatte bei der Heimfahrt nach der letzten Furche in der Stadt noch einige Besorgungen machen wollen. Aber das konnte ihn wirklich nicht so lange aufgehalten haben. Tante Ulrikes Unruhe fing an, sich auch auf mich zu übertragen.
Aber, als hätten wir's beschworen, vernahmen wir fast im gleichen Augenblick, daß auf dem Hof ein Wagen leise rasselte; Erwins Stimme dann; er redete nach seiner Art den Pferden freundlich zu. Er spannte aus, würde die Tiere gleich tränken und füttern, nachdem er sie abgeschirrt und

abgebürstet hatte. In fünf Minuten würde er bei uns im Haus erscheinen, um sich zu waschen. Tante Ulrike konnte ans Abendbrot denken. Unsere unbestimmte Sorge – was ihn wohl in der Stadt aufgehalten haben könnte – war unbegründet gewesen.

Tante Ulrike machte sich bereits am Herd zu schaffen; sicherlich würde Erwin durchkältet sein – bei dem scheußlichen November-Wetter und die Luft voller Feuchtigkeit! Ein Topf mit heißem Kaffee würde gewiß Erwins Beifall finden.

Da war er schon, der großgewachsene, breitschultrige Vetter, mit dem ich mich gut verstand, obgleich sein und mein Naturell sich sehr voneinander unterschieden; er brachte einen Schwall kühler, feuchter Luft mit in die große Wohnküche des Hauses, wo die Tante und ich die lange Dämmerung bis in die volle Dunkelheit verschwatzt hatten. Jetzt war das Licht angegangen, und alles schien wie sonst.

Erwin schälte sich die schwere dunkelgrüne Joppe vom Leibe, die ihn auf dem Wagen vor dem November-Wetter geschützt hatte. Um diese Zeit im Jahr holte man sich nur allzuleicht eine Erkältung, von der man neuerdings unter dem Namen »Grippe« redete, wenn man auf der Höhe der Zeit sein wollte.

Erwin, ein von Natur höflicher und freundlicher Mensch, glaubte erklären zu müssen:

»Die Mutter macht sich gleich immer Sorgen. Ich habe mich verspätet; dabei habe ich gar nicht alles erledigt, was ich erledigen wollte. Wie ich durch die Marienfelder Straße wieder in die Stadt zurückkomme, merke ich gleich, daß etwas Ungewöhnliches los ist. Vor mir, ehe ich um die Ecke biege zur Hohe Tor Straße – durch den Graben wollte ich nicht bei der Dunkelheit – hält da ein großes Lastauto, und ein Haufen von SA-Leuten springt herunter, lauter Fremde, die ich nicht kannte. Aus der Stadt, soweit ich's erkennen konnte, war nur der verrückte Grobian, der Wachtmeister Starr, zur Stelle und machte sich wichtig bei dem Anführer von den SA-Leuten. Na ja, ich machte, daß ich vorbeikam und fuhr die Hohe Tor Straße hinunter zum Markt, wo ich bei Schilski kurz vorbeigucken wollte, um wegen Saatgerste zu sprechen. Vor Schilskis Haus eine Menge Leute, überhaupt viele braune Uniformen auf dem Markt, kaum ein Friedländer darunter, soweit ich sehen konnte. Ich hake die Pferde bei der Kirchenwand fest und gehe zu Schilskis Haus hinüber, kam aber nicht durch. Lauter Gesindel, was sich da angesammelt hatte. Soweit sie mich erkannten, sahen sie mich schief an. Aber das konnte ich doch noch ausmachen: die große Scheibe zum Markt vor Schilskis Laden war zerschlagen, die große Scheibe, die er sich so viel Geld hat kosten lassen. Bis zur Eingangstür bin ich gar nicht durchgekommen; ich mußte umkehren, hatte auch Angst wegen der Pferde, die würden bei dem Gewühl um die Kirche womöglich unruhig, das hätte ein Unglück geben können. Meine Saatgerste – wer weiß, wo ich die jetzt herkriege, von Schilski bestimmt nicht. Dem wird die Bande wohl heute die Bude zumachen. Und man muß daneben stehen und kann nichts tun. Ich kam gerade noch zur rechten Zeit zum Wagen zurück; das Handpferd war schon über die Stränge gestiegen; die Tiere nahmen schnell wieder Vernunft an, seit ich wieder bei ihnen war; aber als wir dann weiterfuhren, um zum Hof zu kommen, fielen sie von selbst in Trab, als wär' es ihnen auf dem Markt unheimlich zumute geworden. Ach, es ist zum Kotzen! Was die Brüder wieder vorhaben!? Neues, aber bestimmt nichts Gutes!«

Er war außer sich, der riesige Mann, das war deutlich, hielt aber an sich, fand es widerlich, daß der normale Ablauf des Tages zerstört wurde, wandte sich ab:
»Ich muß mich erst einmal waschen und mir was anderes anziehen. Und dann muß ich noch mal füttern. Vieh und Schweine wird der Schewe besorgt haben, ich mache dann gleich den Hof dicht.«
Er war fort. Tante Ulrike klapperte kurz am Herd, kam wieder herein, stand still und aufrecht, die große hagere Frau, mit vor dem Leib gefalteten Händen, einer Haltung, die sie stets annahm, wenn sie erregt war – das kannte ich schon –, als wenn sie sich festhalten müßte. Sie flüsterte heiser:
»Paß auf, Johann-Alfred, das geht wieder gegen die Juden. Da bringen sie die fremden Kerle in die Stadt, die gar nicht wissen können, wen sie vor sich haben, wenn sie wild spielen! Befehl des Führers – und das genügt ihnen dann, sich wie die Schweine zu betragen. Aber so betragen sich die Schweine gar nicht – nie und nimmer! Was für eine Zeit, Johann-Alfred, was für eine Zeit! Aber was hilft's! Abendbrot essen müssen wir trotzdem!«
Und sie stellte die Teller aus für uns drei und legte Messer und Gabel bereit.
Wir hatten keine Lust, viel zu reden beim Abendbrot, und großen Hunger entwickelten wir auch nicht. Noch ehe wir abgegessen hatten, hörten wir die Haustür gehen. Schritte kamen den Gang entlang; es klopfte jemand an die Wohnzimmertür:
»Herein!« rief Erwin.
Die Tür flog auf, und herein trat die kleine alte Frau Lenard. In ihren weit aufgerissenen Augen flackerte Angst; ihre Erregung sprang sofort auf uns über. Sie hielt sich nicht erst mit der üblichen Begrüßung auf:

»Ulrike, Erwin, ach, der Johann-Alfred aus Berlin ist auch gerade da, heute passiert noch was; sie werden den Albert abholen wollen! In der ganzen Stadt sind sie hinter uns her. Bei uns waren sie noch nicht, weil wir so weit draußen wohnen. Ich sage zu meinem Mann: David, sage ich, David, uns beiden Alten, was sie da tun, ist ja egal! Aber Albert, auf den sind sie schon lange scharf. Wir hätten längst weggehen sollen, aber wohin, wohin? Hier sind wir geboren und zu Hause, und Verwandte in Amerika haben wir nicht. Albert wenigstens hätten wir längst wegschicken müssen; aber der wollte wieder uns nicht allein lassen. Erwin, ich kenn' dich schon, seit du noch ganz klein warst, und deine Mutter hat dich mir manchmal anvertraut, wenn sie mit aufs Feld mußte. Und Ulrike nahm mir Albert ab, als ich damals so krank war. Albert sagt, wenn ich einem trauen kann, dann ist es Erwin! Erwin, hör zu, kannst du Albert bei euch verstecken, bis diese Nacht vorüber ist? Sie wollen ihn abholen, das weiß ich ganz genau. An uns Alten liegt ihnen nicht viel. Das weiß ich auch ganz genau. Vielleicht sieht man morgen schon besser, was eigentlich los ist. Erwin, wie ist es? Verstehst du mich, Erwin?«

Ich saß wie erstarrt. So unmittelbar, so hautnah war ich mit der jüdischen Not noch nicht in Berührung gekommen. Was war da wieder Bösartiges im Gange, das seine trüben Wellen selbst bis ins entlegene, friedlich verschlafene Friedland spülte?

Mein Vetter Erwin brauchte offenbar gar nicht nachzudenken. Er hatte sich der bebenden kleinen Frau Lenard zugewandt, erhob sich langsam, als hätte er eine Last hochzubringen:

»Ist ja klar, Tante Lenard. Albert ist mein Freund, das weißt du ja. Ich werd' ihn schon verstecken, daß ihn keiner findet. Ich weiß schon, wo! Ist mir gleich eingefallen, als du von Verstecken anfingst. Er soll sich Sachen mitbringen, einen kleinen Koffer, und Bargeld für alle Fälle. Geld werdet ihr wohl bereit haben. Und dann soll er kommen, hinten rum, mit dem Boot am Schilf entlang zu uns an die Bleichwiese. Damit ihn keiner sieht. Vorn brennen ja ein paar Lampen. Und wenn einer von euch beiden etwas will: Albert ist auf Geschäftsreise und kommt erst in zwei, drei Tagen wieder. Und jetzt schnell zurück, Tante Lenard! Daß ja keine Zeit verlorengeht! Ich warte auf Albert an unserem Bootssteg unten bei der Bleichwiese!«

»Ja, Erwin, ja, und danke, danke, Erwin! Hoffentlich bleibt noch genug Zeit! In einer Viertelstunde oder in zwanzig Minuten ist Albert bei dir unten an eurer Bleichwiese!«

Sie winkte uns kurz zu, die kleine, von ihrer Furcht geschüttelte Frau, und war aus dem Zimmer. Die Haustür fiel hinter ihr ins Schloß. Die Lust, weiter Abendbrot zu essen, war uns vergangen. Erwin setzte sich nicht erst wieder hin. Er griff nach seiner Mütze:

»Ich habe einiges vorzubereiten, Mutter. Ich sage euch nicht, wo und wie. Es ist besser, ihr wißt es gar nicht. Bleibt bei Tisch sitzen, als wärt ihr noch beim Essen und als würde ich noch erwartet, wäre in der Stadt unterwegs. Ich bin so schnell, wie ich alles schaffe, wieder da, und dann essen wir das Abendbrot ausführlich zu Ende – für den Fall, daß bei uns jemand die Nase hereinsteckt.«

Fort war er. Wir lauschten. Aber vom Hof her, auf den die Fenster des Raums hinausgingen, war kein Laut zu vernehmen.

Uns beiden am Tisch blieb nichts weiter zu tun, als zu warten. Aber dies zu bemerken, schien mir doch vonnöten:

»Räum lieber Erwins Teller und Messer vom Tisch,

Tante, und stelle frisches Geschirr hin, damit man nicht sieht, daß einer dort schon gesessen und gegessen hat. Erwin ist noch in der Stadt, du weißt ja!«
Tante Ulrike, sehr eilig, als hätte sie Wichtiges unterlassen, sprang auf und deckte Erwins Platz neu auf; sie wusch sogar das vom Sohn benutzte Geschirr sofort in der Küche ab, wie ich undeutlich vernahm, damit auch dort nichts Verdächtiges zu finden wäre. Dann erschien sie wieder, und nahm vor ihrem halb abgegessenen Teller Platz. Ich merkte wohl, wie erregt sie war, wie aufs äußerste beunruhigt. Auf ihren Wangen waren zwei rote Flecken aufgetaucht. Ihre Lippen zitterten ab und zu. Sie flüsterte:
»Ach, ich bin bloß froh, daß mein Mann dies alles nicht mehr zu erleben braucht, dein Onkel Matthes. Er war immer für Anstand und Recht. Was jetzt ist, diese Hetzerei und all das großkotzige Geschrei von Tausend Jahren und Germanen und Volksgemeinschaft, das hätte ihm nicht gefallen. Volksgemeinschaft – zum Lachen! Soviel Stänkerei und Petzerei und Angeberei wie jetzt hat es noch nie gegeben. Wo soll das bloß alles hinführen? Mein Mann hat gesagt: von Preußen reden sie immerzu, daß es einem bald zum Halse heraushängt. Den alten Hindenburg haben sie ganz schön an der Nase herumgeführt. Aber was Preußen wirklich bedeutet hat, so sagte Matthes immer, davon haben die Brüder kein Körnchen begriffen!«
Dies Lied war mir wohlvertraut. Einzuwenden hatte ich wahrlich nichts. Ich hielt den Mund. Wir saßen schweigend vor unseren Tellern, die schon hätten abgeräumt sein müssen – eingedenk des Befehls, den Erwin uns hinterlassen hatte. Wir warteten.
Und in der Tat: Nach wenig mehr als zwanzig Minuten war Erwin wieder im Zimmer, nahm sofort seinen Platz mir gegenüber am Tisch ein und griff nach einer Scheibe

Brot, um sich erneut zu bedienen. Ich spürte mit einemmal die Erleichterung, denn auf Erwins Gesicht saß ein befriedigtes Lächeln, wie eingenistet. Ich fragte:
»Alles nach Plan gegangen, Erwin?«
Jetzt lachte er sogar, breit und vergnügt:
»Den finden sie nicht, falls sie bei uns nachfragen sollten. Den finden sie nicht – und wenn sie sich kaputtsuchen. Wär' ja auch noch schöner, wenn ich meinen alten Freund Albert – schon auf der Schule haben wir uns immer gut verstanden! – wenn ich den nicht sicher unterbringe, wenn er im Druck ist. Den bring' ich auch weg von hier, wenn gar nichts anderes übrigbleibt.«
Mehr sagte er nicht, der Erwin, und sagte es so überzeugend und überzeugt, daß die Tante und ich wie erlöst waren.
Wir hatten sogar alle drei noch einmal Appetit bekommen und fingen an, kräftig zuzulangen. Erwin holte noch zwei Flaschen Bier herbei, damit es »besser rutschte«. Wir waren gerade dabei, uns zuzutrinken, als wir abermals die Haustür gehen hörten; sie quietschte unverkennbar; Tante Ulrike ließ sie nicht schmieren: »Ich kann immer gleich hören, wenn einer ins Haus kommt.«
Schwere Schritte den Gang entlang. Das waren mindestens drei Männer! Sie klopften nicht. Die Tür prallte auf. Ein vierschrötiger Mann in SA-Uniform stand im Türrahmen. Wir kannten ihn nicht:
»Wir suchen den Albert Lenard. Auf seinen Grundstück ist er nicht, bei den Nachbarn auch nicht. Ist er hier?«
Vetter Erwin hatte sich erhoben in seiner ganzen wuchtigen Größe und Breite, stand dem Eindringling nahe gegenüber. Hinter dem Fragesteller waren im Gang zwei weitere, offenbar sehr junge Männer zu erkennen. Erwin, in aller Ruhe, aber mit einem leise drohenden Unterton:

»Bei uns ist es eigentlich der Brauch, daß man anklopft, ehe man eintritt und abwartet, bis ›herein‹ gerufen wird. Aber, na gut, Sie sind ja wohl im Dienst, wie man so sagt. Den Albert Lenard, ja, den kennen wir. Aber mehr als ›Guten Tag und guten Weg‹ haben wir nie miteinander gehabt. Woher soll ich wissen, wo sich der Albert aufhält? Der ist ja viel unterwegs!«
»Der Starr hat uns gesagt, ihr verkauft den Lenards immer noch Milch jeden Abend, als hätt' uns der Führer nicht längst aufgeklärt, daß die Juden an allem schuld sind.«
»Die Lenards haben ihre Milch immer ordentlich bezahlt. Das kann ich von manchen anderen, die auch bei uns frische Milch kaufen, nicht behaupten. Da müssen wir warten und mahnen. Schon meine Eltern haben den Lenards Milch verkauft. Also...«
Der Mann in der Tür unterbrach Erwin wütend:
»Quatsch nicht so dämlich, Mann! Dich haben wir sowieso schon eine ganze Weile auf dem Kieker! Du bist einer von den Unbelehrbaren. Und jetzt werden wir mal deinen Hof und die Ställe umkrempeln. Vielleicht finden wir den Judenbengel doch bei dir. Und dann sparen wir uns das Wiederkommen, nehmen dich gleich mit. Komm mit! Zeige uns herum auf deiner Klitsche!«
Erwin wandte sich an uns, seine Mutter und mich, die wir während des Palavers stumm und still gesessen und vor uns hin geblickt hatten:
»Ich geh' mal mit, Mutter! Laßt euch inzwischen nicht stören. Ich bin bald wieder da, will mein Brot auch noch aufessen!«
Weiß der liebe Himmel, ich bewunderte des Vetters Gleichmut, den vorgetäuschten Gleichmut, der ihm ganz selbstverständlich zu gelingen schien.
Der SA-Unterführer – was immer er war, er hatte ein

Sternchen auf dem Kragenspiegel – drehte sich zurück zu seinen Begleitern:
»Du, Rudi, bleibst hier im Zimmer und stellst dich vor die Tür; du paßt auf, daß die beiden dableiben und was sie reden. Wir werden den Hof absuchen. Los, Erwin, geh voran!« –
So blieben die Tante und ich mit dem jungen Burschen im braunen Hemd zu dreien im Zimmer. Dem Aufpasser, einem blassen, dicklichen Kerlchen, das sich breitbeinig innen vor der wieder zugefallenen Tür aufgebaut hatte, war offenbar nicht ganz wohl in seiner Haut. Tante Ulrike bewies dann, daß sie Erwins Mutter war – es kam ja alles darauf an, sich nichts anmerken zu lassen! Nach wenigen Minuten schon hob sie den Kopf und richtete, als herrschte eitel Sonnenschein und Wohlwollen weltüber, das Wort an den grimmig verlegenen Wächter vor der Tür:
»Na, junger Mann, Sie haben heute sicherlich noch nicht viel zu essen gekriegt. Was sollen Sie da herumstehen wie angewurzelt! Wir laufen Ihnen nicht weg! Ich bin eine alte Frau und ein bißchen krank; und mein Neffe hier, der ist zu Besuch aus Berlin, kennt sich hier überhaupt nicht aus. Treten Sie doch näher und nehmen Sie ein Weilchen Platz! Ich habe gerade heute einen frischen Räucherschinken angeschnitten. Und Brot ist reichlich da – und Butter!«
Aber das war vergebliche Liebesmüh. Man meinte, es rasseln zu hören in des jungen Mannes, wahrscheinlich nicht sehr reich ausgestattetem Gehirn; der Schinken und die Wurst dufteten ihm sicherlich in die Nase. Aber dann stieß er hervor, abgehackt, als quäkte ein Automat:
»Kann nicht! Bin im Dienst! Alles ein Schietkram!«
Mit diesem Hitlerhelden war nicht zu reden; er war bereits ausreichend dressiert. Wir ließen ihn stehen, wo er stand; sehr glücklich fühlte er sich nicht. Wir aßen langsam wei-

ter, ohne jeden Appetit wahrlich, hielten aber den Anschein aufrecht. Redeten auch kein Wort, außer: »Reichst du mir mal die Butter, Tante!« oder »Noch einen Schluck zu trinken, Johann-Alfred?« – Endlos dehnten sich die Minuten. Vom Hof her durch die geschlossenen Fenster hörte man unbestimmt eine Stalltür knarren, eine andere ins Schloß fallen. Erwin hatte die Hoflampen allesamt angeschaltet; das zeigte mir ein Seitenblick durchs Fenster.
Kaum eine Viertelstunde war vergangen – sie kam uns viel, viel länger vor –, da dröhnten schwere Stiefel den Gang von der Hintertür entlang. Erwin trat ins Zimmer, gefolgt von dem Anführer des SA-Trupps. Erwin, mit breitem, lautlosem Lachen in seinem großen Gesicht:
»Na, hoffentlich habt ihr mir noch was übriggelassen, Alfred und Mutter! Mach man den Kaffee noch mal warm, Mutter! Wie ist es, Herr Nachbar, können wir Ihnen noch einen Bissen anbieten? Abendbrotzeit ist beinahe schon vorbei!«
Erwin wurde keiner Antwort gewürdigt. Statt dessen hieß es wütend:
»Sie melden sofort auf dem Markt bei Wachtmeister Starr, wenn der Jude Albert Lenard sich hier blicken lassen sollte. Das kann ich Ihnen nur raten!«
Dann, während er schon mit seinen zwei Untergebenen den Gang hinunter zur Haustür schritt – er hatte die Stubentür offenstehen lassen –, hörten wir ihn sagen:
»Nehmen wir eben die beiden Alten mit. Der Junge scheint uns durch die Lappen gegangen zu sein!«
Wir drei am Tisch sahen uns mit entsetzten Augen an. Jede Erleichterung, die mit dem Abrücken der drei Braunen hätte aufkommen können, war mit einem Schlag verflogen – die beiden alten Lenards! Die waren kränklich und schwach; die würden nicht viel aushalten!

Erwin erklärte, mit zusammengebissenen Zähnen, halb flüsternd, als hörte immer noch jemand zu:
»Albert haben sie natürlich nicht gefunden. Ich habe ihn in dem doppelten Giebel versteckt, hinten über dem Kuhstall, wo der Vater immer einen Taubenschlag einrichten wollte und zwei dreieckige Giebelwände aufgezogen sind, eine steinerne aus Ziegeln nach außen und eine hölzerne innen in gut einem Meter Abstand. Die hölzerne sieht von innen so aus, auf dem langgestreckten Boden, wo wir Grünfutter unterbringen, wenn es noch welches gibt, als wäre sie die einzige, die echte Giebelwand. Kein Mensch kann vermuten, daß es nur eine Blindwand ist. Dahinter ist ein Meter breit Raum – dann erst kommt die richtige Giebelwand. Ich brauchte nur zwei Bretter für Albert zulösen und hinterher wieder zuzunageln. Die Schnüffler haben nicht einmal hingeguckt. Der Futterboden war ja leer und bis zum Giebelende zu überblicken; da haben sie gleich wieder umgedreht. Auf dem Strohboden überm Pferdestall haben sie auch herumgestochert. Das habe ich gern mit angesehen. – Aber wie kriege ich den Albert jetzt weg; er muß aus Friedland raus. Sonst nehmen sie ihn mit. Der Starr ist ja wie irre!«
Wir berieten hin und her. Die Tante:
»Albert hat äußerlich wenig Jüdisches an sich. Er müßte irgendwo den Zug bekommen und nach Berlin fahren. Dort haben die Lenards Verwandte. Von da kommt er dann vielleicht weiter. Hier kann er jetzt bestimmt nicht mehr bleiben.«
Erwin zerkrümelte ein Stück Brot über seinem Teller, ohne es wahrzunehmen:
»Nach Linde kann ich ihn nicht bringen. Da kennen mich zu viele Leute und ihn auch. Aber ich wollte sowieso in diesen Tagen nach Firchau fahren, um mir den Rasse-Eber

anzuschauen, der dort zum Verkauf steht. Da könnte ich ihm vorher, wenn man das richtig abpaßt, unauffällig eine Fahrkarte kaufen, mit der er dann abfährt, vom Bahnhof Buchholz. Da hält der Zug nur ganz kurz, Personenzug – das ist viel unauffälliger als Schnellzug. Vierter Klasse, da schnüffelt keiner. Wenn überhaupt einer sich die Mühe gibt. Die spielen ja wohl bloß wieder örtlich verrückt, die braunen Hunde!«

Die Mutter mahnte:

»Erwin, wir wissen ja, was los ist! Überleg dir deine Ausdrücke. Du wirst dich noch um Kopf und Kragen reden!«

»Nein, werde ich nicht, Mutter! Vetter, kannst du mir ein bißchen helfen, daß ich den Albert auf die Bahn kriege?«

Das konnte ich. Auf dem Hof machten wir erst einmal den Wagen fertig, hoben einen Gatterkäfig zwischen die Wagen-Seitenbretter, um – eventuell! – den Eber von Firchau einzuholen. Erwin würde nicht durch die Stadt und über die Grunauer Chaussee ausfahren, sondern mit dem leeren Wagen den sandigen Landweg am See entlang nehmen, während ich im tiefen November-Morgendunkel Albert im Boot am Schilf entlang zum See-Ende rudern würde, wo der Landweg weit außerhalb der Stadt die Chaussee erreicht. Dort würde Albert in den Wagen umsteigen, während ich das Boot zurückbrächte. Erwin würde dann die Chaussee schon einen knappen Kilometer weiter wieder verlassen und sich auf lauter Landwegen zum Bahnhof Buchholz durchschlängeln; Erwin kannte jeden Weg und Steg im Lande.

Wir fragte uns, ob es nicht besser wäre, den Albert über Nacht aus seinem dunklen Verschlag zu befreien und im Hause unterzubringen, bis sich Erwin in aller Frühe weiter mit ihm auf den Weg machen würde. Wir entschieden uns dagegen, und Albert, zu dem Erwin wieder hochgestiegen

war, hielt es auch für richtig, in dieser Nacht nichts zu riskieren. Wir verrieten ihm nicht, daß der Kerl zum Abschied gedroht hatte: »Dann nehmen wir eben die Alten mit!« Kein Wort davon! Auf alle Fälle sollte Albert erst einmal fortgeschafft und – vielleicht – außer Gefahr sein. Für mehr konnten wir nicht sorgen.
Erwin meinte:
»Wir sollten uns hinlegen und ein paar Stunden schlafen, Johann-Alfred! Albert hat warmes Zeug an und vom Kuhstall ist es unter dem Dach ein bißchen warm. Um vier Uhr aufstehen! Wenn alles klappt, kommen wir noch vor der richtigen Helligkeit auf Bahnhof Buchholz an. Von Linde fährt der Personenzug Richtung Schneidemühl um 8.25 Uhr ab, also von Buchholz etwa 8.15 Uhr. Das muß zu schaffen sein!« – –
Der Wagen war vorbereitet, die Geschirre wurden griffbereit aufgehängt, die Pferde noch einmal reichlich gefüttert; am Morgen würde kaum Zeit genug dazu bleiben – und die Pferde, die Pferde, sie waren stets Erwins größte Sorge – sie durften nie unklug behandelt, nie überfordert werden. Von Treckern, die keine Gefühle haben und kein blankes falbes Fell wie unsere Pferde, war damals noch keine Rede.
Aufatmend kehrten wir schließlich ins Haus zurück.
Aber noch hatte jener schreckliche Abend des neunten zum zehnten November 1938 seine Schrecken nicht alle entfesselt.
Wir hatten gar keine Lust und keine Kraft mehr übrigbehalten, etwa noch zu bereden, was sich in den vergangenen zwei, drei Stunden ereignet hatte – wovon übrigens die Schewes, die unweit zum Hofe hin wohnten; sie standen ständig bei uns im Dienst – gar nichts mitbekommen hatten, wie sich später herausstellte; sie hatten schon Fei-

erabend gemacht, hatten ihr kleines Radio, ihre neueste Errungenschaft, laut im Gange gehabt und hatten sich dann in ihrer dem Hof abgewandten Schlafkammer zur Ruhe begeben. Mit einem gesunden Schlaf werden sie obendrein gesegnet gewesen sein – und das war gut so, denn Schewe, ein geschickter und fleißiger Landarbeiter, war ziemlich anfällig für die pompösen Parolen, die von Berlin aus über die deutschen Lande prasselten. (So geschah es ja damals in tausendfacher Abwandlung: Viele harmlose »Volksgenossen« sahen und hörten nichts von den Übeltaten, die sich vielleicht Wand an Wand neben ihnen abspielten. Auch war es überaus empfehlenswert, nichts davon zu hören, sondern nur das als wahr und wirklich anzunehmen, was in den Zeitungen stand, aus dem Radio-Apparat dröhnte oder was der zuständige Ortsgruppenleiter der »Partei« oder der örtliche SA-Führer unter der Devise »Der Führer will es!« verkündeten.)
Ja, Erwin hatte recht: seelisch fühlten wir uns viel mitgenommener als körperlich. Die Tante hatte sich eben zurückgezogen. Erwin ging mit mir den Gang entlang zur Haustür, neben der die Treppe ins Obergeschoß zu meinem kleinen Gastzimmer führte; er wollte abschließen; der Gang wurde von einer verkleideten Glühbirne an der Decke notdürftig erhellt – mit elektrischem Strom, der noch immer als etwas Neues und Erstaunliches empfunden wurde, zum mindesten in Friedland, ging man sparsam um.
Bevor wir aber noch bis zur Haustür vorangeschritten waren, prallte die schwere Pforte auf und ein älterer Mann stürzte uns entgegen. Ich erkannte ihn sofort, ein Nachbar war es, ein Maurer, der fünfzig Schritt entfernt sein Häuschen bewohnte; er hatte manchmal bei uns Wände ausgebessert oder den Putz erneuert.

Auch er stockte, als wir ihm so plötzlich gegenüberstanden. Er rief:
»Mensch, Erwin, da bist du schon! Hast du was gehört von Feuerwarnung? Ich nicht! Aber ich hab's gesehen. Aus Zufall! Es brennt. Auf der anderen Seite der Stadt! Es muß beim Postplatz sein oder beim Seminar. Ich dachte, ich hol' dich! Eure Fenster gehen ja zum See hin. Schnell, Helm und Jacke! Wir müssen hin! Warum es bloß keine Warnung gegeben hat?«
Von der Haustür aus erkannten auch Erwin und ich, daß der Nachthimmel einen verdächtig flackrigen Schein gegen Norden hin angenommen hatte, noch gedämpft, aber unverkennbar!
Im Nu hatte sich Erwin die Jacke der Freiwilligen Feuerwehr übergezogen und den Helm aufgestülpt – beides hing stets in einer Nische neben der Haustür bereit. Die beiden Männer stürmten im Laufschritt davon. Feuer – die schlimmste Gefahr in der kleinen Stadt, die in ihrer Geschichte mehr als einmal abgebrannt war – das wußte jeder! Und den Dienst in der Freiwilligen Feuerwehr nahm jeder gestandene Mann, jeder Jungmann in der Stadt sehr ernst.
Ich war wieder in die große Wohnküche zurückgekehrt, wo sich wie stets der Abend der Familie abgespielt hatte. Mir war nicht mehr nach schlafen zumute. Ich wurde von der Furcht und Frage geplagt, ob nicht der Brand an der anderen Seite der Stadt irgendwie mit den Vorkommnissen zusammenhing, die wir bei uns auf dem Hof erlebt hatten.
Auch Tante Ulrike war von der lauten, fremden Stimme an der Haustür aufgeschreckt worden, hatte sich einen weiten Mantel übergezogen, unter dem ihr langes, bis auf den Fußboden reichendes Nachtgewand und die Füße in

geräumigen Filzpantoffeln hervorsahen, und erschien bei mir im großen Wohnraum, dessen eine Schmalseite von dem breiten Herd unter seiner tief heruntergezogenen Kaminhaube eingenommen wurde (dort hatte es bis vor wenigen Jahrzehnten noch den riesigen schwärzlichen Kamin gegeben, in dem über offenen Feuern gekocht, gebraten und gebacken wurde).

Die Tante hatte sich mit dem Rücken zu dem noch warmen Herd gestellt; ihr war sicherlich kalt von innen und von außen trotz des unförmigen Mantels, den sie übergezogen hatte. Das Schlafhäubchen, das sie nach alter Sitte trug, war ihr leicht verrutscht; so auch die Schleife, mit der es unter dem Kinn festgehalten wurde.

»Was ist denn nun schon wieder los, Johann-Alfred? Wo ist Erwin? Wer war denn da noch an der Tür? Gibt's denn diese Nacht überhaupt keine Ruhe?«

»Blaschkes Willi war da. Es brennt irgendwo. Erwin ist gleich mit ihm weg zur Feuerwehr!«

»Das fehlt uns gerade noch in dieser Nacht! Feuer – das kann schlimm werden. Da müssen sie schnell sein, damit es nicht übergreift. Nun sollen wir wohl warten, bis Erwin wiederkommt und erzählt, wo's gebrannt hat. Das kann ziemlich lange dauern!«

»Willst du dich nicht lieber wieder hinlegen, Tante Ulrike? Ich bleibe auf, und wenn es was Wichtiges gibt oder Erwin wieder zurück ist, dann wecke ich dich – oder Erwin kommt zu dir ins Schlafzimmer und gibt dir Bescheid.«

»Ach, ich bleibe lieber hier und warte, wälz' mich doch bloß hin und her und kann nicht schlafen. Setz dich in Onkel Matthes' großen Stuhl am Fenster, wo er immer gesessen hat, als er nicht mehr so konnte. Da kannst du den Kopf anlehnen und ein wenig die Augen zumachen. Mußt ja morgen früh raus! Seid bloß leise und vorsichtig morgen! Wenn die euch kriegen bei dem, was ihr vorhabt, schlagen sie euch beide halb tot – oder ganz! So ist das jetzt, und keiner spricht darüber. Ich zieh' mir einen Stuhl an den Herd; da hab' ich's warm. Wer weiß, wie lange wir warten müssen?«

Wir brauchten nicht so lange zu warten, wie wir gefürchtet hatten. Ich war tatsächlich in eine Art Halbschlaf gefallen in dem Ohrensessel, »in dem Onkel Matthes immer gesessen hatte«. Ich schrak auf, hatte Erwin gar nicht zurückkehren hören. Er stand schon mitten im Zimmer, hatte den Helm abgesetzt; der hatte ihm einen roten Streifen rings um die Stirn gedrückt. Während er sich mit müder Bewegung die Feuerwehr-Jacke von den Schultern schälte, berichtete er – und wie niedergeschlagen er war, das war beinahe mit Händen zu greifen:

»Sie haben uns Friedländer nicht einmal bis an den Brandherd rangelassen, die Lümmels! Ich glaube, die meisten sind von Konitz herübergekommen; es waren aber auch einige Lausejungens von hier dabei, und natürlich Wachtmeister Starr. Nein, es sollte brennen, bis auf die Grundmauern: die Synagoge und das kleine Kantorhaus an der Stretziner Straße. Du weißt, Alfred, gar nicht weit von Ohm Laurentsens Haus. Es sollte brennen! Und unsere Feuerwehr, von der viele angerannt gekommen waren, obgleich kein Alarm gegeben worden war, die haben sie wieder nach Hause gejagt. ›Heute nacht werden die Juden endgültig ausgeräuchert‹, hat mich der Starr angeschrien. ›Und du scher dich nach Hause zu Muttern! Hier hast du nichts zu suchen!‹ Was sollte ich machen? Es waren zehn gegen einen. Wir sind wieder umgekehrt, Blaschkes Willi auch. Wir konnten nichts ausrichten.«

Wir sanken alle drei auf die Stühle am Tisch, sahen uns

kaum an, sagten kein Wort. Es war sehr still. Aber ganz in der Ferne war doch irgend etwas wie eine verdächtige Unruhe zu spüren, auf die wir alle drei horchten, ohne etwas Bestimmtes unterscheiden zu können. Erwin ließ schließlich die Hände, in die er den Kopf gestützt hatte, mit dumpfem Ton auf die Tischplatte fallen:
»Morgen früh um vier ist die Nacht zu Ende. Ich leg' mich noch die paar Stunden hin. Kommt ihr auch noch mal mit vor die Haustür? Vielleicht kann man am Himmel erkennen, ob es immer noch brennt oder ob das Feuer vielleicht schon am Zusammensinken ist.«
Wir stolperten den halbdunklen Gang entlang und traten vor der Haustür in die kühle Luft der Novembernacht.
Nein, das Feuer mußte noch brennen, lichterloh. Der Himmel im Norden, uns unmittelbar gegenüber, war von einem grellen rotgelben Licht bis in den Scheitelpunkt durchflutet. Aus Tante Ulrikes Brust rang sich ein entsetzter Seufzer:
»Mein Gott, das muß ja brennen wie doll und verrückt!«
So war es! Kurz darauf durchfuhr es uns alle drei wie ein plötzlicher Dolchstoß: Über den Nordhorizont hinaus schoß plötzlich eine hohe, goldrot glühende Funken-Fontäne: Der Dachstuhl mochte in sich zusammengestürzt sein und hatte ein Flammenbündel hoch in die Nacht geschleudert. Für Sekunden war es, als spürte man die Glut auf der Haut.
»Kommt rein, kommt rein, Kinder! Schließ die Tür ab, Erwin! Das kann ich nicht mit ansehen. Sie brennen alles nieder!«
Und dann stand sie wieder in der Küche, die große, hagere Frau mit dem guten Gesicht, in ihrer halb lächerlichen Gewandung mit der verrutschten Nachthaube über dem grauen Haar, stand mit dem Rücken zum Herd, als wäre

das ihr angestammter Platz – der war es ja auch! Erwin murrte, mehr zu sich selbst als zu uns:
»Und morgen ist alles nur noch schwarzer Dreck und verkohlt – und was ist dann aus all den Leuten geworden von der jüdischen Gemeinde, die immer noch hier geblieben sind?«
Die Worte mochten in Tante Ulrikes Geist einen letzten Riegel aufgesprengt haben. Die Tante verlor plötzlich die Fassung; sie war eine einfache, fromme Frau, die nun nichts mehr begriff. Sie schlug die Hände vors Gesicht und hob sie dann rechts und links über ihren Kopf hinaus, beschwörend:
»Und ich sage euch, Kinder, das werden wir alle zu büßen haben, zur Strafe, wir alle in Friedland! Wir alle! Der liebe Gott wird uns alle strafen! Sonst gäbe es keine Gerechtigkeit mehr! Oh, mein Gott, oh, großer Gott im Himmel!«
Sie stand da, eine Prophetin des Unheils wie in uralter Zeit, hatte nichts Lächerliches mehr an sich trotz des Häubchens und der Filzpantoffel. Mir brannte das Herz, ja, mir brannte das Herz!
Erwin begütigte:
»Ja, Mutter, wird wohl so sein. Es kann kein gutes Ende nehmen. Aber was können wir tun? Gar nichts! Wenigstens Albert in Sicherheit bringen. Das ist wenig genug! Wenn es klappt! Komm, ich bringe dich ins Bett! Du schläfst ja immer gut. Das ist ein Segen. Morgen ist Johann-Alfred noch hier. Und am frühen Nachmittag bin ich hoffentlich auch wieder da. Auf dem Hof und bei den Scheunen ist noch so viel Arbeit! Das wenigstens bleibt sich gleich!«
Erwin nahm ihren Arm. Der prophetische Blitz, den die alte Frau verschleudert hatte, war schnell verglüht. Sie schien unvermutet wesentlich kleiner geworden zu sein.

Sie ließ sich ohne Widerrede von ihrem Sohn in die elterliche Schlafkammer führen, die sie nach dem Tode ihres Lebensgefährten, meines Onkels Matthes, allein innehatte.

16. Kapitel
Abgesang und Nachtrag

Was ist noch viel hinzuzufügen. Albert kam an jenem Morgen ohne Zwischenfall an die Bahn und in den Zug nach Berlin. Er gelangte auch irgendwie über die Grenze nach Holland und von da schließlich nach Amerika. Er hat meinen Vetter, der im Rheinland wieder Fuß faßte, noch zweimal in den Jahren nach dem Kriege besucht, ist dann verhältnismäßig früh gestorben. Was aus seinen Eltern geworden ist, haben weder er noch wir je erfahren.

Auch der inzwischen sehr alt gewordene Schilski, der sich nicht hatte entschließen können, sein schmales Haus am Markt mit den langen Hinterhöfen und Speichern im Stich zu lassen, ist in jener grausamen Nacht vom neunten zum zehnten November 1938 »abgeholt« worden. Mein Vetter Erwin meinte – viel später –, zuverlässig gehört zu haben, daß die Bande von SA, die den Alten mitgenommen hatte, ihn auf der Fahrt von Linde nach Schneidemühl unterwegs aus dem fahrenden Zug gestoßen hätte, wobei er zu Tode gekommen wäre.

»Aber«, sagte Erwin, als wir einige Monate später zum erstenmal uns wiedersahen, »keiner weiß natürlich Genaues und in der Zeitung hat erst recht nichts darüber gestanden. Aber davon können wir beide überzeugt sein, Johann-Al-

fred, umgebracht haben sie ihn, den alten Schilski! Er war ein guter Freund von meinem Vater und zu mir war er immer gut. Schrecklich das alles, Alfred, schrecklich!« ––
Danach gab es dann keine Juden mehr in Friedland.
Einundneunzig Morde sind damals begangen worden – soweit sie gezählt worden sind! Jüdische Wohnungen wurden zerstört, verwüstet, über siebentausend jüdische Geschäfte zerschlagen und geplündert – und so gut wie alle Synagogen im Reich durch die SA und aufgehetzte Jugendliche, lauter Edelarier, in Brand gesteckt und in Trümmerhaufen verwandelt. Bald nach der »Reichskristallnacht« wurde von der Reichsregierung alles jüdische Eigentum beschlagnahmt, den jüdischen Deutschen (denn sie waren ohne jede Einschränkung vollberechtigte Bürger Deutschlands gewesen!) eine Sondersteuer von einer Milliarde Reichsmark auferlegt – ein schier unglaublicher Betrag für die damalige Zeit! – und über dreißigtausend jüdische Bürger unter windigen Vorwänden verhaftet.
Wie viele sich danach noch – und alle nun mit leeren Taschen und völlig ausgeplündert – über die Grenzen nach Frankreich oder England abzusetzen vermochten, darüber gibt keine Statistik Auskunft. –
Zehn weitere Monate später, begann der Zweite Weltkrieg mit dem Angriff der deutschen Wehrmacht auf Polen (am 1. September 1939), zu welchem die Polen einige böse provozierende Anlässe lieferten.
Danach wurden die deutschen Grenzen hermetisch abgeschlossen. Was an jüdischen Menschen in Deutschland, dann aber vor allem in den von der Wehrmacht eroberten europäischen Ländern noch vorhanden war, wurde systematisch »eliminiert«. Ende Juli 1941 wurde die »Endlösung der Judenfrage« auf alle deutschen Macht- und Einflußgebiete ausgedehnt. Bis zum Ende des Krieges starben

in den Gaskammern der Vernichtungslager etwa 4,2 bis 6 Millionen Juden, hauptsächlich nichtdeutsche. Von den 564 000 deutschen Juden im Jahr 1925 waren etwa 295 000 abgewandert, 190 000 wurden umgebracht; etwa 15 000 erlebten das Kriegsende – mehr tot als lebendig. – Den Vorgeschmack auf die »Endlösung« bekam ich, wie auf den vorhergehenden Seiten berichtet, vom neunten zum zehnten November in Preußisch-Friedland, damals noch nicht ahnend, daß meine liebe, ansonsten eher allzu nüchterne, Tante Ulrike die Zukunft und die große Strafe richtig prophezeit hatte.

Seit jenen Novembertagen des Jahres 1938 war mir Friedland sonderbar verleidet. Und auch später, als der Zweite Weltkrieg mich wie jedermann sonst »einzog«, einbezog, in Anspruch nahm, so oder anders, obgleich unzählige wußten und die meisten in den seltenen klaren Momenten, die dem einzelnen noch erlaubt blieben, zumindest ahnten, daß der Wahnsinn Wahnsinn war, auch im Kriege also, als eine eher besonders starke Sehnsucht nach der Heimat Friedland zu erwarten gewesen wäre, spürte ich nicht mehr so wie früher das stets mit großer Stärke sich einstellende Verlangen, die Heimat wieder und wieder zu besuchen, über den vertrauten Hof, durch die Ställe zu gehen, das Schilf am Rande des Sees rascheln zu hören, die bunten Libellen durch die duftende Luft blitzen zu sehen, den Blick über die weite Wasserfläche zu dem waldigen Hochufer an der Dobriner Seite schweifen zu lassen, mit einem Wort, mich mit Kopf und Herz und allen Sinnen zu Hause zu fühlen.
Friedland – im Namen schon, der seit 1354 trotz der dreihundertsechs Jahre unter königlich-polnischer Herrschaft

sich nicht verändert hatte, in diesem Namen war mir ganz vorbewußt enthalten gewesen, was mir den Inbegriff der kleinen alten Stadt bedeutet hatte: Friedland: Land des Friedens!

Dieser Frieden, die Duldsamkeit, das Gewährenlassen des Nachbarn – das war mir, ohne daß ich je darüber nachdenken oder daran hätte zweifeln müssen, gleichsam wie die meine Heimat durchwehende Luft gewesen, die ich hier wie nirgendwo sonst mit Freuden einatmete. Seit aber auch in Friedland vor meinen Augen ein Teil der Bürgerschaft, der von altersher dazugehört hatte, ausgerissen und mit fürchterlicher Brutalität zertreten worden war, schien mir die Stadt ihrer für mich bis dahin einzigartigen bescheidenen Würde und Wärme beraubt. Und es nützte auch nicht viel, daß ich mir vorhielt: Der Kern der Bewohnerschaft der alten Stadt, die Angehörigen der Familien, die seit alter Zeit in der Stadt wurzelten, sie sind, soweit meine Kenntnisse reichen und soweit Vetter Erwin mir Bescheid geben konnte, in keinem Fall aktiv dem NS-Wahn erlegen, auch dort nicht, wo sie gezwungenermaßen oder in der listigen Absicht, die schlimmsten Absichten der Braunen zu unterlaufen, sich mit dem Partei-Abzeichen »schmückten«.

Wie konnten denn wir, wir Friedländer, überhaupt intolerant sein, den Unterschied von Recht und Unrecht je mißachten, wie konnten wir uns je als »Preußen« oder »Deutsche« oder »Germanen«, als »Angehörige der Nordischen Rasse« oder was sonst auch immer für einen besonders feinen Brötchenteig der Menschheit halten! In unserem Blut, wie es mir meine Vorfahren immer wieder beweisen, haben wir über die Frauen, die wir heirateten, unzählige Schattierungen der europäischen Menschheit (vielleicht sogar der nicht-europäischen in einigen Fällen) – ich wie-

derhole es hier noch einmal ausdrücklich! – in uns aufgenommen und vereinigt: germanisch-fränkisches, was meine Familie anbetrifft, im frühesten Anfang, aber dann gleich kaschubisches, also slawisches Blut und dann weiter in buntester Folge samaitisches, tatarisches, polnisches, westfälisches, thüringisches, pomoranisches, schweizerisches, holländisches, rheinländisches, salzburgisches, also bajuwarisches, sicherlich auch schwedisches, böhmisches, über Danzig englisches, sächsisches und wohl auch irgendwoher jüdisches Blut. In den wüsten Kriegen in den letzten Jahrzehnten der Ordenszeit und insbesondere in den zweiten hundertfünfzig Jahren der polnischen Zeit wird manch ein Kind in die Familie geboren worden sein, dessen Vater nicht eindeutig feststand. Und noch im letzten großen Krieg, im Zweiten Weltkrieg, als die Russen über Friedland herfielen, vertrieben wurden und am 20. Februar 1945 sich endgültig in der halb verbrannten Stadt festsetzten – und dann die Polen kamen und den noch vorhandenen elenden Rest an Deutschen, die nicht mehr die Kraft zu rechtzeitiger Flucht aufgebracht hatten, auch noch hinausjagten – auch in diesen von Mord, Schändung, Plünderung, Brandstiftung, wüster Gewalttat jeglicher Art erfüllten Wochen und Monaten der »Übernahme durch die Polen« wird dieser – in diesen Fällen erzwungene – Einschuß fremden Blutes nicht auszuschließen sein. Noch im letzten Weltkrieg ist ein solcher Fall in unserer Sippe vorgekommen. Die Vergewaltigung – oder war sie keine? – ergab einen höchst passablen Burschen, der nun auch unseren Namen trägt.
Wenn irgendwer, dann sind wir da aus dem alten Osten, aus dem Ordensland, aus Pommerellen (das keiner mehr kennt), aus dem Land an der Dobrinka und Küddow dem Blute nach Europäer, denn bei uns hatte sich Westliches

und Östliches, Nördliches und Südliches aus unserem unvergleichlich bunten Erdteil zu einer – wie mir scheint – recht erfreulichen, großzügig duldsamen, für Ideologien, Vorurteile und Neidhammeleien wenig anfälligen, verträglichen neuen Menschensorte gemischt. Und obendrein waren wir durch nie abreißende Wechselfälle des politischen und wirtschaftlichen Geschicks darüber belehrt, daß niemand sicher lebt auf diesem Erdenrund, daß es sich deshalb sehr empfiehlt, bescheiden zu bleiben, nachsichtig, hilfsbereit und verträglich, offen für Andersartige und Andersartiges. Daß obendrein auf bürgerliche, wenn man will spießbürgerliche Ehrbarkeit, auf Anstand und Ordentlichkeit stets großer Wert gelegt wurde, ist uns sicherlich in den »preußischen« Jahren zwischen etwa 1775 und 1900 anerzogen worden.

Aber all dies späte Hin- und Hergerede, wie es stets wieder aufflackert, wenn ich meinen Vetter Erwin in seinem respektablen Anwesen im Niederrheinischen treffe, ist müßig:
Das Friedland, das unauslöschbar in unserer Erinnerung lebt, dem die Sehnsucht gehört, mit der wir sterben werden, diese Heimat ist nicht mehr vorhanden. Selbst die Leute polnischer Herkunft, die in Friedland beheimatet waren, sind mit auf die Flucht nach Westen gegangen, als die Russen und in ihrem Gefolge 1945 die Polen anrückten. Einer der Allerletzten, tatsächlich der Vorletzte, war der deutsche Arzt polnischer Herkunft, Dr. med. Zmudzinski, der erst im Mai 1957 die Erlaubnis erhielt, die Stadt westwärts zu verlassen, nachdem er zwölf Jahre lang als einziger Arzt den letzten, entrechteten Deutschen und den neuen, mehr oder weniger zwangsweise, angesiedelten

Bürgern aus dem östlichen, russisch gewordenen Polen hatte mit seinem Rat zur Verfügung stehen müssen. –

Tante Ulrike, in der »Reichskristallnacht« Prophetin des Untergangs, hat den ersten Einfall der Russen miterlebt. Danach erst, als Friedland von der deutschen Wehrmacht noch einmal wieder freigekämpft war, sind sie geflohen, die Schewes, meine Tante und meines Vetters Erwin tatkräftige junge Frau. Erwin selbst war zum »Volkssturm« eingezogen worden und hatte wie viele Volksstürmer einen Knüppel in die Hand gedrückt bekommen, mit dem er die russischen Panzer vernichten sollte. Mit List und viel Mut hat er sich der Gefangennahme durch die Russen entzogen. Von seinen Volkssturm-Kameraden aus Friedland ist kein einziger mehr gesichtet worden. Als Erwin nach Friedland zurückkehrte, waren die Frauen – bei scharfer Kälte und tiefem Schnee – schon geflüchtet. Auch Erwin schlug sich nach Westen durch, fand aber seine Frau erste viele, viele Monate später in Dänemark wieder, wo sie nach vielen Vergewaltigungen ein Kind geboren hatte. Die Dänen haben ihr das Kind, das wahrscheinlich niemals ihr Kind hätte werden können, gleich nach der Geburt abgenommen und irgendwohin, wohl nach Übersee, adoptieren lassen. Erwin und seine gute Frau haben keine weiteren Kinder gezeugt.

Tante Ulrike aber ist auf der Flucht noch vor dem Übergang über die Oder aus dem Wagen gestürzt. Wahrscheinlich war die kränkliche alte Frau auf ihrem Brettersitz vorn im Wagen schon halb erfroren in der beißenden Kälte, war eingeschlafen, wie es Erfrierenden gehen soll. Tante Ulrike ist aus dem Schnee neben dem Wagen nicht mehr aufgestanden. Sie wollte nicht weiter in die Fremde ziehen. Sie ist dort, wo sie zu Boden gestürzt war, gestorben – und konnte in dem tiefgefrorenen Boden nicht einmal richtig begraben werden. Man mußte weiter, weiter! In der Ferne grollten schon wieder die Geschütze.

Tante Ulrike hat unter dem Schnee ein nur ganz flach ausgehacktes Grab gefunden. Ach, darauf kam es nicht mehr an, seit feststand, daß sie die Zukunft richtig vorausgesagt hatte!

Das Heimweh und die Sehnsucht nach der Dobrinka gehen ins Leere. Daß solche Sehnsucht noch einmal – wie es sechshundert Jahre lang der Fall gewesen ist – erfüllt und Wirklichkeit wird, wäre nur denkbar, wenn ein neues Europa – dann selbstverständlich unter Einschluß Polens, das immer zum alten Europa gehört hat – auf die Bühne der Geschichte träte.

Aber weder mein Vetter Erwin noch ich, noch all die anderen, die ihr Heimweh in die grünen Weiten des Ostens nicht bändigen können – wir werden es nicht mehr erleben, daß der Traum Europa Leben und Gestalt gewinnt.

Schlußbemerkung

Der Autor bittet darum, nicht mit dem »Ich«-Erzähler, dem »Johann-Alfred Walkner« identifiziert, gleichgesetzt zu werden. Der Verfasser dieses Buches, A. E. Johann, hat Überlieferungen, die in seiner Familie noch lebendig waren, mit verarbeitet, aber ebenso und in der Mehrzahl auch solche, die aus anderen Gegenden des Schlochauer Landes stammen. Der Verfasser hat sich bemüht, den Polen ihr Recht zu lassen, so wie die Polen seinen Vorfahren ihr Recht auf ihr Deutschtum dreihundertundsechs Jahre lang nicht wesentlich eingeschränkt haben. Das Unrecht von deutscher Seite gegenüber den Polen begann, langsam zunächst, anzuwachsen, seitdem das alte, eigentliche Preußen ins Kaiserreich ein- und damit – von heute her gesehen – untergegangen war. Im Zweiten Weltkrieg wütete dann der Hitlerische Größen- und Rassenwahn gegen die Polen beinahe ebenso irre und brutal wie gegen die Juden.
Aber deshalb braucht uns nicht verboten zu sein, uns der verlorenen Heimat im Osten mit brennender Trauer zu erinnern und auch nicht, den glücklicheren Leuten im Westen Deutschlands deutlich zu machen, was ihnen im Osten verlorengegangen ist – oder dies wenigstens zu versuchen!

Über das hinaus, was in der eigenen oder benachbarten Sippen vom Hörensagen überliefert ist, hat der Autor dieses Buches natürlich auch einschlägige Literatur benutzt, wovon das Wichtigste angeführt sei:

Bruno Schumacher, »Geschichte Ost- und Westpreußens«, Sechste Auflage, Würzburg 1977.

Jörg K. Hoensch, »Geschichte Polens«, Stuttgart 1983.

Manfred Hellmann, »Daten der polnischen Geschichte«, München 1985.

Arno Buschmann, »Kaiser und Reich«, München 1984.

Heinz Neumeyer, »Westpreußen 1807–1815« in »Westpreußen-Jahrbuch 1984«, Münster.
»Westpreußen 1772–1807« in »Westpreußen-Jahrbuch 1982«, Münster.

Marian Tumler, »Der Deutsche Orden«, 1981 bei Prof. Dr. Udo Arnold, Bad Münstereifel.

Horst Jablonowski, »Die erste Teilung Polens« und

Günter Meinhardt, »Aus Westpreußens napoleonischer Zeit« beides in: »Beiträge zur Geschichte Westpreußens« Nr. 2, Münster 1969.

Dr. Karl Julius Ploetz, »Der Große Ploetz, Auszug aus der Geschichte«, 29. Auflage, Freiburg/Würzburg 1981.

Manfred Vollaek und Heinrich Lemke, »Der Kreis Schlochau«, Kiel 1974, darin speziell das Kapitel »Preußisch Friedland« von Kurt Reichau.

Hartmut Boockmann, »Der Deutsche Orden«, München 1982.

Udo Arnold (Herausgeber), »Von Akkon bis Wien«, Marburg 1978.

Theodor Schieder, »Friedrich der Große«, Berlin 1983.

Bernt Engelmann, »Preußen«, München 1979.

Leopold v. Ranke, »Preußische Geschichte«, Leipzig 1878

Herbert Reinoß, »Ostpreußen, Porträt einer Heimat«, München 1980.

Marion Gräfin Dönhoff, »Preußen – Maß und Maßlosigkeit«, Berlin 1987.

KARTE

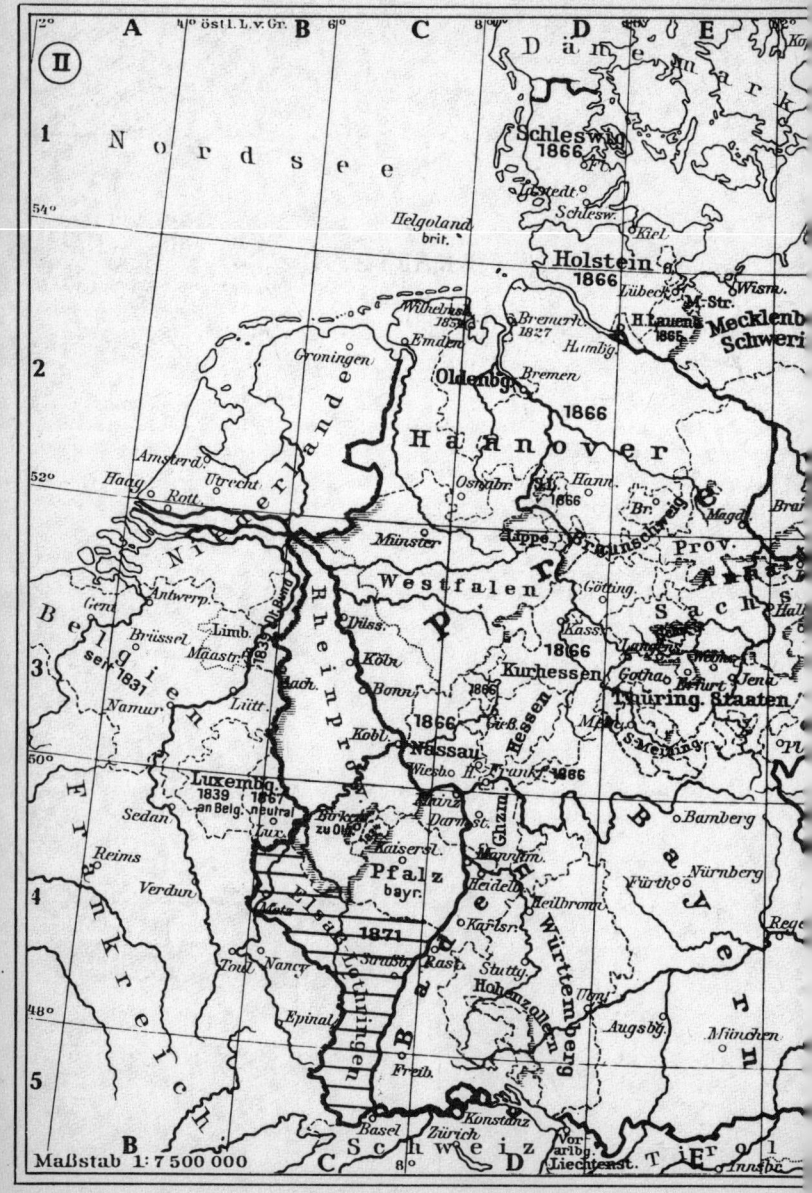

Er sprach mit Einstein und Ford.
Er hat alle Kontinente der Erde durchreist.
Er sieht mit wachen Augen,
wie es mit unserer Welt heute bestellt ist.

350 Seiten · Efalin

Langen Müller